KB004366

런던
비밀
강령회

The London Séance Society

Copyright © by Sarah Penner

All rights reserved including the right of reproduction in whole, or in part in any form. This edition is published by arrangement with Harlequin Enterprises ULC

This is a work of fiction. Names, characters, places and incidents are either the product of the author's imagination, or are used fictitiously, and any resemblance to actual persons, living or dead, business establishments, events, or locales are entirely coincidental.

이 책의 한국어판 저작권은 ㈜엔터스코리아를 통한 저작권사와의 독점 계약으로 대원씨 아이㈜가 소유합니다. 저작권법에 의하여 한국 내에서 보호를 받는 저작물이므로 무단전 재와 무단복제를 금합니다.

런던
비밀
강령회

The London
Séance
Society

이미정 옮김

사라 페너 장편소설

하빌리스

큰언니 켈리(Kellie)에게

이 책을 바친다.

("강령회에 가자." 하고 처음으로 말씀해주신
어머니에게도 이 책을 바친다.)

무덤이여,

입을 쩍 벌려 죽은 자를 내놓으라……

- 윌리엄 셰익스피어(Wiliiam Shakespear)

(《헛소동》에 나오는 노래-역주)

차례

하나. 고대 악마의 주문 암송 단계
영매가 악마와 악령으로부터 강령회 참석자를 보
호하는 주문을 암송한다.

둘. 초혼 단계
영매가 주변에 있는 모든 영혼을 강령회 장소로
불러낸다.

셋. 분리 단계
불러내고자 하는 표적 영혼을 제외한 나머지 영혼
을 모두 쫓아낸다. 강령회 참석자가 접촉하고자 하
는 죽은 자의 영혼이 표적 영혼이다.

넷. 초대 단계
영매가 죽은 자의 영혼을 자신의 육체로 불러들
인다.

다섯. 빙의 단계

죽은 자의 영혼이 영매의 육체를 차지한다.

여섯. 대단원 단계

영매가 원하는 정보를 알아낸다.

일곱. 종결 단계

영매가 죽은 자의 영혼을 쫓아내 빙의에서 벗어나
고 강령회를 끝낸다.

레나
LENNA

1873년 2월 13일 목요일, 파리

숲이 우거진 파리 외곽, 폐허가 된 저택에서 음산한 강령회가 막 열리려는 참이었다.

시계는 밤 12시 32분을 가리켰다. 레나 위키스(Lenna Wickes)는 강령술사의 제자로, 검정 린넨이 깔린 타원형 탁자 앞에 앉아 있었다. 레나 주변에는 한 신사와 아내 등 강령회 참석자들이 둘러앉아 있었다. 다들 얼굴색이 어둡고 숨결이 거칠었다. 이들은 사람이 살지 않은 지 백 년은 지난, 낡은 저택의 거실에 있었다. 레나 뒤쪽으로 핏빛 벽지가 벗겨져 그 아래 숨은 흰곰팡이 덩어리가 드러나 있었다.

오늘 밤, 일이 잘 풀리면 이곳에 모인 사람들이 찾는 영혼이, 바로 여기서 살해된 젊은 여자의 영혼이 머지않아 모습을 드러낼 것이다.

위쪽에서 뭔가가 다다닥 달음질쳤다. 생쥐가 분명했다. 레나는 저택에 들어올 때 벽 아래쪽의 걸레받이 근처에 흩어진 작은 검은색 배설물을 발견했다. 달음질치던 소리가 사라지는가 싶더니 뭔가를 긁어대는 소리가 들렸다. '쿵' 하는 소리도 들리는 것 같았다. 제대로 들은 걸까? 레나는 등골이 서늘해지는 한기를 몰아내려고 애썼다. 유령이 진짜 있다면 이 낡은 저택은 유령을 만날 수 있는 최적의 장소겠다 싶었다.

레나는 창밖 어둠 속으로 재빨리 시선을 던졌다. 도톰하고 촉촉한 눈송이가 흩날렸다. 파리에서는 보기 드문 광경이었다. 바깥에는 등불 몇 개가 걸려 있었고, 레나의 시선이 저택 앞쪽의 금속 대문에 닿았다. 죽은 담쟁이덩굴에 뒤덮인 대문이 버팀대에 매달려 바르르 떨렸다. 그 너머로 어둑한 숲속에 빽빽하게 들어선 뾰족한 침엽수는 하얗게 덮여 있었다.

강령회 참석자, 일명 착석자는 자정에 모였다. 레나가 며칠 전에 미리 만나봤던 희생자 부모가 제일 먼저 왔다. 레나와 레나의 스승은 그 직후에 도착했다. 레나의 스승은 오늘 밤 강령회를 진행하는 유명한 영매, 보델린 달레어(Vaudeline D'Allaire)였다.

다들 검은색 일색으로 차려입었고, 방 안 분위기는 따뜻하지도 화기애애하지도 않았다. 희생자의 부모는 자리에서 기다리는 동안 초조한 몸짓을 숨기지 못했다. 희생자 아버지는 청동 촛대를 넘어뜨리고는 거듭 사과했다. 탁자 맞은편에서 수첩을 펼쳐보던 레나는 뭐라고 타박할 수 없었다. 초조하기는 다 매한가지였으니까. 레나도 축축해진 손바닥을 몇 번이나 옷에 문질러 닦았는지 모른다.

이렇게 고통스러운 시간을 보내고 싶어서 이곳에 자리한 사람은 아무도 없었다. 이 강령회 참석 비용은 끔찍하게 비쌌다. 심지어 보델린이 선금으로 요구한 돈은 별도였다.

오늘 밤에 불러내려는 영혼은 일반적인 유형이 아니었다. 살만큼 살다가 떠난 이후 하얀 잠옷 차림으로 복도를 떠도는 할머니 영혼도 아니었다. 전쟁에서 사망한 자, 자신이 어떤 불구덩이에 뛰어들었는지 잘 아는 용맹한 사람의 영혼도 아니었다. 폭력에 희생되어 너무 일찍 세상을 떠난 사람의 영혼이었다. 하나같이 살해당한 유형에 속하는 영혼이었다. 이들의 살인범은 잡히지도 않았다.

바로 이런 사건에 보델린이 개입했다. 사람들이 보델린을 찾는 이유도 이런 사건 때문이었다. 탁자 건너편에서 떨고 있는 부부도, 레나 같은 사람도 마찬가지였다.

서른 살의 보델린은 살인 피해자의 영혼을 불러내 살인범의 정체를 알아내는 기술로 전 세계에 명성을 떨쳤다. 존경받는 강령술사이며 미궁에 빠진 유럽의 살인사건을 여러 건 해결했다. 보델린의 이름은 신문 헤드라인에 십여 차례나 등장했다. 특히 지난해 초 런던을 떠난 이후 보델린의 명성은 더욱 높아졌다. 당시에 무슨 일이 있었는지는 아직도 확실하게 밝혀지지 않았다. 그런데도 전 세계에서 보델린을 열렬하게 추종하는 자들의 기세는 조금도 꺾이지 않았다. 현재 보델린은 자신이 태어난 도시 파리에 살고 있다.

망각 속에 묻힌 이 저택은 강령회 장소치고는 좀 특이했다. 하지만 보델린의 방식은 본래 상당히 괴상했다. 보델린은 영혼이 사망한 장소에서만 그 영혼을 불러낼 수 있다고 했다.

2주 전, 2월 1일이었다. 레나는 영국 해협(English Channel)을 건너와 보델린 밑에서 수학하기 시작했다. 레나는 자신이 스승에게 가장 헌신적인 제자가 아니라는 사실을 잘 알고 있었다. 고대 악마의 주문이나 팔로 산토(palo santo. 태워서 향을 내면 부정한 기운을 몰아내 준다는 신성한 나무-역주), 휘파람새가 그려진 조개 모양 그릇 따위를 믿어야 할지 말지 고민하다 보면 종종 믿음이 흔들렸다. 단순하게 믿지 못하는 문제가 아니었다. 그냥 확신이 생기지 않았다. 증명할 수 있는 게 하나도 없었으니까. 레나가 집에 보관해둔 돌과 표본처럼 손에 쥐고 무게를 재보거나 분석하고, 뒤집어볼 수 있는 게 아니었다. 다른 학생이라면 오컬트에 관한 터무니없는 이론도 선뜻 받아들일지 모른다. 하지만 레나는 늘 이런 의문에 사로잡혔다. *어떻게 그게 가능해? 그게 확실한지 어떻게 알지?* 몇 년 전에 한 번 강령회에 참석했을 때도 아무런 확신을 얻지 못했다. 유령도 나타나지 않았다.

이는 진실과 환상이 충돌하며 사람의 혼을 빼놓는 사업이었다.

레나는 스물세 해를 살아오면서 한 번도 유령을 보지 못했다. 오래된 주택가와 공동묘지를 걷다가 서늘한 기운을 느꼈다느니, 촛불이 깜박거렸다느니, 벽에 비치는 사람 형상의 그림자를 봤다느니 하고 떠들어대는 사람들이 있었다. 하지만 좀 더…… 합리적으로 설명할 수는 없을까? 촛불로 장난질 치는 수작은 어디에나 있었고, 프리즘과 빛 반사는 과학으로 쉽게 설명할 수 있었다.

몇 달 전이라면 레나에게 강령회에 참석하러 파리에 갈 거냐는 질문을 했을 때 웃음을 터트렸을지도 모른다. 강령술을 배우려고 했을까? 수집해 주기만 기다리는 돌 표본이 템스강에 수북하게 깔려 있는데 강령술이라니. 레나에게는 시간 낭비에 불과한 짓이었다. 하지만 만성절 전야(All Hallows' Eve. 성인의 수가 늘어나면서 모든 성인을 통째로 묶어 기리는 '모든 성인의 날'. 이후 핼러윈으로 바뀜–역주)에 상황이 급변했다. 그날 밤, 레나는 유스톤 거리(Euston Road)에 있는 부모님 소유의 소박한 관광호텔, 힉웨이 하우스(Hickway House)의 정원에서 칼에 찔려 죽은 소중한 여동생 에비(Evie)를 발견했다. 저항한 흔적이 선명하게 남아 있었다. 머리카락은 흐트러져 있었고, 몸 구석구석이 멍들고 핏기가 없었다. 에비의 시신 바로 옆에는 텅 빈 가방이 떨어져 있었다.

이후 며칠 동안 경찰은 딱 중산층 여성 살인 사건에 쏟아붓는 관심만큼만 에비의 죽음에 관심을 보였다. 솔직히 말하자면 그다지 신경 쓰지 않았다는 소리다. 삼 개월이 지나도 소식 한 통 없었다. 레나는 희망 한 가닥 보이지 않아 막막했다. 급기야는 절망이 불신을 밀어냈다. 이제 레나는 확신하게 되었다. 세상 그 무엇보다 에비를 사랑했다. 사랑하는 동생을 다시 볼 수만 있다면 마법이든 주술이든 유령의 장난이든 못 믿을 것도 없었다.

유령을 믿을지 말지 마음을 정하지는 못했지만, 레나는 자신이 아끼는 화석이 증거가 될지도 모른다고 생각했다. 사후에도 여전히 생의 잔재가 남아 있음을 보여줄 수 있다는 증거 말이다.

에비가 처음으로 이런 생각을 말해주었고, 그게 진실인지 확인하고 싶은 갈망이 바로 지금 레나의 가슴을 가득 채우고 있었다.

에비는 이제 막 영매가 된 신참이자 보넬린의 제자로 영혼의 존재를 철썩같이 믿었다. 누군가가 생과 사를 넘나들 방법을 알고 있다면 그 사람은 바로 에비여야 했다. 레나는 어떻게든 에비와 만나서 무슨 일이 있었는지 알아내야 했다. 경찰은 정의구현에 관심이 없을지 몰라도 레나는 그렇지 않았다. 그러자면 강령술을 믿지 않아도 그 괴이한 기술을 배워야 했다. 강령술에 통달하지 못해도 상관없었다.

레나는 여동생이 살해당한 사건의 진상을 파헤치는데 정신이 팔려서 마음 편히 애도할 시간도 없었다. 아니, 아직은 애도하고 싶지 않았다. 그 전에 먼저 복수를 하고 싶었다.

보넬린이 런던에 올 리는 없었다. 작년에 갑자기 떠난 이후 런던으로 돌아오지 않고 있었다. 결국은 레나가 파리에 가기로 했다. 레나는 무슨 수를 써서라도 에비가 어떻게 죽었는지 밝혀내겠다고 마음먹었다. 한 달 동안 낯선 사람의 가르침을 받는 수고도, 믿는다고 자신 있게 말하지도 못하는 음산하고 미묘한 기술을 배우는 수고도 마다하지 않을 작정이었다. 뭐, 이렇게 마음먹고 찾아간 낯선 사람이 상당히 마음에 들기는 했지만 말이다.

어쩌면 오늘 밤은 뭔가가 달라질지도 모른다.

오늘 밤에는 처음으로 유령을 볼 수 있을지도 모른다.

레나는 양손을 허벅지 사이로 숨겼다. 떨고 있는 모습을 들키고 싶지 않았다. 용감하고 유능한 제자인 척하고 싶었다. 탁자 맞은편에 앉은 희생자의 부모는 딱 봐도 오늘 밤에 무슨 일이 터질지 몰라 겁에 질려 있었다. 그들 앞에서는 흔들림 없는 모습을 보여줘야 했다.

그나마 며칠 전, 불운한 기운이 이만큼 거세지는 않은 곳에서 그들을 만나 다행이었다. 그때 희생자 부모는 파리 중심가에 있는 보델린의 상당히 널찍한 아파트를 찾아왔다. 보델린과 레나까지 네 사람은 거실에 모여서 다가오는 강령회에 관해 궁금한 점을 이야기했다.

강령회의 위험성도 빼놓지 않고 짚어봤다.

레나는 보델린에게 제자가 되고 싶다고 했을 때 들어서 강령회의 위험성을 이미 알고 있었다. 그날 보델린의 거실에서는 그 위험성이 한층 더 부풀어 오르는 것 같았다.

"전 점술판 위저보드(Ouija board)나 세 발 달린 지시판을 사용하지 않습니다. 그런 건 다락방에 던져놓는 애들 장난감이죠. 전 그와는 다른 훨씬 위험한 방법을 선호합니다."

보델린이 희생자 부모에게 설명했다.

그때 거실문이 열리더니 하녀가 차를 갖고 들어왔다. 하녀는 차를 가져와 네 사람 앞 탁자에 내려놓았다. 그 찻잔 옆에는 레나와 보델린이 얼마 전에 들여다보면서 많은 '우틸(outil: 프랑스어로 도구라는 뜻-역주)'을 강령회 탁자에 어떻게 배치할지 논의했던 그림이 있었다. 검은 밀랍 양초부터 오팔, 자수정, 뱀 가죽, 소금 그릇까지 도구가 무척 많았다.

"빙의 말이군요." 하녀가 자리를 뜨자마자 희생자 어머니가 말했다.

"바로 그겁니다."

몇 주 동안 보델린에게 지도를 받은 레나는 자세한 설명을 들을 필요가 없었다. 빙의 상태, 혹은 몽환 상태가 말 그대로 영혼이 영매의 육신을 차지해 다시 한번 살아 숨 쉬는 몸뚱이를 갖고 이승을 활보하는 상태임을 이미 알고 있기 때문이었다. 보델린은 빙의란 영매와 죽은 자의 기억과 생각이 공존하는 일종의 이중 상태라고 말했다.

희생자의 어머니가 차를 한 모금 마시더니 몸을 앞으로 숙여 가방에서 뭔가를 꺼냈다. 신문에서 잘라낸 기사였다. 신문 기사를 꺼내든 두 손은 사정없이 떨리고 있었다. 이곳에 도착해서 보델린을 한참 바라보기만 할 뿐 말을 꺼내지 못했을 때도 그랬다.

사실 레나도 보델린을 처음 만났을 때 그와 똑같은 반응을 보였다. 보델린이라는 영매의 명성에 넋을 잃어서 그랬던 것은 아니었다. 그보다는 보델린의 먹구름 같은 잿빛 눈동자, 으레 그렇지 하는 정도보다 몇 초 더 길게 레나의 시선을 잡고 놓아주지 않았던 그 눈빛 탓이 더 컸다. 보델린과 시선을 마주한 시간은 짧았지만 레나는 많은 사실을 알아차렸다. 자신감 넘치는 여자. 에비처럼 규칙에 그다지 구애받지 않는 여자. 보델린은 그런 여자였다.

그 두 가지가 모두 레나가 넋을 놓을 정도로 인상 깊은 특성이었다.

희생자의 어머니가 기사를 건네주었다. 기사가 프랑스어로 되어 있어서 레나는 무슨 내용인지 알 수 없었다. 하지만 기사 작성 날짜를 보니 몇 년 전 기사였다.

"당신 강령회에서 남자가 죽었다는데 진짜인가요?" 희생자의 어머니가 물었다.

보델린은 고개를 끄덕였다. "영혼이 어떻게 행동할지는 예측할 수 없어요. 우리가 불러내는 영혼처럼 희생당한 영혼은 더더욱 그렇죠. 강령회 초반부가 가장 위험합니다. 제가 주변의 모든 영혼을 방 안으로 불러들이는 초혼 주문을 암송하고 난 직후가 그렇죠. 수도꼭지를 틀어놔 물이 콸콸 쏟아지는 것 같답니다. 살인사건 희생자의 영혼을 찾아내서 문제를 해결하려면 근처에 있는 죽은 자의 영혼도 처리해야 하죠. 이 단계는 빠르게 넘어가려고 노력하지만 몰려드는 영혼을 다 저지할 수는 없어요."

보델린은 고갯짓으로 신문 기사를 가리켰다.

"경찰이 남자의 사망 원인을 밝혀냈나요?" 희생자 어머니가 물었다.

"심장 마비라고 했어요. 공식적으로는 그랬죠. 하지만 그날 그 자리에 있었던 사람들은 두 눈으로 똑똑히 봤어요. 손 그림자가 그 남자의 입을 틀어막았죠." 보델린이 기사를 희생자의 어머니에게 돌려주었다.

"십 년 동안 강령회를 진행하면서 내 눈앞에서 죽은 사람은 세 명밖에 없어요. 아주 드문 일이죠. 희생자가 사망 직전에 입은 상처 같은 게 갑자기 나타나는 일은 흔하지만요. 자상이나 멍이 생기거나 인대가 비틀리죠."

희생자 아버지가 고개를 푹 숙였다. 레나는 밖으로 뛰쳐나가 속에 든 걸 다 게워내고 싶은 충동을 꾹 눌러 삼켰다. 희생자는 교살당했다. 강령회 도중에 밧줄에 쏠린 자국이 누군가의 목에 나타난다면? 생각만 해도 끔찍했다.

보델린은 다음으로 넘어가는 게 좋겠다고 생각했는지 계속 말을 이어 나갔다.

"별로 위험하지 않은 일도 일어난답니다. 누군가가 서로…… 몸을 섞는 그런 일이요. 몇 달 전에 열렸던 강령회에서는 참석자 두 명이 소환된 영혼에 홀려 탁자 위에서 서로의 몸을 더듬어대기 시작했죠."

레나는 자그맣게 헉 하고 숨을 들이켰다. 지난 2주 동안 보델린과 함께 지내면서 온갖 이야기를 다 들었지만 듣지 못한 이야기였다.

"그 두 사람은 원래 연인이었나요?" 레나는 희생자의 부모도 자기 못지않게 궁금해할 거라고 생각하며 이렇게 물었다.

보델린은 고개를 가로저었다. "한 번도 서로 만난 적 없는 사람들이었어요."

보델린이 이렇게 말하고 돌아앉자 그녀의 콧등에 뿌려진 작은 주근깨가 레나의 눈에 들어왔다. 주근깨는 너무 작아서 그림자가 드리워진 것 같았다.

"빙의 상태가 위험하긴 해도 사건 해결에 필요한 정보를 가장 빠르게 효과적으로 빼낼 수 있죠. 그건 여흥을 즐기는 일도, 마음의 평화를 찾자고 하는 일도 아닙니다. 그런 걸 원한다면 유명한 유령 사냥꾼이 이 도시 전역에 널려 있으니 그쪽으로 연결해드리죠." 보델린이 말했다.

희생자의 아버지가 목을 가다듬더니 아내의 손을 살며시 잡으면서 말을 꺼냈다.

"하지만…… 딸아이가 죽은 곳에서 강령회를 열면 아내 마음이 편치 않을 것 같습니다."

희생자의 아버지는 '딸아이가 죽은' 곳이라고 했다. 딸아이가 살해당한 곳이라는 말은 입밖에 내뱉기 어려웠으니까. 딸이 살해됐다는 사실은 인정하기도 힘들고, 너무 날카로워서 혀끝에 올리기도 어려웠다. 누구보다 그 심정을 잘 아는 사람이 레나였다.

보델린이 희생자의 어머니에게 시선을 돌렸다. "어떻게든 마음을 가라앉혀야 합니다. 못하겠다면 나가주세요."

보델린은 등을 기대고 앉아 양손을 포갰다. 더 이상 논의할 생각이 없다는 티가 풀풀 나는 자세였다. 보델린이 꼭 지켜야 한다고 믿는 철칙이라 어쩔 도리가 없었다. 보델린은 영혼은 사망한 자리 근처에서만 불러낼 수 있다고 믿었다. 보델린이 영혼의 사망 장소와 멀리 떨어진 곳에서도 강령회를 열 수 있다면 레나가 파리까지 와서 여기 이 자리에 있을 리가 없었다. 그냥 프랑스에서 에비의 강령회를 열고 결과만 알려 달라는 편지를 써서 보델린에게 보냈을 테니까.

보델린은 공개적으로 밝혔듯이 당분간은 런던에 돌아갈 계획이 없었다. 결국 레나가 파리에 가서 강령술을 배운 다음, 에비의 영혼을 직접 불러낼 수 있기를 바라며 에비의 사망장소로 돌아가는 수밖에 없었다.

"자기 집에서 강령회를 여는 영매도 많아요. 사망한 사람이 죽은 장소와 전혀 가깝지 않은데도 말이죠." 희생자의 어머니가 말했다.

"사기꾼 영매도 많죠. 딸이 죽은 장소에 가기 힘들다는 건 알아요. 하지만 지금은 감정에 신경 쓸 때가 아닙니다. 범죄 사건부터 해결해야죠."

차갑게 들릴지도 모르지만 보델린이 헤아릴 수 없이 많이 했던 말이었다. 보델린은 희생자 가족의 슬픔에 휘말려 들어갈 수 없었다. 슬픔은 마음을 약하게 만들고, 강령회에서는 약해지는 마음만큼 위험한 것이 없다. 자유롭게 떠도는 위험한 영혼, 소환됐든 안

21

됐든 착석자를 괴롭히고 놀리기 일쑤인 영혼은 약한 마음을 좋아했다.

"두 분만 참석하나요?" 보델린이 물었다.

희생자 아버지가 고개를 한번 끄덕였다.

"따님에게 남편이나 사귀던 남자는 없나요? 있다면 초대하는 게 도움이 될 겁니다. 따님의 잠재된 에너지를 많이 모을수록 좋아요."

"아뇨, 결혼도 하지 않았고 사귀던 남자도 없어요." 희생자 아버지가 대답했다.

"저희는 그렇게 알고 있어요. 딸아이가 좀…… 독립적인 편이었거든요." 희생자 어머니가 옅게 미소 지으며 말했다.

레나는 희생자 어머니가 고르고 고른 말을 곱씹으며 미소를 지었다. 희생자도 에비와 비슷했던 모양이었다. 고삐 풀린 자유로운 영혼의 소유자였다.

희생자 어머니가 가볍게 기침을 했다. "아가씨는 강령회에서 무슨 일을 하는지 물어봐도 될까요?"

레나는 고개를 끄덕였다.

"전 보델린 선생님의 제자예요. 전 아직 배우는 중이지만 강령회 7단계 순서를 기록해둘 거예요."

"레나는 일반적인 훈련생이 아닙니다. 전 보통 세 명에서 다섯 명을 훈련생으로 두고 있죠. 레나는 2주 전에 훈련생이 되어서 개별 훈련을 시키고 있어요." 보델린이 덧붙여 설명했다.

보델린이 극히 간략하게 말하기는 했지만 모두 다 사실이었다.
레나가 파리에 도착해 보델린에게 옛 제자 에비가 런던에서 살해
당했다고 말했을 때 그녀는 충격을 감추지 못했다. 재빨리 레나를
안으로 들이더니 제자들만 사용하는 빈방을 내어주고 속성 훈련
을 시켰다. 보델린은 보통 8주 동안 훈련생을 가르쳤지만 레나의
훈련은 4주 만에 끝내려고 했다.

"강령회만 여는 게 아니라 영매술도 가르치시는 줄은 몰랐어
요." 희생자 어머니가 보델린에게 말했다.

"영매로 활동한 지는 10년 됐고, 영매술을 가르친 지는 5년 됐죠."
보델린은 몸을 앞으로 숙여 한층 진지한 목소리로 이야기를 이
어 나갔다.

"강령회에서 제가 방금 말씀드린 위험을 줄이는 방법이 있어요.
가장 좋은 방법은 와인 같은 술은 절대 마시지 않는 겁니다. 한 방
울도요. 그리고 눈물도 금물입니다. 추억에 잠기지 말아야 하죠.
추억은 마음을 약하게 만드니까요. 강령회에서는 마음이 약해지
면 그대로 무너지고 말죠."

레나는 보델린한테서 강령술을 배우기 시작했던 초기에 나약함
이 얼마나 위험한지 배웠다. 이 세상에는 유령이 차고 넘쳤다. 침
실에도, 초원에도, 항구에도 유령이 도사리고 있었다. 천 년이 넘
는 세월 동안 사람이 살고 죽는 한은 유령도 멀리 가지 않았다. 그
렇기에 많은 강령회에서 소환하지도 않은 영혼이 나타난다고 보
델린이 말했다. 그렇게 나타나는 영혼은 대부분 온순하고 호기심

이 왕성할 뿐이었다. 다시 한번 살아 있는 육체를 느끼고 싶어 하거나 착석자들에게 장난치려고 했다. 이렇게 유순한 영혼은 보델린이 쫓아내는 데 아무런 문제가 없었다.

악의를 품은 파괴적인 영혼은 위험했다. 이런 영혼이 나타나면 강령회가 크게 틀어질 수 있었다. 사악한 영혼이 보델린이 소환하려는 영혼보다 먼저 보델린의 육체를 차지할 수도 있었다. 혹은 착석자의 몸을 차지해서 영혼 흡수라는 현상이 일어날지도 모른다. 이런 영혼은 아주 똑똑해서 누구를 먹잇감으로 삼아야 할지 정확하게 알고 있었다. 우는 사람, 어린 사람, 술에 취한 사람, 욕정에 사로잡힌 사람처럼 온갖 형태의 나약함을 지니고 있어서 사악한 영혼이 파고들 구멍이 많은 사람이 손쉬운 먹잇감이었다.

보델린은 그런 악령이 강령회에 끼어들지 못하게 사전에 착석자들을 주의 깊게 선정했다. 16세 미만은 참석하지 못하게 했고, 술 냄새를 풍기는 사람도 절대 받아주지 않았다. 울음을 토해내는 가족은 종종 쫓아내기도 했다.

보델린의 이런 노력 덕분에 강령회를 안전하게 진행할 수 있었다. 이 밖에도 보델린이 강령회 초반에 암송하는 고대 악마의 보호 주문과 마지막 수단으로 사용하는 두 가지 추방 명령이 강령회의 안전을 확보해주었다.

대부분은 그랬다.

하지만 강령회가 항상 안전하다고 보장할 수는 없었다. 보델린이 거듭 말했듯이 강령술은 일종의 예술이었다. 게다가 영혼은 어디로 튈지 모르는 예측 불허의 존재였다.

강령회가 열리는 저택에서 수첩을 들여다보던 레나는 시선을 들어 올려 희생자 부모의 표정을 유심히 살펴보았다. 희생자 아버지는 딱딱하게 굳은 표정으로 양손을 탁자 위에 단정하게 올려두었다. 전투에 돌입하려는 태세 같았다. 희생자 어머니의 잿빛 눈동자에는 멍한 빛이 감돌았고, 볼그스름하게 화장한 두 뺨 위로 개울처럼 흘러내린 눈물이 말라붙은 자국이 남아 있었다.

레나는 희생자 어머니가 자랑스러웠다. 희생자 부모 모두가 자랑스러웠다. 하지만 희생자 부모가 강인한 탓에 자신이 약한 고리가 될지도 몰랐다. 레나는 이 방에 찾아든 영혼이 자신을 가장 나약한 먹잇감으로 생각할지도 모른다는 생각에 몸을 떨었다. 어쩌면 다른 뭔가가 잘못될지도 모른다. 보델린한테서 들었던 이야기가 떠올랐다. 사람들이 빙의 상태에서 서로에게 무기를 겨누었다거나 나뭇가지 모양 촛대가 누가 건드리지도 않았는데 저절로 흔들렸다는 이야기였다. 주위를 힐끗 돌아본 레나는 나뭇가지 촛대가 보이지 않아 안도했다.

보델린은 가죽 가방을 열어 몇 가지 물건을 꺼냈다. 다른 사람들은 자기 자리를 찾아 앉았다. 초조한 침묵이 방 안에 내려앉았다. 앞으로 무슨 일이 일어날까? 레나는 이런 생각에 잠겨 자기도 모르게 손톱을 물어뜯었다. 손톱 물어뜯기는 평생 사라지지 않는 고질병이었다. 레나는 보델린이 속임수를 쓰는 건 아닌지 유심히 살펴봤지만 그런 흔적은 찾지 못했다.

보델린이 가방에서 검은색 린넨 두 조각을 꺼내 벽돌 벽난로와 납으로 된 격자창을 조심스럽게 덮어서 가렸다. 방 앞쪽의 격자창은 황폐한 저택의 출입구가 내려다보이는 위치에 있었다. 유리창 아랫부분은 깨져 있었는데 린넨 조각이 바람을 막아주었다. 하지만 레나는 보델린과 함께 사전에 논의했기 때문에 보델린이 다른 이유가 있어서 그런다는 사실을 잘 알고 있었다.

창문은 빛이 들어오는 입구이자 근처에서 죽은, 초대받지 않은 영혼이 드나들기 쉬운 통로다. 벽난로도 마찬가지였다. 사악한 영혼은 창문으로 들어오는 것처럼 손쉽게 굴뚝을 타고 내려올 수 있다. 그렇기에 가능하면 방을 밀폐하는 게 가장 좋았다.

무엇 하나 드나들 구멍 없이 어둡게 차단하는 게 상책이었다.

음, 아무래도 곧 뭔가 일이 일어날 게 분명했다. 보델린이 의자를 레나에게 가까이 끌어당겨 놓고 드디어 자리에 앉았다. 보델린의 다리가 레나 쪽으로 기울었다. 레나는 보델린이 별 뜻 없이 그런 것인지 궁금했다. 그게 아니라면 얼마나 좋을까.

보델린이 주문 공책을 펼쳤을 때 기다란 속눈썹이 두 뺨에 그림자를 드리웠다. 가느다란 머리카락 한 올이 삐져나와 얼굴 앞에서 달랑거렸지만 보델린은 그러든 말든 신경 쓰지 않았다. 주문 공책을 넘기는 보델린의 창백한 두 팔 위로 실크 드레스 소맷부리가 스르르 미끄러져 내렸다.

레나는 희생자 아버지가 보델린을 뚫어지게 응시한다는 사실을 알아차렸다. 크게 뜬 검은 눈동자에 입술이 벌어져 있었다. 레나가 잘 아는 표정이었다. 욕정에 사로잡힌 표정이었다. 레나는 희생자 아버지를 조금도 비난하지 않았다. 슬픔과 상실감에 그토록 깊이 잠식당해서도 욕정을 품을 수 있다니 상식에서 벗어난 인간이요, 저열한 인간이라고 누군가는 비난할지도 모른다. 하지만 레나는 그러지 않았다. 그러한 감정이 얼마나 뒤틀리고 뒤엉켜 있는지 잘 알고 있기 때문이었다.

실제로 슬픔과 욕정은 역겨운 한 쌍인지도 모른다. 레나는 최근 이 한 쌍의 고통스러운 감정에 시달렸기에 탁자 맞은편의 남자를 비난할 수 없었다.

방 안이 아주 고요했다. 촛불이 깜박거리지도 않았고, 창문을 덮어둔 린넨도 바스락거리지 않았다. 강령회는 아직 시작되지 않았지만 부인할 수 없는 명백한 사실이 눈앞에 보였다. 보델린이 방 안을 철저하게 완벽히 통제하고 있다는 사실이었다. 보델린이 무엇을 요구하든 참석자들은 다 들어줄 태세였다.

방 안에 으스스한 기운이 감돌았지만 레나는 보델린의 전문 기술에 기댈 수 있어 든든했다. 저택으로 오는 길에 스승이 약조했던 말이 떠올랐다. 네가 다치는 일은 절대 없을 거야. 그럴 일이 생긴다면 난 제일 먼저 널 보호할 거야. *Ma promesse à toi*(약속해). 레나의 스승인 보델린이 부드럽게 읊조린 말이었다.

레나는 속으로 스승의 약속을 곱씹어 보았다. 자신만의 주문도 되뇌었다.

보델린이 외투 안쪽에서 작은 시계를 꺼냈다. 시계 앞면을 한참 들여다보더니 외투 안주머니에 다시 집어넣었다.

"40초 후에 시작할 겁니다."

보델린이 말했다. 탁자 맞은편에서 희생자 어머니가 코를 훌쩍거렸다. 희생자 아버지는 목청을 가다듬고 등을 곧추세웠다. 레나는 어떤 감정이 그들의 속을 헤집어 파고 있을지 가늠하기 어려웠다. 앞으로 어떤 일이 닥칠지 기대하는 미묘한 감정과 두려워하는 감정도 헤아릴 수 없었다. 죽은 딸을 만나는 기분이 어떨까?

죽은 동생을 만나는 기분과 똑같을지도 모른다.

이런 생각에 레나는 기분이 침울해졌다. 강령술을 배우고 싶다는 이유만으로, 강령술 교육을 받고 오늘 밤 이 자리에 있는 게 아니었다. 그 모든 노력을 기울인 궁극적인 이유는 에비를 만나 어떻게 살해당했는지에 관한 진실을 알아내는 것이었다.

레나는 탁자 맞은편의 희생자 어머니에게 따뜻한 미소를 보냈다. 희생자 어머니의 눈에 촛불이 비쳐 일렁였다. 희생자 어머니는 눈물을 억눌러 삼키고 있었다. 레나는 몇 마디 위로의 말을 속삭여주고 싶었지만 그럴 기회는 이미 예전에 지나갔다.

착석자들이 눈을 내리뜨고 있는 동안 40초가 느리게 흘러갔다. 레나는 보델린의 외투 안쪽에서 나는 시계 소리를 들을 수 있었다. 금속 케이스 안의 작은 기계 장치가 움직이는 소리였다. 보델린은 시계가 재깍거리는 횟수를 헤아리고 있는 게 분명했다. 잠시 후 보델린이 첫 주문을 암송하기 시작할 것이다. 악마에 관한 천 년 된 라틴 문헌에서 따온 서두이자, 음악의 서곡과 같은 보호 주문이었다. 레나는 처음 4행구를 이미 암기했지만 이 주문은 4행구 7개로 이루어져 있었다.

레나는 보델린이 숨을 깊이 들이쉬기를 기다렸다. 첫 주문은 한 호흡에 암송해야 했다. 호흡 조절은 레나가 연습해야 하는 또 다른 기술이었다. 최근에 수첩을 보고 주문을 읽는 연습을 할 때 레나는 겨우 절반을 읽다가 어지러워져서 숨을 몰아쉬어야 했다.

벽난로에서 가장 가까운 곳에 놓인 촛불이 깜박거렸다. 방 바깥인지 위쪽인지 모르겠지만 근처 어딘가에서 쿵 하는 소리가 났다.

레나는 꼼짝도 하지 못한 채 공책에서 고개만 들었다. 바닥 아래를 기어 다니는 생쥐 소리는 절대 아니었다. 레나의 손가락에서 연필이 떨어졌다. 레나는 본능적으로 보델린 가까이 몸을 붙였다. 뭔가가 나타나는 즉시 보델린의 손을 움켜잡을 기세였다. 예의 따위는 개나 주라지.

"뭔가 오고 있어요."

갑자기 보델린이 말했다. 나지막하고 차분한 목소리였다. 보델린은 시선을 내려 눈을 지그시 감았다. 다시 쿵 소리가 났다. 레나는 희생자 가족을 향해 고개를 획 돌리며 긴장했다. 탁자 맞은편에서 희생자 어머니가 눈을 크게 떴고, 희생자 아버지는 기대에 찬 눈빛으로 몸을 앞으로 숙였다. 쿵 소리가 딸아이가 근처에 왔다는 징조라고 생각하는 게 분명했다. 보델린은 강령회 7단계를 다 설명해주지 못했다. 그렇다 보니 희생자 가족은 영혼이 나타나기에는 너무 이르다는 사실도, 강령회는 아직 시작도 하지 않았다는 사실도 몰랐다.

레나만 그 사실을 알고 있었다. 그런데 뭔가가 잘못됐다. 절차가 어긋났다. 보델린이 착석자를 보호해주는 고대 악마의 주문을 외우지 않고 강령회를 시작할 리는 없었다. 레나는 공포에 사로잡혔다. 지금 바로 이 순간 어떤 악령이 방 안으로 들어오고 있는 걸까? 사악한 뭔가가 보델린의 강령회 절차를 뒤엎으려는 걸까? 레나의 두 팔에 소름이 돋았다. 레나는 보델린이 뭐라도 하기를 기다렸다.

하지만 보델린은 꼼짝도 하지 않았다. 레나는 자신이 부사령관 정도는 된다고 자신하며 용감하게 보델린을 돌아보고 속삭였다.

"뭔가가…… 오고 있나요? 영혼인가요?"

보델린은 '짜증'이라고 얼굴에 써놓은 표정으로 숨을 내뱉고는 고개를 가로저었다. 그러더니 그냥 가만히 기다리라는 듯 손가락 하나를 치켜세웠다.

그와 동시에 방문이 활짝 열렸다.

며칠 전,

영국 해협 건너 런던에서

몰리
MOLLY

1873년 2월 10일 월요일, 런던

웨스트엔드(west end) 신사 전용 단체인 런던 강령술 협회 2층이었다. 나는 개인 서재에서 어깨를 웅크린 채 마호가니 책상에 앉아 있었다. 내 앞쪽에 파랗게 때로는 노랗게 깜빡거리는 등불 불빛 아래로 책상 위에 흩어진 물건들이 드러났다. 강령술 협회 전용 편지지 몇 장, 은사슬이 달린 단안경, 종 모양의 잉크통이었다.

나는 부어오른 눈 아래 애교살을 몇 번 문질렀다. 압박감과 걱정에 시달린 탓에 눈 아래가 부은 것이었다. 몇 달 동안 잠을 제대로 자지 못했다. 턱에는 잔뜩 힘이 들어가 빠질 생각을 하지 않았다.

런던 강령술 협회에 몇 가지 문제가 발생했다. 예지부에 문제가 있는 것은 아니었다. 예지부는 티 하나 없이 깨끗했다. 문제가 있는 곳은 심령부였다. 십 년 전에 런던 강령술 협회에 들어왔을 때부터 나는 심령부의 부회장직을 맡아 지금까지 심령부를 관리해왔다.

권위 있는 훌륭한 신사라면 누구나 그렇듯, 나도 내 부서에 관해서라면 모르는 게 없었다. 내가 회원들을 배정했기 때문에 지난주에 어떤 강령회를 진행했는지도 알았고, 오컬트에 관한 참고 서적 하나하나가 내 서재 어디에 있는지도 다 파악하고 있었다. 심령부의 수익에서부터 회원들의 부인 이름, 사흘 후 부서 모임 아침 식사에 나올 음식까지 낱낱이 꿰고 있었다.

개인적인 정보든 하찮은 정보든 전부 다 내 손 안에 있었다.

그런고로 심령부가 난장판이 되면 깨끗하게 정리할 책임도 나 혼자 져야 했다.

내 오른쪽에는 비어 있는 브랜디 유리잔이 있었다. 평소보다 적게 마신 술맛이 여전히 입술에 씁쓸하게 남아 있었다. 나는 한 잔을 더 따라놓고 벽에 고정된 작은 액자를 똑바로 응시했다. 액자 안에는 런던 강령술 협회의 사명이 적혀 있었다. *1860년대에 설립된 런던 강령술 협회의 사명은 예지 및 영매 서비스를 런던 전역에 제공하여 애도하는 사람에게 평화를 안겨주고, 점점 커지는 사후 세계에 대한 호기심을 풀어주는 것이다.*

나는 팔짱을 낀 채 협회의 사명을 곰곰이 생각해보았다. 평화를 안겨주고 호기심을 풀어주는 것은 사실 우리가 아주 잘하는 일이었다.

협회 회원은 200명이 넘었다. 그중 3분의 2는 예지부 회원이었다. 예지부는 나의 호적수인 쇼(Mr. T. Shaw)가 부회장직을 맡아 운영하는 부서였다. 쇼의 부서는 매달 런던 전역에서 수백 건의 점술 행사를 진행했다. 예지부의 명성은 흠잡을 데가 없었고 수입도 꾸준히 들어왔다.

이러한 결과에 한몫한 것은 쇼의 회원 심사 과정이다. 예지부 지망생은 예지와 숫자점, 점술 능력이나 그밖에 다른 능력을 증명해 보여야 협회에 들어올 수 있었다.

내 담당 부서인 심령부는 약간 달랐다. 우선 일이 훨씬 적었다. 한 달에 십여 건의 강령회만 진행했다(그런데도 사전 예약 수입이 쇼의 예지부가 손금 보기 길거리 행사로 벌어들이는 돈보다 많았다. 그냥 많다 정도가 아니라 훨씬 많았다). 게다가 심령부는 추천받은 사람만 회원으로 받았고, 나의 회원 심사 과정은 정확성이 좀…… 떨어졌다. 쇼의 예지자들은 내 주머니 속 동전에 적힌 날짜를 알아맞힐 수 있었다. 하지만 내 경우에는 심령부 지망생이 회의실에 영혼을 불러내라는 내 지시를 당연히 수행할 수 있다고 장담하기 어려웠다.

그렇다 보니 믿을 만한 추천인에게 추천받은 사람을 심령부 회원으로 받아들였다. 알음알음 회원을 모집하는 것이었다. 내 회원 심사 과정이 별로 엄격하지는 않았지만 나도 나름 까다롭게 사람을 골랐다. 내 기준이 높다는 사실만은 의심의 여지가 없었다.

쇼와 나는 둘 다 볼크먼(Mr. volckman) 회장에게 보고했다. 볼크먼 회장은 12년 전에 런던 강령술 협회를 설립했다. 유령 이야기가 화제가 되어 런던 전역을 뒤덮었던 시기였다. 강령회, 영혼, 유령 이야기가 런던의 유행이 되었고, 런던은 그 이야기를 더 듣지 못해 안달이었다. 볼크먼은 크게 돈 벌 기회가 왔음을 알아차리고 일찌감치 쇼와 나를 끌어들여 일을 벌였다.

볼크먼은 만인의 존경을 한 몸에 받는 지도자였다.

사망하기 전까지는 그랬다.

내 책상 한쪽 구석에 또 다른 기사가 놓여 있었다. 불운이 닥쳤던 그날 밤에 관한 조간신문 기사였다. 나는 머리기사를 힐끗 쳐다보았다. '이브닝 파티에서 살해당한 런던 신사 사건은 여전히 오리무중'. 짤막한 기사 내용도 다시 읽어 보았다.

런던 경찰청은 석 달 전에 메이페어(Mayfair)에 거주하던 볼크먼이 살해된 사건을 둘러싼 정황을 계속 수사 중이다. 볼크먼은 존경받는 신사이자 아버지요, 남편이었고, 유명한 웨스트엔드 신사 클럽인 런던 강령술 협회의 회장이었다.

크게 훼손된 볼크먼의 시체는 10월 31일에 그로스베너 광장(Grosvenor Square) 근처의 개인 지하 저장고에서 발견되었다. 그곳은 런던 강령술 협회 심령부 부회장인 몰리가 관리하는 지하 저장고였다

만성절 전야제가 열린 곳이기도 했다. 그곳 지하 2층에서

몰리가 볼크먼의 시체를 발견했다. 이날 저녁 파티에 참석한 사람은 최소 백 명에 달했다. 그런 탓에 조사에 어려움을 겪고 있다고 런던 경찰청은 보도했다.

볼크먼은 정직하고 가정적인 남자였다. 도박 빚도 없고 누군가에게 미움을 산 적도 없는 사람이라고 그의 친구들이 말했다. 볼크먼을 사랑하는 가족들이 말하는 그는 모범적인 신사였다. 그렇다면 이런 의문을 가지지 않을 수 없다. 그가 죽기를 바란 사람은 누구일까?

불안한 마음에 기사를 내려놓고 반질반질한 가죽 의자에서 일어났다. 작은 서재 안을 왔다 갔다 하다가 강령회 사명이 적힌 액자 옆쪽 벽에 고정된 거울 앞에 멈춰 섰다. 거울을 한참 들여다봤다. 항상 그랬듯이 시야에 들어오는 내 모습에 이맛살이 찌푸려졌다. 서른여섯 살 남자의 머리는 숱이 적어지지도 벗어지지도 않아 보기 좋았고 턱은 날카롭고 코는 오뚝했다.

하지만 얼굴은 흉물스러웠다. 검붉은 반점이 왼쪽 눈 아래에서 오른쪽 귀까지 뒤덮고 있었다. 볼 화장으로 가릴 수 있는 작은 흉이 아니었다. 크기가 손바닥만 했고, 처음에는 표면이 부드러웠지만 세월이 지나면서 두터워져 이제 울퉁불퉁하게 튀어나와 있었다.

어렸을 때는 반점이 있어도 어른들의 사랑을 받았다. 반점은 언젠가 사라질 거라고 다들 장담했다. 하지만 그렇지 않았다. 지금은 내게 지독한 수치를 안겨주었다. 이런 결점 때문에 괴로워하는 친구는 아무도 없었다. 런던의 품위 있는 신사 중에서 나만 홀로 툭 튀어나와 있다. 그것도 좋지 않은 인상으로 주목을 끌었다.

추한 반점을 문지르거나 표백해서 지워버릴 수 있다면 얼마나 좋을까. 십 대 시절에는 모래와 석회로 반점을 거칠게 문질렀다. 그런데 반점이 지워지기는커녕 지저분한 병변이 퍼져나가 왼쪽 얼굴 전체를 뒤덮자 엄마 화장품에서 찾아낸 미백 크림과 식초를 섞어 만든 약물을 밤새 얼굴에 발랐다. 이와 비슷한 얼토당토않은 짓을 몇 주 동안이나 계속했다. 하지만 어떤 방법도 효과가 없었다. 달라진 게 있다면 반점이 점점 더 짙어지고 커지는 것 같았다.

제일 끔찍한 게 뭐냐고? 내가 무슨 낯설고 이질적인 종족이라도 되는 양 한참이나 내게 머무는 여자들의 시선이다. 얼굴에 반점이 있어서 결혼하기도 쉽지 않았다. 여자의 환심을 사는 데 방해만 되는 반점이었는데 왜 그런 반점이 생겼는지 아는 사람도 없었다. 부모님 얼굴에는 그렇게 커다란 반점이 없었다. 하지만 어떤 여자가 반점이 아이에게 유전될지도 모르는 위험을 감수하겠는가?

한 손으로 뺨을 쓸었다. 반점의 일부는 수염에 가려 보이지 않았다. 하지만 나머지는 차마 봐줄 수 없을 정도로 끔찍했다. 나는 거울 앞에서 돌아섰다. 이제는 수치스러운 얼굴도 태연하게 받아들일 수 있었지만 그래도 거울은 싫었다.

볼크먼은 내 얼굴을 보고도 아무렇지 않게 여겼다. 그를 알고 지낸 세월 동안, 내 얼굴 이야기를 별로 꺼내지 않았다.

볼크먼이 지독하게 그리웠다. 십 년 동안 내 윗사람으로 군림했고 요구가 지독하게 많은 사람이었지만 그는 내게 스승이자 친구요, 동업자였다.

너그러운 사람이기도 했다. 십 년 전 성공한 직물 상인이었던 아버지가 폐렴으로 돌아가셨을 때, 볼크먼 덕분에 어머니와 내가 재정적 파탄을 면했으니까. 당시에 우리 모자는 아버지의 직물 가게를 살리려고 무진 애를 썼지만 영업 재능이나 손님을 끄는 수완이 없었다. 몇 달 사이에 재고가 쌓이고 먼지가 수북이 내려앉았다. 커튼용으로 미리 잘라둔 실크 견본, 겨울 가운용 울, 제복용 밝은 분홍색 면이 모두 한물 간 상품이 되어 버렸다. 최신 유행 상품으로 교체하거나 새 상품을 구매할 돈이 없었기 때문이었다. 그러자 상류층 고객은 한시도 지체하지 않고 우리와 거래를 끊고 다른 가게를 찾아갔다.

볼크먼은 오랫동안 우리 가게를 후원해주었고 우리를 가엾게 여겼다. 품위와 예의를 갖춘 스물여섯 먹은 신사가 결혼도 못한 채 무너져가는 가족 사업과 노모라는 짐을 지고 있는 게 안타까워서 그랬을까? 볼크먼은 런던 강령술 협회를 막 설립한 참이라 심령부를 신설해 끌어나갈 수 있는 믿을만하고 충성스러운 사람을 찾고 있었다. 그때 날 자기 날개 아래 거두어주고, 어머니를 부양할 수 있게 월급도 두둑이 챙겨주었다. 어머니는 팔 수 있는 건 다 팔아치우고 직물 가게를 닫았다. 나는 강령술에 관한 무수히 많은 책에 얼굴을 파묻었다. 영혼의 성격, 영혼이 정보를 전하는 방식, 영혼과의 소통을 수월하게 해주는 도구를 연구했다. 볼크먼은 심령부를 가능한 한 내 뜻대로 운영할 수 있게 해주었다. 심령부 수익이 증가하자 볼크먼이 만족하는 게 한눈에 보였다. 만족하기만 했을까? 깜짝 놀라기까지 했을지도 모르겠다.

볼크먼에게 진 빚은 영원히 갚지 못할 것이다. 볼크먼이 너그럽게 우리를 돌봐준 덕분에 우리 가족은 재정적 파탄을 면했다. 나는 새로운 사회적 지위와 상류층 친구들까지 얻었다.

나는 볼크먼에게 받은 만큼 보답하고 싶었다.

볼크먼은 기대치가 높고 실수를 용납하지 못하는 사람이었다. 특히 런던 강령술 협회의 신뢰성과 진실성이 걸린 문제에는 유독 그랬다. 그 두 가지가 위협받는다 싶으면 일말의 자비도 베풀지 않았다. 1872년 초, 런던 강령술 협회의 강령회가 책략과 마술 수법으로 얼룩졌다는 소문이 퍼져 나와 기승을 부렸을 때, 볼크먼의 심사는 어지러웠다. 런던의 오컬트 단체를 아주 잘 아는 볼크먼의 친한 동료들이 전해준 소문이었다.

구체적으로 내 심령부를 꼭 집어서 비난하는 소문은 조직 전체에도 나쁜 영향을 미쳤다. 런던 강령술 협회 전체가 거짓말을 일삼고 얕은 술책을 부리며, 협회 회원들이 마술사에 불과하고, 무대에서 마술을 부리는 사람이라고 비난하는 소문이 돌았다.

그러자 볼크먼은 내게 짜증을 부렸다. 우리 사이에 감돌던 선의 따위는 자취를 감추었다. 내 담당 부서에서 문제가 발생했으니 당연했다. 나는 볼크먼에게 반박할 수 없었다. 그런 소문 때문에 런던 강령술 협회의 오점 없는 명성이 훼손됐다고 생각하니 마음이 쓰리고 아팠다.

거울 아래쪽에는 또 다른 액자가 걸려 있었다. 만족한 고객들의 평가가 실린 신문 기사 조각을 넣어둔 액자였다. 그중 한 기사 내용은 이러했다.

'2주 전에 열렸던 강령회 결과가 진짜 만족스러웠어요. 런던 강령술 협회 회원분들께서 죽은 제 남편을 불러냈죠. 그러고는 제 남편의 영혼에게 제가 다시 자유롭게 사랑해도 되는지 물어봤어요. 그랬더니 굴뚝 안쪽에서 거세게 망치질하는 소리가 들리면서…….'

내 기억에도 생생하게 남아 있는 강령회였다. 미망인의 얼굴에 떠올랐던 희열과 안도의 표정이 기억났다. 벌어들인 돈보다 더 나은 결과가 나온 강령회였다.

사실 돈은 별로 되지 못했던 강령회였다.

지난 십 년 동안 쌓아 올린 런던 강령술 협회의 명성 덕분에 의뢰 건수가 많아졌고, 각 분기 말에는 수익금을 집계해서 회원들에게 배당금을 지급했다. 이러한 배당금은 많은 회원이 가장 탐내는 수익이었다. 배당금을 받은 회원은 예지 기술이나 영혼 소통 기술을 갈고 닦는 데 더욱 열을 올렸고, 결과적으로 사업도 더욱 번창했다.

물론 돈보다는 신사의 우정을 중시하는 사람들도 있었다. 런던 강령술 협회 본부는 단조로운 가정생활에서 벗어나는 탈출구였고, 흥미로운 대화와 회원 전용 파티, 호화로운 식사를 즐기는 곳이었다.

나머지 몇몇 회원들은 돈에도, 혜택에도 관심이 없었다. 업무상 만나는 여자들 생각뿐이었다.

협회 서비스는 아무런 방해도 받지 않고 도시 전역의 많은 가정에 제공할 수 있었다. 하지만 협회는 고객을 고르는 안목이 상당히 높았다. 특히 심령부 고객은 거의 다 부유한 미망인과 홀로 남겨진 여자 상속인이었다. 이는 결코 우연이 아니었다. 나는 사망 기사를 주시했고, 귀족의 혈통과 토지 소유권, 혹은 정치와 관련이 있는 가문의 성을 잘 알고 있었다. 다시 말하면 값비싼 비용에도 주저하지 않고 강령회를 열고자 하는 여자들을 줄줄이 꿰고 있었다.

이렇듯 업무상 여자들과 자주 얽히기는 했지만 협회 본부에 여자를 들이지는 않았다. 런던 강령술 협회가 설립된 이후로 여자가 협회 본부에 들어온 적은 한 번도 없었다. 지난 10월에 볼크먼이 마지막으로 참석했던 지도부 회의에서 한 회원이 그 규칙을 개정하자고 이렇게 건의했다. 여자들을 만찬 특별 손님으로라도 초대해야 하지 않을까요?

볼크먼은 가정적인 남자였는데도 그 말에 웃음을 터트렸다. "신사는 아내를 피해서 협회로 오는 거야. 여자와 어울리려고 오는 게 아니라고. 우린 그로스베너 광장에 있는 몰리의 지하 저장고 파티에 아내를 초대하지 않을 거야. 안 그런가?"

모두가 그 말에 웃음을 터트렸다. 나는 족히 100명은 수용할 수 있는 널찍한 지하 저장고에서 몇 년 동안 대규모 파티를 열었다. 몇 년 동안 그 지하 저장고를 파티장으로 관리하면서 추가수익을 벌어들였다. 그곳 지하 저장고에는 진과 버몬트, 블렌드 위스키가 가득한 술통이 거의 200개나 있었다. 와인도 상당히 많았다. 그 많은 술통을 뒤집고 들였다가 내놓고 생쥐를 쫓아내는 모든 것이 내가 책임지는 일이었다. 술통과 술병은 런던 북부의 한 배급업자 소유였다.

협회 회원은 지하 저장고 파티에 관한 일을 절대 아내에게 말하지 않았다. 다들 비밀을 잘 지켰고, 그중에서도 볼크먼이 최고였다. 볼크먼은 자신이 가치 있게 여기는 것을 극히 충성스럽게 지켰다.

십 년 동안 런던 강령술 협회는 평소 방식을 고수하며 일을 잘 처리해왔다.

그 소문이 나돌기 전까지는 그랬다.

소문이 퍼지면서 협회 사업이 기울기 시작했다. 내가 맡은 심령부의 의뢰 건수가 분기별로 14퍼센트나 하락했다. 쇼의 예지부도 질 수 없다는 듯 덩달아 추락했다. 수입이 경악할 정도로 감소했는데 가장 큰 문제는 배당금 감소였다. 배당금 배분에 불만을 품은 회원 몇몇은 떠나겠다고 협박했다. 도서 전역에 퍼진 소문이 위험하기는 했지만 회원이 배를 버리고 떠난다고? 그런 배반자는 전혀 도움이 되지 않았다. 이미 의문을 품은 사람들은 더욱 많은 의문을 제기하기 시작할 테니까.

아니, 그런 일이 일어나게 둘 수는 없었다. 런던 강령술 협회가 자멸하게 둘 수는 없었다. 웃고 떠들고 놀며 돈 쓰는 일이 너무 좋았으니까.

볼크먼은 내게 소문의 진상을 밝혀내라고 했다. 가능한 한 빨리 문제를 파악해서 해결해야 했다. 볼크먼도 조사를 해보겠다고 약속했다.

다만 그렇게 노력하다가 볼크먼은 살해당하고 말았다.

바깥 어딘가에서, 창문 하나 없는 이 서재의 벽 너머에서 휘파람새가 경쾌하게 지저귀기 시작했다. 휘파람새는 며칠 전부터 저녁에 노래하고 있었다. 주로 아침에 지저귀는 새치고는 이상한 행동이었지만 야생의 자연에서는 일어날 수도 있는 일이다.

볼크먼의 사망에 관한 기사를 한 번 더 흘낏 쳐다보면서 손가락으로 마지막 문장을 톡톡 두드렸다.

'그가 죽기를 바란 사람은 누구일까?'

휘파람새가 더욱 시끄럽게 노래했다. 나는 그 작은 가수의 노래를 좀 더 감상했다. 그토록 기쁘게 노래하는 새가 부러웠다. 잠시 후 나는 고개를 숙이고 콧날을 꼬집었다.

내 앞에 놓인 이 일은 무척 위험했다.

레나
LENNA

1873년 2월 13일 목요일, 파리

저택의 오래된 거실문이 활짝 열렸다.

살해된 여자의 어머니가 섬뜩한 비명을 내질렀다. 레나가 뒤를 돌아보자 문간에 사람 형체 같은 짙은 그림자가 보였다. '저게 유령이라면 지금까지 내가 전부 다 잘못 알고 있었던 거야.' 레나는 속으로 이렇게 생각했다.

그림자가 거실 안으로 걸어들어왔다. 형체가 좀 더 분명하게 드러나자 레나는 짙은 제복과 까칠한 턱수염을 알아볼 수 있었다. 손에 등불을 든, 육체가 있는 젊은 남자였다. 외투의 놋쇠 단추 네 개가 촛불을 받아 반짝거렸고, 가죽 크로스백이 남자의 가슴을 가로

지르고 있었다. 가만히 서서 헐떡거리는 남자의 뺨이 추위로 빨갛게 상기되어 있었다. 남자가 거실로 들어서자 외투에서 눈송이가 조금 떨어져 녹아내렸다.

"누구지?"

희생자의 아버지가 혼란스러운 듯 나지막하고 묵직한 목소리로 중얼거렸다. 아내를 힐끗 쳐다보는 희생자의 아버지 얼굴에 못 믿겠다는 표정이 떠올랐다. 희생자의 어머니는 침묵을 지켰다.

사나운 아버지와 유순한 어머니를 보자 레나는 부모님 생각이 부쩍 났다. 몇 달 전에 에비가 죽고 나서 레나의 어머니는 사촌 한 명과 함께 시골로 떠났다. 몇 주 동안 멍한 눈동자를 크레이프 베일로 가린 채 힉웨이 하우스 거실에서 손님을 맞이하며 어떻게든 견뎌내려고 애썼다. 하지만 에비가 살해당한 사건이 해결되지 않자 모두가 의심을 품었다. 레나의 어머니는 낯선 사람이든 오랜 친구이든 구분하지 않고 아무도 믿지 못했다.

레나의 아버지는 관광 호텔을 관리해야 해서 도시에 남았다. 침대가 스물네 개밖에 없고 주로 킹스크로스(King's Cross)와 세인트 팽크라스(St. Pancras)에서 오는 관광객이 머무는 호텔이라서 레나의 아버지가 혼자 관리할 수는 있었다. 하지만 레나는 아버지가 얼마나 힘들지 잘 알기 때문에 엄마가 나아져서 도시로 돌아오는 날만 기다렸다.

탁자 맞은편에서 슬픔에 잠겨 있던 희생자의 아버지가 자세를 바꾸더니 큰 소리로 외쳤다.

"저 남자는 진짜 사람인가?"

레나도 그게 궁금했다. 지난 2주 동안 보델린과 함께 모든 사항을 다 점검했지만 가장 근본적인 의문을 해결하지 못했다. 유령은 어떻게 생겼을까? 동화책에 나오는 것처럼 가볍게 둥둥 떠다니는 형체를 닮았을까? 아니면 지금 문턱에 서 있는 남자처럼 만질 수 있는 실체 같을까?

레나는 최근 며칠 동안 부지런히 기록한 수첩을 재빨리 내려다보았다. 미처 보지 못했을지도 모르는 실마리를 찾아서 눈으로 수첩을 훑었다.

숨을 헐떡이는 데다 얼굴이 붉어졌어. 진짜 사람처럼 보이지만 어떻게 진짜 사람이라고 확신하지? 레나는 속으로 이렇게 생각했다.

에비라면 그런 의문에 사로잡혀 속을 태우지도 않았을 것이다. 의혹이니 과학이니 논리니 하는 것에 얽매이지 않고 항상 뭐든 쉽게 믿었으니까.

그와는 대조적으로 레나는 자신이 논리적이고 실용적인 사람이라고 자부했다. 자연에도 항상 관심을 가졌는데 스티븐 헤슬롭(Stephen Heslop)을 만나면서 그 관심이 절정에 이르렀다.

스티븐은 에비와 레나와 친한 친구인 엘로이스(Eloise)의 쌍둥이 형제였다. 레나보다는 겨우 몇 달 먼저 태어났다. 옥스퍼드에서 공부하던 스티븐은 광물과 화석을 연구하면서 저민가(Jermyn Street)의

응용 지질 박물관(Museum of Practical Geology)에서 일하려고 돌아왔다. 레나와 스티븐 두 사람은 그때부터 친해졌다.

스티븐은 레나를 만나러 정기적으로 힉웨이 하우스를 찾아왔다. 가끔은 보수용 끌과 붓 같은 도구도 가져왔다. 스티븐이 정원에서 도구를 만지작거리는 동안 레나는 그 옆에 앉아 있었다. 스티븐이 설명해 주는 화석학 이야기에 레나는 자연주의에 더욱 깊이 빠져들었다. 스티븐을 따라 박물관에도 몇 번 가서 다양한 수석에도 익숙해졌다.

한 번은 스티븐이 작고 둥근 돌을 가져왔다. 레나가 한 번도 본 적 없는 돌이었다. 위스키 색깔이 나는 반투명한 돌은 호박이라고 했다. 스티븐이 그 돌을 주면서 구애할 작정이라는 사실을 레나는 바로 알아차렸다. 스티븐과 함께 지내는 건 좋았지만 그의 낭만적인 감정에 호응해주고 싶지는 않았다. 레나의 흥미를 자극하는 것은 스티븐한테서 받은 수지석(지질 시대의 나뭇진이 땅속에 묻혔다가 딱딱하게 변질된 광물-역주)과 그 안의 내용물이었다. 손톱만 한 거미 뼈대와 눈에 보이지도 않을 정도로 가느다란 거미줄이 완벽한 형태로 보존되어 있었다. 스티븐은 십만 년도 안 된, 나이가 어린 돌이라고 했다.

"네 거야."

이렇게 말하는 스티븐의 윗입술에 땀방울이 맺혀 반짝거렸다. 스티븐이 레나의 팔을 어루만지려고 한 손을 뻗었지만 레나는 그 손길을 살며시 피하고는 거미의 구부러진 다리에 난 작은 털을 더욱 자세히 들여다보았다.

고대 호박 표본을 수집하고, 수지석을 좀 더 알고 싶다는 레나의 열정은 이렇게 시작되었다. 광물로 만든 유물, 눅눅한 안개 도시 런던을 떠난 용감한 탐험가들이 먼 이국땅에서 발견한 거미 화석이 레나의 관심사가 되었다.

몇 주 후, 스티븐은 박물관 실험실에서 폐기한 광물을 가져왔다. 반쯤 마른 진흙과 부서진 도구 몇 개도 있었다. 그러고는 레나에게 직접 화석 주물을 만들어보라고 했다. 레나는 죽은 농어 한 마리를 찾으러 템스강으로 나갔다. 가시가 있는 등지느러미 때문에 레나에게 인상 깊이 남은 물고기였다. 손가락 끝으로 만질 수 있는 것이라서 레나의 마음을 사로잡았다. 레나는 만질 수 있는 실체가 있고, 눈으로 볼 수 있고, 증명할 수 있는 것에 마음을 빼앗겼다. 호박으로 감싸인 거미줄 위의 작은 거미처럼 변하지 않고, 사라지지 않는 것이 레나의 마음을 흔들었다.

에비가 온 마음을 쏟아부은 대상과는 완전히 달랐다.

에비는 언제나 유령과 예감, 꿈처럼 심령 세계에 속한 것을 좋아했다. 매일 부모님의 호텔에서 의무적으로 일하면서도 밤에는 흥미를 가지는 낯선 학문에 파고들었다. 에비는 유령이 사방에 있다고 믿었다. 자기 눈에는 보이지 않는 생의 어느 층 아래에 유령이 있다고 확신했다. 적절한 공식, 다시 말해 적절한 주문이나 부적이 있다면 그 숨겨진 왕국을 드러낼 수 있다고 믿었다.

에비는 그 과정에서 돈도 두둑하게 벌 수 있다고 생각했다. 런던에서 유령이 유행이 된 것은 겨우 몇 년 전이었다. 에비는 자신의 개인적 열정으로 큰돈을 벌 수 있는 기회를 포착했다. 필요한 교육만 받을 수 있다면 아주 큰 부자가 될 수 있다고 확신했다. 그렇기에 에비는 몇 년 전 런던에서 보델린 달레어의 훈련생이 됐을 때 흥분을 감추지 못했다. 보델린은 장막에 가려진 연기 자욱한 거실에서 거론될 만한 이름이었다. 에비는 보델린의 훈련생으로 일하면 큰 도움을 얻을 거라는 사실을 알았다.

레나는 인정할 건 인정해야 했다. 에비는 탐욕스러운 게 아니라 아주 영민했다.

레나와 에비 자매는 관심사만 다른 게 아니었다. 외모도 별로 닮지 않았다. 에비는 엄마를 닮아서 짧은 검은 머리에 물기 어린 파란 눈동자를 지녔고, 레나는 아버지의 버터 색깔 곱슬머리와 헤이즐 빛깔 눈동자를 물려받았다. 게다가 레나가 상당히 여성적이라면 에비는 언제나 약간 거칠어서 남자애 같았다. 수수한 게 아니라 거추장스럽게 꾸미지 않았을 뿐이었다. 외모는 그랬지만 행동은 전혀 그렇지 않았다. 레나가 만나봤던 누구보다 똑똑하고 열정적인 사람이 에비였다. 솔직히 말해 너무 똑똑해서 교활했다.

모든 자매가 그렇듯이 레나와 에비는 종종 다투었다. 에비가 죽기 바로 전주였다. 레나와 에비는 관광호텔에서 함께 쓰는 방에 단둘이 앉아 있었다. 에비는 책을 읽고 있었고, 레나는 화석 주물을 연구했다. 레나가 농어 주물을 석유등을 향해 들어 올려 복잡하게 푹 꺼진 농어 자국을 살펴볼 때 에비가 불쑥 말했다.

"언니는 방금 내가 옳다는 걸 증명해줬어."

에비가 책에서 시선을 들어 올리자 그 분홍빛 뺨이 불빛을 받아 반짝거렸다.

"뭐라고?"

"지금 언니가 눈을 떼지 못하는 그 작은 농어 주물이 증거라고. 물고기는 이미 죽어서 사라졌어. 하지만 물고기 형태는 진흙 속에 영원히 존재하는 것처럼 언니 눈앞에 있잖아. 유령도 마찬가지야. 우리 인간은 죽지만 절대 사라지지 않아."

레나는 손톱으로 화석 주물의 둥그렇고 볼록 튀어나온 가장자리를 쓸었다. 그런 생각은 미처 하지 못했던 레나였지만 그랬다는 사실을 쉽게 인정하지는 않으려 했다.

"그건 다 환상에 불과하잖아."

에비가 씩씩거렸다.

"이 세상을 떠났다고 생각한 것이 여전히 존재한다면 그건 환상이라고 할 수 없어. 언니가 집착하는 화석과 수석도 마찬가지지. 지난주에 남자친구가 박물관에서 나뭇잎 화석을 가져다줬다고 했잖아. 천 년 된 돌이라고 했지?"

"4천 년 된 거야. 그 남자는 내 남자친구가 아니고."

"그래, 그거. 그 나뭇잎은 이미 죽었어. 썩었다고. 그런데도 흔적이 남아 있어. 맞지? 아직도 남아 있는 게 있다고. 아니면 그 나뭇잎은 더 이상 존재하지 않기 때문에 환상이라고 할 거야?"

에비가 정곡을 찔렀다. 거미가 들어 있는 호박도 에비의 주장을 뒷받침해주는 증거였다. 호박 속의 거미는 완벽하게 보존되어 있었다. 죽었지만 사라지지 않았다. 그런데도 레나는 에비에게 승복하지 않으려고 했다. 자기가 틀렸다고 인정하느니 침묵으로 일관할 작정이었다.

"언니는 스티븐과 너무 자주 붙어 다녀서 만질 수 있는 것만 생각하잖아. 언젠가는 나랑 같이 유령을 찾아다녀야 해. 그럼 진짜 놀랄걸."

"넌 유령을 하나도 못 찾았잖아."

"하지만 있다고 확신해." 에비가 한쪽 다리를 접어 올리면서 다시 책장을 넘겼다.

"진흙 속의 농어도 한때 존재했던 것처럼 말이야."

에비는 건성으로 신발 끈을 갖고 놀면서 주위에 펼쳐놓은 자료로 시선을 돌렸다. 뭔지는 잘 모르겠지만 탁자 두들기기 심령 현상에 관한 설명서와 영체가 찍힌 사진에 관한 설명서였다. 인산유병 같은 걸 광고하는 광고지와 영혼 상자(seance-cabinet. 기이한 현상이 일어나는 커튼이 처진 칸막이-역주) 구조 그림, '실체화 증표에 관한 카탈로그'도 있었다.

"실체화 증표가 뭐야?" 레나는 처음 들어보는 단어라서 이렇게 물었다.

에비의 눈이 반짝거렸다. "아, 그거. 아주 흥미진진한 현상이지. 실체화 증표는 강령회나 유령이 존재할 수 있는 곳에서 나타나는 물건이야. 동전, 조개껍데기, 꽃 같은 거지."

"물건이 그냥…… 나타난다고? 하늘에서 떨어지는 거야?"

에비가 어깨를 으쓱거렸다. "가끔은 그렇지. 아니면 딴 데 보는 사이에 증표가 자기 앞에 놓여 있거나."

에비는 실체화 카탈로그를 집어서 중앙 부분에 접어놓은 쪽을 펼쳤다. "실체화 증표는 저먼가의 점치는 가게에서 팔아. 내가 자주 가는 곳이야. 난 이걸 갖고 싶어." 에비가 펼쳐놓은 카탈로그의 깃털 그림을 가리켜 보여주었다. "검은 머리 휘파람새의 깃털이야. 끔찍하게 시끄러운 새지."

"너도 만만찮게 시끄럽지." 레나가 미소 지으며 말했다. 에비는 어렸을 때부터 새를 좋아했다. 거칠고 독립적인 에비의 성격에 잘 어울리는 취향이었다.

"깃털 증표는 이거 하나뿐이야." 에비가 다른 쪽을 펼쳤다. "조개껍데기 증표는 열 몇 개 있지만."

레나는 다시 화석 주물로 신경을 돌리면서 실제로 증표가 하늘에서 떨어질 수 있을지 생각했다. 레나는 이해할 수 없는 일이었다. 조개껍데기와 깃털은 절대 저절로 나타나지 않으니까. 그런 환상적인 현상은 오히려 강령술을 믿기 어렵게 만드는 방해 요소 같았다.

"하, 이럴 수가!" 에비가 갑자기 고개를 가로저었다. 그러더니 신문을 다시 읽었다.

"왜 그래?"

에비는 손에 든 신문을 향해 고개를 끄덕였다. "가짜 영혼 사진에 관한 기사야." 에비가 집중하느라 이맛살을 찌푸린 채 기사를 계속 읽었다.

"홀로웨이(Holloway)의 사진 스튜디오에서 허드슨(Hudson)이라는 남자가 이중노출 원판을 만들었대." 에비가 다음 장으로 넘겼다. "스튜디오는 지난달에 폐쇄됐고."

"제대로 처벌받았네."

에비는 아랫입술을 잘근잘근 씹었다. 뭔가 말을 하려는 것 같았다. 허드슨이라는 남자 편을 들려는 것 같았는데 옆에 있던 펜과 검정 수첩을 집어 들더니 맹렬하게 글을 썼다. 레나는 에비가 뭐라고 쓰는지 볼 수 없었다.

화석과 유령에 관해 나누었던 이 사소한 논쟁은 레나와 에비 자매의 마지막 다툼은 아니었다. 레나가 에비와 다툰 그날 아침, 에비가 죽었다. 두 자매가 그때만큼 심하게 싸운 적도 없었다.

에비가 살해된 지 석 달이 지났지만 그날 아침의 다툼은 아직도 떠올리기 괴롭다.

저택 거실에 새로 나타난 제복 차림의 남자가 가방 안으로 손을 넣었다. 봉투를 꺼내는 남자의 두 손이 떨렸다. 레나는 남자가 무엇으로 만들어진 존재인지 알 수 없었다. 이 세상 사람인지, 아니면 에비의 세상에서 온 남자인지도 알 수 없었다.

"런던에서 온 급한 편지입니다."

남자가 눈을 크게 뜨고 말했다. 남자는 작은 봉투를 내밀었다.

레나는 희미한 불빛 아래로 봉투 앞면에 급하게 갈겨쓴 글씨와 한 쪽 구석에 찍힌 붉은 도장을 어렴풋이 알아볼 수 있었다.

유령이 아니라고 레나는 판단했다. 유령이 우편물을 가로채서 이처럼 진짜 같은 편지 봉투를 손에 넣을 수 있는 게 아니라면 말이다. 하지만 폐허가 된 저택에, 그것도 자정에 우편물을 배달하는 집배원은 없었다. 일반적인 집배원이 아닌 게 분명했다. 집배원의 이마에 땀이 맺힌 걸로 보아 파리에 있는 보델린의 아파트(guesthouse)에 갔다가 보델린의 행방을 수소문해서 말을 타고 여기까지 온 모양이었다. 이제 레나는 눈앞의 집배원이 누구인가보다는 누가 집배원을 보냈는지가 더욱 궁금해졌다. 내용이 뭔지는 모르겠지만 아주 중요한 편지가 분명했다.

보델린이 천천히 손을 뻗다가 탁자 맞은편에서 소동이 일어나는 바람에 깜짝 놀랐다.

"이게 다 뭡니까?" 희생자의 아버지가 보델린을 쳐다보면서 소리쳤다. 그가 어쩌나 거칠게 일어섰는지 의자가 넘어지면서 쾅당하는 소리가 울려 퍼졌다. "장난하는 겁니까?" 희생자의 아버지가 보델린에게 다그쳐 물었다. 적대감이 가득 묻어나는 목소리였다.

하지만 레나는 그 아래에 깃든 진짜 감정을 알아차렸다. 슬픔이었다. 해소되지 않은 복잡하고 추한 슬픔, 레나도 고통스럽게 느꼈던 감정이었다. 희생자의 아버지는 딸을 다시는 보지 못할까 봐, 가장 끔찍한 실수를 저질러 딸을 놓칠까 봐 두려워했다. 희생자의 아버지가 통통한 손가락을 들어 집배원을 가리켰다.

"저 여자한테 얼마를 받았기에 여기 뛰어들어서 일을 망치려는 거지? 지금 당장 다 말해."

레나는 눈을 크게 뜨고 희생자의 아버지를 힐끗 쳐다봤다. 아주 용감한 지적이었지만 시기가 맞지 않았다. 젊은 남자는 보델린이 보호 주문을 암송하기 직전에 도착했는데…….

우연일까? 우연 같은 건 없지 않나?

레나는 보델린을 돌아보았다. 보델린은 마음을 가다듬고 집배원에게 다가오라고 손짓했다. 편지 봉투를 받으면서 고맙다고 중얼거린 보델린이 편지를 꺼냈다. 보델린이 편지지를 꺼내자마자 레나는 편지지 가장자리의 굵직한 검정 테두리를 알아보았다.

부고 편지였다. 누군가가 죽었다. 대체 누구지?

"아냐, 이럴 리 없어." 보델린이 편지를 읽으면서 속삭였다. 보델린의 얼굴에 공포가 어렸다.

"무슨 일이에요?" 레나는 검은색 리본 테두리를 보지 못한 척하며 물었다. 탁자 맞은편에서는 희생자의 아버지가 아직 일어서 있었다. 의자는 그의 옆에 넘어진 채였다.

보델린은 편지지를 접어서 봉투에 넣고, 봉투를 외투에 집어넣었다. 보델린의 표정이 어두웠다. 슬퍼서? 두려워서? 보델린이 레나를 뚫어지게 응시하며 말했다. "빨리 끝내자."

보델린은 희생자의 아버지를 돌아보았다. "자리에 앉아주세요."

희생자 부모가 다시 지리에 앉자 보델린이 탁자 위의 도구 몇 개를 만지작거렸다. 먼저 빻은 휘파람새 알껍데기가 든 단지를 향해 손을 뻗었다. 휘파람새 알껍데기는 강령회에서 영혼과 소통하기 쉽게 해주는 도구였다. 아니, 보델린이 그렇다고 말했다. 그런데 보델린이 단지를 넘어뜨리는 바람에 알껍데기가 탁자 위로 쏟아져 나왔다. 레나는 얼룩덜룩한 알껍데기를 주워 담으려고 몸을 숙였다.

한편 집배원은 안도한 표정으로 재빨리 떠났다. 몇 분 후, 레나는 창문 너머로 검은 조랑말에 올라타는 집배원을 발견했다. 눈발이 멈췄고, 거실 분위기는 몇 분 전보다 훨씬 더 엄숙해진 것 같았다.

마침내 보델린이 강령회 1단계인 고대 악마의 주문을 암송하기 시작했다. 첫 번째 주문은 부드럽게 술술 나왔다. 하지만 초혼 단계에서 두 번째 주문을 암송하려던 보델린이 잠시 머뭇거리더니 조용히 새어 나오는 흐느낌을 억눌렀다.

"죄송해요. 좀 쉬었다 할게요."

레나는 손을 뻗어서 보델린의 손을 꽉 쥐었다. 희생자 부모에게 눈물을 참으라고 경고했던 보델린이 눈물을 억누르려고 애쓰고 있었다. 보델린은 강령회가 얼마나 위험한지, 감정을 억제하는 게 얼마나 중요한지 잘 알고 있었다. 그런 보델린이 억누르기 힘들 정도라면 그 감정이 얼마나 파괴적일지 레나는 짐작만 할 따름이었다. 검은색 테두리가 쳐진 편지에 아주 슬픈 소식이 담겨 있었던 게 분명했다.

갑자기 레나는 이 강령회가 빨리 끝났으면 좋겠다고 생각했다.

그러면서도 탁자 맞은편에 앉아 있는 희생자 부모에게 정의와 평화를 찾아주기 위해 오늘 밤 이 자리를 마련했다는 사실을 다시 한번 떠올리며 마음을 다잡았다. 하지만 솔직히 말하자면 누가 보델린에게 편지를 보냈고, 그 편지의 내용이 무엇인지 알고 싶은 마음이 더욱 간절했다.

"제가 도와드릴까요?" 레나가 보델린에게 속삭였다. 레나는 주문을 암기하지 못했지만 수첩에 써놓았기 때문에 필요하면 읽을 수 있었다.

보델린이 레나에게 고마운 눈길을 보냈다. "그래. 초혼 주문부터 시작해." 보델린이 다시 눈을 문질렀다.

사실 레나는 보델린이 선뜻 그렇게 하라고 할 줄은 몰랐다. 이제 레나는 떨리는 손으로 수첩을 넘겼다. 초혼은 몇 번 연습해본 게 전부였다. 레나가 라틴어를 제대로 발음하고 속도를 조절할 수 있도록 보델린이 항상 도와주었다. 아직까지 레나는 초혼을 직접 해본 적이 없었다. 이렇게 불안한 상황에서 해본 적은 더더욱 없었다.

손가락이 간질거리기 시작하더니 핀과 바늘이 손톱 밑을 찌르는 것 같았고, 시야 가장자리에서는 사파이어 빛이 몇 차례 번쩍거렸다.

초조해서 그런 게 분명했다. 하지만 레나는 계속했다. 강령회가 끝나자마자 무슨 편지인지 물어볼 생각이었다.

레나는 초혼 주문을 찾아 읽기 시작했다.

몰리
MOLLY

1873년 2월 11일 화요일, 런던

　다음 날 아침, 홀로 개인 서재에서, 내키지 않지만 심령체에 관한 기사를 유심히 읽어봤다. 내가 잘 아는 주제였다. 8개월 전 여름에 비공개 강의를 했다.

　그때가 6월 6일이었다. 이날 강의 주제는 초자연적 존재가 나타난 이후에 가끔 남아 있는 물질이었다. 그중에서도 가장 잘 알려진 물질은 심령체였다. 심령체는 강령회 도중에 가끔 영매가 뱉어내는 끈적한 하얀 반죽이나 젤이다.

　나는 강의를 끝낸 후 최근에 진행했던 강령회에서 보관해 두었던 표본 몇 개를 보여주었다. 표본 그릇을 일렬로 가지런히 정렬

하는데 한 번도 본 적 없는 젊은 남자가 눈에 들어왔다. 예상치 못한 자리에 나타난 젊은 남자를 보고 나는 깜짝 놀랐다. 남자는 표본 근처에서 너무 오래 뭉그적거린다 싶더니 뻔뻔하게도 표본 그릇에 손가락을 넣어 그것을 만지작거렸다.

나는 재빨리 남자에게 다가가 말을 걸었다. 흥분하지 않고 차분하게 말하려고 애썼다.

"안녕하십니까? 누구 추천으로 오셨죠?" 나는 남자의 추천인을 찾아 주위를 둘러보았다.

모자를 비스듬히 쓴 젊은 남자가 날 돌아보았다. 나는 남자의 파란 눈동자를 처음 본 순간 뒤로 넘어갈 뻔했다. 검은 머리카락 한 줌이 남자의 눈동자를 가리고 있었다.

똑똑똑, 난데없이 누군가가 내 서재 문을 두드렸다. 그 소리에 깜짝 놀라 추억 속에서 빠져나왔다. 나는 책상에 놓인 서류를 빠르게 힐끗 훑어보고는 기밀 고용 계약서 몇 장을 넘겨보았다. 맙소사, 아직 아침 9시도 되지 않은 시각이었다. 대체 누가 벌써부터 날 찾아온 거지?

"들어오세요." 내가 크게 외쳤다.

런던 경찰청 소속이자 심령부 회원인 벡(Beck) 경관이었다. 벡 경관은 어제 신문을 내 책상에 툭 던져놓고 어젯밤에 내가 읽었던 기사를 가리켰다. 볼크먼이 죽기를 바라는 사람이 누굴까 하는 중요한 의문이 제기된 기사였다.

"석 달째 조롱거리가 되고 있어." 건장한 체격의 벡 경관이 가슴에 팔짱을 꼈다. 벡 경관은 덩치가 나보다 두 배나 컸고, 온몸이 거의 다 근육질이었다.

"아주 그냥 진저리나서 죽겠다니까. 다들 시도 때도 없이 런던 경찰청을 들먹인다고. 이 사건의 진상을 밝히지 못하면 무능력한 경찰로 못 박히고 말 거야."

벡은 언제나 다소 감정적이었다. 행실도 좋지 않았다. 자세한 사정은 잘 모르겠지만 런던 경찰청에서 몇 번이나 벡을 쫓아내려고 했다고 들었다. 이유는 체제 전복 행위가 대부분이었고, 뇌물을 좀 받았다는 소문도 있었다.

"청장님께 사립 수사팀을 고용하자고 건의할까 생각 중이야. 아니면……."

"그건 안 돼." 몰리가 불쑥 끼어들었다. "그…… 그게, 더 좋은 생각이 있어서 그래."

벡이 인상을 찌푸렸다. "그게 뭔데?"

몰리는 초조한 마음에 잠시 수첩에 낙서하면서 벡에게 어떻게 설명할지 생각했다. 꼭 말해야 하는 사실만 알려줘야겠다. "보델린 달레어." 내가 대뜸 이렇게 말했다.

벡은 목에 뭐가 걸렸는지 목청을 가다듬었다.

"그 여자는 작년에 갑자기 떠난 거 아냐? 돌아오지 않겠다고 했던 걸로 기억하는데."

나는 그 사건의 내막을 잘 알고 있었다. "안전과 관련된 문제가 있어서……."

"안전? 무슨 일 있었어?"

"자세하게는 말 못 해."

벡은 잠시 머뭇거리다가 이렇게 툭 내뱉었다. "그럼 어쩔 수 없지."

몰리는 신발 뒤꿈치를 끌면서 푹신한 플러시 천으로 된 페르시안 양탄자 위를 걸었다.

"보델린에게 볼크먼의 영혼을 부르는 강령회를 열어달라고 하려는데 도와줄 수 있나? 보델린이 잠시 여기 와 있는 동안 신변을 보호해줄 수 있어?"

벡의 런던 경찰청 제복과 무기를 내세우면 크게 도움이 될 터였다. 자신을 지켜줄 사람이 있다는 걸 알면 보델린이 내 부탁을 들어줄 가능성이 훨씬 커질 테니까.

벡이 눈썹을 치켜올렸다. "그 여자가 올 거라고 생각해?"

"보델린은 볼크먼의 동료였어. 두 사람은 서로 좋은 사이였고. 안전만 보장된다면 도와주고 싶어 할 거야. 런던 경찰청 경관이 호위해 준다면 더욱 안심하겠지."

"뭐, 좋아. 기꺼이 그렇게 하지." 벡은 내 예상보다 훨씬 열정적으로 대답했다.

감상적인 인간이든 아니든 지금은 벡이 좀 쓸모가 있었다. "이거 기밀이라는 거 알아줘. 보델린은 변장할 거야. 우리 말고는 아무도 보델린이 여기 온 걸 모를 거고. 보델린의 안전을 확실하게 보장해 줘야 해. 보델린이 여기 있는 동안 어떤 세부 정보를 알게 되든 전부 기밀에 붙이겠다는 맹세도 해야 해."

"보델린이 정확히 누구를 피해 숨으려고 하는지 알면 도움이 될 텐데."

몰리는 자세한 사실까지 말해줄 필요는 없다는 생각에 침묵으로 일관했다. 우두머리는 이런 사치를 누릴 수 있어 좋았다.

"잘 알겠어. 보델린과 함께 남의 시선을 피하는 게 어렵지는 않아야 할 텐데. 보델린은 희생자가 사망한 장소에서만 강령회를 여는 거 아냐? 그나마 다행이네. 볼크먼이 죽은 장소가 네 개인 지하 저장고니까 구경꾼들이 떼로 몰려들 일은 없겠어."

"바로 그거야. 하지만 위험 요인을 통제하는 게 좀 어려울 것 같아. 보델린의 과거 강령회에 관한 신문 기사 봤지?"

"감정 폭주, 폭력, 혼외 성교, 발작, 자연발화, 천장 함몰. 사망자도 몇 명 나왔고."

벡은 고개를 끄덕이며 이렇게 말해놓고는 재미있다는 듯 어깨를 으쓱거렸다. "전부 다 런던 경찰청에서 일상적으로 겪는 일이야."

나는 몇 분 전보다는 훨씬 더 느긋하게 고개를 끄덕였다. 하품하는 척하면서 이런 대화가 아무렇지 않다는 듯 굴려고 애썼다. 실질적인 여파가 얼마나 클지, 이 모든 일이 얼마나 위험한지 알면서도 모른 척했다.

"그래, 알고 있으면 됐어. 보델린이 내 초대를 받아들이면 도착 날짜를 알려줄게."

벡은 고개를 끄덕이고 서재를 떠났다. 나는 가만히 앉아서 일을 어떻게 진행하는 게 좋을지 곰곰이 생각했다.

몇 분 후, 소파를 힐끗 쳐다봤다. 내 시야에 잡히지 않는 소파 아래쪽에는 회전식 소형 권총이 있었다.

앞으로 며칠 동안은 총을 가까이 둘 생각이었다.

나는 심령체에 관한 기사로 눈을 돌려 6월 6일자 강연을 다시 떠올려 보았다. 사실 그날 강연이 끝나고 내가 다가가 말을 걸었던 사람은 젊은 남자가 아니었다.

열여덟, 어쩌면 스물쯤 된 여자였다. 여자는 남자 옷을 제대로 차려입었다. 진회색 바지에 어부처럼 건지 양모 점퍼를 걸쳤다. 머리카락은 양모 모자 아래로 단정하게 밀어 넣었다. 가까이 다가가자 여자의 외모가 더욱 잘 드러나 보였다. 갸름한 얼굴과 광대뼈 아래에 드리워진 사랑스러운 그림자, 턱의 보조개가 눈에 들어왔다. 어디서 본 듯한 낯익은 얼굴이라는 생각이 잠깐 들었다. 어쩌면 동네를 돌아다니다가 봤던 여자인지도 몰랐지만 그렇다고 확신할 수는 없었다.

"한 번 더 물어보죠. 오늘 누구 초대로 여기 왔습니까? 이곳 규칙은 잘 아실 겁니다. 일반인과 협회 회원 지망생은 협회 회원과 동행해야 저희 강연에 참석할 수 있습니다."

"누구 초대로 왔냐고요?" 여자가 되물었다. 여자는 갑자기 안절부절못하는 것 같았다. 우리 옆에 있는 엉겨 붙은 심령체 그릇에서 썩은 내가 났다. "어, 어……." 여자가 머뭇거렸다. "몰리 씨요. 몰리 씨가 저 밖에서 절 기다리고 있어요. 진짜예요." 여자가 반짝거리는 눈으로 문을 바라보며 말했다.

몰리는 웃음을 참을 수가 없었다. 귀여운 외모에 걸맞은 귀여운 거짓말이었다. 여자는 몰래 들어왔다가 현수막에 적힌 내 이름을 본 게 분명했다. 안타깝지만 이름을 잘못 골랐다.

"제가 몰리입니다. 심령부 부회장이죠. 아까도 말씀드렸지만 저희 협회 강연은 초대받은 사람만 참석할 수 있습니다."

여자의 타원형 눈이 크게 떠지더니 동그래졌다. 나는 그 모습을 즐겁게 바라봤다. 짙은 남색에 가까운 파란 눈동자였다. 갑자기 그 눈동자 속으로 풍덩 뛰어들어 영원히 떠오르지 않거나 그 빛을 다 들이키고 싶었다.

나도 모르게 시선을 아래로 내렸다. 내 얼굴 왼쪽을 가로지르는 반점을 여자가 아직 보지 못했다고 생각할 정도로 어리석지는 않았는데도 말이다.

그때 나는 나답지 않은 행동을 했다. 원래는 여자 앞에서 항상 쭈뼛거렸는데 그녀의 남자 같은 모습에 용기가 났고, 순간적으로 여자가 나와 같은 남자처럼 보여서 이렇게 물었다. "같이 산책하실래요?"

"사, 사, 산책이요?" 여자가 살짝 더듬거리면서 다시 문을 힐끗거렸다. 도망갈 궁리를 하는 모양이었다. "다, 당신이 부회장이라고 하셨죠?"

나는 여자에게 한 발 가까이 다가가면서 고개를 끄덕였다.

"네, 맞아요."

여자가 거절하려는 게 분명했다. 나는 어떻게 하면 여자가 거절하지 않을지 재빨리 생각해 보았다. 무단침입하면 어떻게 되는지 알려주고, 런던 경찰청에 근무하는 회원 몇 명도 지금 이 건물에 있지만 당신을 신고할 생각은 없다고 말해 주는 거야. 어떻게든 여자와 계속 대화를 나누고 싶은 마음뿐이었다. 그런데 그렇게 구구절절 설명할 필요가 없었다.

"산책 좋네요." 마침내 여자가 이렇게 말했다. 여자의 눈 속에서 기쁨의 빛이 반짝거렸다. 내가 한 번도 본 적 없는 눈빛이었다. 여자는 그 짧은 시간에 날 가늠해 보고 내 생각만큼 내가 그렇게 볼품없는 사람은 아니라고 판단한 모양이었다.

우리는 근처 공원에서 2시간 동안 산책을 즐겼다. 대화가 좀처럼 끊어지지 않았다. 여자는 심령 세계에 유독 관심이 많았다. 여자에게는 운 좋게도 때마침 나는 그쪽 분야에 관해서 아주 유창하게 이야기할 수 있었다. 목이 쉬어갈 무렵 나는 여자에게 내일 또 만나자고 했다.

여자는 재깍 좋다고 했다. 우리는 여자가 거주하는 집이자 일하는 직장인 유스톤가의 힉웨이 하우스에서 만나기로 했다.

"도착하면 접수대에서 위키스(Wickes)를 불러달라고 하세요." 여자가 헤어지기 직전에 말했다. 그러더니 한 손을 들어 올리고 미소를 살짝 지었다.

"아, 근데 위기스가 두 명이에요. 언니가 레나 위키스거든요. 그러니까 꼭 에비 위키스(Evie Wickes)를 찾아주세요."

레나
LENNA

1873년 2월 14일 금요일, 파리

저택에서 강령회가 끝난 후, 레나는 보델린과 함께 파리에 있는 보델린의 아파트로 갔다. 매우 늦은 시간이었지만 두 사람은 편히 쉴 수가 없었고, 보델린은 차를 끓이겠다고 했다. 그동안 레나는 침묵을 지키며 집배원이 끼어든 이후로 일이 어떻게 흘러갔는지 돌이켜봤다.

레나가 주문 몇 개를 읽고 난 후, 보델린은 진정이 됐는지 빙의 주문을 암송할 수 있었고, 종결 단계까지 무사히 끝냈다. 그러고는 희생자의 살인범이 절교당한 연인이었다면서 범인의 이름과 파리 거주지까지 밝혔다. 하지만 희생자 부모의 반응은 무덤덤했다.

두 사람은 그 남자의 이름을 들어본 적이 없다고 말했다. 희생자의 아버지는 딸을 죽인 살인범 이름을 밝힌 보델린에게 아무 이름이나 지어내서 말한 게 아니냐고 대놓고 따졌다. 급기야는 경찰과 함께 추적조사를 하겠다면서 만약 그 단서를 따라가도 아무것도 나오지 않으면 다시 보델린의 집을 찾아오겠다고 엄포를 놓았다.

레나는 본능적으로 강령회 결과가 전부 다 사실이라고 반박하고 싶었다. 주문 몇 개를 읽은 사람은 바로 레나 자신이었으니까. 그런데도 의문을 품는 희생자 부모를 비난할 수가 없었다. 보델린이 정말 아무 이름이나 내뱉은 걸까? 보델린은 심적으로 극히 괴로워했는데도 상당히 순조롭게 종결 단계까지 마무리 지었다.

유령이 존재한다는 증거를 조금도 찾아볼 수 없는 강령회였다. 레나는 실망하지 않았다고 부인할 수가 없었다. 강령회에서 눈에 확 띄는 뭔가가 일어나길 바랐는데 움직이는 게 전혀 없었다. 착석자가 빙의되거나 탁자가 넘어질 수 있다는 경고가 있었지만 강령회는 놀랄 정도로…… 정연했다. 영매가 눈을 감고 있다가 아무도 들어보지 못한 이름을 내뱉었을 뿐이니까.

탁자에 앉아 있던 레나는 더 이상 기다릴 수가 없어서 이렇게 물었다.

"그 편지요. 테두리가 검은색이던데요."

보델린이 한 손에 찻잔을 든 채 레나에게 다가갔다. 두 사람 앞쪽의 촛불이 깜박거렸다. 인접한 거실의 벽나로 선반 위에서도 촛불 몇 개가 일렁거렸다.

"그래, 맞아. 런던에 있을 때 잘 알던 사람이……." 보델린의 목소리가 떨렸다. "죽었다는 소식이야. 그 사람도 에비처럼 만성절 전야에 살해됐대."

"아." 레나가 한 손으로 입을 가리며 안타까운 신음을 내뱉었다. "그 사람이 친구였나요?"

"그래, 아주 친한 친구였어. 몇 년 전 런던에서 오컬트 수행자가 크게 늘었을 때 만났던 사람이야. 그 사람은…… 웨스트엔드 신사 클럽인 런던 강령술 협회라는 단체의 회장이야. 아니, 이제는 회장이었다고 해야겠네. 런던 강령술 협회는 유령 사냥과 강령회 같은 사업을 운영해서 큰돈을 벌어."

"아, 저도 알아요."

보델린이 놀라서 고개를 들었다. "그래?"

레나가 고개를 끄덕였다.

"몇 년 전에 제가 잘 아는 가족의 강령회를 두 번 열어주었던 곳이거든요. 헤슬롭(Heslop) 가족의 강령회였어요. 전 그중 첫 번째 강령회에 참석했어요. 친한 친구 엘로이즈(Eloise) 헤슬롭의 영혼과 접촉하는 강령회였죠. 엘로이즈와 엘로이즈의 아버지는 사고로 익사하는 비극적인 일을 당했어요. 두 사람을 사랑하는 사람들은 작별인사를 하고 싶은 마음이 간절했죠. 전 에비와 함께 엘로이즈의 강령회에 참석했어요."

"친구를 잃었다니 마음이 아팠겠구나. 두 번째 강령회는 어땠지?"

레나는 고개를 살짝 가로저었다.

"두 번째는 엘로이즈의 아버지 강령회였어요. 엘로이즈의 아버지는 철도업계 거물이었는데 동네에서 인기가 많았죠. 그런데 강령회 진행자들은 미망인이 된 엘로이즈의 어머니말고는 아무도 강령회에 참석하지 못하게 했어요." 레나는 여기서 잠시 머뭇거렸다가 이야기를 계속했다.

"진짜 이상했어요. 엘로이즈의 어머니는 슬픔에 빠져 헤어 나오지 못했는데 남편의 강령회에 참석하고 나서는…… 회복된 것 같았어요. 적어도 전보다는 훨씬 좋아졌죠. 런던 강령술 협회 회원 한 명인 클레랜드(Cleland) 씨와 깊은 사랑에 빠지기도 했다니까요. 클레랜드 씨는 엘로이즈의 아버지 강령회에 참석했던 사람 같아요." 레나는 잠시 말을 멈추었다가 다시 이야기했다. "엘로이즈의 어머니와 클레랜드 씨는 얼마 지나지 않아 결혼했어요. 이 일로 한동안 추문이 돌았죠."

보델린이 눈썹을 치켜올렸다. "추문이 돌 만했네. 엘로이즈의 강령회에서는 뭔가 알아냈어?"

협회 회원들이 종이 한 장에 그렸던 아무 의미 없는 그림이 전부였다. 협회 회원들은 그 그림을 보여주면서 죽은 엘로이즈한테서 알아내 전해주는 기호라고 주장했다. 에비는 언젠가 그 그림을 제대로 해석하는 날이 온다면 그 의미가 명확하게 드러날 거라고 믿었다. 레나는 어땠냐고? 다 웃기는 연극이라고 생각했다. 유령이 진짜 존재한다면 엘로이즈는 논리적인 뭔가를 전달했을 테니까. 엘로이즈가 그려낼 수 있는 추억과 비밀이 얼마나 많을지 누가 알겠는가?

"아뇨." 레나가 부드러운 목소리로 대답했다.

"안타깝지만 그럴 때가 가끔 있어." 보델린이 찻잔을 양손으로 감싸쥐고 차를 한모금 마셨다.

"강령회를 주체하는 영매의 능력이 부족해서 그렇다고 생각하지는 않았으면 좋겠어. 볼크먼은 상대의 능력을 간파하는 재주가 뛰어났지. 그 사람이 런던 강령술 협회 창립자라는 건 알고 있지? 볼크먼은 두말할 것 없이 열성적인 사업가였어. 원칙주의자이기도 했고, 진실을 중시했지. 가끔은 런던에서 사기 치고 다니는 가짜 강령술사들이 너무 많아서 우리 같은 진짜가 피해를 입는다고 불평했어. 볼크먼은 런던 강령술 협회 사업으로 영매술의 신뢰성을 높일 수 있기를 바랐지. 영매술의 평판을 깎아내리는 게 아니라." 보델린은 고개를 가로젓고 눈을 문질렀다.

"볼크먼이 굉장히 그리울 거야. 볼크먼은 존경스러운 동료였어. 훌륭한 남편이자 아버지였고. 볼크먼의 아내가 안됐어. 형편은 넉넉해야 할 텐데……."

보델린은 외투 안으로 손을 집어넣어 편지를 꺼내서 탁자에 대고 톡톡 두드렸다.

"내가 런던을 떠났던 일에 관해서 말한 적이 없었지?"

에비는 죽기 전에 보델린 가까이서 일을 도왔다. 보델린이 급하게 런던을 떠났다고 혼잣말치고는 크게 중얼거리면서, 심령술 기술에 대해 거침없이 떠들어대던 보델린이 런던을 떠난 이유에 대해서는 입도 뻥긋하지 않았다고 말했다.

레나는 보델린의 질문에 고개를 끄덕였다.

"런던을 떠나기 전, 협회 내부에서 사기성 짙은 영매술을 행하는 불순한 무리가 있다는 의심이 들었어. 흔히 거실에서 보여주던 속임수를 주로 썼지만 어쨌든 그것도 사기였지. 당시에 나는 런던의 강령술사 집단에서 어느 정도 위치를 차지하고 있었어. 그런 탓에 그런 소문이 내 귀에까지 들어왔고. 난 소문의 진상을 조심스럽게 조사하려고 했어. 그래야 볼크먼에게 최대한 많은 정보를 줄 수 있으니까. 하지만 내가 걱정스러운 소문을 들었다고 털어놓자 볼크먼은 그 소문을 아주 진지하게 받아들였어. 소문의 진상을 밝혀내겠다고 약속까지 했지. 최근 몇 달 동안 협회에 도움을 청한 런던의 모든 미망인과 애도자를 조사하려는 게 분명했어. 협회가 진실성으로 명성을 떨치고 잘 유지해나간 건 다 볼크먼 덕분이었지. 볼크먼은 못된 장난질을 용납하지 않는 사람이야."

보델린은 시무룩한 표정으로 의자에 등을 기댔다.

"볼크먼은 내 이야기를 듣고 난 후, 협회 내에서 실제로 부정한 행위가 일어났다는 증거를 찾았다고 했어. 애도자들의 돈을 갈취하려는 수작이었는데. 그 일을 저지른 몇몇 회원들의 정체도 알아냈다고 했지. 하지만 그 사실을 밝히기 전에 증거를 더 모아야 했어. 그런데 볼크먼이 진짜 놀라운 사실을 알아낸 거야. 알고 보니 부정행위가 처음에 생각했던 것보다 훨씬 심각했어. 런던 오컬트 집단에서 내가 제법 명망이 있었기에 협회 회원들은 내가 소문을 들었다는 사실을 알아챈 것 같았고 이것저것 물어보고 다닌다는 것도 알았지. 볼크먼의 친구라는 사실도 당연히 알았고. 볼크먼한테서 들었는데 그들은 내가 개입하지 못하게 막으려고 했대. 볼크먼은 조사를 해보고 나서 내 신변이 위험하다고 느꼈지.

그래서 이것저것 따질 것 없이 빨리 파리로 가라고 했어. 자기가 협회 문제를 해결할 때까지는 돌아오지 말라고 했지. 난 볼크먼의 경고를 아주 진지하게 받아들였어. 잠깐 몸을 피하면 될 거라고 생각했지. 볼크먼이 내 일을 돌봐준 게 처음도 아니었고. 몇 년 전에도 볼크먼은 그보다 더 큰 논란을 불러일으켰던 내 글 몇 편을 지지해 주었거든. 두어 번은 자기 변호사를 소개해 주겠다고 하기도 했고. 세월이 흐르면서 볼크먼의 아내 아다(Ada)와도 친해졌어. 볼크먼 부부와 함께 식사도 했고, 그의 아이들도 만나봤지. 그래서 난 볼크먼이 하라는 대로 했어."

보델린은 손톱으로 탁자를 두드리고 고개를 가로저었다. "지금 이렇게 볼크먼이 죽은 걸 보면 그때 나한테 했던 충고가 참 현명했지."

보델린이 편지를 레나에게 건네주었다. "보고 싶으면 봐도 돼."

레나는 편지를 받아서 어둑한 불빛을 향해 기울였다.

보델린 달레어 씨에게
런던 강령술 협회에 닥친 끔찍한 비극을 전하게 되어 유감입니다. 우리의 친구 볼크먼이 10월 31일 만성절 전야에 살해된 채로 발견됐습니다. 런던 경찰청은 아직 범인을 찾지 못했어요.

전 심령부 부회장이자 볼크먼의 가장 가까운 벗입니다. 아무래도 볼크먼을 죽인 자가 한 명이든 여러 명이든 작년 초에 당신이 런던을 떠났던 일과 관련이 있는 것 같습니다.

당신이 떠난 후에 볼크먼한테서 다 들었습니다. 당신이 런던을 떠난 이유와 협회 내부의 불손한 무리한테 위협을 받았다는 사실까지 전부 다요. 볼크먼은 그 무리가 도시 전역에서 강령회를 열어 부정한 짓을 하고 있다고 생각했죠. 볼크먼은 절 보호하려고 조사를 마칠 때까지는 그들의 이름을 밝히지 않겠다고 했어요.

아무래도 그들이 볼크먼의 조사 사실을 알아차렸던 것 같아요. 급기야는 볼크먼이 자신들의 부정행위를 증명해 주는 반박할 수 없는 증거를 찾아낼까 봐 두려워서 보복한 거죠. 당신과 저처럼 그들도 볼크먼이 정직한 사람이라는 걸 알았을 겁니다. 볼크먼은 협회의 목표에 반하는 짓을 하는 회원들을 용납할 리 없었죠.

전 제 부서 내에서 범인을 찾아내 정의의 심판을 받게 하겠다고 다짐했습니다. 하지만 볼크먼은 너무 깊이 파고들어서 위험을 초래했죠. 그래서 전 다른 방식으로 접근하고 싶습니다.

말이 나왔으니 하는 말인데 볼크먼의 살인범을 알아내기

위해 당신을 런던으로 초대해 볼크먼의 강령회를 열고 싶습니다. 이런 말을 하자니 속이 쓰리지만 볼크먼의 살인범은 협회와 관련이 있는 것 같습니다. 볼크먼의 입을 막으려고 고용된 사람일 수도 있어요. 아니면 생각하기도 끔찍한 일이지만 작년에 당신이 들었던 소문을 퍼뜨리고 부정한 강령회를 진행했던 협회 회원일 수도 있습니다.

신변 안전 보장에 관한 걱정도 덜어드리고 싶습니다. 당신이 런던에 머무는 동안 런던 경찰청 경관이자 협회 회원인 보르덴 벡(Borden Beck) 경관이 동행해 주기로 약속했습니다. 적절한 숙소도 마련해드릴 수 있고, 런던에 머무는 짧은 기간 동안 위장을 도와드릴 수도 있습니다.

지난 세월 볼크먼과 이어왔던 우정과 직업적 관계를 생각해서 제 제안을 받아들여 주시면 좋겠습니다. 볼크먼은 훌륭한 분이었죠. 저 못지않게 잘 알고 계실 겁니다.

보델린 씨, 당신은 복수를 하는 사람이죠. 이제는 절 도와서 사랑하는 친구를 너무 일찍 앗아간 사람의 정체를 밝혀주세요.

관심이 있다면 제가 동봉한 여행 안내서를 살펴봐 주세요. 지출하신 모든 비용은 돌려드리겠습니다. 결정을 내리면 빠른 우편으로 알려주세요. 오신다면 도착 예정 시간도 알려주시면 감사하겠습니다.

존경을 담아,
런던 강령술 협회 심령부 부회장

레나는 편지를 다 읽은 후 보델린에게 돌려주고 거실 창문으로 걸어갔다. 양 손바닥을 창문에 대자 유리의 서늘한 기운이 따뜻한 손바닥으로 스며들었다. 창문 바깥면에 얇게 얼어붙은 서리가 손바닥의 열기에 녹으면서 창문에 손바닥 모양이 찍혔다. 레나는 보델린을 힐끗 돌아보았다. "몰리를 만난 적 있나요?"

"도시 전역에서 진행되는 다양한 영매술 행사장에서 잠깐씩 마주쳤던 사람이야. 몇 마디 인사말을 주고받은 게 전부였어."

"몰리의 제안이 아주 위험한 것 같은데요."

"그렇지만 거절할 수가 없어. 지난 세월에 볼크먼이 나한테 어떻게 했는지 생각하면 그럴 수가 없어." 보델린은 천천히 숨을 내뱉었다. 그러고는 창문 앞에 서 있는 레나에게 다가갔다.

"내가 이 편지를 받고 왜 이렇게 심란해하는지 이제 알겠지? 친구의 사망 소식을 들었기 때문만은 아냐. 내가 볼크먼에게 그 소문을 말하는 바람에 그가 죽은 거야. 몰리는 점잖은 사람이라 대놓고 날 탓하지는 않았지만 난 나 때문이 아니라고 부인할 만큼 낯짝이 두껍지 않아. 명색이 범죄 사건을 해결하려고 애쓰는 강령술사인데 나 때문에 볼크먼이 죽었다고 생각하면 죄책감이 들어."

보델린이 잠시 말을 멈췄다. "몰리의 제안이 위험한 건 맞아. 하지만 죄책감을 안고 사는 것도 그리 좋은 방법은 아니지."

레나는 아랫입술을 깨물었다. 갑자기 보델린이 가여워 보인 탓이었다. 보델린의 이야기를 듣고 나니 편지를 읽고 왜 그렇게 충격을 받았는지 이해가 갔다. 당시 보델린은 충격적인 소식에 완전히 무너져내려 주문을 대신 읽어달라는 부탁까지 했다.

"런던 강령술 협회에서 볼크먼의 강령회를 열어봤는지 궁금하네요." 레나가 말했다.

보델린은 어깨를 살짝 으쓱거렸다.

"그랬다고 해도 협회 강령회는 범죄 사건을 해결하려고 여는 게 아냐. 우리 강령회와는 다르지. 내세가 있다는 믿음을 심어주려고 주로 영혼의 존재를 증명해 주는 실체화된 증거와 초자연적인 소리, 광경 등을 보여주지."

영혼의 존재를 증명해 주는 실체화된 증거라. 그래서 몇 년 전 엘로이즈의 강령회에서도 종이에 그림을 그렸던 모양이다. 뜻이 모호하기는 했지만 낙서는 확실히 눈에 보이는 증거였다.

창문에 비친 자신의 흐릿한 모습이 레나의 눈에 들어왔다. 갑자기 레나는 한 가지 사실을 깨달았다. 미처 생각하지 못했던 명백하고도 논리적인 사실이었다.

"런던에 가신다면 거기서 에비의 강령회도 열 수 있겠네요."

"그렇지. 볼크먼의 강령회가 문제없이 잘 진행된다면 가능하지. 그게 아니면 다시 런던을 빠져나와야 할 거야. 아주 빠르게. 그러니까 이 편지만 믿고 네 훈련을 그만둘 수는 없어."

보델린이 외투를 툭툭 두드리며 말했다. "네가 강령술에 천부적인 재능을 보이는 지금은 더더욱 그렇고." 보델린은 입술을 동그렇게 오므리고 벽난로 위쪽의 양초 하나를 불어서 껐다. 양초는 녹아내려서 촛농이 벽난로에 뚝뚝 떨어졌다.

"네가 아니라 다른 학생이 나 대신 주문을 읽었다면 강령회가 그토록 순조롭게 진행되지는 않았을 거야. 에비가 했어도 마찬가지였을걸." 보델린이 미소를 살짝 지었다. 강령회를 시작한 이후로 처음 보는 미소였다.

레나는 보델린의 말에 깜짝 놀라서 눈썹을 치켜올렸다.

"에비는 항상 자기가 제일 뛰어난 제자였다고 했는데요."

"열정은 최고였지. 하지만 가끔 자기 능력을 좀 과신했어."

"그럴 리 없어요. 과신했다고요? 그건 에비답지 않아요."

보델린이 미소 지었다. "에비에게 간단한 예지 훈련을 시켰을 때였어. 나는 나무 타일 열 개를 꺼냈어. 각각의 타일 뒷면에는 숫자가 적혀 있었어. 난 타일을 아무거나 하나 집어 들어 손바닥에 놓고 꽉 움켜쥐었지. 에비는 잠시 생각에 잠겨서 내가 가르쳐줬던 직감 훈련에 집중하더군. 그러더니 숫자 9를 불렀어. 하지만 내가 타일을 뒤집어봤더니 6이 나왔어." 보델린은 그리움에 젖은 미소를 지었다.

"난 실수해도 괜찮다고 격려해줬어. 에비가 마음속으로 뒤집어 본 타일의 숫자가 6이었다고 에비를 탓할 수는 없었거든. 하지만 에비는 그게 숫자 6이라는 걸 믿지 않으려고 했어. 자기 실수를 인정하려고 하지 않더라고. 아주 작은 실수였는데도 말이야. 나는 타일에 새겨진 숫자를 에비에게 보여줬어. 숫자의 작은 고리 모양이

6과는 아주 미묘하게 다르다고 지적해줬지. 그랬더니 에비의 뺨이 화끈 달아올랐고, 목소리가 높아지는 거야. 에비는 선생인 나한테 내가 틀렸을지도 모른다고 했어. 하, 그 타일은 내가 몇 년째 갖고 있던 거였어. 숫자 6과 9는 아주 확실하게 구별할 수 있었지. 하지만 에비는 자기주장을 꺾지 않았어. 결국은 내가 포기하고 다른 이야기로 넘어갔지."

레나는 그 이야기를 듣고도 전혀 놀라지 않았다. 에비는 원래 한고집하는 녀석이었다.

보델린은 근처에서 감도는 한 줄기 연기를 손으로 휘저어 흩어버렸다.

"너한테는 예지력을 가르치지 않았어. 그건 쓸데없는 시간 낭비거든. 네가 해야 하는 가장 중요한 일은 강령회 주문을 암송하는 거야. 그렇지만 너라면 6과 9를 완벽하게 구분해냈을 거야. 넌 아주비범한 제자거든. 내가 뭘 가르쳐줘도 아주 빠르게 습득하지. 아까강령회에서도 네 천부적인 능력을 유감없이 발휘했잖아."

보델린은 레나의 손을 꽉 잡았다가 놓았다. 어둠 속에서 보델린의 향긋한 숨결이 두 여자를 휘감아 돌았다.

보델린의 손길에 레나는 가슴이 설레어 한 바퀴 공중제비를 돈것만 같았다.

"참 희한해요. 에비는 강령술을 철썩같이 믿었지만 기술을 잘 익히지 못했는데 전 그 반대잖아요. 믿음이 부족하지만 선생님 말씀대로라면 이쪽으로 천부적인 재능을 타고났죠."

"그래, 그런 일이 자주 있지. 영의 세계는 머뭇거리는 감정을 야금야금 갉아먹기 좋아하는 게 분명해. 혼령은 기회만 나면 불신자에게 달라붙어서 아주 협조적으로 굴지." 보델린이 머리를 한쪽으로 기울였다. "아까 강령회에서 주문을 외울 때 뭔가 이상한 느낌 없었어?"

레나는 잠시 생각에 잠겼다. 손가락 끝이 이상하게 간질거리고, 시야 가장자리에서 파란 불빛이 강렬하게 번쩍거리기는 했다. 하지만 레나는 예전에도 그런 적이 있었고, 그럴 때마다 초조하고 불안해서 그렇다고 넘겨 버렸다. "아뇨. 이상한 건 전혀 없었어요."

"음, 그래." 보델린은 어깨를 한 번 으쓱거렸다. "네 훈련을 등한시할 수는 없어. 사실 난……." 보델린이 잠시 말을 멈췄다 이었다. "네가 볼크먼의 강령회에 참석해야 한다고 생각해."

"제, 제가요?" 레나는 잘못 들었다고 확신하며 더듬거렸다.

보델린이 재빨리 고개를 끄덕였다.

"스승이 범죄 사건을 해결하는 동안 제자가 집에 남아서 엄지손가락만 맞대고 빙빙 돌리고 있는 건 좋은 기회를 낭비하는 것 같거든. 볼크먼의 강령회에 가면 분명 배울 게 많을 거야."

레나는 고개를 가로저었다.

"전 엄지를 맞대고 빙빙 돌리지 않을 거예요. 선생님이 일을 마칠 때까지 주문 암송 연습을 할 거예요."

보델린의 표정이 부드러워졌다.

"기특한 제자네. 하지만 혼자 연습하는 건 다른 강령회에 직접 가보는 것과는 비교도 안 되지."

다른 강령회에서도 무엇 하나 증명할 수 없다면 어쩌지? 입증할 수 없는 주장만 나오고, 아무도 들어본 적 없는 이름이 튀어나오는 거 아냐? 레나는 이런 생각에 잠겼다.

위험을 무릅쓸 만큼 보상이 큰 것 같지 않았다.

갑자기 온몸이 떨렸다. 뼛속까지 한기가 들이쳤고 피로와 화가 쌓였지만 보델린 때문만은 아니었다. 유령 생각에 잠긴 탓이기도 했다. 레나는 유령을 직접 보고 싶었다. 보델린이 유령에 빙의되어 하는 이야기를 듣는 것만으로는 부족했다.

하지만 오늘 밤에는 유령을 보지 못할 것이다. 레나는 보델린을 만난 이후 처음으로 자신이 그녀를 좋아해서 진실과 환상을 제대로 구분하지 못하는 게 아닌가 하는 의문에 사로잡혔다. 지금은 짙은 의심의 눈초리로 보델린을 쏘아보았다. 보델린도 결국은 유령을 사냥하는 사람이었으니까. 서른 살의 보델린은 친구도 몇 명 없었다. 보델린의 국제적인 명성은 소문이나 건너건너 전하는 이야기로 드높아졌다.

그런데 그것도 부족했는지 좀전의 강령회는 더없이 실망스러웠다.

레나는 팔짱을 꼈다. 가슴에서 성질이 북받쳐 오르고, 열이 치솟는 것 같았다.

"선생님과 함께 지낸 지가 2주가 넘었는데 아직도 이 모든 게 진짜라는 증거를 보지 못했어요. 거기다……." 갑자기 눈물이 흘러내렸다. 지금 하려는 말은 일단 내뱉으면 되돌릴 수 없다는 사실을 알기 때문이었다. 레나는 눈물을 훔치며 말을 이었다.

"좀 전의 강령회에서도 그랬고요. 희생자의 아버지가 했던 몇 마디 말에 저도 반박할 수가 없었어요." 레나는 그런 일이 있을 때마다 그랬듯이 자신의 믿음 부족을 보델린 탓으로 돌렸다. 자신이 싸우자고 덤벼드는 꼴이라는 건 알았지만 증거도 없는 유령 이야기만 듣는 데 진저리가 났다.

보델린이 창가에서 떨어져 나왔다. 좀 전에 보델린의 따뜻한 몸뚱이가 있던 자리에 서늘한 한기가 맴돌았다. 보델린은 레나의 말에 상처받은 게 분명했다. 얼굴에 그렇게 쓰여 있었다.

"날 찾아온 건 너야. 그, 그 반대가 아니라." 보델린이 평소보다 한층 높은 목소리로 말했다. 잠깐 더듬거리기까지 했다. 보델린이 또 눈물을 참고 있는 게 아닌가 하는 생각이 레나의 머릿속에 떠올랐다.

"난 너한테 이 모든 일을 믿어달라고 하지 않았어. 넌 마음이 닫혀 있어서 바위처럼 형체가 있는 게 아니면 믿지 못하는 거야. 그게 내 탓은 아니지."

마음이 닫혀 있다. 에비한테서도 자주 들었던 비난이었다. 레나는 환영과 속임수에 관해 동생과 끝없이 다투면서 얼마나 좌절했는지 모른다. 그런 점에서 보델린은 에비와 지독하게도 비슷했다.

레나의 기분이 갑자기 확 달라질 이유가 없는 상황이었다. 보델린은 볼크먼의 강령회에 같이 가자고 했을 뿐이었다. 그런데 레나가 매정하게 쏘아붙이는 바람에 레나는 물론이고 보델린의 눈에서도 눈물이 흘렀다. 오늘은 유난히 분노와 슬픔이 날 것 그대로 드러나는 것 같았다. 죽음을 이야기하는 보델린의 말투는 대단원이라기보다는 앙트락트(entr'acte), 막간극에 어울리는 것 같았다. 그 장막 뒤쪽에서는 영혼이 이승에서처럼 생생하게 살아 숨 쉬는 실체로 존재한다고 했다. 에비가 그 장막에 아주 가까이 접근했는데도 원하는 것을 손에 넣지 못했다는 사실에 화가 치밀어 올랐다. 레나는 이승이나 저승 할 것 없이 모든 곳에 존재하는 장막을 증오했다.

레나는 자신의 감정이 어떻게 변하는지 잘 알고 있었다. 숨이 턱턱 막히는 이 어둑한 방에서 벗어나야 했다. 거실의 두짝문은 바깥의 작은 정원으로 통했다. 레나는 보델린에게 말 한마디 건네지 않고 바로 바깥으로 나갔다.

달빛이 비치는 밤 풍경 속으로 걸어 들어가 바깥의 딱딱한 금속 벤치에 앉았다. 레나는 오늘 밤에 눈이 빨리 그치지 않기를 바랐다. 고요하게 소용돌이치는 눈 속으로 사라지고 싶은 마음을 절대 내려놓을 수 없었다.

레나는 팔짱을 낀 채 한동안 가만히 앉아서 돌벽을 따라 성큼성큼 걷는 크림색 고양이를 바라보았다. 상쾌한 공기와 장작 냄새는 반가운 집행유예 선고 같았다. 결국에는 레나의 마음도 가라앉았다.

그런데도 눈물은 계속 떨어졌다. 레나는 지금처럼 뼈저리게 외로웠던 적이 없었다.

잠시 후, 등 뒤로 다가오는 발걸음 소리가 들렸다. 보델린이었다. 오늘 밤 보델린과 레나 사이에 무슨 일이 벌어졌던 걸까? 실망스러웠던 강령회보다 더 큰 일이 벌어진 것 같았다. 두 사람의 관계가 결정되는 순간처럼 느껴졌다. 두 사람은 믿는 게 너무 달랐다. 하지만 오늘 밤에는 그 문제가 해결됐을 수도 있었다. 레나의 믿음이 변했을지도 모른다. 그런데 실상 레나의 신념은 오히려 더욱 강해졌다. 레나는 갑자기 한 가지 사실을 깨달았다. 보델린에 관한 일은 단 하나도 믿지 않았다는 사실이었다.

런던에서 날아온 소환장이 두 사람 앞에 나타난 상황이었다. 이제 두 사람은 어디로 나아갈까?

레나는 눈이 녹아내리는 가운데 홀로 앉아서 이 밤의 끝을 맞이하리라고는 예상치 못했다. 언제나 그랬듯 유령에 관해서는 알아낸 게 하나도 없었다. 뺨을 따라 흘러내리는 따뜻한 눈물이 차가운 공기와 맞닿아 얼어붙어서 작은 결정으로 변하는 것 같았다. 그냥 에비가 그리워. 그 마음을 속에 담아두고 있었기에 지금 울고 있는 거야. 에비를 잃은 슬픔을 제대로 토해내지 못했어. 레나는 이렇게 혼잣말했다. 그러고는 여전히 팔짱을 낀 채 가만히 앉아서 침묵했지만 방금 한 말이 온전히 진실은 아니라는 사실을 알고 있었다. 다른 감정도 끼어들어 있었다. 지금 뒤쪽에서 다가오는 발걸음 소리의 주인인 여자와 관련된 감정에 흔들린 탓이기도 했다.

보델린이 레나의 옆자리에 앉았다. 하지만 레나는 앞만 뚫어져

라 쳐다봤다. 두 사람 위쪽으로 가지를 드리운 나무 어딘가에서 수리부엉이 한 마리가 쏜살같이 내려와 눈에 보이지 않는 먹잇감을 노리고 관목숲으로 돌진했다.

잠시 후, 레나는 손가락 끝에 와닿는 손길을 느꼈다. 서로의 손이 우연히 부딪혔다고 볼 수도 있었다. 어쩌면 우연이 아닐지도 모른다. 어느 쪽이든 상관없었다. 레나는 보델린과 화해할 기분이 전혀 아니라서 보델린과 닿지 않게 팔을 치웠다.

이렇게 두 여자는 한참 동안 말없이 앉아 있었다. 두 여자의 몸은 겨우 몇 센티미터 떨어져 있었지만 레나에게는 그 거리가 몇 킬로미터처럼 느껴졌다.

레나
LENNA

1873년 2월 14일 금요일, 파리

　결국은 보델린이 벤치에서 일어나 안으로 들어갔다.

　묵직한 구름 몇 점이 몰려와 달을 가렸다. 정원이 짙은 어둠에 잠겼고, 기온이 뚝 떨어져 레나의 몸이 떨리기 시작했다. 부루퉁하니 토라진 채 언제까지 앉아 있으려고 여기 바깥에 나왔던 걸까?

　레나는 축 처진 기분을 그만 털어내기로 마음먹었다. 보델린이 아무것도 증명하지 못했다고 뭔가 잘못을 저지른 것은 아니다. 레나가 좌절감을 쏟아낼 수 있는 가장 가까운 사람이 보델린이었을 뿐이었다. 날 체에 밭쳐놓고 내 안의 감정들을 하나하나 걸러내서 좀 더 잘 다룰 수 있다면 얼마나 좋을까? 레나는 이런 생각에 잠겼다.

오늘 밤 레나를 휘감은 절망감은 에비가 사망한 날 아침, 에비와 투덕댔던 다툼을 기억 속에서 끄집어냈다. 레나가 에비와 벌였던 최악의 마지막 언쟁이었다.

그날 레나는 에비와 함께 부모님의 관광호텔 조식 식당에 있었다. 좀 있다가 아침 정식을 준비하는 주방 일꾼들을 도와주려는 참이었다. 그날은 유달리 출장객이 많아서 호텔이 북적거렸다. 그로부터 몇 시간 후에 에비가 죽을 거라는 사실은 두 사람 다 전혀 몰랐다. 설탕을 입힌 배 타르트 한 접시가 두 사람 앞에 올라와 있는 이 사랑스러운 가을날 아침에 일어날 일은 아니었다. 그날 레나는 입맛이 별로 없었다. 그날도 또 머리가 어지러워서 깨어난 탓이었다. 시야 가장자리에서 눈부시게 밝은 주황색과 보라색 빛이 번쩍거렸다. 손가락 끝이 간질거렸고, 전날 밤부터 먹은 게 없는데도 속이 울렁거렸다. 벌써 며칠째 계속되는 증상이었다.

레나는 접시 위의 타르트를 빤히 내려다봤다. 눈빛이 흐려졌고 기분이 유난히 좋지 않았다.

"하나 먹어 봐. 아니면 내가 먹을 거야." 에비가 말했다.

"배 안 고파."

에비가 눈썹을 치켜올렸다. "하지만 언니가 좋아하는 거잖아." 에비는 자기 몫의 타르트를 반으로 자르고, 한 입 베어 물더니 쩝쩝거리면서 먹었다.

"이거 누구 모자야?" 레나는 에비의 가방에서 삐져나온 잿빛이 도는 갈색 펠트 모자를 가리키며 물었다. 모자 한쪽에는 작은 V자 모양이 새겨져 있었다. 레나는 전에도 그 모자를 몇 번이나 봤지만 에비의 또 다른 남자친구 것이겠거니 하고 말았다. 하지만 이번에는 호기심에 지고 말았다.

에비의 입술이 벌어졌다. 입술 가장자리에는 타르트 부스러기가 달라붙어 있었다. 에비는 자기 가방을 힐끗거렸다. "뭐라고 했어?"

"전에도 봤던 모자야. 남자 모자가 분명해. 저번에는 수납장에 놓고 갔잖아. 그 모자에서 담배 냄새가 났어." 레나는 에비를 유심히 살펴보았다.

에비는 모자를 가방 깊숙이 밀어 넣고 다시 쩝쩝거리며 타르트를 먹었다. "난 언니가 이러는 게 정말 싫어."

"뭐가?"

"내 일에 간섭하는 거."

레나는 눈을 부라리면서 숨을 내뱉었다. 그러고는 접시에서 설탕 덩어리 타르트 한 조각을 집어 올려 혀 위에 올려놓았다.

"내일이 무슨 날인지 알아?" 에비가 물었다. 잽싸게 화제를 돌리는 게 참 에비다운 솜씨였다.

"11월 1일이잖아." 레나는 에비가 뭘 묻는지 알면서도 이렇게 대답했다.

"스티븐(stephen)의 생일이야."

"엘로이즈의 생일이기도 하지." 레나는 고개를 끄덕이며 덧붙였다.

레나가 자신의 감정에 솔직했다면 엘로이즈의 생일이 가까워져서 최근에 기분이 안 좋았던 게 아닌가 하고 의심했을 것이다. 레나는 11월 1일을 지독하게 싫어했다. 그날이 왔다는 건 레나의 소중한 친구가 또다시 한 해를 보지 못했다는 뜻이었으니까.

엘로이즈와 엘로이즈 아버지 헤슬롭 씨가 사망했던 그 사건은 여전히 레나의 머릿속에서 떠나지 않았다. 몇 년 전이었다. 한겨울 저녁, 두 사람은 리젠트 공원(Regent's Park)의 보트 타기가 가능한 호수 근처를 걷고 있었다. 헤슬롭 씨는 저녁마다 그곳에서 산책을 했는데 그날 밤은 특별히 엘로이즈와 함께 나왔다. 호수 일부는 얼어붙어 있었다. 그날 밤 사고를 목격한 사람이 없었기 때문에 경찰은 엘로이즈가 미끄러져서 얼어붙은 호수에 빠졌고, 엘로이즈의 아버지가 엘로이즈를 구하려고 호수에 뛰어들었다고 생각했다. 두 사람의 시체는 다음 날 아침에 발견되었다.

그 사고 못지않게 입에 올리기도 괴로운 일이 뒤이어 벌어졌다. 엘로이즈의 어머니 헤슬롭 부인이 클레랜드라는 남자와 재혼한 것이었다. 클레랜드는 런던 강령술 협회를 비롯한 여러 웨스트엔드 신사 클럽의 회원이었다. 런던 강령술 협회에서는 신입 회원이었고, 헤슬롭 씨의 강령회에서 헤슬롭 부인을 만났다.

아직도 레나는 스티븐과 엘로이즈의 엄마가 그렇게 쉽게 다른 남자를 찾아갔다는 사실을 받아들이기가 힘들었다. 그것도 하필이면 도박 버릇 때문에 가십 기사에 몇 번이나 올라 조롱당했던 클레랜드와 결혼하다니.

"엘로이즈가 살아 있다면 오늘은 어떤 모습일까?" 레나가 큰소리로 혼잣말했다.

에비는 앞쪽 탁자 위에 두 손을 포개 올렸다.

"안 그래도 엘로이즈와 접촉하려는 애쓰는 중이야."

레나는 갑자기 속이 뒤집히는 것 같아 접시를 멀찍이 치웠다. 타르트의 설탕 냄새에 구역질이 났다. 레나는 탁자 중앙의 주전자형 물병을 들어 유리잔에 물을 따랐다.

"네 유령 놀이에 엘로이즈를 끌어들이지는 않았으면 좋겠어." 레나는 짜증스럽게 말했다. 에비가 끈에 매달아 놓은 바늘이 움직이기를 기다리든, 유령의 존재를 증명해주는 가장 최근 사진 이야기를 하든 아무래도 상관없었다. 하지만 엘로이즈를 끌어들이는 건 완전히 다른 문제였다. 추억으로만 존재하는 지금도 엘로이즈는 레나에게 더없이 소중한 존재였다.

"놀이가 아냐. 이건 진짜야. 엘로이즈에게 가까워지고 있는 것 같아. 뭔가…… 보인다고. 난 그걸 그리고 있어."

"런던 강령술 협회 회원들이 주장한 것처럼?" 레나가 쏘아붙였다. 목소리가 얼음장처럼 차가웠다.

엘로이즈의 강령회를 진행했던 협회 회원은 당크워스(Dankworth)라는 남자였다. 당크워스는 강령회가 끝날 무렵에 종이 한 장을 가져와서 뭔가를 미친 듯이 그렸다. 가구와 곤충, 기이한 상징을 조잡하게 그렸는데 그중에서 엘로이즈나 엘로이즈가 생전에 관심을 가졌던 것과 관계가 있는 것은 하나도 없었다.

"자동 기록이라고 하죠." 당크워스가 그림을 다 그린 후에 말했다.

"영혼과 소통하는 아주 흔한 방법입니다. 정확하게 뭘 쓰는지 모르는 상태에서 영혼이 전하고자 하는 메시지를 반사적으로 종이에 옮기는 거죠." 당크워스가 그림을 건네주었다.

"엘로이즈가 오늘 저와 연결돼서 저한테 이 그림을 그리게 한 겁니다."

슬픔에 빠진 엘로이즈의 어머니는 종이에 그려진 그림과 글자가 진짜로 딸이 전하는 메시지라고 믿었다. 에비도 마찬가지였다. 두 사람은 그 후로 그 메시지를 해석하려고 열을 올렸다.

한편 레나는 강령회 전체가 다 사기라고 생각했다. 아무도 그 메시지를 이해하지 못하자 레나는 묘한 만족감을 느꼈다.

에비가 레나를 노려보았다.

"딱 한 번 해보고 다 엉터리라고 생각하지 마. 그때 협회에서 배정한 영매는 다 초보였어. 그리고 그 그림이 가짜라고 확신하는 건 아니잖아. 그게 진짜인지 가짜인지 증명할 수도 없고."

"내 말이 바로 그거야. 가짜라고 증명할 수 없다는 거 알아. 하지만 진짜라고 증명할 수도 없지."

"그럼 뭐 하나 좀 봐줄 수 있어? 내가 엘로이즈와 소통하면서 그린 건데 언니와 관련된 것 같아."

레나가 유리잔을 탁 하고 세게 내려놓자 물이 튀어나왔다. "뭐라고?"

에비는 고개를 끄덕이고 배 타르트를 한 입 베어먹었다.

"엘로이즈의 영혼에 닿았다 싶었을 때 눈을 감고 그림을 그리기 시작했어. 내가 종이에 선을 긋고 있다는 건 알았지만 그게 뭘 의미하는지는 몰랐지. 무슨 모양인지 어떤 형태인지 전혀 몰랐어. 그러다가 내가 편지를 쓰는 것처럼 뭔가를 긁적이고 있다는 걸 깨달았어. 몇 분 후에 눈을 뜨고 내가 뭘 그렸는지 살펴봤어."

"뭐였어?"

에비는 작은 옷 주머니에 손을 넣어 종이 한 장을 꺼내 탁자 너머로 레나에게 건네주었다. 레나는 재빨리 종이를 펼쳐보았다.

종이에는 작은 모양 하나가 그려져 있었다. 육각형 모양이었다. 육각형 안에는 서로 겹쳐 그려놓은 하트 두 개와 L이라는 글자가 있었다.

레나는 숨이 턱 막혔다. "이건 말도 안 돼." 레나가 속삭였다.

엘로이즈는 죽기 전에 레나에게 보내는 쪽지를 썼다. 아주 사적인 내용의 짤막한 쪽지였다. 엘로이즈는 그 쪽지를 작은 육각형 모양으로 접어서 레나에게 건네주었다. 육각형 앞면에는 레나의 이름 첫 글자가 영어로 적혀 있었고, 안쪽 면에는 엘로이즈의 이름 옆에 작은 하트 두 개가 그려져 있었다. 엘로이즈의 쪽지는 에비의 그림과 거의 비슷했다.

"이게 무슨 뜻인지 알아? 이 육각형은 뭐야?" 에비가 흥분해서 몸을 앞으로 숙였다.

수없이 폈다 접었다 해서 가장자리가 닳은 엘로이즈의 육각형 쪽지는 레나의 침대 아래 장신구 상자 안에 고이 들어 있었다. "응, 알아." 레나는 이렇게 대답해놓고 인상을 찌푸렸다. 며칠 전에 에비가 레나의 물건을 뒤지다가 들킨 일이 있었다. 그때 에비는 자기가 좋아하는 장갑을 잃어버려서 그랬다고 했다. "잠깐만. 너 혹시……." 레나는 가슴이 타는 것 같았다. 레나가 앞으로 몸을 숙여서 동생의 눈을 유심히 들여다보았다. "엘로이즈가 나한테 준 쪽지를 발견했니?"

"뭐? 무슨 쪽지?" 에비가 갑자기 뚝 멈춰 미동도 하지 않았다.

레나는 에비를 주의 깊게 살펴보았다. 동생이 언니의 소지품을 뒤져 찾아낸 물건을 이용해서 언니가 유령을 믿게 만들겠다고 설치는 게 나쁜 걸까? 아니면 에비가 엘로이즈의 쪽지를 펼쳐서 내용을 읽었을지도 모른다는 게 더 나쁠까? 레나는 어느 쪽이 더 나쁜지 확신할 수가 없었다.

엘로이즈의 쪽지라는 걸 알았다면 에비는 분명 그 쪽지를 읽었을 것이다.

두말할 것도 없이 레나의 사생활을 침해하는 행동이었다. 게다가 쪽지에는 아주 소중하고 극히 사적인 감정이 담겨 있었다. 레나와 엘로이즈 두 사람만 알고 있어야 하는 내용이었다.

레나는 부끄러워서 얼굴이 붉어졌다.

"엘로이즈가 죽기 전에 나한테 준 쪽지야. 쪽지를 육각형으로 접어서 그 위에 내 이름 첫 글자를 적어줬어."

"뭐? 말도 안 돼." 에비의 눈이 기쁨에 젖어 크게 떠졌다. "그렇다면, 이건, 내가……성공했다는 거잖아." 에비는 기쁜 표정으로 자신의 그림을 내려다보면서 황금이라도 되는 것처럼 어루만졌다.

"봤지, 언니? 이건 진짜야. 이건……."

"아냐." 레나가 딱 잘라 말했다. 레나는 기쁘지도 않았고, 머릿속이 확 밝아지는 것 같지도 않았다. 동생은 한순간도 믿을 수 없었다.

"네가 내 사생활을 건드리다니 믿을 수가 없어. 이제는 엘로이즈의 쪽지까지 이용해서 내가 믿지 않는 걸 믿게 만들려고 하잖아."

에비가 벌떡 일어나는 바람에 엉덩이가 탁자에 부딪혔다. 그 충격으로 레나의 포크가 달가닥거리며 탁자에서 바닥으로 떨어졌다. "내가 거짓말한다는 거야?" 에비가 눈물이 그렁그렁한 눈으로 소리쳤다.

"네가 며칠 전에 내 물건을 뒤졌잖아. 자동 기록이라는 연습을 하필이면 엘로이즈의 생일이 가까워졌을 때 딱 맞춰서 하다니 그거 참 편리하네." 레나가 일어서서 에비를 마주 보며 말했다.

방 바깥 복도에서 엄마가 소리치는 소리가 들렸다. 손님이 여행 일정표를 달라고 하는 모양이었다. 에비는 문을 힐끗 쳐다보더니 문 쪽으로 한발 내디뎠다. "난 갈 거야." 에비가 눈물을 훔치면서 말했다.

레나는 자신의 말을 무시하는 에비의 태도에 화가 솟구쳤다. 안에서 뭔가가 터져 나왔다. 버릇없는 거짓말쟁이 동생 때문에 쌓였던 화가 터지듯 쏟아져 나왔다. 레나는 에비의 그림이 그려진 종이 양쪽 가장자리를 꽉 잡고서 반으로 찢었다. 동강 난 종이 두 조각은 탁자 위에 던져버렸다.

에비가 하얗게 질린 얼굴로 보고도 못 믿겠다는 듯 찢어진 종이를 쳐다봤다.

한참 침묵이 흐른 끝에 에비가 입을 열었다. 말이 더듬더듬 흘러나왔다. "어, 어, 언니가 이런 짓을 하다니." 에비는 찢어진 종잇조각을 조심조심 주워들어서 포개 접어 주머니에 넣었다. 에비는 더 이상 눈물을 보이지 않았다. 대신 분노에 사로잡혔다. "잘 있어." 에비는 쌩하니 방을 나가버렸다.

순간 밝은 색채가 레나의 시야 가장자리에서 선명하게 번쩍여 방향을 가늠하기 어려웠다. 레나는 아무런 대꾸도 하지 않고 가만히 서 있었다. 속이 아침 내내 그랬던 것보다 훨씬 심하게 요동쳐서 온몸이 떨렸다.

에비가 떠난 후 레나는 자기 방으로 올라갔다. 침대 아래에서 장신구 상자를 꺼내 내용물을 뒤졌다. 바로 그곳, 상자 맨 밑바닥에, 말린 양치식물 잎사귀와 어렸을 때 그린 그림 사이에 육각형 쪽지가 있었다. 엘로이즈의 쪽지였다.

완벽하게 육각형으로 접혀 있는 쪽지는 아무도 건드리지 않은 것 같았다. 레나가 넣어둔 그대로 있었다. 에비는 손놀림이 서툴렀다. 종종 덜렁대기도 했다. 에비는 쪽지를 다시 육각형으로 접는 법을 몰랐을 게 분명했다. 쪽지를 원래 있던 대로 상자 속에 다시 넣어놓을 생각도 하지 못했을 것이다.

이제 레나는 확신했다. 에비는 장신구 상자를 건드리지 않았다. 레나는 쪽지를 펼쳐서 읽었다. 이번이 천 번째가 분명했다.

우린 항상 이럴 거야, 그렇지? 끝없이 서로의 마음을 느끼면서도 크게 소리 내어 말하지는 못할 거야. 여자끼리의 우정은 전혀 위험하지 않은 거 알아. 그래서 마음이 놓여. 우리는 영원히 이렇게 함께 할 거야. 우리가 진짜 어떤 사이인지 우리는 잘 알고 있잖아. 난 그걸로 충분해.

쪽지 맨 아래쪽에 엘로이즈가 자기 이름을 써놓고 서로 겹친 하트 두 개를 그려놓았다.

레나는 엘로이즈의 쪽지를 가슴에 대고 꾹 누른 채 숨을 깊이 들이마셨다. 일 년 전에는 엘로이즈의 향이 종이에 미세하게 남아 있었다. 엘로이즈의 향은 오래전에 사라졌지만 레나는 여전히 엘로이즈의 향이 남아 있기를 바라는 마음에 매번 종이를 코에 대 보았다.

우리는 영원히 이렇게 함께 할 거야. 엘로이즈는 이렇게 말했다. 얼마나 잘못된 생각이었는지. 영원한 것은 아무것도 없었다. 우정이라는 위장도, 그 아래 숨겨진 진정한 사랑도 영원하지 않았다. 팔짱을 끼고 한참을 거닐었던 산책도, 첫 입맞춤 이후 서로를 힐끔거렸던 눈길도, 두 번째 입맞춤도 더는 없었다.

엘로이즈와는 항상 그런 식이었다. 주저하며 쉽게 다가서지 못했고, 자신이 없어 서로를 거부했고, 관습을 어길까 봐 두려워했다. 레나는 엘로이즈와 함께 그 세계를 지독하게도 탐험해 보고 싶었다. 하지만 실제로 엘로이즈와 함께 할 수는 없다는 사실을 알았기 때문에 가까워지는 게 두려웠다. 두 사람의 관계를 가족이 허락할 리가 없었다. 품위 있는 런던 사회도 허락하지 않을 게 분명했다. 상황이 이러한데 왜 그런 감정이 몸집을 키워 강해지게 두겠는가? 아직 파릇파릇할 때 일찌감치 솎아내는 게 나았다.

엘로이즈도 분명 같은 생각이었다. 그렇기에 쪽지에도 이렇게 썼다. 우리가 진짜 어떤 사이인지 우리는 잘 알고 있잖아. 난 그걸로 충분해.

레나는 종이를 다시 완벽하게 육각형으로 접었다. 에비가 이 쪽지를 봤을 리가 없었다. 에비라면 쪽지를 원래대로 정확하게 접어 놓지 못했을 테니까. 레나는 후회의 한숨을 쉬면서 장신구 상자 뚜껑을 닫아 침대 아래로 밀어 넣어놓고 에비를 찾으러 갔다. 좌절감에 사로잡혀 그랬다고, 널 오해하고 비난했다고 에비에게 사과할 생각이었다. 반으로 찢겨져서 가장자리가 너덜너덜해진 에비의 종이를 다시 붙일 수 있기를 간절하게 바랐다.

에비의 상처를 치유해 주고 싶었다.

에비가 하는, 죽은 자와 소통하는 연습도 좀 더 진지하게 생각해 볼 필요가 있었다. 레나는 한순간 믿었다가 다음 순간 의심에 사로잡히길 반복했는지도 모르겠다. 하지만 에비의 그림은 놀랄 정도로 정확했다. 레나의 이름 첫 글자와 서로 겹친 하트가 완전히 똑

같았다. 에비가 엘로이즈의 쪽지를 읽지 않았다면 어떻게 그처럼 자세한 것까지 알 수 있었을까?

레나는 동생을 찾아 아래층으로 달려 내려갔다. 하지만 에비는 아침에 나가고 없었다. 호텔 직원 한 명이 에비가 일찍 일을 접고 손님에게 길을 알려주려고 나갔다고 했다.

레나는 에비에게 미안하다고 말할 수가 없었다.

그 후로 다시는 살아 있는 동생을 보지 못해서 미안하다고 말할 기회를 갖지 못했다.

레나는 정원 벤치에서 일어나 거실로 들어갔다. 몽롱한 눈빛의 보델린이 식탁에 앉아 하품하면서 편지를 쓰고 있었다. 새벽 3시가 다 된 시각이었다.

"몰리에게 답장을 쓰고 있어. 오전에 빠른 우편으로 보낼 거야. 누구랑 같이 가는지는 말하지 않았어. 토요일 오전에 떠날 거야." 보델린이 편지를 접어 봉투에 넣고 봉했다.

"언제 돌아올지는 네가 알아서 정하면 돼. 우린, 아니 난 볼크먼의 강령회가 끝나는 대로 에비의 강령회를 진행할 수 있어."

"고마워요." 레나가 말했다. 레나는 식탁에 앉아서 찻잔으로 손을 뻗었다. 차를 한 모금 마셨다가 움찔하고는 내려놓았다. 차갑게 식은 차였다. "그리고 저……." 레나는 두 손을 모아 깍지를 끼었지만 혀끝에 걸린 사과의 밀은 지존심 때문에 내뱉지 못했다. 하지만 사과하려고 시간만 끌다가는 어떤 일이 생기는지 잘 알고 있었다.

"아까 그런 말을 해서 죄송해요. 강령회에 관해서 했던 말이랑 제가 선생님을 믿지 못한다고 했던 말이요. 선생님한테는 정말 끔찍한 밤이었겠죠. 제가 선생님 마음을 좀 더 편하게 해 드렸어야 했는데 아무것도 하지 않았어요." 레나는 미동도 없이 보델린의 대답을 기다렸다.

보델린은 다 쓴 편지를 탁자 중앙에 던져놓고 의자를 뒤로 밀며 일어섰다. 그러고는 무슨 생각을 하는지 알 수 없는 표정으로 레나를 한참 동안 바라보았다. "그래, 진짜 끔찍한 밤이었어." 보델린이 고개를 끄덕이면서 말했다. 보델린은 탁자를 빙 돌아 레나에게 다가가더니 레나 앞에 무릎을 꿇고 앉았다.

"진짜 끔찍했던 건 볼크먼한테서 편지를 받은 일이 아니었어. 희생자의 아버지와 네가 내 강령회를 비난했던 일도 아니었고. 정원에서 내가 네 손을 잡았을 때 네가 손을 빼버렸잖아. 그게 가장 끔찍했어." 보델린이 시선을 내렸다. "내 일에 관한 혹평은 견딜 수 있어. 강령회가 섬뜩하다느니, 사기라느니 하는 비난은 괜찮아. 난 친구가 많지 않아서 내가 친구라고 생각하는 사람과 감정적으로 부딪히는 게 익숙하지 않아."

보델린의 어조가 어딘지 모르게 달라진 것 같았다. 그럴 만했다. 레나는 토라졌던 게 후회스러웠다. 그때 얼마나 유치하게 굴었는지 모르겠다.

"잘 자." 보델린이 마침내 슬픈 목소리로 속삭였다. 보델린은 허리를 숙여 레나의 뺨에 부드러운 입맞춤을 천천히 남겼다.

레나의 숨이 딱 멎었다. 엘로이즈말고는 레나의 살갗에 그렇게 오랫동안 입술의 감촉을 남겼던 여자가 없었다. "잘 자요." 레나는 뜻밖의 대화에 놀라 얼른 인사했다. 보델린과는 언제나 소소한 애정 표현을 주고받았다. 하지만 방금처럼 친밀하면서도 좌절로 가득한 감정을 주고받은 적은 없었다.

레나는 보델린이 방으로 걸어가는 모습을 지켜보았다. 그러고는 손끝으로 뺨을 쓸어보았다. 보델린의 입술이 닿았던 감촉은 이미 사라지고 없었다.

그 후 레나는 침대에 누웠지만 한참 동안 잠들지 못한 채 희끄무레한 천장만 바라봤다.

에비가 여기 있었다면 드디어 언니가 뭔가를 느꼈다고 기뻐했을 것이다. 에비는 언제나 언니가 낭만적인 사랑에 관심이 부족하다고 놀렸다. 스티븐 헤슬롭이 끝내주게 잘생긴 데다 언니를 사랑하는 게 분명하다고 덧붙이기까지 했다.

하지만 에비가 모르는 사실이 있었다. 레나는 몇 년 전에 낭만적인 사랑을 느꼈다. 다만 상대가 스티븐이 아니었을 뿐이었다.

그런데도 레나는 가로등 기둥 뒤쪽의 거리에서 스티븐과 딱 한번 키스한 적이 있었다. 실험 삼아 해본 일이었다. 레나는 스티븐과 키스하면 자기 안의 뭔가가 움직이기를 바랐다. 어쩌면 엘로이즈를 잊을 수 있을지도 몰랐다. 하지만 전혀 그렇지 않았다.

스티븐과 키스한 후, 레나는 집으로 달려가 동생과 함께 쓰는 방문을 닫았다. 그러고는 에비에게 무슨 일이 있었는지 자세하게 털어놓았다. 스티븐과의 키스는 숨길 일이 전혀 아니었으니까.

"이가 자꾸 부딪혔어." 레나가 말했다.

에비는 움찔했다. "시간이 지나면 나아져."

누구보다 그 문제를 잘 아는 사람이 에비였다. 에비는 몇 년째 남자들과 키스하고 다녔으니까.

"그리고 축축했어." 레나가 계속 말했다. "스티븐의 입술은 그냥⋯⋯." 레나는 스티븐의 수염에 긁혀서 턱에 난 상처를 만졌다. 스티븐은 레나가 바라는 것보다 한층 집요하게 굴었다. 그의 숨결은 눅눅했고 커피 냄새가 났다. "거칠고 강압적이었어. 마음에 들지 않았지. 전혀."

"언니가 말한 대로라면 나도 싫었을 거야."

레나가 목소리를 낮춰 속삭였다. "스티븐의 손이 계속 내 허리를 만졌어. 내 목 뒤쪽도 만지고." 레나는 스티븐이 자기도 모르게 흩트려놓은 귀 쪽의 머리카락을 만지작거렸다.

"음, 그건 그렇게 나쁘지 않은 것 같은데. 난 남자가 내 허리를 만지는 거 좋아해. 언니도 다른 사람이 그런다면 좋아할 걸." 에비의 눈동자가 반짝거렸다.

"다시는 남자와 그런 일을 하고 싶지 않을 것 같은데. 생각도 하기 싫어."

"상대가 남자일 거라고 누가 그래?"

에비의 말에 레나는 심장이 철렁 내려앉았다. 엘로이즈를 사랑했다는 비밀을 에비에게 들킨 걸까? 레나는 재빨리 화제를 돌렸다. 두 사람은 그 후로 다시는 그 이야기를 꺼내지 않았다. 하지만 지금 보델린의 아파트에서 침대에 혼자 누워있자 에비의 이야기가 떠올랐다. 상대가 남자일 거라고 누가 그래?

레나는 스티븐과 나누었던 키스를 생각했다. 스티븐한테서 받았던 호박, 이따금 서로의 손과 팔이 스쳤던 감촉도 떠올려보았다. 하나같이 레나와는 전혀 맞지 않았다. 레나는 역겹다고 느꼈고, 심지어는 수치스럽기까지 했다. 레나 자신에게 솔직하지 않았던 게 분명했다.

하지만 엘로이즈와 함께 있을 때는 전혀 달랐다. 보델린과 함께 보냈던 지난 2주도 마찬가지였다. 보델린과 소소한 이야기를 나누다 보면 종종 레나는 숨이 가빠졌다. 레나가 파리에 도착했을 때였다. 보델린의 강렬한 시선에…… 레나는 온몸에 소름이 돋았다. 순간 살갗은 서늘해졌지만 신기하게도 속이 따뜻하게 달아올라서 레나는 자꾸만 상의를 잡아당겨 살갗에서 떼어냈다.

최근에 레나는 엘로이즈와 함께 했던 시절 이후로 느껴보지 못했던 온갖 증상에 노출되었다. 얼굴에 열이 오르고, 겨드랑이가 축축해지고, 책임을 던져버린 채 백일몽에 빠져들고 싶은 설명할 수 없는 충동에 휩싸였다. 보델린에 대해 더 많이 알고 싶은 호기심도 끝없이 샘솟았다. 보델린이 무슨 생각을 하는지, 무엇을 읽는지, 누구에게 편지를 쓰는지 알고 싶었다.

좀 전에 보델린이 레나의 뺨에 했던 키스…… 레나 평생 그보다 더 다정하거나 부드러운 것은 떠올릴 수 없었다.

레나는 자기 침대에 누워서 마침내 자신의 속마음을 인정했다. 어둠 속에서 레나의 속마음이 속삭임으로 흘러나왔다. 난 그녀를 원해. 엘로이즈를 원했듯이 보델린을 원해. 스승이나 친구로 원하는 것이 아니었다. 레나는 스승이나 친구가 줄 수 있는 것 이상을 원했다.

속마음을 인정하자 레나의 온몸이 떨렸다. 레나는 비밀을 남에게 털어놓지는 않을지라도 혼잣말로 크게 뱉어냈다. 용감한 시작이었다.

어쩌면 이번에는 좀 더 대담하게 행동할지도 몰랐다. 엘로이즈에게 했던 것보다 훨씬 대담하게 움직일 수도 있었다. 엘로이즈와 레나는 우정만 표면에 드러냈지만 우정을 나눌 시간도 도둑맞고 말았다. 두 사람에게 영원은 존재하지 않았다.

레나가 지금까지 두 번이나 깨우쳐 얻은 교훈이었다. 무엇도 영원하다고 장담할 수 없었다. 자매간의 사랑도, 우정도, 다음번 사랑 편지도, 다음번 다툼도 보장할 수 없었다. 장담할 수 있는 건 쏜살같이 흘러가는, 외로움에 몸부림치는 지금 이 순간뿐이었다. 레나는 진실한 행동이나 말을 할 기회를 놓치는 게 지긋지긋했다.

천천히, 대담하게 손을 뻗어 침대 옆 벽을 짚었다. 지척에, 회반죽과 나무 너머 바로 옆방에 보델린이 침대에 누워 있었다. 잠들었을지도 모른다. 아니면 아직 깨어 있거나.

레나는 여전히 한 손으로 벽을 짚은 채 다른 한 손을 천천히 레이스 이불 아래로 밀어 넣어 슈미즈 아랫단을 더듬어 찾았다. 슈미즈 아랫단의 가장자리 장식을 만지작거리자 손끝이 유독 민감해져서 간지럽기까지 했다.

레나는 슈미즈를 위로 끌어올리면서 집게손가락 끝으로 골반을 쓰다듬다가 허벅지 안쪽으로 미끄러뜨려 넣었다. 거기서 잠시 멈췄다. 런던이라는 도시와 갑갑한 분위기, 손을 감싸 숨기는 레이스 장갑을 생각할 때마다 마음속에서 거부감이 일었다. 여자가 하고 있다고, 원한다고 절대 인정할 수 없는 모든 일이 떠올랐다. 몇 년 전에는 그 모든 규칙에 얽매여서 애정을 드러내지 못했다. 엘로이즈한테만이 아니라 에비에게도 그랬고, 심지어는 레나 자신에게도 그랬다.

하지만 지금 레나는 그러한 규칙의 저주를 너무나 잘 알고 있었다. 모든 가능성을 억누르고 아무것도 탐험해 보지 못하게 만드는 저주였다. 레나는 손가락을 계속 허벅지 안쪽으로 조금씩 움직였다. 벽 저편에서 보델린도 잠들지 못한 채 자신과 똑같은 행동을 하고 있을지도 모른다고 상상했다.

갑자기 자기도 모르게 레나의 무릎이 움찔했다. 이런 짓은 겨우 몇 번 해본 게 전부였지만 그때마다 항상 수치스러웠고 나중에는 양심의 가책까지 들었다. 이제 레나는 품위 따위는 아랑곳하지 않고 허벅지 사이를 더더욱 세게 문질렀다. 오르락내리락하는 쾌감에 박자 맞춰 호흡하면서 넘실거리는 쾌감에 흠뻑 빠져들었다. 다른 손으로는 벽을 세게 밀면서 벽이 부서져 사라지게 만드는 주문이 있기를 바랐다. 벽이 무너져 벽 저편의 보델린에게 좀 더 가까이 다가갈 수 있기를 바랐다.

적어도 레나의 상상 속에서는 벽을 사라지게 만들 수 있었다. 이제 레나는 대담해져서 품위에는 전혀 신경 쓰지 않았다. 빙글빙글 도는 손끝의 놀림에 몸을 떨었다. 한 손으로 벽을 짚고 다른 한 손은 다리 사이에 둔 채 레나는 보델린의 침대가 아무런 장벽도 없이 바로 옆에 있다고 상상했다. 보델린도 자신과 똑같은 행동을 하면서 자신을 떠올리고 자신의 스승이나 친구가 아니라 연인이 되고 싶어 한다고 상상했다. 레나는 조금 전에 자신의 뺨에 닿았던 보델린의 입술이 얼마나 부드럽고 따뜻했는지 떠올렸다. 잘 자라고 인사했던 보델린의 숨결은 또 어떠했던가.

갑자기 레나는 머리를 돌려 베개에 파묻었다. 엉덩이는 반사적으로 치켜 올라갔다. 아무리 저지하고 싶어도 막을 수 없는 반응이었다. 벽을 짚었던 레나의 손이 미끄러져 내려왔다. 레나는 그 손으로 입을 막은 채 격하게 네 번, 다섯 번 절정에 올라 몸을 떨었다.

손가락 사이로 수치를 모르는 미소가 새어 나왔다.

몰리
MOLLY

1873년 2월 15일 토요일, 런던

보델린의 빠른 답장을 받자 기분이 아주 좋았다. 보델린은 2월 15일 토요일 아침 일찍 파리에서 출발하겠다고 했다. 런던 도착 예정 시각은 저녁 8시였다.

나는 즉각 준비를 하기 시작했다. 먼저 런던 강령술 협회 1층의 작은 창고를 정리했다. 회원들이 시간을 보내는 공동 구역과 떨어져 있는 창고였다. 창고에는 상자와 버리는 가구가 가득했다. 연단에 부서진 의자, 묵직한 책장이 있었고 그중 몇 개는 안 쓰는 복도에 내다 놓고, 나머지는 버렸다.

창고를 다 정리하자마자 침대를 들여놓고 깨끗한 시트와 옷가지 몇 개를 의자에 올려놓았다. 보델린은 그다지 오래 머물지 않을 것이기에 편안함이나 편의에는 별로 신경 쓰지 않았다.

준비를 마친 후, 문을 닫고 건물 앞쪽으로 돌아갔다.

가는 길에 자주 쓰지 않는 사용인 전용 출입문을 지나쳤다. 런던 강령술 협회 뒤쪽 골목으로 이어지는 문이었다. 보델린을 협회에 들일 문이기도 했다. 저 문으로 몰래 숨어 들어왔던 또 다른 여자가 기억나서 옅은 미소가 새어 나왔다.

에비 레베카 위키스(Evie Rebecca Wickes)

에비와 네 번째 만나 산책을 즐길 무렵, 에비가 영의 세계에 얼마나 집착하는지가 명확하게 드러났다. 에비가 하고 싶은 이야기는 전부 영혼에 관한 것이었다. 강령회에서 어떤 유령을 봤는지, 서재에 어떤 참고 서적이 있는지, 도시 전역에서 어떤 강령술사들과 연락하고 지내는지 알고 싶어 했다.

유독 기억에 남는 오전이 있었다. 그날 에비는 지나가는 말로 보델린 달레어라는 유명한 영매를 숭배한다고 말했다.

"전 그분을 숭배해요." 에비가 환하게 미소 지으며 말했다. "그분이 쓴 글을 모두 읽었어요. 전 운 좋게 런던에서 그분의 훈련생으로 들어갔어요." 에비는 파란 눈동자로 날 돌아보았다.

"보델린 달레어 씨라고 들어봤어요? 같은 분야에 계시니까 당연히 들어봤겠죠. 보델린 스승님은 6개월 전에 아무런 설명도 없이 파리로 떠났어요."

나는 보도에서 발을 살짝 헛디디고는 질질 끌리는 신발을 탓했다. "네, 누군지 알아요. 우린 비슷한 분야에서 활동하고 있죠."

에비가 고개를 끄덕였다. 다행스럽게도 에비는 그 문제에 대해 꼬치꼬치 캐묻지 않았다. 보델린 달레어의 행적은 기밀 사항이라 에비 앞에서 꺼낼 수 없는 일과 연관되어 있었다. 소문과 악당들, 명예 훼손이 관련된 문제였다.

"몰리, 전 몇 가지 규칙을 깨는 걸 좋아해요." 갑자기 에비가 속눈썹 사이로 날 올려다보며 말했다. 에비는 공원 중간에 우뚝 멈춰 서서 날 정면으로 바라보았다. "다음에는 어디 조용한 곳에서 만나고 싶어요."

여자가 하기에는 부적절한 제안이었다. 하지만 에비 위키스라는 아가씨에게는 적절하다고 할 만한 구석이 하나도 없었다. 다루기 힘들고 혈기가 넘치는 에비한테서는 적절함이 거의 다 떨어져 나가고 없었다. 에비는 여자치고는 유난히 기운찬 성격이었고, 관습에 전혀 얽매이지 않았다. 이전에 함께 산책하면서 좀 더 전통적인 구애 절차를 밟아보려고 했었다. 하지만 에비에게 아버님을 뵐 수 있을지 묻자 에비는 웃음을 터트렸다.

하지만 전 지금처럼 흥분되는 만남이 좋은데요. 우리 관계는 특별하잖아요. 안 그래요? 전 지금처럼 아무도 우리 관계를 모르는 게 아주 좋아요. 어쨌든 전 예법을 신경 써 본 없는 사람이거든요. 그날 에비는 이렇게 말했다.

무시하는 어투로 말하는데도 에비에게 화를 낼 수가 없었다. 나는 에비의 마법에 걸려 있었고, 에비도 그 사실을 알고 있다고 확신했다.

나는 은밀한 만남을 갖자는 에비의 제안에 깜짝 놀라서 대답할 말을 고르느라 잠시 머뭇거렸다. 얼굴의 반점 때문에 평생 수치심에 사로잡혀 살았던지라 여자한테서 노골적인 유혹을 받아본 적이 없었다. 그것도 감귤류의 상큼한 베르가못(bergamot) 향과 달콤한 체향이 나는 매력적인 여자의 유혹을 받다니.

"좀 놀라운데요." 나는 발을 힐끗 내려다보면서 마침내 이렇게 말을 꺼냈다. 아무리 애를 써도 자신감을 조금도 끌어낼 수가 없었다. 나는 얼굴의 반점이 증발해 버리거나 사라져 버리기를 무엇보다 간절히 바라면서 뺨을 어루만졌다.

에비가 아주 진지한 눈빛으로 한층 가까이 다가왔다. 에비는 내 뺨을 가린 손을 치웠다. "왜 항상 얼굴을 숨기려고 해요?" 에비가 물었다. 나뭇가지가 우리 위쪽에서 산들바람에 흔들렸고, 햇살이 우리 주변에서 제멋대로 반짝거렸다. "제 눈에는 당신 반점이 묘하게 아름다워요." 내가 대답하기도 전에 에비가 말했다. "다른 남자와 다른 점이잖아요."

그런 말은 들어본 적이 없었다. "묘하게 아름답다니." 나는 말을 길게 늘여서 되풀이했다. 그 짧은 순간 울음이 터져 나올 것만 같았다.

"네, 진짜 그래요." 에비는 부서진 햇살 아래서 춤을 추기라도 할 것처럼 발을 살짝살짝 움직였다. "오늘 밤에 약속 있어요?" 에비가 한층 장난스럽게 물었다.

사실 약속이 있었다. 협회 회원 몇 명과 드루리 레인(Drury Lane) 극장에서 '수전노(The Miser)'를 관람하려고 박스석을 예매해두었다.

"약속 없어요." 나는 이렇게 말했다.

에비가 미소를 살짝 지었다. "아주 좋은데요."

우리는 10시에 만나기로 했다. 그 시각이면 협회 회원들이 모두 나가서 협회가 비어 있었다. 나는 에비에게 협회 뒤쪽의 사용인 전용 출입문으로 들어오라고 했다. 그 주변에는 남의 일에 신경 쓰는 사람이 없었다. 술에 만취해서 뭘 봐도 기억하지 못하는 쥐잡이꾼과 오물 수거꾼뿐이었다.

나는 에비에게 심령체 강연에 몰래 숨어들어왔을 때처럼 남장을 하라고 했다. 우리는 은밀한 시간을 많이 보낼 수 있었다.

규칙 따위는 저리 가라지. 나는 저녁에 협회 뒤쪽 계단을 올라오는 여자를 반갑게 맞이할 순간이 한시라도 빨리 다가오기를 학수고대했다.

레나
LENNA

1873년 2월 15일 토요일, 파리

레나는 보델린과 함께 런던에 가기로 했다. 저택에서 강령회를 연 지 이틀이 지난 토요일, 두 여자는 파리에서 출발해 불로뉴(Boulogne)로 향하는 증기 기차 뒤쪽의 작은 이등칸에 올라탔다. 불로뉴에 도착해서 증기선을 타고 영국 해협(the channel)을 가로지른 후 템스강을 따라 올라가 곧장 런던 다리 부두(London Bridge Wharf)로 향할 예정이었다. 레나가 파리에 왔던 경로보다 몇 시간은 더 빠른 경로였다.

기차가 파리를 벗어나자 레나는 머리받침대에 머리를 기댄 채 기차의 움직임에 몸을 맡기고 깊은 잠 속으로 빠져들었다.

잠시 후, 레나는 도자기가 달가닥거리는 소리에 깨어났다. 순간 어디가 어딘지 몰라 눈을 깜박거렸다. 잠에 취해 흐릿한 눈으로도 객차 맞은편에 앉은 보델린의 형체를 알아볼 수 있었다. 보델린은 만족스러운 표정으로 책장을 넘기고 있었다. 도자기 찻주전자는 보델린의 좌석에 고정된 작은 쟁반에 놓여 있었다.

"두 시간 넘게 잤어." 보델린이 책에서 눈을 떼지 않은 채 조용히 말했다.

레나는 시계를 확인하고 고개를 끄덕였다. 그러고는 잠시 눈을 감았다. 에비가 괴상한 펠트 모자를 쓴 채 빗속에서 즐겁게 춤추는 이상한 꿈을 꿨다. 꿈속에서 에비는 녹지도 않고, 빗속에서도 꺼지지 않는 뒤집힌 양초에 둘러싸여 있었다. 그러다 어느 순간 비가 동전과 조개껍데기, 깃털로 변했다. 실체화 증표였다.

비는 또다시 인산유처럼 반짝이는 밝은 초록색으로 변했다. 그 광경에 며칠 전에 보델린과 나누었던 대화가 떠올랐다. 그때 레나는 보델린의 동네에서 함께 산책하며 에비를 죽음으로 이끌었던 이상한 행동에 대해 이야기했다. 레나 자신이 그 사건 이후에 찾아낸 단서도 함께 살펴보았다.

"에비는 사망한 날 밤에 파티에 갔어요. 파티 장소는 몰라요. 그날 밤 런던은 파티로 넘쳐났죠. 에비가 누구와 함께 파티에 갔는지도 몰라요. 에비는 친구가 많았고, 에비의 친구들은 모두 유령을 믿었어요. 에비는 종종 그렇게 사라지곤 했죠. 밤이나 낮에 부모님한테 이야기도 하지 않고 호텔에서 몰래 빠져나갔어요. 저한테도 뭘 하러 가는지 말하지 않았죠. 전 에비한테 남자친구가 있다고 생각했어요. 어쩌면 한 명이 아닐 수도 있었죠." 레나는 이렇게 설명하고 두 팔로 가슴을 감싸 안은 채 보도를 따라 조심스럽게 발걸음을 내디뎠다.

"에비가 그날 밤 참석했던 파티는 어땠을까요? 음, 전통적인 파티였는지도 의심스러워요. 유령 사냥이나 강령회, 아니면 그 비슷한 모임이었을 수도 있어요."

"그 이후에 에비가 어떤 파티에 갔는지, 누구와 함께 갔는지 알아낼 만한 뭔가를 찾아내지 못했어?" 보델린이 물었다.

레나는 고개를 가로저었다. 에비가 사망한 다음 날 아침, 레나는 에비와 함께 썼던 방을 빠르게 뒤졌다. 슬픔에 빠져 불안정했던 탓에 레나는 거칠어졌고, 심지어는 폭력적으로 변했다. 연애편지나 돈, 혹은 손으로 써놓은 자백서 찾으려고 칼로 에비의 매트리스를 찢어발겼다. 서랍 하나를 통째 빼내서 안을 살펴보고, 서랍 아래쪽에 비밀 쪽지가 붙어 있는지 확인했다. 조각낼 수 있는 것은 전부 다 부셨다. 잠겨 있든 아니든 상관하지 않았다. 분노가 터져 나와 부서진 나뭇조각으로 변하자 한순간은 속이 시원했다. 하지만 레나는 아무것도 찾지 못했다. 에비가 자주 뭔가를 적어놓곤 했던 수첩도 찾을 수 없었다. 레나는 방을 나가기 전에 미련을 버리지 못하고 쓰레기통을 발로 찼다. 쓰레기통이 달가닥거리며 방바닥을 굴렀다. 물론 안은 비어 있었다. 그곳에도 단서는 없었다.

"에비가 사망한 다음 날 아침에 에비의 방을 뒤져서 단서나 정보를 찾으려고 했어요. 하지만 파티에 관한 건 아무것도 찾아내지 못했어요. 찾아낸 거라고는…… 잘라낸 신문 기사 몇 개뿐이었죠."

레나가 이렇게 말하자 보델린이 관심을 보였다. "어떤 기사였어?"

"선생님에 관한 기사가 많았어요." 레나가 아랫입술을 잘근잘근 깨물었다. "불로 미래를 점치는 기술에 관한 기사도 있었죠. 인산유 병이랑 책도 한 권 찾았는데 책 내용이 자동……."

"인산유 병을 찾았다고?" 보델린이 보도에 우뚝 멈춰 섰다.

"네, 그게 뭐 이상한가요?" 레나가 천천히 말했다.

보델린은 다시 발걸음을 옮기기 시작하더니 목청을 가다듬었다.

"네 동생의 취미나 영매술 사업에 대해서 뭐라고 할 생각은 없어. 다만 인산유는 사기 치는 강령술사가 가장 좋아하는 도구라는 걸 말해주고 싶어. 이 분야에서 가장 빤한 사기 도구지."

레나가 멈칫했다. "왜 그런데요?"

"인산유는 빛이 나는 물질이야. 사기를 치는 영매는 종종 물건을 인산유에 담가둬. 다른 세상의 물건처럼 보이게 만들려고 말이야. 가끔은 영매가 인산유로 벽이나 침대 시트에 사람과 비슷한 형체를 그려놓지. 강령술사가 누군가를 속일 생각이 아니라면 인산유를 가지고 있을 이유가 없어."

레나는 갑자기 에비 편을 들고 싶었다. 보델린이 에비를 사기꾼으로 몰아붙일 생각이라면 레나도 가만히 있지 않을 작정이었다. "에비의 소지품 중에는 선생님의 강령회에 관한 기사도 많았어요."

"네 동생이 사기 행각에 관여했다는 소리는 아냐." 보델린이 재빨리 덧붙였다. 그러고는 입술을 꾹 다물더니 화제를 바꿨다.

레나는 인상을 찌푸린 채 기이한 꿈의 자락을 기억에서 사라지기 전에 잡으려고 애썼다. 그때 갑자기 기차가 왼쪽으로 방향을 틀면서 레나의 집중력이 흐트러졌다. 그와 동시에 연약하기 그지없는 꿈도 흩어졌다.

레나는 페퍼민트 통을 찾으려고 가방을 뒤적거렸다. 그때 종이 봉투가 손에 와 닿았다. 보송보송하고 부드러운 검은머리 휘파람새 깃털이 들어 있는 봉투였다. 레나는 만성절 전야 아침에 에비와 마지막으로 크게 싸우고 난 후 곧장 저민가의 점치는 가게로 향했다. 그곳에서 에비가 카탈로그에서 보여줬던 깃털 실체화 증표를 찾아볼 생각이었다. 깃털은 화해의 증표로 내밀기에는 부족한 것 같았지만 그래도 가치 있는 물건이었다. 사실 엘로이즈의 쪽지를 읽었다고 비난하면서 에비의 쪽지를 반으로 찢어놓았으니 뭘 내밀어도 화해의 증표로는 부족할 판이었다.

레나는 깃털이 아직 판매 중인 걸 보고 안도했다. 가게 주인이 깃털을 조심스럽게 포장해 주었고, 레나는 동전 몇 개를 가게 주인에게 건넸다. 레나는 깃털을 안전하게 보관하려고 자기 방에 두었고, 그날 저녁에 에비와 이야기를 나눌 수 있기를 바랐다. 레나가 실체화 증표를 환상이자 허상, 혹은 완전 가짜라고 생각하든 말든 그건 중요하지 않았다. 에비가 가장 중요했다. 에비는 깃털을 원했다. 바로 이 검은머리 휘파람새 깃털을 원했다. 에비와 다투고 난 후 레나는 에비에게 이 세상 전부라도 주려고 했다.

이제 검은머리 휘파람새 깃털은 영원히 레나의 것이 된 듯했다. 레나가 저질렀던 일과 하지 못했던 사과를 일깨워주는 징표가 되었다.

"차 마실래?" 보델린이 컵 받침에 놓인 또 다른 찻잔을 가리키며 물었다.

레나는 고개를 끄덕였다. 혀가 바짝 마르고 흐물흐물해진 것 같았다. 레나는 조심스럽게 차를 따르는 보델린을 지켜보았다. 첫 만남에서 그랬던 것처럼 말도 못 하게 긴 보델린의 속눈썹에 완전히 빠져들었다. "고마워요." 레나가 찻잔을 건네받으며 말했다. 그러고는 이렇게 덧붙였다. "동생 꿈을 꿨어요."

보델린이 따뜻한 미소를 지었다. "나도 여동생 꿈을 자주 꿔." 보델린의 미소가 흐려졌다. "하지만 행복한 꿈은 아냐. 네 꿈도 그런 것 같은데 내 꿈도 그래."

보델린에게 여동생이 있다는 사실은 레나도 알고 있었다. 하지만 두 사람은 보델린의 여동생 이야기는 자세하게 하지 않았다. "왜 그런 꿈을 꾸죠?"

보델린이 책을 내려놓았다. "여동생은 파리에 살아. 부모님도 파리에 계시지. 열아홉 살 이후로 가족을 만나지 않았어. 십 년도 더 됐네. 그때 난 영매가 되어 전 세계를 돌아다니기 시작했어. 그 직후부터 부모님과 여동생은 날 피하기 시작했지. 몇 년 동안 여러 차례 인터뷰도 했어. 한번은 엄마가 기자에게 난 정신병원에 가는 게 낫다고 말한 적도 있어. 여동생 자랑은 늘어놓기 좋아했지. 여동생은 아이가 넷이야. 하나같이 다 예쁘지." 보델린은 손목에 찬 검은색 팔찌를 만지작거렸다.

"참 모순적이지. 사랑하는 사람을 죽은 자의 세상에서 찾아달라고 내게 돈을 주는 가족들도 있는데 우리 가족은 날 만나려고 파리를 가로질러 오지도 않는 거야."

레나는 이틀 밤 전에 들었던 보델린의 말이 생각났다. 내가 친구라고 생각하는 사람과 감정적으로 부딪히는 게 익숙하지 않아. 어쩌면 이 말에는 가족에게 외면당해 괴로워하는 보델린의 마음이 담겨 있는지도 몰랐다. 레나는 공적으로나 사적으로 추방당해 살아가는 보델린의 삶을 이해할 수가 없었다. 그런 상황에서도 보델린이 레나에게 친절을 베풀었다는 게 놀라울 따름이었다.

"그래서 내가 미해결 사건을 해결하려고 애쓰는 것 같아. 살아서든 죽어서든 무시당하고 외면당하고 싶은 사람이 누가 있겠어? 아무도 없지. 날 외면한 가족에게 복수할 생각은 없어. 속이 상했지만 그래서 더 일에 매진했어. 어쩌면 가족에게 거부당한 경험이 있어서 그 후에 닥친 일을 잘 견뎌낸 것 같아. 죽은 자와 소통하는 건 외로운 일이야. 예전에도 말했지만 난 이 업계에서 친하게 지내는 친구가 많지 않아." 보델린이 입술을 앙다물었다.

"슬픔에 빠진 가족과 마주 보고 앉아 있을 때도 내가 얼마나 냉정하게 굴어야 하는지 너도 잘 알 거야. 그런 태도로는…… 친구를 사귀지 못해. 난 매정하고 무정하고 무신경한 인간이라는 소리를 듣지."

"강령회 참가자의 마음을 몰라서 그러는 게 아니잖아요. 그들을 보호하려고 감정을 억누르는 거죠." 레나는 보델린의 차가운 태도가 허상이자 허울에 불과하다고 생각하며 인상을 찌푸렸다.

"선생님이 공감하는 마음을 가둬놨다고 해서 아무것도 느끼지 못하는 건 아니죠. 그 마음은 그 자리에 그대로 있어요. 선생님은 단지 그 마음을 접어 넣어두는 능력이 뛰어날 뿐이죠."

두 사람이 착석한 칸막이 좌석과 기차의 중앙 복도 사이에는 얇은 문 하나뿐이었다. 문 너머 바깥에서 소년 한 명이 카트를 밀면서 신문과 담배, 신선한 크루아상을 팔고 있었다. 레나는 갑자기 배가 고파서 소년을 불렀다.

보델린은 무릎에 올려둔 두 손을 내려다보았다. "그렇게 말해준 사람은 아무도 없었어. 고마워."

레나는 제자에 불과할지도 모르지만 남다른 자부심을 느꼈다. 보델린에 관해서, 지금까지 관찰했던 그에 관해서 뭔가를 알아내고 큰소리로 내뱉었으니까. 레나는 더 깊이 파고들고 싶었다. 유명한 여자의 이면에 숨겨져 있다고 생각하는 실체를 파헤쳐서 드러내고 싶었다. 보델린이 좀 전에 했던 말로 보아 그런 시도를 한 사람이 없었던 모양이었다. 보델린은 영매라는 직업 때문에, 유명을 달리한 사랑하는 사람과 접촉하는 연결통로이자 수단으로 취급받았다. 자신을 진정으로 봐주는 사람 하나 없이 누군가와 접촉하는 수단으로 살아가는 기분이 어떻겠는가? 정작 자신은 그런 관계를 경험해 보지도 못했는데 말이다.

"왜 영매가 됐나요? 그렇게 외롭고 회의적인 일인데……." 레나가 물었다.

"네가 파리에 온 것과 똑같은 이유 때문이야. 나도 누군가를 잃었어. 내가 무척 사랑했던 남자를 잃었지. 레온(Leon)이라는 남자였어. 겨우 1년간 만났지만 언젠가는 그 사람과 결혼할 거라고 확신했어."

레나는 생각을 곱씹으면서 크루아상을 조금 베어 물었다. "어디서 만났어요?"

"파리의 거리 박람회에서. 레온은 화가였어, 수채화 화가. 어느 날 아침 레온의 가판대 옆을 지나가다가 그의 작품에 반하고 말았어. 색채를 사용하는 방식과 그의 동작에 혼을 빼앗겼어. 호수를 따라 달리는 아이들부터 뺨을 따라 흐르는 눈물, 돛단배, 수선화, 개에 이르기까지 레온이 묘사한 모든 광경이 내 마음을 사로잡았어. 레온은 그리지 못하는 게 없었지. 레온의 그림은 실물과 거의 똑같아서 캔버스 안으로 손을 뻗어 넣어 꽃잎을 딸 수 있을 정도였어. 나는 매주 레온의 가판대를 찾아갔어. 그러자 레온은 내가 그의 작품에만 관심이 있는 게 아니란 걸 알아차렸지." 보렐린이 눈빛을 빛내면서 장난스러운 미소를 지었다. "우린 머지않아 사랑에 푹 빠졌어."

"그분은……." 레나가 목청을 가다듬었다. "저, 그분을 잃었다고 하셨잖아요. 그분은 어떻게 돌아가셨나요?"

보델린은 그 질문을 기다렸다는 듯이 대답했다. "머리를 다쳤어. 집 뒤쪽 계단에서 굴러떨어졌지. 붓에 묻힌 물감만으로 온갖 풍경과 감정을 창조하며 한순간 생생하게 살아 있던 사람이 그냥 그렇게…… 떠나버렸어. 곧 무덤에 들어갈 차가운 시체가 돼버렸지. 그의 그림도 마찬가지였고. 그 이후로 그 사람도, 그 사람의 그림도 더 이상 존재하지 않는다는 사실을 믿을 수가 없었어."

보델린은 창밖을 응시했다. 기차가 겸손하게 고개 숙인 설강화 가득한 들판을 지나쳤다.

"이 세상이 무엇을 잃었는지, 내가 무엇을 잃었는지 생각하면 마음이 지독하게 아팠어. 그 사람을 간절하게 되찾고 싶어서 영혼과 강령회, 빙의에 관한 거라면 전부 다 공부했지. 그러다 보니 그 분야에 능통하게 됐고, 마음의 평화를 찾았어. 한동안은 그랬지."

보델린은 천천히 어깨를 한 번 으쓱거렸다. 기차는 계속 앞으로 나아갔다. 햇살이 창문으로 쏟아져 들어와 보델린의 무릎을 가로질렀다. 보델린은 손가락으로 천천히 빛줄기를 쓸었다.

"어쨌든 네가 여동생 꿈을 꿨다니 기뻐. 꿈은 상처를 치유해주거든." 보델린이 무릎에서 책을 들어올렸다. 레온 이야기는 더 이상 하고 싶지 않은 게 분명했다.

"난 자꾸 추상적이고 기이한 꿈을 꿔. 그런데 내 독서 취향도 독특해서 진히 도움이 안 되지." 보델린은 이렇게 말하고는 책을 뒤집어 책등을 레나에게 보여주었다. 책등에 적힌 제목은 《예지의 섬

(The Island Clairsensories)》이었다.

"이건 북극의 여섯 개 섬에 관한 소설이야. 각 섬에는 약간의 예지력이 있는 공주가 한 명씩 살고 있지. 이런 책을 읽고 있으니까 아마 곧 아름다운 여자들 꿈을 꿀 거야. 여자들 주변에는 얼음이나 어린 바다표범이 있고……."

시간이 흐르자 레나의 화는 가라앉았을지 몰라도 의구심은 사라지지 않았다. 레나는 입을 바삐 움직일 수 있는 게 좋아서 크루아상을 한 조각 씹어 먹었다. 예지 능력처럼 눈에 보이지도 않고 증명할 수도 없는 개념에 관해 캐묻지 못하게 해 준다면 뭐라도 좋았다. 레나는 평화를 유지하고 싶어서 크루아상을 다 먹고 난 후에도 말없이 창밖의 얼어붙은 음울한 들판을 내다봤다. 눈앞에 펼쳐진 광경은 믿을 수 있었다. 얼음이 어떻게 생겼는지, 한기가 얼마나 강한지는 보고 믿을 수 있었다. 단단한 지면 아래 어딘가에는 사암과 석회암, 백악 같은 퇴적물층이 있었다. 레나는 아무리 깊은 곳에 있어도 그런 퇴적물을 파서 꺼낼 수 있었다. 퇴적물이 부스러져 손가락 사이로 흘러내리면 화석 한두 개를 찾아낼 수 있을지도 몰랐다.

레나는 숨을 내쉬었다. 레나의 숨결에 창문이 흐려져 바깥 풍경이 잘 보이지 않았다. 레나는 보델린과 타협점을 찾고 싶었다. 보델린과의 우정을 온전히 지키고 싶다면 꼭 필요한 일 같았다. 이틀 밤 전에 레나는 고집스럽게 따지고 들었다. 지금도 뭔가를 증명해 줄 증거가 부족해서 미칠 노릇이었다. 레나는 영의 세계를 믿고 싶었다. 하지만 영의 세계를 증명해주는 증거는 레나를 피해 다니는 것 같았다. 레나를 놀리는 듯했다.

생과 사는 내가 바라는 것처럼 흑백논리로 설명하지 못해. 어쩌면 내가 거부하는 게 문제인지도 몰라. 내가 영의 세계를 단순하게 환영으로 치부한다면 영의 세계에 속한 것이 어떻게 내 앞에 모습을 드러낼 수 있겠어? 레나는 이렇게 자신의 속마음을 인정했다. 과학과 영혼이 잠시나마 공존할 수 있는지 알아보기 위해 한동안 고집을 누그러뜨리겠다고 다짐했다. 계속 고집부리다가는 흔들리는 믿음 때문에 언젠가 에비와 접촉하는 일이 틀어질지도 모른다.

레나는 자신에게 쏟아지는 누군가의 시선을 느꼈다. 창문에서 시선을 떼어내 돌렸더니 자신을 호기심 어린 눈빛으로 쳐다보는 보델린이 보였다. "골똘하게 생각할 때 네 입술이 움직인다는 거 알아?"

레나의 얼굴이 붉어졌다. "아뇨." 레나가 당황한 표정으로 말했다. 레나에게 그런 얘기를 한 사람은 아무도 없었다. 심지어는 에비도 그런 소리를 하지 않았다.

"무슨 생각하고 있었어?"

레나는 서로가 껄끄러워지는 일 없도록 말을 조심스럽게 골랐다.

"눈으로 보고 손으로 만질 수 있는 걸 믿기는 정말 쉽잖아요. 영혼은 손으로 만지거나 눈으로 볼 수 없죠."

보델린이 고개를 가로저었다. "다 그렇다고 말해서는 안 되지. 네가 영혼을 보거나 만질 수 없다는 소리잖아. 아직은 말이야." 보델린이 말을 잠시 멈췄다.

"성직자와 과학자는 강령술사가 그 모든 것을 상상해냈다고 생각해. 그게 아니면 관심과 명성을 얻으려고 애쓰는 재주 많은 배우라고 생각하지." 보델린이 작게 웃음을 터트렸다.

"내가 명성을 얻으려고 했다면 이렇게 슬픔과 냉소가 가득한 길을 택하지 않았을 거야."

기차가 선로를 따라 순조롭게 달리자 객차가 가볍게 흔들렸다. 보델린은 레나에게 따뜻한 미소를 지었다.

"이틀 밤 전에 너한테 제대로 사과하지 못했어. 진작 사과했어야 했는데. Moi aussi, je suis désolée(미안해). 난 평생 회의론자와 부딪히며 살았어. 그런데도 네가 날 의심했을 때는 훨씬 더 속이 상했어."

레나는 그 이유가 궁금했다. 보델린이 런던에서 날아온 편지를 받고 충격에 휩싸인 탓이었을까? 아니면 보델린이 평소 상대하는 다른 회의론자보다 레나의 의견을 중시하기 때문이었을까? 레나는 보델린이 레나가 무엇을 믿고 믿지 않는지에 대해 훨씬 민감하게 생각했기를 바랐다. 레나는 보델린에게 보통 사람이 되고 싶지 않았다. 절대 안 될 일이었다.

"널 이 일에 끌어들이지 말았어야 했어. 안전하지도 않고 실용적이지도 않아. 나와 다른 사람에게 아주 중대한 일에 집중하다 보면, 널 제대로 가르칠 수도 없어." 보델린은 한쪽 다리를 다른 쪽 다리에 걸쳐 올려놓고 두 손을 무릎 위에 단정하게 올렸다.

"에비에 관해서 했던 약속은 지킬 거야. 런던 강령술 협회 일이 끝나면 네 여동생의 강령회를 진행할게."

"고마워요. 모, 모든 일이 안전하게 잘 마무리되면 좋겠어요." 레나는 떨리는 목소리를 숨길 수가 없었다.

보델린의 눈빛이 어두워졌다. "그래, 나도 그랬으면 좋겠어." 보델린이 고개를 끄덕였다.

불로뉴 역에 가까워지자 기차가 느려졌다. "그때까지……." 보델린이 선로 옆의 울퉁불퉁한 땅바닥을 가리켰다.

"나와 헤어지면 넌 다시 화석과 바위를 수집할 수 있을 거야. 어쨌든 너한테는 그게 가장 안전한 일이지."

보델린의 말에는 가벼운 체념이 섞여 있었다. 지난 2주 동안 레나는 보델린에게 떠밀려 가는 느낌을 받았다. 새로운 사건 친구가 자신의 불신을 조금씩 지워주려는 것 같았다. 그랬던 보델린이 이제는 손을 놓아 버렸다. 하필이면 레나가 고집을 좀 꺾고 일상에서도 환영을 찾아보겠다고 다짐한 순간에 말이다.

두 사람 모두 자기 입장을 누그러뜨렸다. 하지만 레나가 보델린의 신념을 따르는 방향으로 나아 간 반면, 보델린은 레나를 놓아줄 준비가 된 것 같았다.

레나는 리안강(Liane River)과 그 너머의 영국 해협을 바라보았다. 곧 건너갈 영국 해협은 조수가 낮았다. 바위가 많은 강바닥에는 박물관에 전시할 만큼 좋은 물건들이 무수하게 널려 있었다. 거기서는 암모나이트를 찾아내 크기를 재보고, 규석을 파내 무게를 달아보고, 뼈 잔해를 발굴해 분류표에서 찾아볼 수 있었다.

하지만 이건 어떤가? 오늘 밤 런던의 부두에서 보델린과 헤어진다고 생각하자 레나의 가슴 속에서 황량한 감정이 일었다. 뭔지 정확하게 밝힐 수도 없고 만질 수 없는 감정이었지만 생생한 실체였다.

내가 고집부린 게 문제였을지도 모른다고 막 깨달았는데 보델린과 헤어져 각자의 길을 가야 한다니. 레나는 속으로 이렇게 생각했다. 지독하게 불공평한 일 같았다. 레나는 보델린에게 들키기 전에 흘러내리는 눈물 한줄기를 훔치며 고개를 숙였다.

증기선은 예정 시간보다 거의 한 시간 일찍 런던에 도착했다. 레나와 보델린은 건널 판자를 지나 런던 다리 부두(London Bridge Wharf)에 내려섰다. 저녁 7시가 지난 시각이라 해는 한참 전에 떨어졌다. 보델린은 손수건을 꺼내 코를 가리면서 눈을 톡톡 두드렸다. 템스강의 지독한 악취만으로는 부족하다는 듯 안개까지 런던을 뒤덮어 눈이 아프고 눈물이 날 지경이었다. 보델린은 레나와 달리 그런 환경에 익숙하지 않았다.

부두에 발을 디디자 레나는 지쳐서 녹초가 되었기에 이전 일은 기억도 나지 않았다. 예정보다 일찍 도착한 터라 몰리는 아직 도착하지 않았을 것이다. 그런데 보델린 혼자 사람들 사이에 앉아 기다리게 두고 떠난다고? 레나는 상상도 할 수 없는 일이었다.

"난 여기서 기다릴 거야." 보델린이 부두 맞은편에 놓인 벤치를 가리키며 말했다. 앞쪽의 가스등 불빛 아래로 간판이 하나 보였다. 일반 증기 항법 회사(General Steam Navigation Co.)라고 적힌 간판이었다. 보델린은 레나에게 작별 인사를 하려는 듯 레나를 돌아보았다.

"제가 선생님을 여기서 혼자 기다리게 두고 떠날 거로 생각하는 건 아니겠죠?"

"시간이 늦었어."

레나가 눈썹을 치켜올렸다. 파리에서는 이보다 더 늦게까지 자지 않고 새벽까지 이야기를 나누었던 적이 많았다. 보델린은 화석 수집이 어떤지, 런던에서 어떤 보존 기법을 배웠는지 길게 늘어놓는 레나의 이야기를 항상 즐겁게 들었다. 이와 비슷하게 레나도 케이프브리튼섬(Cape Breton)과 튀니스(Tunis), 세르비아(Serbia)에서 강령회를 열며 많은 곳을 여행했다는 보델린의 이야기를 듣기 좋아했다. 그릇이 공중에 떠다니고 상처가 저절로 생긴다는 기이한 이야기는 어떻게 생각해야 할지 몰랐지만 적어도 여행 이야기는 아주 흥미진진했다. 향신료 시장과 화창한 기후 이야기가 그랬다. 레나는 언젠가 그 모든 것을 직접 볼 수 있기를 바랐다.

"전에는 이보다 훨씬 늦게까지 깨어 있었잖아요."

보델린이 미소 지었다. "그래, 그랬지." 보델린은 앉아서 가방에 손을 넣었다. "기다리는 동안 게임 하자." 보델린이 북극의 섬과 예지력 있는 여자들에 관한 소설책을 꺼내 가스등 쪽으로 기울였다.

레나도 보델린에게 바싹 다가가 앉았다. "게임이면…… 책 읽어주기 게임?"

"아니, 내가 소설책 한쪽에서 아무 단어나 고를 거야. 그럼 네가 그 단어를 알아맞혀 보는 거지."

"그건 게임이 아니잖아요. 저한테 예지력 훈련을 시키는 거죠. 선생님은 항상 선생님이네요." 레나가 싱긋 웃었다.

"힌트를 한두 개 줄 거야. 예지력은 필요 없어." 보델린이 레나를 힐끗 쳐다봤다. "우리가 스승과 제자 사이만은 아니라고 생각하고 싶어." 보델린은 책을 자기 쪽으로 기울여 들고 인상을 찌푸리더니 고개를 들었다. "단어를 골랐어. 힌트는 '떠다니다'야."

레나가 미소 지었다. "빙산이요."

"아. 너무 쉬웠나 보네." 보델린이 미소지으며 말했다. 보델린은 책장을 넘겨 다른 쪽을 펼쳐놓고 손가락으로 훑어 내려갔다. "오, 이번 건 아주 마음에 들어. 힌트는…… les seins야."

레나는 보델린의 다리를 장난스럽게 꾹 찔렀다.

"이건 그냥 프랑스어 수업이잖아요. 그게 무슨 말인지 전혀 모르겠어요."

"좋아, 그럼 다른 힌트를 줄게. 가슴."

레나의 얼굴이 붉어졌다. "젖가슴?"

"아냐."

"유방이요."

"맞았어."

두 사람이 웃음을 터트렸다. 웃음소리가 크게 들리자 몇몇 짐꾼들이 두 사람을 돌아보았다. 레나는 낄낄거리다가 아래로 시선을 내렸다. 자신과 보델린의 손이 닿아 있었고, 서로의 손가락이 엮여 있었다.

파리의 저택에서 강령회를 하고 난 후, 보델린이 했던 말이 떠올랐다. *정원에서 내가 네 손을 잡았을 때 네가 손을 빼버렸잖아. 그게 가장 끔찍했어.*

그런데 지금 레나의 손은 거의 자발적으로 아무 생각 없이 보델린의 손을 찾아 움직였다.

보델린이 책을 덮더니 옆으로 치웠다. 두 사람은 벤치에 등을 기댄 채 엉덩이를 바짝 붙여 앉아 있었다. 얽혀 있는 손을 풀려는 사람은 아무도 없었다. 두 사람은 한동안 그렇게 말없이 앉아서 어둑하고 어슴푸레한 템스강을 바라보았다. 레나는 이 음울한 시간에도 강 표면 아래에 얼마나 많은 생명이 생생하게 살아 있을까 하는 생각을 떨쳐낼 수가 없었다.

시간이 너무 빠르게 흘러갔다. 8시가 되기 직전, 보델린은 레나의 손을 자기 입술로 들어 올려 부드럽게 입을 맞추었다.

"내 일은 눈으로 볼 수 없어. 내 애정도 마찬가지지. 난 널 상당히 좋아해, 레나. 하지만 애정이 항상 손에 잡히는 건 아냐. 그렇다고 해도 애정은 여전히 존재한다는 걸 네가 믿으면 좋겠어."

보델린은 레나의 손과 엮여 있던 손을 아주 천천히 풀어내고 차양 쪽을 바라보았다.

"몰리는 저기서 기다리겠다고 여행 안내서에 써놓았어." 보델린이 말했다. 보델린은 목을 쭉 빼고 주변 사람들을 살펴보았다. 그러고는 일어서서 레나를 돌아보았다.

"너희 집 주소를 알려줄래? 최대한 빨리 널 찾아갈게."

레나는 고리버들 짐가방의 가죽 손잡이를 꽉 움켜쥐었다. 난 널 상당히 좋아해. 보델린이 방금 했던 말이었다. 하지만 레나가 뭐라고 답할 수 있을까? 그것도 지금처럼 위험하고 불확실한 상황에서 말이다. 레나는 최악의 결과만 떠오를 뿐이었다. 보델린이 런던에 도착했다는 소식이나 보델린과 몰리의 은밀한 계획이 런던 강령술 협회 내의 악당들 귀에 들어가는 것이었다.

"안전하길 바랄게요." 레나가 할 수 있는 말은 이뿐이었다.

"그래, 당연히 그럴 거야. 너희 집 주소는?" 보델린이 어둠 속에서 재빨리 윙크했다.

"일이 잘 풀리지 않으면 난 피신해야 해. 네가 날 받아준다면 좋지."

레나는 목구멍이 꽉 죄어드는 것 같았다.

"어떻게 그처럼 가볍게 말할 수 있는지 모르겠어요. 저도 이렇게 걱정이 되는데 선생님은 그 반도 걱정하지 않는 것 같아요."

걱정해 봤자 아무 소용 없지만 지금은 그렇지 않았다. 두 사람은 이미 런던에 도착했다. 그다지 멀지 않은 차양 아래에는 관료처럼 보이는 한 무리의 사람들이 방금 도착했다. 그들 중에 몰리가 있을 것 같았다. 레나는 더 이상 고집부리지 않고 보델린에게 가까이 다가가 주소를 말해주었다.

"힉웨이 하우스에 살아요. 유스톤가에 있죠."

보델린은 고개를 끄덕이고는 차양 아래 줄지어 선 무리에서 빠져나와 다가오는 남자를 가리켰다. "저 사람 같아." 보델린이 말했다.

레나는 가방 안을 뒤적거려서 작은 종잇조각을 꺼내 재빨리 힉웨이 하우스라고 적었다. 보델린이 주소를 잊어버릴까 봐 걱정스러운 탓이었다. 주소를 적는 레나의 손가락이 떨렸다. "여기 있어요." 레나가 보델린에게 종잇조각을 건네주며 말했다. 그러고는 울고 싶은 충동을 억누른 채 보델린을 끌어안고 그 어깨뼈 사이를 어루만졌다. 보델린도 레나를 세게 끌어안았다.

레나는 보델린의 어깨에 머리를 기대고 있어서 다가오는 남자를 똑똑히 볼 수 있었다. 남자는 몰리가 분명했다. 신사복 차림이 아니라 반바지에 갈색 울 외투를 걸친 일반적인 노동자 복장이었다. 사람들 눈에 띄고 싶지 않은 모양이었다. 남자의 얼굴 왼쪽에는 짙은 반점이 있었고, 머리에는 황갈색 펠트 모자가 얹혀 있었다. 상당히 낡은 납작한 모자는 왼쪽 윗부분에 해진 V자 모양이 있었다.

갑자기 레나가 숨을 헉 하고 들이마셨다.

예전에 본 적 있는 모자였다.

에비가 죽기 전에 몇 번 봤던 그 모자였다.

레나
LENNA

1873년 2월 15일 토요일, 파리

레나는 보델린의 품속에서 빠져나왔다. 작별 인사를 어떻게 꺼낼까 하는 생각 따위는 더 이상 하지 않았다. 좀 전까지만 해도 보델린과 헤어져 혼자 타고 갈 마차를 부르려고 했다.

레나의 살갗이 따끔거렸다. 레나는 집에 갈 마차를 부르지 않을 생각이었다. 아직은 아니었다.

몰리는 여전히 몇 걸음 떨어져 있었다. 몰리가 다가오기까지 아직 시간이 있어서 레나는 보델린의 머리카락을 젖히고 귓가에 속삭였다.

"다가오는 남자가 쓰고 있는 모자를 알아요. 에비가 집에 한 번

이상 가져왔던 모자예요. 분명해요."

레나의 말이 끝나자마자 몰리가 바로 옆에 다가서더니 고개를 살짝 끄덕여 인사했다. "보델린 달레어 씨." 몰리는 숨죽여 말하면서 주변에 엿듣는 사람이 없는지 살펴보았다. 입술에는 담배 파이프를 물고 있었다. "반갑습니다. 제 초대에 응해주셔서 감사합니다." 몰리가 어깨에 가로질러 맨 가방에서 짙은 갈색 외투와 울 모자를 꺼냈다. "바로 이걸 걸쳐야 합니다."

보델린은 그 지시를 따랐다. 그동안 내내 레나한테서 시선을 떼지 못했다. 레나가 무슨 생각을 하는지 알아내려는 것 같았다.

에비는 도시 전역에 있는 수많은 강령술사 협회와 접촉했고, 해외에 있는 협회에도 손을 뻗었다. 엘로이즈의 강령회를 열었던 런던 강령술 협회도 당연히 알고 있었다. 레나에게는 전혀 놀라운 사실이 아니었다.

레나를 충격에 빠트린 것은 그 모자였다.

여자는 낯선 남자의 물건을 몸에 걸치지 않는다. 그렇다면 에비와 몰리라는 남자는…… 사적인 관계를 맺은 게 분명했다. 레나는 아무것도 모른다는 듯 몰리의 머리에 얹혀 있는 모자를 다시 살펴보았다. 더 자세히 살펴본다면 사랑하는 여동생의 검은 머리카락을 찾아낼 수 있을까? 가능한 일이라고 생각하자 레나는 속이 거북해졌다.

"안녕하세요, 몰리 씨. 상당히 오랜만에 뵙네요. 일 년이 넘었군요." 보델린이 나지막한 목소리로 인사했다.

"그러게요." 몰리는 레나에게 호기심 어린 눈빛을 던졌다. "그런데 이쪽은?"

"제 제자예요. 파리에서 저와 같이 왔어요." 보델린이 말했다.

몰리의 눈이 커졌다. "다른 사람과 함께 오다니 이건 너무 위험합니다. 전 당신이 필요 이상의 관심을 끌지 않았으면 좋겠어요. 자세한 기밀 사항을 다른 사람에게 말하지도 않고요." 몰리는 차양 쪽으로 시선을 돌렸다.

"좀 전에 운전사와 이야기를 나눴는데 서로 잘 통했어요. 선생님 제자분이 마차가 필요하다면 운전사에게 도와달라고 하겠습니다."

보델린은 눈썹을 치켜올렸다. 조금 전이었다면 그냥 '그렇게 해주시면 감사하죠'라고 답했을지도 모른다. 하지만 지금은 레나를 돌아보았다.

"넌 여기 도착하면 런던에서 훈련을 어떻게 할지 결정하겠다고 했잖아. 내가 여는 다음 강령회에 참석할지 말지도 정하고."

속임수이자 거짓말이었다. 레나가 이미 강령회에 참석하지 않기로 했다는 사실은 두 여자 모두 잘 알고 있었다. 보델린은 아침에 이미 기차 안에서 레나에게 함께 강령회에 가자고 했던 말을 취소했다. 이번 일이 위험하고 중대하다는 게 이유였다.

하지만 마지막 순간에 상황이 완전히 달라졌다.

레나는 몰리의 펠트 모자를 다시 쳐다봤다. 에비의 서랍장에 들어 있었던 펠트 모자가 생생하게 떠올랐다. 에비가 죽은 날 아침에 아무한테도 보여주기 싫다는 듯 펠트 모자를 가방 속에 집어넣던 모습도 기억났다. 난 언니가 이러는 게 정말 싫어. 그때 에비는 동생의 사생활에 간섭하려는 레나에게 이렇게 말했다.

하지만 에비는 죽었다. 이제 레나는 진실을 알아낼 때까지 에비의 사생활을 파헤쳐볼 작정이었다. "저도 참석할게요." 레나가 말했다.

몰리는 웃음을 터트리더니 보델린을 쳐다봤다. "여기 출신인가요? 프랑스 사람인 줄 알았는데. 출신이야 그렇다 치고, 이건 얘기가 다르지 않습니까." 몰리가 한 걸음 가까이 다가와 보델린의 팔에 한 손을 가볍게 올렸다.

"이번 일은 극비입니다. 협회에 여인 한 명을 들이는 일도 조심스러워서 신경을 많이 썼습니다. 그런데 둘이라니요. 그렇게는 안 됩니다."

그때 딱총나무 열매로 빚은 따뜻한 엘더베리 와인을 파는 소년 한 명이 지나갔다. 가격은 한 잔에 반 페니였다. 보델린은 엘더베리 와인 두 잔을 샀다.

"몰리 씨, 전 당신과 척지고 싶지 않아요. 우린 둘 다 볼크먼의 친구니까요. 제가 런던에 혼자 와야 한다고 편지에 쓰지도 않았잖아요."

보델린은 엘더베리 와인 한 잔을 레나에게 건네주었다. "전 이제지를 깊이 신뢰하고 있어요. 강령회 장소에서도 특출난 기술을 발휘하는 제자죠." 보델린은 와인을 빠르게 입안에 털어 넣었다.

몰리는 여러 가지 해결방안을 가늠해보는 것처럼 건널 판자를 유심히 쳐다봤다. "보델린 달레어 씨, 제자분은 참석하지 않은 게 좋겠습니다. 너무 위험해서……."

"제자와 함께 가겠습니다. 안 된다면 강령회 요청을 정중하게 거절할 수밖에 없군요."

몰리가 체념의 한숨을 길게 내뱉었다. "좋습니다. 단, 몇 가지 조건이 있어요." 몰리는 괴로운 표정으로 이렇게 말하고는 레나를 가리켰다.

"첫째, 제자분은 협회를 마음대로 드나들 수 없습니다. 강령회는 내일 저녁 늦게 진행할 겁니다. 긴 여행 후라 좀 쉬고 싶을 것 같아서요."

보델린은 레나의 반응을 살펴보았다. 레나는 런던에 돌아온다고 아빠에게 알리지 않았다. 그런 탓에 레나의 아빠는 레나가 아직 타국에 있다고 알고 있었다. 레나가 돌아오길 기다리는 사람은 아무도 없었다. 결국 레나는 알겠다는 뜻으로 고개를 끄덕였다.

"그렇게 하죠." 보델린이 몰리에게 말했다.

"좋습니다. 협회 본부에 작은 방을 마련해뒀어요. 아주 작은 방이라서 눈에 잘 띄지 않아요. 청소도구 보관용 벽장만한 크기죠." 몰리는 두 여자를 가리켰다. "침대가 하나뿐입니다. 하지만 하나 더 준비할 수 있어요."

"둘째, 협회는 신사들 집단이라 여자는 협회 본부에 들지 못합니다. 협회 안팎에서 진행하는 우리 업무에도 참여하지 못하죠.

이건 아주 엄격한 규칙입니다. 물론 상황상 당신은 예외로 할 겁니다. 하지만 다른 회원들은 이 사실을 몰라요. 그래서 두 분 모두 항상 변장을 해야 합니다. 그럼 보델린 씨도 마음이 놓일 겁니다. 여기 오신 이유를 생각하면 더더욱 그렇겠죠. 협회 내부에서 누가 볼크먼의 죽음에 의구심을 품고 있는지 모르는 상황입니다. 누굴 믿을 수 있는지, 믿을 수 없는지도 모르고요. 변장을 하는 게 안전을 지키는 가장 좋은 방법입니다."

보델린이 고개를 끄덕이자 몰리가 계속 말을 이었다.

"셋째, 거동을 조심해야 합니다. 짧은 산책을 한다든가 하는 이유로 바깥에 나가고 싶다면 제가 동행하겠습니다. 건물 뒤쪽의 사용인 전용 출입문으로 드나들 수 있어요. 당신이 머물 방과 아주 가까운 곳에 있는 출입문이죠. 제가 편지에서 말씀드렸던 벡 경관의 보호도 받을 수 있어요." 몰리는 레나를 가리키며 말을 덧붙였다. "하지만 이곳 런던에서 제자분의 안전은 보장할 수 없어요. 벡경관은 보델린 씨를 보호하려고 요청한 사람입니다. 지금 승합마차에서 기다리고 있어요."

보델린은 그 말에 눈썹을 치켜올렸다. "괜찮네요. 레나는 협회에 적이 없으니까요. 저랑은 다르죠. 그러니 레나를 보호할 이유가뭐가 있겠습니까?"

몰리는 조건을 다 말했는지 여자들에게 앞장서라고 손짓했다. 그러다 갑자기 멈춰서더니 레나를 돌아보았다. "성함을 여쭤봐도될까요?"

레나는 긴장했다. 아직 확실하지는 않지만 몰리는 에비와 관계가 있는 게 분명했다. 하지만 레나가 에비의 언니라는 사실은 알 리가 없었다. 에비가 어느 순간 레나의 이름을 밝히지 않았다면…….

아무런 문제가 없었다. 몰리는 가만히 서서 레나의 대답을 기다렸다.

"레나예요." 레나가 대답했다.

몰리는 인상을 찌푸린 채 한참을 말을 멈췄다가 다시 물었다. "런던에 살고 있나요?"

"네, 부모님이 힉웨이 하우스를 운영하고 있어요."

뒤쪽에서 나지막한 호루라기 소리가 들렸다. 커다란 가방을 든 짐꾼 한 명이 사람들을 헤집고 들어왔다. 보델린과 레나가 옆으로 비켜 길을 내주었다. 하지만 몰리는 꼼짝도 하지 않고 가만히 서 있었다. 갑자기 뭘 바라보고 있었는데…… 뭘 본 걸까?

고집스러운 표정이 아니라 놀란 표정이었다.

결국은 짐꾼이 몰리의 어깨를 툭 두드렸고, 그제야 몰리가 길을 비켜주었다. 몰리는 뭔지 몰라도 하고 싶은 말을 한구석에 접어두려는 것처럼 목청을 가다듬었다. 그러고는 승객들 사이로 여자들을 이끌고 샛문을 지나서 희미한 조명에 휩싸인 도시로 걸어 들어갔다.

몰리
MOLLY

1873년 2월 15일 토요일, 런던

여자들을 데리고 부두를 빠져나가 승합마차로 향했다. 그동안 긴장을 풀고 태연하게 행동하려고 애썼다.

하지만 실은 놀라서 어안이 벙벙한 상태였다. 예상치 못했던 보델린의 동행이 에비의 언니라는 사실을 방금 알아차린 탓이었다. 레나라는 이름을 들었을 때 레나라는 여자가 에비의 언니가 아닐까 하는 의심이 들었다. 런던에 레나라는 여자가 그렇게 많을 리가 없었으니까. 그랬는데 레나라는 여자가 힉웨이 하우스에 살았다고 하는 순간, 의심이 확신으로 변했다.

에비가 몇 차례 언니 이야기를 꺼내면서 언니와 무척 가까운 사이라고 했다. 에비의 언니를 그 이상으로 깊이 생각해본 적은 없었다.

어리석게도 그토록 자만했다니. 예상했어야 했다. 레나가 에비를 가르쳤던 유명한 영매 밑에 들어가 공부할 거라는 사실을 예측했어야 했다.

그렇다면 레나에게도 해결해야 할 범죄 사건이 있었다. 레나의 여동생이 최근에 사망했으니까. 레나는 부두에서 날 만났을 때 그 이야기를 하지 않았다. 하지만 사실 그럴 필요가 없었다.

나는 이미 알고 있었으니까.

그해 여름, 에비와 나는 점점 가까워졌다. 에비는 우리 관계를 고전적인 대가성 거래라고 생각했다. 나는 에비가 원하는 것을 갖고 있었다. 일련의 영매술 지식은 물론이고 구하기 힘든 서적, 도구, 강령회와 유령 사냥에 관한 기밀 기록이 내게 있었다.

내가 원하는 것은 어떻게 됐냐고? 그걸 얻어내지 못한다면 바보가 따로 없었다. 에비 레베카 위키스는 한창 물이 오른 쾌활하고 사랑스러운 스무 살 여자였다. 게다가 내 얼굴의 얼룩딜룩한 반점을 아무렇지 않게 바라보고, '묘하게 아름답다'고 했다. 우리 사이에는 뭔가가 있었다. 서로가 연결된 것 같았다. 에비는 자기 입으로 그렇다고 말했다.

그런 여자를 어떻게 원하지 않을 수 있겠는가?

여름 내내 우리 사이는 그렇게 흘러갔다. 에비는 미리 약속한 시각에 사용자 전용 출입문에 도착했다. 보통 아주 늦은 시각에 나타났다(문을 열어 맞은편에 선 사람을 마주할 때마다 순간적으로 짐꾼이 잘못 찾아온 게 아닌가 하고 착각하곤 했다). 나는 에비를 보자마자 낚아채서 뒤쪽 계단을 올라가 도서관과 내 개인 서재로 데려갔다.

처음 며칠 동안 에비는 긴 키스와 애무 한두 번만 허락해주었다. 그렇게 짧은 만남을 거듭한 이후, 에비는 도서관에서 무엇을 찾아보고 싶은지 재빨리 말했다. 주로 친구한테 들었던 몇 가지 방법이나 기법을 알고 싶어 했다.

초창기에 우리 사이는 연인이라기보다 지적 교류 관계에 가까웠다. 하지만 몇 주가 지나면서 에비가 차츰 곁을 내주기 시작했다. 내 손길을 거부하지 않고 좀 더 오랫동안 받아들였다.

한 번은 에비가 영혼의 뿔피리 구조나 뿔피리에 관한 책이 있는지 물었다.

"있죠. 있기는 있지만 솔직히 말해서 조금 불공평하다는 생각이 드는군요." 내가 말했다.

에비가 고개를 한쪽으로 기울였다. "불공평하다고요?"

나는 고개를 끄덕였다. 에비는 내 말뜻을 잘 알고 있었다. 그래도 나는 솔직하게 말했다.

"난 당신이 이곳을 상당히 많이 탐험하게 해줬어요. 그런데 난 당신을 그만큼 탐험해 보지 못했죠."

에비는 가볍게 웃음을 터트리고는 아랫입술을 오므렸다. 그러고는 천천히 남자용 바지의 맨 위 단추를 풀었다. 이어서 두 번째, 세 번째 단추까지 풀었다. 에비는 느슨하게 풀어진 반바지를 아래로 끌어내렸다. 그러자 내가 한 번도 보지 못했던 아랫배의 맨살, 허리의 곡선이 드러났다.

반바지가 조금씩 아래로 내려가면서 에비가 겉옷 아래 챙겨 입은 스타킹과 스타킹 고정 벨트가 눈에 들어왔다. 잠시 정신이 지독하게 혼미해져서 한참 후에야 내가 죽은 게 아닌가 싶은 생각이 들었다. 죽는 게 바로 이런 느낌이구나 싶었다.

내가 그 모습을 한동안 빤히 바라봐도 에비는 뭐라고 하지 않았다. 심지어는 내가 스타킹 고정 벨트를 잡아 튕겨도 가만히 있었다. 아무런 저지도 받지 않자 내 손은 에비의 배를 어루만지며 더 많은 것을 원했다.

"영혼의 뿔피리를 보여주세요. 구조도면도 같이요." 에비가 내 손을 밀어내면서 요구했다.

나는 손을 거둬들여 양옆으로 내렸다. "에비."

에비는 바지를 다시 끌어 올렸다. "우리 거래가 불공평하다고 생각했다니 좀 섭섭하네요. 전 공정하게 했거든요." 에비가 단추를 다시 잠갔다. "저도 저 안에서 탐험해 볼 수 있는 것들을 겉핥기식으로도 다 살펴보지 못했잖아요." 에비가 도서관 안쪽에 있는 문을 향해 고갯짓했다.

나는 체념의 한숨을 내쉬면서 영혼의 뿔피리 구조에 관한 책을 꽂아둔 책장으로 에비를 안내했다.

마호가니 책장은 에비 키의 두 배 높이였다. 책장에는 책이 거의 3미터 넘는 높이까지 꽂혀 있어서 위쪽 책장의 책을 꺼낼 수 있게 몇 미터 간격으로 발판이 놓여 있었다. 책장에는 열마다 몇백 권의 책이 꽂혀 있었다. 초자연적 현상의 역사와 고대 강령회 지식에 관한 책뿐만 아니라 몇백 년 동안 관찰해온 유령 그림, 수많은 기법 안내서가 있었다.

에비가 유령의 소리에 관한 책을 살펴보는 동안 나는 창고에 보관해둔 영혼의 뿔피리를 가져왔다. 에비에게 뿔피리를 보여주면서 영혼이나 에너지와 접촉하면 어떻게 소리가 나는지 설명했다. 그러고는 에비와 함께 책 속의 도표를 살펴보면서 각각의 소리가 무슨 뜻인지 찾아보았다. 동물 영혼이나 악마, 혹은 아이 같은 존재를 뜻했다.

원하는 것을 손에 넣은 에비는 검은색 수첩에 엄청나게 많은 내용을 기록했고, 몇 가지 그림을 그렸다.

몇 주 동안 우리는 이런 식으로 거래했다. 푹푹 찌는 여름 내내. 에비는 내게 점점 더 많은 곳을 보여주고 만지게 해주었다. 나는 그 대가로 협회 서류를 충분히 골라 에비에게 보여주었다. 회의록도 내주었고, 유령 사냥 도구와 그밖에 다른 기구를 보여주었다. 서재의 책도 거의 제한 없이 읽을 수 있게 해주었다.

에비는 굶주린 듯 그 모든 것을 흡수했다. 그제야 에비가 얼마나 탐욕스러운지 깨달았다. 에비는 뼈다귀를 문 개처럼 그 모든 것을 게걸스럽게 집어삼켰다.

7월 중순의 어느 날 아침, 나는 개인 서재에 갔다가 양탄자 위에 떨어진 하얀색 작은 봉투를 보고 깜짝 놀랐다. 누군가가 봉투를 문 아래쪽으로 밀어 넣은 게 분명했다.

봉투를 열자마자 볼크먼의 필체라는 것을 알 수 있었다. *진지하게 의논할 일이 있네. 자네가 편한 시간에 최대한 빨리 만나고 싶군.*

심장이 철렁 내려앉았다. 다 들킨 걸까? 아니면 감시당하고 있는 걸까? 갑자기 이런 느낌에 사로잡혀 어깨 너머를 돌아보았다. 에비에 관한 일일까? 에비와 내가 함께 있는 걸 봤을까? 변장했는데도 에비의 정체를 알아챘을까?

나는 즉시 아래층으로 내려가 협회 휴게실로 들어갔다. 그곳에서 볼크먼이 어디 있는지 물어보자 누군가가 좀 전에 흡연실에서 봤다고 했다. 나는 재빨리 흡연실로 향했다. 흡연실에 들어서자 입술에 담배 파이프를 문 채 애용하는 의자에 앉아 있는 볼크먼이 보였다. 다른 사람은 없었다. 오후의 햇살이 둥근 창문으로 쏟아져 들어왔고 연기가 자욱해서 환한 대낮에 꿈속을 거니는 것 같았다.

"편지를 받았습니다. 진지하게 의논할 일이 있다고요?" 나는 천천히 숨을 들이마시면서 말했다.

볼크먼이 서류에서 눈을 들더니 다리를 꼬았다. 그러고는 자기 앞쪽에 있는 양피지 한 장을 가리켰다. 숫자가 적혀 있는 서류였다. "수익이 또 줄고 있어."

순간 긴장이 확 풀렸다. 그냥 돈 문제였다. 나는 귀 뒤쪽으로 흘러내리는 땀방울을 닦아냈다. "그럼 좀 더 유망한……."

"아니, 문제의 뿌리를 뽑아야 해. 주변만 압박해서는 안 돼." 볼크먼이 고개를 가로젓고 이렇게 말하더니 잠시 말을 멈췄다. "사기성 강령회에 관한 소문의 근원을 찾아내야 해."

나는 잠시 눈을 감았다. 지긋지긋한 이야기가 또 튀어나왔다. 볼크먼이 올해 초에 처음으로 꺼냈던 이야기였다. "그 일은 처리하고 있습니다. 지금…… 진상을 알아내려고 하고 있어요."

"몰리, 이건 아주 중요한 일이야. 난 보델린에게 도시를 떠나라고 했어."

"잘 알고 있습니다."

볼크먼이 담배 파이프를 내려놓았다. "전부 다 엉망진창이야." 볼크먼은 찡그린 표정으로 양피지를 톡톡 두드렸다. 그러더니 내 눈을 뚫어지게 쳐다봤다.

"해결해, 몰리. 수익 문제와 소문, 둘 다. 자네 자리를 차지하고 싶어 하는 사람이 한둘이 아냐. 그럴 만한 능력도 있는 사람들이고."

나는 방금 제대로 들은 건지 의심스러워 눈을 깜박였다. 이 조직의 절반은 내가 볼크먼과 함께 쌓아 올렸다. 그런데 지금 볼크먼이 날 해고하겠다고 협박한단 말인가?

나는 아랫입술을 잘근 깨물었다. 볼크먼의 협박에 맞서고 싶었지만 그래봤자 아무 소용없다는 사실을 잘 알고 있었다. 오히려 상황이 악화될지도 몰랐다. 어쨌든 나는 볼크먼의 부하직원이었다. 내가 소중히 여기는 모든 것은 십 년 전에 자비를 베풀어준 볼크먼 덕분에 얻었다.

나는 볼크먼에게 어떻게든 문제를 해결하겠다고 마지막으로 한 번 더 자신있게 말하면서 좋은 하루를 보내라고 인사했다.

휴게실에서 나가는데 뭔가가 달라붙은 것처럼 목이 간질거렸다. 저절로 목에 손이 올라갔다. 더듬거리는 손끝에 외투 깃에 달라붙은 기다란 검은 머리카락이 잡혔다. 당연히 에비의 머리카락이었다. 머리카락 한쪽 끝에 불이라도 붙은 것처럼 나는 재빨리 머리카락을 떼어냈다.

머리카락은 깃털처럼 둥둥 떠다니면서 천천히 바닥으로 가라앉았다.

그런데 그 광경을 지켜보던 중, 아주 좋은 해결책이 떠올랐다.

레나
LENNA

1873년 2월 15일 토요일, 런던

부두를 떠난 후, 몰리는 여자들 짐을 마차 위에 올려주었다. 검게 칠한 승합마차는 여덟 명, 아니 열 명까지 탈 정도로 컸다. 마차 앞쪽에는 검은 말 한 쌍이 마구를 차고 있었다. 말 머리에는 장례식 행렬에서나 볼 법한 검은색 깃털 장식이 달려 있었다. 마차 한쪽에는 '런던 강령술 협회'라는 회색 글씨가 적혀 있었다. 이 모든 외양 때문에 마차가 다소 음산해 보였지만 강령회를 진행하는 사람들의 고객은 애도자들이었다. 그런 슬픔에 잠긴 사람들의 집을 화려한 깃털 장식을 단 새하얀 말을 끌고서 찾아갈 수는 없으리라.

마차에 올라탄 레나는 안에 있는 누군가를 보고 깜짝 놀랐다. 마차 안쪽, 그늘진 곳에 몸을 숨긴 사람이 있었다. 벡 경관이 몸을 드러냈다. 벡 경관은 떡 벌어진 어깨에 눈썹이 짙었고, 턱 아래쪽을 길게 가로지르는 흉터가 있었다. 마차에 탄 사람들이 서로 짤막하게 이야기를 나누었는데 벡 경관은 시선을 피하고 말을 아꼈다. 팔짱을 긴 자세로 숨기는 기색도 없이 여자들을 위아래로 훑어보며 평가했다. 벡 경관은 보델린을 보호하려고 온 사람이었다. 보델린의 불안을 잠재워줄 존재였다. 하지만 레나는 벡 경관의 태도를 보고 그 반대라는 인상을 받았다. 솔직히 말해 벡 경관과 함께 있으면 오히려 불안했다.

벡 경관은 볼크먼 사건에 관해서 얼마나 알고 있는지 궁금했다. 몰리가 협회 내부의 불손한 사람들 이야기를 했을까?

레나는 마차 안쪽 의자에 앉았다가 마차 뒤쪽의 나무통이 눈에 들어와 인상을 찌푸렸다.

"제가 증류주 양조장을 운영해서 가끔 협회 버스로 술을 배달하죠." 몰리가 이렇게 설명하고는 나무통을 가리켰다. "저건 이번 주말에 배달할 겁니다."

몰리가 운전자의 어깨를 두드렸다. 운전사는 빳빳한 깃을 높게 세운 검은색 제복 차림의 매력적인 젊은이였다. 두 사람이 서로 대화를 나눌 거라고 생각했던 레나는 깜짝 놀랐다. 운전사가 작은 석판과 분필 하나를 몰리에게 건네주었기 때문이었다. 몰리는 재빨리 석판에 몇 글자를 적어서 운전사에게 건네주었다.

"베넷(Bennett)은 듣지도, 말하지도 못해요." 몰리가 어리둥절한 레나의 표정을 보고 설명했다.

"그래서 석판으로 이야기하죠. 베넷에게 런던 강령술 협회로 곧장 가라고 했어요. 두 분 모두 많이 지쳤을 것 같아서요."

레나에게는 무척 반가운 말이었다. 피곤하기도 했고, 몇 분 전부터 머리가 지독하게 아팠기 때문이었다. 공기 중의 악취 탓인 것 같았다. 레나는 더위를 탈 계절이 아닌데 이상할 정도로 더워서 목에 둘렀던 스카프를 풀어 옆좌석에 내려놓았다. 그러고는 에비와 몰리가 어떤 관계였는지 알아낼 방법을 궁리했다.

"편지를 보고 당신이 볼크먼과 항상 가까운 사이였다는 걸 알았어요." 보델린은 시끄러운 말발굽 소리 때문에 자기 목소리가 들리지 않을까 봐 몸을 앞으로 숙여서 말했다.

"네, 아주 가까웠죠." 몰리가 목청을 가다듬고 한 손으로 목덜미를 쓸었다.

"런던 강령술 협회 회원들도 볼크먼의 영혼과 접촉하려고 해봤나요?" 보델린이 물었다.

"물론이죠. 하지만 결과가…… 만족스럽지 못했어요."

보델린이 인상을 찌푸렸다. "어땠는데요?"

몰리와 백 경관이 서로 조심스럽게 시선을 주고받았다. "강령회를 해봤어요. 사실 두 번이나 해봤죠. 그런데 두 번 다 방 안에 에너지를 모으지 못했어요. 그렇게 고요하고 조용할 수가 없었죠." 몰리가 말했다.

"공기 중의 떨림이나 온기도 느껴지지 않았나요?" 보델린이 물었다.

"전혀요."

"볼크먼이 사망한 장소에서 주문을 외웠나요?" 보델린이 물었다.

몰리는 고개를 끄덕였다. "네, 제 개인 지하 저장고에서 강령회를 열었습니다. 제가 볼크먼의 시신을 발견했던 장소죠. 그래서 거기가 볼크먼이 사망한 장소라고 알고 있어요." 몰리는 턱을 문지르면서 인상을 찌푸렸다.

"보델린 씨, 반대 주문이라는 게 있는지 궁금합니다. 협회 내의 악당들이……."

"잠깐만요. 먼저 벡 경관이 이 사건에 대해 얼마나 알고 있는지부터 짚고 넘어가고 싶군요." 보델린이 끼어들었다.

몰리는 알겠다는 듯 고개를 끄덕였다. "아주 철저하시군요. 벡 경관에게 해야 하는 이야기는 다 했습니다. 벡 경관은 기밀 유지 서약에 서명도 했고요." 몰리는 목청을 가다듬고 이야기를 이어 나갔다. "협회 내 악당들이 우리와 같은 방에 있지 않고도 우리 강령회를 방해할 수 있나요?"

"네, 그렇긴 하지만 방해주문은 방 안에서 깰 수 있어요. 효과적으로 깨기는 힘들지만요."

몰리가 어깨를 으쓱거렸다. "아시겠지만 우리 회원들은 기술이 뛰어납니다. 어쩌면 방해주문 때문에 우리 강령회가 효과가 없었는지도 모르겠군요. 우린 몇 가지 다른 방법도 시도해 봤어요. 심지어는……." 몰리가 손가락을 꼼지락거리면서 시선을 내렸다.

"점술판도 사용해봤죠."

보델린은 자기가 잘못들었나 싶어서 눈을 깜박였다. "점술판이요?"

"네, 바퀴 달린 판에 펜이 꽂혀 있는……."

"저도 그게 뭔지 알아요, 몰리 씨." 보델린이 가볍게 웃음을 터트렸다.

"하지만 점술판은 아이들 장난감이에요. 믿을 만한 영매술 도구가 아니죠."

"그만큼 절박한 심정이라 뭐든지 사용해본 겁니다. 아이들 장난감이라도요." 몰리가 작은 목소리로 말했다.

한 소리 들은 보델린은 몰리의 팔을 부드럽게 잡았다 놓고는 좌석에 등을 기댔다.

마차가 제임스 광장(James's Square) 북쪽 끝에서 요크가(York Street)로 접어들었다. 운전사가 고삐를 오른쪽으로 잡아채자 마차가 일렬로 늘어선 건물 뒤쪽의 좁은 길로 향했다.

마차 속도가 빨라지자 몰리가 껄껄 웃음을 터트렸다. "집에 가까워질수록 빨리 가려고 하죠." 몰리는 지푸라기가 군데군데 널려있는 길을 가리켰다. 길 앞쪽의 마구간이 또렷하게 보였다. 마구간 출입구 양쪽에는 가스등이 설치되어 있었다. 레나가 이층을 올려다보자 중간 문설주가 있는 창문 너머로 밝은색 커튼이 눈에 들어왔다. 운전사가 사는 곳이라고 레나는 짐작했다.

협회 건물은 거의 다 그늘에 가려 있었다. 협회 건물 정면은 포틀

랜드 석회석으로 되어 있었다. 레나는 석회석을 쉽게 알아볼 수 있었다. 스티븐한테서 석회석이 어떻게 생겼는지 배운 덕분이었다. 스티븐은 레나에게 석회석 견본을 보여주고, 도시 전역에서 석회석을 어떻게 사용하는지 설명해 주었다. 석회석은 희미하게 빛나는 특징 때문에 알아보기 쉬웠다. 물론 런던에서는 안개와 검댕에 가려 잘 보이지 않았지만 말이다. 레나는 낮에 협회 정면을 가까이서 살펴본다면 암모나이트와 복족류 화석인 나사형 화석을 찾을 수 있을 거라고 생각했다. 복족류 화석은 고대 암초 지역의 산호 자국과 마찬가지로 석회석에 박혀 있었다.

레나 일행은 뒷문으로 다가갔다. 뒷문에서 가스등이 깜빡거렸다. 레나는 바로 거기, 눈높이 지점에서 눈에 잘 띄지 않는 글씨를 발견했다. 런던 강령술 협회, 1860년 설립. '강령회'라는 글자가 화석이 박힌 돌에 새겨져 있다니 참으로 모순적이라고 레나는 생각했다. 죽은 자의 두 형태인, 환영과 만질 수 있는 실체가 만나는 형상이었으니 말이다.

협회 안으로 들어서자마자 몰리와 벡 경관이 여자들을 복도로 이끌었다. 복도 한쪽 끝에는 묵직한 마호가니 책장과 낡은 가구 몇 점이 있었다. 일행은 닫힌 문으로 다가갔다. 몰리가 안으로 들어가 손에 든 등불을 올려서 방 안을 좀 더 환하게 비추었다. 방 안이 썰렁했다. 제일 먼저 간이침대 하나와 옷더미가 눈에 들어왔다. 창문 아래에는 강의실에 놓여 있을 법한 백여 개 의자처럼 튼튼한 나무 의자가 있었다. 방 한쪽 구석에는 허리 높이의 탁자가 하나 있었고, 탁자 위에는 세라믹 그릇 하나와 주전자형 물병 하나, 플란넬 수건 몇 장이 있었다. 임시 화장대는 봐주기도 안쓰러울 정도로 형편없었다.

"침대를 하나 더 가져오겠습니다. 가끔 자고 가는 회원들이 있어서 간이침대가 여분으로 몇 개 있거든요." 몰리는 옷더미 옆의 종이 가방을 가리켰다. "오늘 협회 점심식사 시간에 남은 음식을 좀 담아서 넣어뒀습니다. 빵과 쩸, 치킨 커틀릿이죠. 다 괜찮은 음식입니다." 몰리는 백 경관을 돌아보았다. "오늘 일은 모두 끝난 것 같아. 도와줘서 고마워."

백 경관이 뻣뻣하게 고개를 끄덕였다. "필요하다면 내일 7시쯤에 올게." 백 경관은 여자들에게 아는 척도 하지 않은 채 돌아서서 떠났다.

보델린은 작은 방을 둘러보면서 가방을 내려놓았다. "좀 쉬어도 좋다고 하셨죠? 사실 강령회를 성공적으로 진행하려면 우리 시간을 좀 더 잘 활용하는 게 좋아요."

몰리의 눈이 휘둥그레졌다. 레나도 보델린의 의도를 파악하지 못해 가만히 있었다. "네?" 몰리가 머뭇거리다 물었다.

"볼크먼이 사망한 날…… 그가 어디에 갔는지 아나요? 그날 볼크먼의 행적을 알고 있나요? 가능하다면 그날 그가 갔던 곳에 가봐야 해요." 보델린은 여행가방에 손을 넣어 수첩과 연필을 꺼냈다.

"그의 행적이요? 런던 경찰청 사람처럼 말하는군요." 몰리가 미소 짓더니 등불 손잡이를 돌려 불꽃을 약하게 조정했다. 다들 눈이 어둑한 실내에 적응됐기 때문이었다.

"경찰청에서 이미 법의학 조사를 마쳤어요. 볼크먼이 만성절 전 야에 갔던 곳에 가봐도 단서나 증거는 찾지 못해요."

보델린이 고개를 가로저었다. "아, 법의학 조사를 하려는 건 당연히 아니죠. 투감각력에 관한 출판물을 읽어봤나요? 볼크먼과 내가 좋아해서 자주 논의했던 주제였죠."

"읽어보지는 않았지만 뭔지 아주 궁금하네요." 몰리는 남은 음식 봉지를 집어 들어 보델린에게 건넸다. 하지만 보델린은 손을 내저어 사양했다.

"투감각력은 사람이 만진 물건에 남은 에너지와 관련된 능력이에요. 이 능력은 분노와 욕망, 시기와 같은 강력한 감정을 감지할 때 유난히 증폭되죠. 상황에 따라 다르지만 사람들은 종종 사망하기 몇 분 전이나 몇 시간 전에 그런 감정을 느끼죠." 보델린은 창문 양쪽의 붉은색 벨벳 커튼을 조심스럽게 쓸어내렸다.

"전 그 에너지를 흡수할 수 있어요. 그런 에너지를 흡수하면 강령회에서 죽은 자를 좀 더 쉽게 불러낼 수 있죠. 그래서 볼크먼이 사망한 날에 갔던 장소에 가보고 싶은 거예요. 볼크먼이 만졌을지도 모르는 물건에 잠재된 에너지를 끌어낼 수 있을지 알아보려고요."

몰리는 못 믿겠다는 표정을 숨기지 않은 채 눈을 깜박였다. 투감각력은 런던 강령술 협회에서 사용하는 능력이 아니었다. 레나는 몰리의 입장을 이해할 수 있었다. 몰리는 보델린을 런던으로 부르고 협회 본부에 들이기까지 했다. 투감각력을 어떻게 생각하든

이 일을 똑바로 처리해야 한다, 이 사건을 해결해야 한다는 압박감에 시달리는 게 분명했다. 레나는 그 심정을 짐작만 할 뿐이었다.

"알겠습니다. 볼크먼이 죽기 몇 시간 전이었어요. 런던 강령술협회에서 근처에 사는 미망인 그레이 부인(Mrs. Gray)를 위해 강령회를 열었죠. 전 거기 참석하지 않았지만 볼크먼은 참석했어요." 몰리가 말했다.

"그레이 부인이 어디 사는지 아나요?"

몰리가 고개를 끄덕였다. "네. 모든 강령회 의뢰와 계약 절차는 제가 처리하죠. 회원 참여 여부도 제가 결정하고요. 그레이 부인은 알베말가(Albemarle Street)에 살고 있어요."

보델린은 수첩에 뭔가를 적었다. "그럼 아침에 그레이 부인을 찾아가 보죠. 브루톤가(Bruton Street)의 아다 볼크먼(Ada Volckman) 부인도 만나고 싶어요. 알베말가에서 멀지 않아요."

"내일 온 동네를 휘젓고 돌아다녀야 할 줄은 몰랐는데요. 볼크먼 부인은 강령회를 마친 후에도 만날 수 있어요. 이 사건을 해결한 후에 말이죠."

"전 볼크먼 부인과 친하게 지냈어요. 집에 초대받아서 저녁 식사도 몇 번 같이 했죠. 아이들을 재우려고 이야기책도 읽어줬고요." 보델린은 슬픈 눈빛으로 잠시 말을 멈췄다. "단 몇 분이라도 내일 볼크먼 부인을 만나고 싶어요." 갑자기 보델린이 인상을 찌푸렸다. "볼크먼 부인에게 볼크먼의 강령회를 열려고 날 불렀다고 이야기했나요?"

몰리는 잠시 머뭇대며 목청을 가다듬었다. "아뇨. 당신의 방문 이유를 세세하게 알려서 괜히 신경 쓰게 하고 싶지 않았어요. 그렇지 않아도 걱정거리가 많을테니까요. 그러니까 갑자기 볼크먼 부인을 방문해서 이득이 될 게 뭐가 있는지 한 번 더 생각해보세요." 몰리는 상인이나 판매원처럼 '이득'이라는 말을 꺼냈다.

보델린은 몰리를 유심히 살펴보았다. "사랑하는 사람을 잃은 적 있나요?"

"네. 아버지요."

"최근에요? 아버지와 가까웠나요?"

"십 년도 더 지난 일입니다. 아버지와는 아주 가까운 사이였죠."

보델린이 고개를 끄덕였다. "아버지가 돌아가신 후에 당신을 돌봐주는 친구들이 있었나요? 아니면 시간이 흐를수록 점점 더 외로워졌나요?"

몰리는 몇 차례 눈을 깜박였다. "당연히 외로워졌죠."

"바로 그거예요. 어느 정도 시간이 흐르면 직계 가족과 친구들만…… 마음 아파하는 것 같죠. 다른 사람들은 모두 제 갈 길을 나아가는 것 같아요. 방문객도 줄어들고요. 사람들은 다시 예전처럼 모여서 웃고 떠들죠. 빈자리는 새 사람이 채우고요. 내일 볼크먼 부인을 방문해도 조사에는 아무런 이득이 없다는 거, 저도 알아요. 하지만 몇 달 전에 남편을 잃은 친구를 위로하러 가는 거라면 어떤가요? 그보다 더 나은 이유는 없을 것 같은데요."

잠시 침묵이 흘렀다. 결국 몰리가 깍지를 끼고 이렇게 말했다.

"좋습니다. 아침에 볼크먼 부인을 만나러 가죠." 레나의 상상이었을까? 아니면 진짜로 몰리의 목소리에서 짙은 패배감이, 심지어는 좌절감이 묻어나온 걸까?

"아주 좋아요." 보델린은 수첩을 내려다보며 다시 질문을 던졌다. "볼크먼이 사망한 날에 또 어디에 갔는지 아나요?"

"그건 잘 모르겠는데요. 볼크먼의 일기를 대신 써주지는 않았거든요." 몰리가 이렇게 말하자 보델린은 거북한 표정으로 시선을 내렸다. 몰리는 앞으로 며칠 동안 정보를 제공해 주고 신변의 안전까지 보호해줄 사람이었다. 보델린은 너무 많이 요구해서 몰리의 신경을 건드리지 않으려고 조심했다.

"만성절 전야 파티에 참석하려고 내 개인 지하저장소에 나타나기는 했는데……."

"연례행사인 지하실 파티 말이군요. 저도 오래 전에 몇 번 참석한 적 있어요." 보델린이 중간에 끼어들었다.

"맞아요. 항상 그랬듯이 협회 회원들이 많이 참석했죠. 벡 경관과 저도 참석했고요."

"그 지하 저장고에서 볼크먼의 시선을 발견했다고 했으니까 거기서 강령회를 열겠군요." 보델린이 빠르게 필기했다. "볼크먼이 사망한 날에도 협회 본부에 왔나요?"

"네. 볼크먼은 항상 주중에 여기서 아침을 먹었죠. 그러고는 일지를 살펴보고, 질문에 답변하는 등 여러 가지 일을 처리했어요."

"일지요?"

몰리가 고개를 끄덕였다. "출입문 안쪽 대기 공간에 방문자 일지가 있어서 회원들이 매일 서명을 하죠. 볼크먼은 정기적으로 방문자 일지를 살펴보고 출석 일수가 부족한 회원이 있는지 확인했어요."

"볼크먼이 사망한 날에 방문자 일지를 살펴봤다고 자신하나요?" 몰리가 고개를 끄덕이자 보델린이 말을 이었다. "그럼 저도 내일 방문자 일지를 보고 싶어요. 협회에 볼크먼의 개인 서재도 있나요? 볼크먼의 펜이나 담배 파이프를 이곳 어딘가에서 찾아볼 수 있을까요? 볼크먼이 사망한 날에 만졌던 다른 물건도 찾을 수 있으면 좋고요."

몰리는 고개를 가로저었다. "바로 위쪽의 이층에 있는 도서관에서 일하기 좋아하는 회원들이 몇몇 있죠. 저도 그렇고요. 제 서재는 뒤쪽에 있어요. 하지만 볼크먼은 사교적인 성격이라 식당과 게임룸은 물론이고 흡연실에서도 아무 의자에 앉아서 일하곤 했죠. 볼크먼이 만성절 전야에 이 건물 어디에 있었는지는 몰라요."

보델린이 필기를 하는 동안 레나는 차츰 용기가 생기는 것 같았다. "다른 건 없나요?" 부두를 떠난 이후로 몰리에게 말을 걸지 않았던 레나가 물었다. "볼크먼이 만졌을지도 모르는 다른 일지나 책, 그밖에 다른 물건은 없나요?" 레나는 어떻게든 도움이 되고 싶었다. 어쨌든 아직은 보델린의 제자 노릇을 하고 있었으니까.

몰리는 눈을 가늘게 떴다. "그런 서류는 보여줄 수 없습니다. 공개된 방문자 일지를 보여줄 수 있어요. 하지만 협회 기록은 보통 기밀입니다."

보델린이 옅은 미소를 지었다. "의무감이 존경스러운 정도로 투철하군요."

"내일은 방문자 일지를 가져올 수 없어요. 회원들이 종일 협회를 드나드니까요. 지금은 가져올 수 있습니다. 밤에는 회원들이 모두 떠나고, 일지 작성도 끝나니까요. 침대도 하나 더 가져오죠. 잠시만 기다려주세요."

몰리가 밖으로 나가자 그의 발자국 소리가 복도를 따라 울렸다.

"만성절 전야라니. 볼크먼과 에비가 같은 날 살해됐다니 믿을 수가 없어요." 몰리가 떠나자마자 레나가 말했다.

보델린은 생각에 잠긴 표정으로 고개를 끄덕였다.

"겉보기에는 엄청난 우연인 것 같아. 하지만 지난번 만성절 전야에는 초승달이 떴어. 고대의 메톤 주기(Metonic cycle. 태음력과 태양력이 일치하는 주기-역주)에 따르면 19년에 한 번 그런 일이 일어나. 만성절 전야의 초승달은 많은 사람이 죽을 거라는 징조야. 초승달이 뜨는 만성절 전야에는 집을 나서지 않는 영매들이 많아. 그날 밤에는 산 자와 죽은 자 사이의 경계가 극히 약해지거든."

고대의 메톤 주기라. 레나는 작년 가을쯤에 메톤 주기에 관해서 했던 에비의 이야기가 어렴풋이 기억났다. 하지만 그때는 동생의 또 다른 황당한 이론으로 치부해 버렸다.

잠시 후, 문이 열리고 몰리가 들어왔다. 몰리는 제일 먼저 두툼한 가죽 장정 책자를 보델린에게 건네주었다. "방문자 일지입니다." 몰리는 이렇게 말하더니 곧장 침대를 설치하는 데 열중했다. 침대가 비교적 가벼워 보였는데도 몰리의 머리에 땀방울이 맺혔다. 레나는 속으로 몸 좀 쓰는 사람은 아니라고 생각했다.

보델린은 창문 아래 의자에 앉아 방문자 일지 책자를 무릎 위에 올려놓고 활짝 펼쳤다. 그러고는 눈을 감은 채 책장을 조심스럽게 쓸어보았다. 레나는 정확하게 뭘 하려는 건지, 뭘 느끼거나 감지하려는 건지 물어보고 싶었다. 하지만 보델린을 방해하고 싶지는 않았다.

보델린은 눈을 감고서 책장을 몇 장 더 마구잡이로 넘겼다. 그러다가 호기심 어린 표정으로 멈췄다. 보델린이 눈을 떴을 때 갑자기 쿵 하는 소리가 시끄럽게 울렸다. 방 바깥의 복도 어딘가에서 들리는 소리였다. 세 사람은 깜짝 놀랐다.

소리가 다시 들렸다. 레나 일행이 좀 전에 열고 들어왔던 사용자 전용 문을 두드리는 소리 같았다. 레나는 속이 거북해지기 시작했다. 그들이 들어오는 걸 누가 봤을까? 보델린이 런던에 도착한 사실을 몰라야 하는 누군가에게 들켰을까? 그럴 리가 없었다. 어둠 속에 몸을 숨기고 협회 본부에 들어왔으니까. "누구인지 알아보고 올게요." 몰리는 이렇게 말하고 보델린의 무릎 위에 놓인 방문자 일지를 조심스럽게 힐끗 쳐다봤다. "곧 돌아오겠습니다."

몰리가 나간 후, 레나는 보델린 옆에 무릎 꿇고 앉았다. 때마침 보델린이 만성절 전야 방문자 명단이 있는 페이지를 펼쳤다.

"여기 봐요." 레나가 페이지 중간쯤을 가리키며 말했다. 볼크먼,

오전 10시 14분 출근, 오후 3시 30분 퇴근. 보델린은 손으로 쓴 글자를 손가락으로 쓸어보면서 잉크를 가볍게 문질렀다.

"뭐가…… 느껴져요?" 레나가 물었다.

"솔직히 말하면 뭔가 이상해." 보델린이 몇 장을 마구잡이로 넘겼다.

"잠깐만요. 뒤로 넘겨봐요." 레나가 말했다. 보델린이 빠르게 책장을 넘기지 못하자 레나가 일지를 자기 쪽으로 돌려놓고 빠르게 책장을 넘겼다.

순간 레나가 비명을 내질렀다. 그러더니 땀에 젖은 손가락으로 작년 여름 방문자 이름이 적힌 곳을 가리켰다.

그곳에 연필로 쓴 글씨가 있었다.

E. R. W-.

레나가 잘 아는 글씨체였다. R자는 어디로 튈지 모르게 구부러졌고, W자는 또렷한 고리 모양이었다. 성을 숨기려고 대시를 쓴 것도 에비의 평소 습관이었다. 에비는 이전에도 낡은 전통을 조롱하려고 그런 식으로 서명했다. *E. R. W-.*

에비 레베카 위키스.

환상이 아니었다. 연필로 긁적여 쓴 글씨는 부인할 수 없는 실체였다. 레나가 원한다면 글씨의 크기를 잴 수도 있다. 종이의 무게를 달아보거나 종이 위에 이름 모양으로 남아 있는 작은 흑연 결정체를 손가락으로 쓸어볼 수도 있었다.

에비와 몰리는 아직 아무것도 결정된 게 없는 그런 사이가 아니었다.

에비가 여기, 런던 강령술 협회 본부 안에 있었다.

여자들의 출입이 허락되지 않은 곳에 에비는 용케도 들어왔던
것이다.

레나
LENNA

1873년 2월 15일 토요일, 런던

런던 강령술 협회 1층, 작은 창고 방의 공기가 점점 희박해지는 것 같았다. 에비가 여기 있었어. 바로 여기 이 건물에 있었어. 레나는 이 생각에 사로잡혀 빠져나오지 못했다.

그때 문이 열리고 몰리가 들어왔다. 누군지 몰라도 좀 전에 문을 두드렸던 사람을 조사하고 돌아온 것이었다. 몰리의 손에 뭔가가 들려 있었다. 레나는 잠시 후에야 그게 뭔지 알아보았다. 자신의 스카프였다.

"이걸 마차에 두고 왔더군요. 운전사가 친절하게 가져다줬습니다. 다시는 이런 일이 없도록 주의하세요. 다른 회원이 아침에 승합마차를 타고 나갔다가 좌석에서 여자 스카프를 발견했다면 어떻게 됐겠습니까?" 몰리가 눈썹을 치켜올렸다. "여자는 협회 일에 참여 못 한다고 했던 말, 기억하죠?"

"물론이죠." 레나가 숨을 몰아쉬면서 말했다.

보델린이 방문자 일지를 탁 하고 덮더니 몰리에게 건네주었다. "다 봤어요." 보델린은 일지 표지를 한 번 더 손으로 쓸어보았다. "오늘 밤에는 푹 쉬어야겠어요. 아침에 몇 시에 만날까요?"

아침 약속은 8시로 정해졌다. 몰리가 방문자 일지를 가지고 나가자 보델린은 바로 부츠 끈을 풀었다. 하지만 레나는 그대로 서서 복도를 따라 울리는 몰리의 발걸음 소리에 귀를 기울였다. 몰리의 발걸음 소리가 더 이상 들리지 않자 레나는 떨리는 두 손을 맞잡았다. 자기가 뭘 하려고 하는지 알기 때문이었다.

보델린이 다른 쪽 부츠도 벗고, 스타킹 하나를 잡아당겨 내렸다. "내일은 미망인 그레이 부인을 찾아가서 진지하게 대화를 나눌 거야. 그게 우리의 첫 번째 일이 되겠지."

첫 번째 일? 보델린에게는 그럴지도 모른다. 하지만 레나에게는 그렇지 않았다. 레나는 앞으로 서른여섯 시간 동안 머물 이 건물의 방문자 일지에서 죽은 여동생의 이름을 발견했다. 레나의 첫 번째 일은 그 방문자 일지를 손을 넣는 것이었다. 레나는 에비가 죽기 전 몇 달 동안 뭘 했는지 알 수 있는 단서를 모으고 싶었다.

이제야 생각났는데 런던 전역을 자유롭게 돌아다니는 것보다 런던 강령술 협회 안에서 진실에 접근하기가 훨씬 쉬울 수도 있었다.

레나는 필요하다면 방문자 일지를 한 장도 빼놓지 않고 읽어볼 작정이었다.

그것도 오늘 밤에.

몰리가 방문자 일지를 제자리에 가져다 놓고 건물 밖으로 나가기까지 적어도 한 시간은 기다려야 했다. 레나는 기다리는 시간을 알차게 쓰는 게 낫겠다고 생각했다. 배를 좀 배우고 옷을 갈아입기로 마음먹었다.

레나는 깨끗한 스타킹을 찾아 가방을 뒤적였다. 스타킹 한 쌍을 꺼냈을 때 뭔가가 보델린의 발 근처 바닥에 떨어졌다. 이미 열어봤던 편지 봉투였다. 지난주에 파리에서 받았던 스티븐의 편지였다.

그 편지를 받았을 때 레나는 찢다시피 열어젖혔다. 에비의 사건에 무슨 변화가 있는 건 아닌지 궁금해서였다. 하지만 감정과 애정을 표현한 내용밖에 없었다. 편지를 계속 읽다 보니 스티븐이 약혼하자고 넌지시 이야기할까 봐 두려워졌다. 하지만 끝까지 읽어도 그런 이야기가 나오지 않아 안심했다.

보델린이 떨어진 봉투를 주워서 레나에게 건네주었다. 이때 서로의 손가락 관절이 맞닿았다 떨어졌다. "지난주에 받은 편지니? 뭔지 물어보지 않았는데 중요한 편지야?" 보델린은 편지를 가방에 쑤셔넣는 레나를 지켜보았다.

레나는 고개를 가로저었다. "스티븐 헤슬롭이라는 사람이 보낸 거예요. 몇 년 전에 죽은 제 친구 엘로이즈의 쌍둥이 오빠죠. 스티븐은 박물관에서 일하는데 저한테 화석에 대해 많은 걸 가르쳐줬어요. 제가 돌아오기를 기다린다고 편지에 써서 보냈네요."

"널 아주 좋아하나 본데." 보델린의 목소리가 한두 음 올라갔다. "전 애인이었어? 아니면 현재 애인?"

두 여자는 기차에서 레온 이야기를 짤막하게 나누었을 뿐, 전 애인이나 현 애인에 관한 연애 이야기는 한 적이 없었다. 며칠 전이라면 애인이 있는지 물어보는 게 적절하지 못했을지도 모른다. 하지만 레나는 강령회를 진행하고 나서 자신의 뺨에 닿았던 보델린의 입술을 기억하고 있었다. 오늘 초저녁에 부두에서 말없이 앉아 서로의 손을 꼭 잡았던 순간도 잊지 않았다.

"스티브는 저한테 관심이 있어요. 하지만 저한테 스티브는 그다지 기억에 남지 않는 사람이에요. 솔직히 전 스티브의 화석과 책에 더 관심이 많아요." 레나가 고개를 들었다. 레나의 상상이었는지 몰라도 보델린의 눈빛이 조금 밝아진 것 같았다.

"선생님은 어때요? 애인이 있나요?" 레나는 갑자기 초조해졌다. 시간을 멈춰서 숨을 가다듬고 달아오른 뺨을 식히고 싶었다. 엘로이즈 곁에 있을 때도 이렇게 초조했던 적은 없었다. 하지만 엘로이즈와는 한 건물에 몰래 숨어 있었던 적도 없었다.

"애인이야 많았지. 남녀 가리지 않고." 보델린이 미소 지으며 말했다.

"여자 애인이라니." 레나가 같은 말을 되풀이했다. 열기가 목까지 차오르는 것 같았다.

"상당히 이례적이네요. 그런 관계에서는 누가 주도하나요?"

"아, 거기에 관한 규칙은 없어. 파리에서는 그런 관계가 이례적이지도 않고. 런던에서는 다르지만. 여기서는 다들 예의와 외양에 신경 쓰지. 파리에서는 욕망을 억누르지 않아."

잠시 후, 레나는 몰리가 두고 간 옷가지를 뒤적거렸다. 그때 심장이 쿵쿵 뛰기 시작했다. 맞은편에서 보델린이 옷을 벗기 시작한 탓이었다. 레나는 돌아서서 보델린을 힐끔거렸다. 밖으로 나가서 방문자 일지를 찾아볼 거라는 이야기를 아직 보델린에게 하지 않았지만 곧 할 작정이었다.

탁자 위에 놓인 등불의 흐릿한 불빛 아래로 보델린의 실루엣이 드러났다. 보델린은 치마의 허리춤을 느슨하게 풀더니 고개를 잠깐 들어 올렸다. 때마침 자신을 바라보고 있던 레나의 시선을 마주하고도 거리낌 없이 보디스의 단추 몇 개를 천천히 풀었다. 레나는 보델린한테서 시선을 뗄 수가 없었다. 방 안이 점점 더워지고 갑갑해졌다. 겨우 몇 분 만에 방 안 기운이 그렇게 달라지다니 레나는 어찌 된 일인지 의아했다.

곧 보델린은 면으로 된 슈미즈만 입고 있었다. 레나는 보델린의 그런 모습을 본 적이 없었다. 어렸을 때 봤던 에비의 몸을 제외하면 여자가 그렇게 헐벗은 모습은 보지 못했다. 속옷만 입은 채맨 살갗의 움푹 들어간 곳과 그림자 진 곳을 다 드러낸 여자를 직접 보는 건 처음이었다. 레나는 침을 삼키려고 했지만 마음대로 되지 않았다.

"파리의 저택에서 넌 내가 유령이 있다는 증거를 보여주지 못해서 실망스럽다고 했지?" 보델린은 잠시 말을 멈추고 느슨하게 풀어진 머리를 뒤로 젖혔다. "원한다면 지금 뭔가를 보여줄 수 있어. 강령회를 제외하면 가장 확실한 증거야."

레나는 눈을 깜박였다. 증거가 있으면서도 왜 이렇게 오랫동안 보여주지 않은 걸까? "당연히 보고 싶죠. 그 증거란 게 뭔데요?" 레나는 가만히 기다렸다. 보델린이 여행 가방에서 주문 책이나 사진을 꺼낼 거라고 생각했기 때문이었다. 그런데 보델린은 그 자리에 가만히 서서 슈미즈 아랫단을 들어 올렸다. 면으로 된 천이 보델린의 다리를 타고 천천히 올라가더니 허벅지 위쪽에 팽팽하게 달라붙어 더이상 올라가지 못할 정도에 이르러서야 멈췄다.

보델린이 오른쪽 다리를 바깥쪽으로 살짝 돌려서 허벅지 위쪽의 창백하고 부드러운 맨살을 보여주었다. 레나는 숨이 턱 막혔다. 흐릿한 불빛 아래였지만 확실하게 보였다. 아치 두 개가 나란히 있는 모양의 흉터가 있었다. 오래전에 아문 잇자국이었다. 잇자국이 보델린의 매끄러운 피부를 망쳐놓았지만 레나는 오히려 결점이 있어서 아름다워 보였다.

그렇지만 무척 아팠을 게 분명했다. "맙소사, 어떻게 된 거예요?" 레나가 손으로 입을 막으면서 말했다.

"예전에 영혼은 돌발적이라 예측하기 어렵다고 했지."

레나는 흉터를 다시 보면서 인상을 찌푸렸다. 그렇다면 보델린의 말뜻은…….

보델린은 슈미즈를 아래로 떨어뜨리고 두 손으로 매끈하게 쓸어내렸다. "내가 왜 강령술사가 됐다고 했는지 기억나니?"

레나는 혼란스러우면서도 욕망에 휩싸여 점점 더 어지러워졌다. 여자의 드러낸 맨살을 너무 많이 봤다. 가슴이 푹 꺼지는 것 같았다. 실망해서 그런 걸까? "네, 레온이 떨어져서 머리를 다쳐 죽었기 때문이었죠."

"그래, 맞아." 보델린은 잠시 말을 멈췄다. "레온이 죽고 나서 영매술을 독학으로 배우기 시작했다고 말했지. 나는 레온을 불러내는 법을 배워서 계속 불러냈어. 레온의 집 뒤쪽에 있는 외부 계단으로 갔지. 거기가 레온이 죽은 곳이었거든. 여러 날 밤, 거기에 가서 별빛 아래 앉아 레온의 영혼을 내 몸으로 불러들였어. 그렇게 강령술을 연습했지. 주문과 순서를 실험해봤고, 빙의 후에 밀려드는 피로를 빨리 떨쳐내는 법도 배웠어. 그래야 다시 레온을 불러낼 수 있었으니까." 보델린은 슈미즈 아래 잇자국이 숨겨져 있는 허벅지 안쪽에 손을 올려놓았다.

"너도 알겠지만 빙의 중에는 종종 상처가 나타나. 영매는 그걸 보고 영혼이 자기 안에 들어왔다는 걸 알지. 영혼은 영매에게 영향을 미칠 수 있어. 강력한 감정을 불러일으키고, 뭔가를 느끼게 만들 수 있거든. 그게 안 되면 육체나 접촉을 요구하지."

보델린이 이미 사망한 레오과 사랑을 나눴다는 소리 같았다. 그 즉시 레나의 머릿속에 불쾌한 장면이 떠올랐다. 계단의 발판에 기대앉은 보델린의 등이 활처럼 휘어지고, 허벅지에서 선홍색 피가 뚝뚝 떨어지는 장면이었다.

보델린은 이야기를 계속 이어 나갔다. "난 레온을 무척 사랑했고, 앞으로도 언제나 사랑할 거야. 누군가를 사랑하지 않는 건 불가능해. 연인이었던 사람에게 느꼈던 감정은 완전히 꺼버릴 수가 없어. 언제나 잔재에서 연기가 피어오르지."

"언제 마지막으로⋯⋯." 레나는 목청을 가다듬고 말을 이었다. "레온을 불러냈나요?"

보델린이 손을 뻗어 레나의 무릎을 꽉 움켜쥐었다.

"아주 오래됐어. 영혼을 불러내는 건 반쪽짜리 존재로 만드는 거야. 사랑하는 것과는 정반대되는 짓이지. 영혼은 형체를 갖추고 싶어 해. 자발적으로 육신을 떠나지는 않지. 그렇기 때문에 영혼을 반복적으로 불러내는 건 고문이나 다름없어. 참새를 나무가 우거진 숲에 데려다 놓고 깃털을 뽑아서 날지 못하게 하는 짓과 같아." 보델린은 한쪽 다리를 깔고 침대에 올라앉았다.

"강령회가 끝나고 영혼을 쫓아내자마자 상처는 사라져야 해. 하지만 초창기에는 영혼을 쫓아내는 법을 몰랐어. 영혼을 반복적으로 불러내고, 존재할 수 있는 미끼를 던져 유혹하는 게 얼마나 이기적인 짓인지도 몰랐지. 내 허벅지의 흉터는 내가 얼마나 무지했는지 보여주는 증거야." 보델린이 얇은 이불을 끌어 올렸다. "내 안의 일부는 항상 레온을 사랑할 거야. 하지만 난 예전보다 훨씬 현명해졌어. 다시는 사랑한다는 이유로 레온을 불러내지 않을 거야."

보델린은 침대에 누워 베개라고 부르기도 뭐한 납작한 베개에 머리를 대고 눈을 감았다. 레나는 방금 들은 이야기를 어떻게 받아들여야 할지 잘 몰랐다. 보델린이 엄청난 거짓말했을 했을 수도 있었다. 그 흉터는 사실 파리나 런던에서 아직 살아있는 예전 애인이 남긴 것일지도 몰랐다.

보델린은 금세 잠들었다. 레나는 잠든 보델린을 잠시 지켜보았다. 보델린이 숨을 길게 들이마시면 골반 사이의 아랫배가 쑥 들어갔다. 면 슈미즈는 보델린의 몸을 거의 가려주지 못했다.

레나는 옷을 벗고 옷더미에서 제일 먼저 찾아낸 바지를 입었다. 허리가 너무 컸지만 허리띠를 살짝 잡아당기자 바지가 더 이상 내려가지 않았다. 레나는 더 잘 맞는 옷을 찾으려고 가방을 뒤질 기력이 없었다.

레나는 시계를 확인하고 보델린 앞에 무릎을 꿇고 앉았다. 보델린을 깨워서 자신이 오늘 밤에 뭘 하려고 하는지 말할 생각이었다. 하지만 그 전에……

"보델린 선생님." 레나가 어둠 속에서 속삭였다.

"음?" 부드러운 목소리가 흘러나왔다. 하지만 보델린의 눈은 여전히 감겨 있었다.

"레온이 선생님을 다치게 했다니 제 마음이 아파요." 레나는 한 손을 보델린의 허벅지에 올렸다. "흉터 말이에요. 상처가 났을 때 굉장히 아팠겠어요."

"아팠을 거라고?" 보델린의 눈이 반짝 떠졌다. "Mais au contraire.

레온은 내가 뭘 좋아하는지 정확하게 알고 있었지." 보델린은 천천히 레나의 손을 잡더니 깍지를 끼었다. 두 사람은 잠시 그대로 있었다. 레나는 보델린의 침대 옆에 무릎을 꿇고 앉아 있었고, 두 사람은 아무 말도 하지 않았다. 레나는 자신의 심장 박동 소리와 보델린의 숨소리만 들을 수 있었다.

깍지 낀 두 사람의 손이 보델린의 허벅지 쪽으로 움직이기 시작했다. 살갗을 타고 점점 위로 올라가 흉터 쪽으로 다가갔다. 누가 밀고 누가 당기는 걸까? 아무래도 상관없었다. 거부하는 사람도 없었고, 입을 여는 사람도 없었다. 보델린의 허벅지를 따라 수직으로 뻗은 힘줄이 레나의 손가락 아래에서 악기의 현처럼 팽팽해졌다. 마침내 잇자국 한쪽 가장자리에 불룩 튀어나온 피부가 레나의 손에 잡혔다.

아팠을 거라고? Mais au contraire. 레온은 내가 뭘 좋아하는지 정확하게 알고 있었지. 좀 전에 보델린이 한 말이었다. 'Mais au contraire'는 '아니, 그 반대야'라는 뜻이었다.

레나는 보델린의 말을 떠올리며 손가락으로 보델린의 흉터를 찾아내 점점 더 세게 눌렀다. 그와 동시에 보델린이 불편해하는 기색이 있는지 알아보려고 보델린의 얼굴을 유심히 살펴보았다. 그런 기색은 전혀 없었다. 보델린이 다시 눈을 감고 입술을 살짝 벌렸다. 보델린의 손톱이 레나의 손을 파고들었다.

파리에서는 욕망을 억누르지 않아. 하지만 몇 년 전 런던에서 엘로이즈와 함께 지낼 때 레나는 욕망을 억눌렀다.

더는 그러지 않을 것이다. 레나는 흉터뿐만 아니라 손가락 아래에서 저항하는 근육과 힘줄까지 더더욱 세게 눌렀다. 멍이 들 게 분명했다. 하지만 레나가 흉터를 세게 누를수록 보델린이 레나의 손을 점점 더 꽉 움켜쥐었다.

명확하게 보였다. 보델린은 그런 고통을 즐겼다. 상황이 좀 그렇기는 했지만 누군가에게 고통을 주면서 만족감을 얻는다고 생각하니 왠지 모르게 기분이 좋았다. 레나는 최근 몇 달 동안 무력하게 보냈다. 아무리 노력해도 경찰이든, 에비의 비밀이든 자신의 믿음 앞에서는 아무 소용이 없었다. 마침내 레나는 무언가를, 누군가를 통제하고 있었다.

레나는 보델린의 흥분한 표정 덕분에 이렇게 역할이 뒤바뀐 건지 궁금했다. 보델린은 스승이자 영매로서 항상 권위를 드러내는 위치에 서 있었다. 어쩌면 보델린은 주도권을 남에게 넘겨주는 걸 좋아했던 걸까? 금욕주의를 한쪽으로 밀쳐놓은 채 뭔가를 느끼고 싶었던 걸까? 심지어는 고통까지도, 아니 특별히 고통을 느끼고 싶었던 걸까? 레온은 보델린의 그런 갈망을 잘 알고 있었다. 레나도 그 갈망을 이뤄주고 싶었다.

저 멀리서 교회 종소리가 시간을 알렸다. 레나는 재빨리 손을 빼냈다. 보델린의 슈미즈 아래 흉터에 닿았던 손을 보델린의 손아귀에서 잡아 빼냈다.

내가 나 자신을 완전히 잊어 버렸던 걸까? 여기 온 이유를 까맣게 잊어 버렸던 걸까? 레나는 이렇게 자문했다. 순간 시간의 흐름

을, 예법에 맞는 행동을 날카롭게 의식했다.

보델린이 눈을 번쩍 떴다. "뭐지?"

"아, 미안해요." 레나가 일어서서 말했다. "전······." 레나는 몇 번 눈을 깜박였다. 보델린의 흉터를 처음 만진 이후로 시간이 얼마나 흘렀는지 알 수가 없었다. 1분, 아니면 1시간이 흘렀나? 레나는 고개를 가로젓고, 목청을 가다듬었다.

"전 방문자 일지를 다시 보러 가야 해요. 에비가 이곳에서 뭘 노렸는지 알아내야 해요."

레나는 문을 쳐다보고는 보델린을 돌아보았다. 그때 레나가 그만두지 않았다면 오늘 밤에 무슨 일이 더 벌어졌을까? 레나는 직감적으로 알아차렸다. 보델린은 레나가 손을 더 위로 움직여주기를 바랐다. 두 사람은 공평하게 똑같이 밀고 당겼다. 겨우 몇 센티미터밖에 되지 않는 거리가 두 사람을 갈라놓았다. 그게 없었다면 두 사람 사이는 어떠했을까? 어떻게 달라졌을까?

오늘밤은 아냐. 여기서 이 런던 강령술 협회의 창고 방에 갇혀서는 아냐. 레나는 이렇게 생각했다.

언제나 에비가 먼저였다.

몰리
MOLLY

1873년 2월 15일 토요일, 런던

고개를 숙인 채 어둠 속에서 발걸음을 재촉했다. 협회에서 집으로 가는 길이었다. 11시가 다 된 늦은 시각이었다. 여자들에게 필요한 걸 준비해주는 시간이 예상보다 오래 걸렸다. 침대를 하나 더 설치해 주고, 잊어버린 스카프를 찾아주고, 방문자 일지를 보고 싶다는 괴상한 요구까지 들어줬다.

지독하게 차가운 보슬비가 막 내리기 시작했고, 인도가 미끄러웠다. 나는 외투를 어깨 주위로 높이 끌어올렸다. 멀리까지 가지 않아도 되어 다행이었다.

어머니와 함께 사는 집 이층의 작은 거실에 들어섰다. 장작 하나를 벽난로에 던져 넣고, 모자와 외투를 벽난로 옆의 나무못에 걸었다. 모자와 외투가 바싹 마르려면 하룻밤은 지나야 했다.

런던 강령술 협회 창고 방에 있는 여자들을 생각하자 마음이 불안했다. 여자들은 지금쯤 잠들었을 가능성이 컸다.

브랜디 한 잔을 따르고, 안락의자에 앉아 벽난로에서 장작이 부드럽게 타닥타닥 타오르는 소리에 귀를 기울였다. 불빛이 어둑해 관능적인 분위기를 자아냈다. 벽에 드리워진 그림자가 서로 뒤엉켰다. 그 모습을 보자 에비가 한번 입었던 레이스 속옷이 기억났다. 한번 입고 다시는 입지 않았던 옷이었다.

에비는 그 옷을 아주 현명하게 이용했다. 무슨 일이 일어날지 알았어야 했는데. 엄청난 요구를 할 줄 알았어야 했는데.

8월 초의 여름날 저녁, 에비는 평소보다 더 천천히 옷을 벗었다. 그런데 에비가 머뭇거린다는 느낌, 아니면 초조해한다는 느낌이 들었다. 그때 반바지와 스웨터가 떨어져 내렸다. 등불 불빛 아래 에비가 그 사악한 스타킹만 신은 채 서 있었다. 그 모습에 폐에서 공기가 다 빠져나가는 것 같았다. 아니, 스타킹만 신은 것은 아니었다. 스타킹에 연결된 코르셋 비슷한 속옷이 있었다. 구멍 뚫린 레이스 속옷은 대체 어떤 연금술사가 만들었는지 몰라도 어디에 작은 구멍과 틈을 만들어야 하는지 잘 아는 사람의 작품이었다. 방 안이 매우 추웠지만 나는 당장 불을 지필 수 있겠다고 생각했다.

마침내 기다리던 순간이 왔다고 생각하며 에비를 향해 움직이기 시작했다.

"하나 물어보고 싶은 게 있어요." 에비가 갑자기 손을 내밀어 더 이상 다가오지 못하게 날 가로막으며 말했다.

나는 우뚝 멈춰 서서 에비의 허리에서 시선을 떼어내 눈으로 돌렸다. "뭐죠?"

"전 제 평생 딱 한 번 강령회에 참석했어요. 친한 친구 엘로이즈 헤슬롭의 강령회요. 런던 강령술 협회에서 엘로이즈의 강령회를 진행했죠."

"네, 알아요." 나는 에비가 무슨 이야기를 하려는 건지 궁금했다. "전 그 강령회에는 참석하지 않았어요. 하지만 며칠 후에 열렸던 엘로이즈의 아버지 강령회에는 참석했죠."

에비가 깜짝 놀란 표정을 지었다. "그건 몰랐어요."

나는 고개를 끄덕였다. "은밀하게 진행됐거든요."

"네, 당연히 그랬겠죠." 에비가 서둘러 대답했다. "그건 그렇고, 제가 물어보고 싶은 건 다른 강령회에 참석할 수 있는지예요. 그냥 참석만 하는 게 아니라 당신 바로 옆에서 강령회를 지켜보고 싶어요." 내가 대답도 하기 전에 에비가 계속 말했다.

"이 협회에서 그렇게 많은 걸 저한테 보여줬으니 그래도 괜찮잖아요. 전 많은 걸 배웠고, 그 모든 걸 내 눈으로 직접 보고 싶어요. 그냥 지켜보기만 할게요. 변장도 완벽하게 하고요. 지금보다 더 완벽하게요. 아무도 모를 거예요. 당신빼고는 아무도 모를 거예요. 흰미디도 안 할게요. 절 사촌이나 친구, 혹은 예비 회원이라고 소개할 수도 있잖아요."

나는 살짝 웃음을 지었다. 무슨 이야기인지 더 자세히 물어보고 싶었지만 그랬다가는 이야기가 복잡해질 것 같았다. 어쩌면 지금 하려는 일이 틀어질지도 몰랐다.

"좀 있다가 다시 이야기해요." 나는 쉰 목소리로 말하고는 한 발짝 앞으로 나아갔다.

에비는 한 발짝 뒤로 물러섰다.

하지만 에비는 내 책상에 가로막혀 엉덩이를 책상 가장자리에 걸쳐놓고 있었다. 내가 좋아하는 은색 가위가 에비한테서 몇 센티미터 떨어지지 않은 곳에 있다. 에비는 두 손으로 책상을 짚은 채 상체를 뒤로 젖히고 다리를 살짝 벌렸다.

"지금 이야기해요. 약속해줘요. 강령회에 참석하게 해줄 거라고. 곧이요."

아주 교묘한 위치에 구멍을 숭숭 뚫어놓은 저주받을 속옷 탓이었다.

나는 결국 승낙하고 말았다. 좋아요, 그러죠. 약속은 반드시 지켜야겠다. 그러지 않으면 다시는 이 책상에서 에비를 갖지 못할지도 모르니까.

나는 다시 에비를 향해 다가갔다. 에비도 거부하지 않았다. 마침내 내 책상에서 에비가 전부를 내게 내주었다.

어머니 집 거실에서 장작불이 타닥타닥 타오르며 불똥을 튀기는 바람에 회상에서 깨어났다.

그래도 상관없었다. 에비의 모습을 구석구석까지 마음속으로 그려볼 수 있었으니까. 추억은 이래서 좋았다. 추억 속의 에비는 촉감과 숨결까지 전부 다 느껴질 정도로 실제와 똑같았다. 살갗에 움푹 팬 자국과 바짝 선 솜털까지 전부 다 볼 수 있었다. 지금 이 순간 에비가 벽난로 불꽃 앞에 서 있는 것 같았다.

그날 밤 마침내 에비와 사랑을 나누었다. 맙소사, 얼마나 오랫동안 간절하게 바랐던 일이었는지! 하지만 그 후에 에비는 아주 조용해졌다. 뭘 보고 싶다는 이야기도 하지 않았다. 서재의 책도, 오래된 회의록도 보여달라고 하지 않았다. 옷을 입는 동안 어색한 분위기가 공기 중에 감돌았다.

"에비." 나는 용기를 내어 침묵을 깨뜨렸다. 갑자기 입안이 바싹 말랐다. 에비는 단추 하나를 채우고 고개를 들었다. "네?"

"혹시……." 목소리가 꺾여서 살짝 기침을 했다.

"저, 다음 주에 크레모른 정원(Cremorne Gardens)에서 축제가 열리는데 같이 갈래요?"

"무슨 축제인데요?"

"꽃 축제요. 아주 화려하대요. 희귀 난초 같은 것도 있다고 들었어요." 나는 꽃에 관심이 없었지만 에비는 그렇지 않을 게 분명했다.

하지만 내 예상과 달리 에비의 얼굴은 밝아지지 않았다. 에비는 남아 있는 단추를 분주하게 채웠다. "사실 꽃에는 전혀 관심 없어요."

"강에서 보트를 탈 수 있을지도 몰라요. 아니면 내가 보호자 역할로 따라갈 테니까…….”

“또 전통적인 구애를 하려고 하는 건가요?”

나는 눈을 몇 번 깜박거렸다. 에비의 대담함에 종종 놀랐듯이 지금도 깜짝 놀랐다. 다른 의도가 있어서 그런 제안을 한 게 아니었다. 그냥 에비와 좀 더 많은 시간을 보내고 싶었을 뿐이었다.

“당신을 전혀 이해 못 하겠군요.” 결국 나는 이렇게 말했다.

에비는 유감스럽다는 미소를 지었다. “미안하지만 전 꽃이나 축제, 강에서 타는 보트에는 관심 없어요.”

마음이 무겁게 가라앉아 서늘해졌다. “알겠어요.” 나는 에비의 눈을 똑바로 쳐다볼 수가 없었다.

더 이상 이야기를 나눌 분위기가 아니라서 에비는 곧 떠났다. 그 모든 일이 있었는데도 나는 바로 에비가 그리워졌다.

나중에야 에비가 자기 모자를 두고 내 모자를 가져갔다는 사실을 알았다. 착각하고 모자를 잘못 가져간 게 분명했다. 에비의 편을 들자면 모자 두 개가 색깔이 비슷했고, 나는 언제나 등불 불빛을 낮춰놓았다.

내가 원하는 대로 대화가 진행되지 않았고 에비는 서둘러 떠나버렸다. 그래도 나는 무안당한 일을 대수롭지 않게 넘겨버리기로 마음먹었다. 앞으로는 기존의 관계를 존중할 생각이었다.

어쨌든 에비는 자기 뜻을 확실하게 밝혔다. 그날 밤 에비가 원한 것은 강령회에 참석해도 좋다는 허락이었다.

레나
LENNA

1873년 2월 15일 토요일, 런던

보델린 곁에서 물러선 레나는 작은 방을 왔다 갔다 했다. 무모하다 싶었지만 결정을 내렸다.

"방문자 일지를 찾으러 갈 거예요. 다시 살펴봐야겠어요."

"레나." 보델린이 침대에서 몸을 일으켰다. 단호하게 타이르는 목소리가 흘러나왔다. "이 방을 나가는 건 큰 실수가 될 거야."

레나가 예상했던 대답이었다. "위험하기는 하겠죠. 하지만 실수는 아니에요." 레나는 벗어놓은 옷을 개어 한쪽으로 밀어놓았다.

보델린이 침대에서 내려와 방을 가로질러 가더니 레나의 손을 움켜쥐었다. "그만둬." 레나의 관심을 끌어낸 보델린은 고개를 가로저었다. "이러면 안 돼. 건물 안에 누가 있을지도 모르잖아. 대체 뭘 찾고 싶어서 이러는 거니?"

레나는 보델린의 질문을 곰곰이 생각해보면서 보델린에게 잡힌 팔을 부드럽게 빼냈다. 대체 뭘 찾고 싶은 걸까? 사실 에비의 죽음을 밝혀줄 답이 방문자 일지 어딘가에 묻혀 있을 거라는 생각은 터무니없었다. 그렇지만 에비는 명성 높은 웨스트엔드 신사 클럽에 성공적으로 침투했다. 그뿐 아니라 적어도 협회 회원 한 명과 놀아난 것 같았다. 그 사람 말고 또 얼마나 많은 회원들과 관계를 맺었을지 누가 알겠는가?

"에비는 볼크먼 씨가 사망한 날 밤에 죽었어요. 만약……." 레나는 잠시 말을 멈춘 채 머릿속에 떠오르는 가능성을 분석하려고 애썼다.

"선생님은 초승달 때문에 그런 우연이 일어났다고 생각하는 거 알아요. 하지만 볼크먼 씨를 죽인 사람이 에비도 죽였다면요? 에비와 볼크먼 씨가 어떤 관계를 맺었거나 거래를 했고, 그들 두 사람이 죽기를 바란 사람이 있었다면요?"

보델린은 화난 표정으로 양손을 쫙 벌렸다. "에비의 강령회를 진행하면 그 모든 사실이 명확하게 밝혀질 거야. 며칠만 기다리면 돼."

"볼크먼 씨의 강령회가 성공해야 가능한 일이죠."

"그건 그렇지만 오늘 밤 이 방을 몰래 빠져나가는 일만큼 위험하거나 무모하지는 않아." 보델린의 목소리가 높아졌다.

"이 건물은 엄청나게 커. 몰리가 말했듯이 가끔은 회원들이 여기서 자고 간다고. 잘못되면 네가……."

"쉬, 이렇게 큰 소리로 얘기하다가는 바로 들통나겠어요." 레나가 보델린에게 주의를 주었다.

레나는 문으로 다가가 손잡이를 향해 손을 뻗었다. 자신의 생각에 반대하는 보델린을 탓할 수는 없었다. 하지만 레나는 이미 마음을 정했다. 보델린이 어떻게 생각하든 마음먹은 일을 할 작정이었다.

레나는 문손잡이에 손을 올렸다. "방문자 일지를 다시 살펴봐도 아무 소득이 없을지도 몰라요. 그래도 방문자 일지를 찾으러 갈 거예요. 그러지 말라고 절 설득하려고 해도 소용없을 거예요."

보델린은 어둑한 불빛 아래서 인상을 찌푸린 채 레나를 유심히 살펴보았다.

"이건 말도 안 되는 짓이야, 레나. 네가 뭘 잃을지 생각해봐. 넌 얼마 전까지만 해도 내 안전을 무척 걱정했잖아. 강령회가 실패할까 봐 걱정하기도 했고. 네가 무모하게 행동해서 강령회를 해보지도 못 하면 어떡할 거야? 우리가 여기 있는 걸 들켜서 몰리의 계획이 완전히 틀어진다면……."

레나는 문을 열었다. 찬 바람이 방 안으로 밀려들었다. 레나는 갑자기 느낌이 싸해서 보델린을 돌아보았다. 뭐지?

보델린을 믿을 수 없을 것 같았다. 레나는 저택에서 강령회를 하고 난 이후에 그랬던 것처럼 불신에 사로잡혔다.

"전 어떻게 할지 말씀드렸어요. 선생님이 도와주지 않아도 상관없어요. 그래도 너무 심하게 반대하시네요. 제가 방문자 일지를 다시 보지 않기를 바라시는 것 같아요. 제가 보면 안 되는 뭔가가 거기 있는 것처럼요." 레나가 차갑게 말했다.

보델린이 움찔했다. "그건 정말 터무니없는 생각이야."

"그렇다면 알겠어요." 레나는 어두운 복도를 힐끗 내다봤다. "조심할게요." 진심으로 한 말이었다. 레나도 보델린이 지적한 위험을 잘 알고 있었다. 그래도 방문자 일지를 찾으러 가보지 않고 오늘 밤을 넘길 수는 없었다. "그냥 둘러보고 올게요." 말은 이렇게 했지만 백퍼센트 진실은 아니었다. 레나는 문턱을 넘어섰다.

레나가 한 발짝 더 내딛기 전에 보델린이 레나의 허리를 단단히 그러잡았다. "이건 어리석은 짓이야, 레나." 보델린이 속삭였다. 보델린은 레나를 저지하고, 방 안으로 끌어당기려고 했다. 순간 레나는 돌아서서 몇 분 전에 그만뒀던 행동을 다시 저지르는 환상에 젖어 들었다.

안 돼. 레나는 보델린의 손아귀에서 빠져나왔다. 그와 동시에 양탄자가 깔린 부드러운 복도를 걷고 있었다. 뒤쪽의 방 안에서 보델린이 마지막으로 보초가 어떠니 하는 알 수 없는 말을 투덜투덜 내뱉었다. 그러더니 조용히 문을 닫았다.

레나는 숨을 깊이 들이마셨다. 건물 내에 남자들이 배치되어 있는지는 모르겠지만 레나는 어두운 복도에 잘 숨어든 것 같았다. 잉크처럼 새카만 나무판자를 덧댄 벽을 따라 움직였다. 레나는 목소리, 발걸음 소리, 짤랑거리는 열쇠 소리 등 무슨 소리가 들리지 않는지 귀를 기울였다. 하지만 그날 밤은 자비롭게도 매우 조용했다.

레나는 미로 같은 복도를 몇 분 동안 헤맸다. 복도 몇 개가 닫힌 문 앞에서 끊어져 실망스러웠다. 그중 문 하나는 열어 보았다. 그런데 문을 열고 안으로 들어갔다가 작은 육각형 가구에 세게 부딪혔다. 카드 테이블이었다. 레나는 테이블에 부딪힌 부드러운 엉덩이 부분을 잠시 문지르다가 근처에 있는 당구채 거치대를 발견했다. 그곳은 게임룸이었다. 레나는 재빨리 밖으로 나가 문을 닫고는 문에서 멀리 떨어졌다. 양탄자 덕분에 발소리가 나지 않아 좋았다.

레나는 다른 복도보다 좀 더 넓어 보이는 복도를 따라 돌며 계속 나아갔다. 창밖의 가스등 불빛 덕분에 그림이 걸린 벽과 가죽 천이 씌워진 의자가 보였다. 저 앞쪽에 널찍해 보이는 공간도 보였다. 대기 공간이었다.

대기 공간 중앙에 마호가니 탁자가 있었다. 탁자 위에는 잉크통 하나와 가죽 장정 책이 한 권 있었다. 레나는 그 책을 바로 알아봤다. 에비가 이곳에 있었다는 증거가 담긴 방문자 일지였다.

레나는 앞으로 달려가다가 촛불 없이는 일지를 읽을 수 없다는 사실을 깨달았다. 일지를 낚아채서 방으로 가져가 살펴보고 어떻게든 안전하게 제자리에 돌려놔야 했다.

잠 한숨 못 자는 밤이 될 게 분명했다.

그때 뒤쪽에서 쿵 하는 소리가 복도를 타고 울렸다. 레나는 벽 쪽으로 붙어서서 얼어붙은 듯 꼼짝도 하지 않았다. 하지만 몸을 숨길 곳이 없었다. 공포에 질린 레나는 주위를 돌아보았다. 어둠 속에서 발걸음 소리가 점점 더 가까이 다가오자 토악질이 나올 것만 같았다.

레나는 너무 어둡다고 속으로 욕하면서 몸을 떨었다. 경비원이 분명해. 난 곧 들킬 거야. 그럼 보델린 선생님과 몰리도 연루되겠지. 나 때문에 모든 일이 실패하고 말 거야.

지독하게 무섭지 않았다면 울음을 터트렸을지도 몰랐다.

발걸음 소리가 점점 가까워졌다. 레나는 곧 마주해야 할 상황에 대비해 마음을 단단히 먹었다. 변명거리를 생각해내야 했다. 그럴듯한 설명을 재빨리 생각해내야 했다.

촛불이 흔들거리며 다가왔다. 마침내 검은 반바지에 외투를 걸친 누군가가 시야에 들어오자 레나는 숨을 헉 하고 들이마셨다. 협회 회원이 분명했다. 그런데 그때 촛불을 받아 반짝거리는 곱슬거리는 금발 머리카락이 눈에 들어왔다.

보델린이었다.

"여기 있었구나." 보델린이 제자를 알아보고 속삭였다. 보델린은 모자도 쓰지 않았다.

레나의 심장은 여전히 사납게 뛰었다. "올 필요 없었어요. 저 혼자서 잘하고 있었다고요." 레나가 어둠 속에서 속삭였다.

"네가 이렇게까지 할 배짱이 있을 줄은 몰랐어. 복도를 돌아 사라지는 널 보고 깜짝 놀랐어."

레나는 시간이 계속 흘러간다는 생각에 탁자를 가리켰다. "방문자 일지가 저기 있어요. 빨리 살펴봐요."

두 여자는 탁자를 향해 다가갔다. 레나는 텅 빈 복도를 한 번 더 힐끗 돌아보고 나서 일지를 펼쳤다. 보델린이 일지 위로 촛불을 들어 올렸고, 레나는 에비의 이니셜을 봤던 부분을 재빨리 찾아냈다. 그러고는 에비의 이름을 가리켰다. *E. R. W-.*

레나가 상상한 것이 아니었다. 긴 여행 끝에 레나의 두뇌가 신기루를 만들어낸 것도 아니었다. "이걸 일별로 다 살펴보려면 시간이 상당히 오래 걸릴 거예요." 레나는 일지 앞쪽을 넘겨보면서 중얼거렸다.

레나 옆에 있던 보델린은 탁자의 서랍 하나를 열었다. 서랍 안쪽 깊숙한 곳에 또 다른 가죽 장정 책자가 있었다. 보델린은 주저하지 않고 그 책자를 꺼내 펼쳐보았다.

"DoS 강연회, 초대 전용." 보델린이 큰소리로 읊었다.

"DoS가 뭐죠?"

"심령부(Department of Spiritualism)의 영어 약자야. 몰리의 부서 말이야." 보델린은 책자 내용을 계속 읽어나갔다. "램파도맨시(lampadomancy)와 불꽃 읽기. 1872년 7월 31일." 보델린이 입술을 오므렸다. "또 다른 방문자 일지 같아. 강연회 참석 일지인가 봐."

"근데 램파도맨스가 뭐예요?" 레나가 더듬거리며 말했다. 아무래도 단어를 잘못 발음한 것 같았다.

"등불점이라고 하는 원시적인 점술 기법이야. 영혼이 나타나 소통을 원할 때는 불꽃이 특정 방향으로 움직인다는 이론이지. 영매가 영혼에게 질문을 했을 때 불꽃이 왼쪽으로 움직이면 '아니요'라고 해석하는 거야." 레나는 보델린의 손에 있는 촛불을 흘낏 쳐다봤다. 불꽃은 가만히 있었다. "하지만 이상하단 말이야. 등불점은 완전 터무니없는 기법이거든. 영매가 살짝 숨을 내쉬거나 손을 움직이면 불꽃의 방향이 달라지니까." 보델린이 살짝 움직이자 가만히 있던 불꽃이 심하게 흔들렸다가 잠잠해졌다.

보델린은 갑자기 방문자 일지를 가리켰다. "에비가 서명한 날짜가 강연회 날짜와 일치하는지 확인해보자."

보델린이 촛불을 흔들리지 않게 들고 있는 동안 레나는 강연회 참석 일지를 손가락으로 훑었다. 작년 여름 초부터 시작해서 방문자 일지와 일일이 다 대조해 보았다. 레나의 머릿속 톱니바퀴가 아주 능률적으로 돌아갔다. 진흙 주물 위로 허리를 숙인 채 화석의 양각과 음각을 연구할 때와 무척 비슷한 상황이었다. 레나는 보델린과 역할이 바뀌어서 사뭇 낯설었다. 레나가 일하는 동안 선생님은 지켜보고만 있었으니까.

일지를 다 살펴보자 분명한 사실이 드러났다. 에비는 강연회가 열릴 때마다 방문자 일지에 서명했다. 그렇다면 6월부터 10월까지 협회에서 열리는 모든 강연회에 몰래 참석했다는 뜻이었다.

레나가 이맛살을 찌푸렸다. "왜 방문자 일지에 서명했죠? 여기 있으면 안 되는 거였다면……."

보델린이 고개를 가로저었다. "에비는 잘 보이는 곳에서 몸을 숨겼어. 에비가 서명하지 않고 들어가는 걸 누가 봤다고 생각해봐.

그럼 당연히 시선을 끌겠지. 협회 회원은 수백 명에 달해. 많은 회원이 공용 구역에 손님을 초대할 수 있지. 에비가 변장을 잘했다면 아주 수월하게 돌아다닐 수 있었을 거야. 실제로도 변장을 그럭저럭 잘 했던 것 같아."

레나는 '얼굴변형 시현'과 '초자연적 물질과 심령체'라는 제목의 강연회를 가리켰다.

"심령체가 뭐예요?" 레나가 물었다.

보델린이 한숨을 쉬었다. "정말 이해할 수가 없어." 보델린은 강연회 제목을 다시 읽으면서 인상을 찌푸렸다. "심령체는 빙의 상태에서 뱉어내는 물질이라고 하지. 온갖 수제 제조법이 있어. 붕사, 풀, 옥수수 녹말로 만들지. 영매는 심령체를 토해내는 척하거나 귀에서 빼내는 척해. 아니면…… 성기에서 빼내는 시늉을 하기도 하고. 여자가 그런 연기를 하면 종종 관중을 많이 끌어모을 수 있거든."

레나는 고개를 가로저으면서 일지를 계속 넘겼다. 레나는 에비에게 어디를 그렇게 나다니는지 묻곤 했었다. 하지만 에비는 대답하지 않았다. 그때 여기, 협회에 왔던 걸까?

"에비는 한 번도 빠지지 않고 모든 강연회에 참석했어요. 아주 열정적인 학생이었네요." 레나가 부드러운 목소리로 말했다.

"언제나 그랬지." 보델린이 말했다. 그러고는 곧 실망스러운 표정을 지었다. "불꽃 읽기, 변형." 보델린의 손이 떨리기 시작했다. "이건 전부 다 진짜 영매가 아니라 사기를 치는 영매의 수법이야.

내가 런던을 떠나기 전에 들었던 협회에 관한 소문과 일치해. 볼크먼은 소문의 진상을 조사하겠다고 했지." 보델린은 그 모든 기록이 달라지기를 바라는 것처럼 눈을 몇 번 깜박였다. "협회 회원은 200명이 넘어. 그런데 여기 기록된 강연회는 규모가 작아." 보델린이 일지를 가리켰다. "한 번에 겨우 9명만 참석 가능해. 게다가 초대 전용이고. 아주 개인적인 강연회였던 것 같아. 선택된 소수만 참석하는 강연회 말이야."

"몰리 이름은 안 보여요." 레나가 말했다.

"이런 강연회가 그의 코앞에서 열렸는지 궁금해."

레나는 강연회 참석 일지에서 한 페이지를 살펴보았다. 줄여 쓴 이름과 이니셜이 가득했다. "협회의 부정한 수작에 관여한 회원들 이름이 여기 있을까요?"

"그럴 것 같아." 보델린이 분노에 찬 한숨을 내쉬더니 이름 하나를 가리켰다. "벡 경관 이름이 있어."

레나의 입이 떡 벌어졌다. "그 사람을 처음 만났을 때부터 의심스러웠어요. 전혀 마음에 안 드는 사람이에요."

"나도 그래. 몰리에게 이 일지를 자세히 살펴봤는지 물어봐야겠어. 그러려면 우리가 창고 방을 나왔다는 사실도 알려야겠지." 보델린이 일지를 톡톡 두드렸다. "정말 실망스러워. 과학자와 신학자가 영매술로 먹고살려는 우리를 위협하는 것만으로도 충분하다고. 거기에 환영까지 끼어들 필요는 없어."

눈앞에 드러난 사실에 레나는 불안해졌다. 일부 협회 회원들이 사기꾼이었다면 그들과 어울렸던 에비는 어땠을까?

두 여자는 일지를 좀 넘겨보았다. 피부에 글씨나 그림을 그리면 그 부위가 부풀어 오르는 피부 묘기증, 혹은 피부 그림증이라는 증상에 관한 강연회가 있었다. 보델린은 그런 현상을 영혼의 짓이라고 하지만 실제로는 눈에 보이지 않는 값싼 잉크로 쉽게 조작할 수 있다고 했다. 영혼의 뿔피리 제작에 관한 다른 강연회도 있었다. 하지만 영혼의 목소리를 증폭시켜준다고 하는 영혼의 뿔피리는 원뿔형 나무에 불과했다.

"에비는 아주 영리했어요. 이런 계략을 꿰뚫어 봤을 거예요." 레나는 눈을 감고서 인정하고 싶지 않은 말을 뱉어냈다.

"에비는 자신의 영매술을 발전시키고 싶어 했죠. 자신의 영매술이 돈이 될 거라고 생각했어요. 에비가 협회 회원들의 기술을 배우고 싶어 한 게 아닌가 싶어요. 그들의 속임수를 배우려고 했을지도 몰라요. 협회에서 몇몇 회원들에게 진짜로 그런 속임수를 가르쳤다면 말이죠."

"그래. 네가 에비의 소지품에서 인산유를 발견했다고 했을 때 내가 걱정했던 거 기억할 거야."

레나는 고개를 끄덕였다. 너무 생생하게 기억하고 있었다. *사기치는 강령술사가 가장 좋아하는 도구야.* 보델린이 했던 말이었다.

레나는 짜증이 나서 일지를 옆으로 밀쳐놓았다. 에비는 협회 회원들의 주장에 속아 넘어가 그들의 사기행각을 믿었던 희생자였을까? 아니면 그들이 거짓말쟁이라는 사실을 알고도 수익성 좋은 방법 몇 가지를 배우려고 했을까?

만약 에비가 협회 회원들의 기술을 배우려고 했다면 또 다른 충격적인 의문이 생긴다. 에비가 영혼의 존재를 진짜로 믿었을까? 에비에게 영혼 세계는 언제나 기회와 돈을 가져다주는 사업이었는지도 모른다. 에비는 영매 기법을 많이 배울수록 자신의 영매술 사업에 더욱 많이 적용할 수 있었다. 이렇게 생각하자 영혼 세계에 관해서 동생과 즐겁게 논쟁했던 순간을 달리 볼 수밖에 없었다. 에비가 내내 연기를 했던 걸까? 언젠가는 자기 사업을 시작할 거니까 가장 열렬하게 영혼을 믿는 사람처럼 보이고 싶었던 걸까? 언니한테까지도? 상상도 할 수 없는 일이었지만 에비의 이니셜이 일지에 있었다.

"에비한테 화가 나요. 에비가 진짜로 영혼을 믿었는지도 모르겠어요. 어쩌면 그쪽 사업을 할 거라서 그냥 영혼을 믿는 척 연기했는지도 몰라요." 레나는 갑자기 서늘해져서 팔짱을 꼈다.

"에비는 영혼을 믿었어, 레나. 다른 학생들이 잠자러 간 지 한참이 지났는데도 자지 않고 호흡법과 주문 암송을 연습했던 아이야. 하루이틀 연습한 것도 아니었지. 책략으로 자기 사업을 꾸려나갈 생각이었다면 그렇게 철저하게 기법과 응용법을 배울 필요가 있었을까?"

보델린의 말에 레나는 마음이 조금 가벼워졌다. 그렇다고 해도 에비는 왜 그렇게 모든 일을 비밀에 부쳤을까? "에비는 자기 수첩을 절대 보여주지 않았어요. 종종 어디 갔다 왔는지 물어봐도 변명만 했죠. 전……." 레나가 얼굴을 찡그렸다.

"에비가 남자를 만나러 다닌다고 생각했어요. 애인이 있었다고요. 더 자세히 캐물었다면 좋았을 텐데 말이죠."

"자신을 비난하지 마." 보델린이 경고했다.

"나도 겪어봐서 잘 알아. 가족이 선택했던 일을 내 탓으로 돌렸지. 네가 에비를 무척 사랑한다는 거 알아. 하지만 에비도 스스로 결정을 내릴 수 있는 다 큰 성인이었어."

에비가 다 큰 성인이라는 말이 낯설게 느껴졌다. 에비와의 추억을 생각하면 언제나 젊음이 떠올랐다. 레나는 좌절감에 양손을 양 옆으로 쫙 펴서 올리며 방문자 일지를 바라봤다. "이게 진짜가 아닌가요? 확실해요?"

보델린이 고개를 가로저었다. "내가 믿고 실행하는 일은 눈으로 볼 수가 없어. 강령회 도중에 겪는 빙의 상태, 투감각력을 이용한 에너지 흡수…… 이런 건 내가 내적으로 겪는 일이야. 눈에 보이지 않지." 보델린이 탁자에 엉덩이를 기댔다. "하지만 이 일지에 기록된 강연회를 한번 생각해봐. 공통점이 보여?"

레나는 인상을 찌푸렸다. 불꽃 읽기, 얼굴변형, 심령체, 영혼의 뿔피리. 보델린이 설명해준 그 모든 기법에서는 보거나 듣거나 만질 수 있는 결과물이 나왔다. "그 모든 기법에서는 실체가 있는 뭔가가 나와요. 뭔가 관찰할 수 있는 거요."

"바로 그거야. 내가 파리에서 했던 말을 떠올려봐. 이 협회의 사명은 손으로 만질 수 있는 사후 세계의 증거를 만들어내는 거야."

레나는 이해할 수가 없었다. 레나처럼 영혼을 믿지 않는 사람들에게 증거를 위조해 보여주는 강연회라니. 너무 모순적이었다.

"하지만 흥미로운 건 8월 후반부 강연회야." 보델린이 일지 몇 장을 넘겨서 강연회 제목을 찾아 가리켰다. "사례연구: 보우가(Bow Street) 22번지 매춘업소 강령회 검토." 에비는 그날도 방문자로 서명했다. "이건 강연회가 아니라 이미 진행했던 강령회에 대한 논의 같아." 보델린이 말했다.

"역시나 매춘업소네요." 레나가 깜짝 놀라서 눈썹을 치켜올렸다. "에비는 언제나 추문을 좋아했어요."

두 사람은 일지를 덮었다. 레나는 일지를 발견했던 탁자 위에 원래대로 돌려놓았다. 레나는 에비에 관한 진실에 짓눌려 목구멍이 꽉 막히는 것 같았다. 에비는 다섯 달 동안 단 한 번의 강연회도 놓치지 않았다. 다 합쳐서 12번이었다. 에비가 또 무슨 일로 협회를 방문했을지 누가 알겠는가?

은밀한 한두 번의 모험이 아니었다. 에비의 목적은 명확하게 밝혀지지 않았다. 에비는 무엇에 집착했을까? 무슨 계획을 세웠을까? 에비의 목적은 무엇이었을까?

에비는 대체 어떤 사람이었을까?

몰리
MOLLY

1873년 2월 16일 일요일, 런던

보델린과 레나 위키스가 도착한 다음 날 아침이었다. 나는 해가 뜨자마자 협회로 돌아갔다. 협회 정문 계단 앞에는 어린 남자아이가 흙 묻은 손바닥을 내밀고 서 있었다. 아이는 언제 마지막으로 뭔가를 먹었는지 모를 정도로 굶주려 보여서 주머니에 손을 넣어 있는 대로 다 꺼내주었다.

협회 안으로 들어갔다. 햇빛이 쏟아져 들어오는 대기 공간을 지나면서 방문자 일지에 서명하고 계속 앞으로 나아갔다. 그러다 갑자기 멈춰 섰다. 바닥에 생긴 흐릿한 얼룩이 눈에 들어와 인상을 찌푸렸다.

나는 무릎을 꿇고 앉아 손톱으로 얼룩을 긁어보았다. "밀랍이잖아." 나는 위를 쳐다보면서 속삭였다. 말이 되지 않았다. 대기 공간에는 촛대나 샹들리에가 없었다. 어떻게 작은 성게를 닮은 새하얀 밀랍 덩어리가 출입구 중앙에 있는 걸까? 나는 손톱 밑에 들어간 밀랍 찌꺼기를 빼내면서 뭐가 어떻게 된 건지 궁금하기는 하지만 더 이상 조사할 가치는 없다고 생각했다. 숨겨둔 여자들과 강령회까지 이미 걱정할 거리가 많았다.

바로 그때, 협회 회원인 암스트롱(Armstrong)이 눈을 크게 뜨고 맞은편에서 나를 불렀다. "몰리. 어젯밤에 게임룸에 갔어?"

나는 얼굴을 찡그렸다. 그의 어조가 뭔가 이상해서 불안했다. "아니."

암스트롱은 고개를 끄덕이더니 남동쪽 복도로 오라고 손짓했다.

이건 반론의 여지 없이 조사할 필요가 있겠어. 나는 속으로 이렇게 생각했다.

암스트롱이 게임룸으로 들어가면서 말했다. "이해할 수가 없어. 어젯밤에 몇 명이 모여서 카드놀이를 했거든. 9시가 넘어서 게임이 끝났지. 게임을 끝내고 나서는 늘 하던 대로 카드를 세 묶음으로 나눠 가지런히 정리해뒀어." 암스트롱은 바로 앞에 있는 자단 카드 테이블을 가리켰다. 깔끔하게 정리된 카드가 있어야 할 곳은 엉망진창이었다. 카드는 흐트러져 있었고, 일부는 부드러운 테이블 표면을 따라 미끄러져 떨어져 있었다. "누가 테이블을 밀거나 옮기려고 한 것 같아." 암스트롱이 말했다.

기이한 수수께끼였지만 나는 즉각 그 답을 알아차렸다. 하지만 암스트롱은 기밀을 알 수 있는 급이 아니었다. 여자 두 명이 협회 내에 숨어 있다는 사실을 전혀 몰랐다.

나는 깜빡 잊어 버렸다는 듯이 손바닥으로 이마를 짚었다. 갑자기 가까이 있는 꽃병을 집어 벽에 던져 버리고 싶었다. "실은 내가 아주 잠깐 들렀어." 나는 거짓말을 했다.

"어젯밤에 꽤 늦은 시간이었는데 단안경을 잃어버려서 찾으러 갔지. 그때 게임룸에 들어갔다가 테이블에 부딪혔다는 걸 깜박하고 있었어." 나는 허리를 앞으로 숙여서 카드 몇 장을 당장 집어 들어 가지런히 정리해 놓았다.

암스트롱은 진심 어린 웃음을 터뜨렸다. "이제 어떻게 된 건지 알겠군." 암스트롱은 이렇게 말하고는 카드 정리를 도와주었다.

그 후, 나는 시간을 낭비하지 않고 바로 도서관으로 향했다. 가슴이 쿵쾅쿵쾅 뛰었다. 도서관에서 뭘 발견하게 될까? 아니, 내 서재에서 뭘 마주하게 될까?

도서관 문 앞에 서서 손잡이를 만지작거렸다. 안도의 한숨이 새어 나왔다. 문은 잠겨 있었고, 도서관에 들어온 사람은 아무도 없는 것 같았다. 양탄자에 새로운 발자국이 찍혀 있지도 않았다. 밤 사이에 이곳에 들어온 사람은 아무도 없었다.

여자들이 뭘 찾으려고 했을까? 에비와 관련된 뭔가나 볼크먼과 관련된 뭔가를 찾으려고 했을까? 아니면…….

나는 고개를 저었다. 여자들은 아주 뻔뻔했다. 복도에 떨어진 밀랍, 게임룸의 흐트러진 카드가 그 증거였다.

　나는 땀에 젖은 손을 바지에 닦으며 도서관 문을 열고 들어가 내 서재로 향했다. 잠시 후에 여자들에게 이 침입 사건에 관해서 장황하게 훈계를 늘어놔야겠다. 또다시 여자들이 그렇게 건물을 휘젓고 다니면 모든 일이 틀어질 수 있었다.

　협회 건물을 자유롭게 돌아다니다가는 자신들이 어떤 위험에 처할지 몰랐을까? 우리 모두가 어떤 위험에 빠질지 몰랐을까?

레나
LENNA

1873년 2월 16일 일요일, 런던

그날 밤 두 여자는 잠을 이루지 못했다. 하룻밤 사이에 당혹스러운 사실을 알아내어 괴로웠다.

"에비가 그런 일을 했다는 증거가 없으니까 하지 않았다고 생각할래요. 이곳에서 배울 게 있는지도 모르잖아요." 레나가 이렇게 말했지만 솔직하지 못한 말 같았다. 레나가 동생을 신뢰하는 마음에 이미 금이 가기 시작했으니까.

잠 못 이루는 밤을 보낼 다른 방법이 없어서 레나는 촛불을 주문 수첩 위로 들어 올려 호흡 조절 연습을 했다. 추방 명령과 이동 명령도 연습했는데 둘 다 만만치 않게 어려웠다. 보델린은 가끔 한두 단어를 부드럽게 속삭여 고쳐주었다. 하지만 보통은 다른 학생들이 항상 어려워하는 걸 레나는 쉽게 이해한다고 말했다.

마침내 이른 아침의 빛이 방 안을 밝혔다. 그러자 몰리가 두고 간 옷가지가 더욱 잘 보였다. 어젯밤에는 무엇이든 손에 잡히는 대로 집어서 갈아입었다. 하지만 지금은 별 볼 일 없는 옷가지를 자세히 살펴보았다.

레나는 멋지게 차려입기 놀이를 하는 것 같다고 생각했다. 물론 간편하게 차려입기 놀이에 더욱 가까웠지만 말이다. 세인트 제임스 광장(St. James's Square)을 자주 드나드는 신사가 입을 법한 타르탄 조끼나 실크 손수건은 없었다. 모두 노동자용 옷가지였다. 검댕이 묻어 눈에 잘 띄지 않는 평범한 옷이었다.

보델린은 울 속바지를 들어보고는 혐오스럽다는 듯 인상을 찌푸렸다. "거친 허리띠로는 부족했나 봐. 대체 이런 걸 어디서 가져왔을까?" 보델린은 서랍을 내려놓았다.

"난 그냥 면 속바지를 입고 있을래. 몰리는 패션에 대해 잘 모르는 것 같아."

레나가 미소를 지었다. "그럼 저도 그럴래요. 우리의 작은 비밀이네요."

어젯밤의 작은 비밀처럼 말이야. 레나는 보델린의 활처럼 구부러진 허벅지 흉터가 떠올라 이런 생각에 잠겼다. 방 저편에서 보델린이 가볍게 기침을 했다. 레나는 보델린의 미소를 봤다고 장담했다. 보델린도 똑같은 일을 떠올리고 있는지도 몰랐다.

마침내 보델린은 펠트 가공한 울 셔츠에 검은 바지로 갈아입었다. 레나는 어젯밤에 골랐던 옷보다 훨씬 잘 맞는 니트 점퍼에 캔버스 바지를 입었다. 두 사람은 모자와 외투, 장갑도 몇 가지 골라 보았다. 방 안에는 거울이 없어서 레나는 보델린의 평가를 전적으로 받아들여야 했다.

"아주 그럴 듯해." 보델린이 레나를 위아래로 훑어보면서 말했다. "다만 스카프로 얼굴을 감싸는 게 좋겠어. 네 턱과 광대뼈를 가리지 않으면 네 정체가 드러날 것 같아." 보델린은 옷더미에서 회색 스카프를 집어 들어 레나의 목에 부드럽게 감고는 귀에 닿게 살짝 끌어 올려주었다. "됐어. 완벽해." 보델린은 시계를 확인하고 나서 목소리를 낮춰 속삭였다. "8시가 다 됐어. 곧 몰리가 올 거야." 보델린이 양손으로 쫙 펼쳤다. "자, 난 어때? 남자로 보여?"

레나는 새어 나오는 미소를 억누를 수 없었다. "안타깝지만 그래 보이네요. 완전 남자 같아요."

몇 분 후, 문을 두드리는 소리가 났다. 몰리가 들어왔다. 흠잡을 데 없이 깨끗하고 위가 높은 모자를 한쪽 팔 아래에 낀 채 지팡이를 들고 있었다.

"편안한 밤 보냈나요?" 몰리가 물었다.

"그럼요." 보델린이 대답했다.

몰리는 목청을 가다듬었다. "게임룸이요." 몰리가 이렇게 말해 놓고는 입술을 꾹 다문 채 기다렸다. 마치 불만에 가득 찬 부모 같왔다.

보델린은 눈썹을 치켜올렸다. "게임룸이 왜요?" 보델린과는 반대로 레나는 시선을 내렸다. 게임룸에 들어갔던 사람은 보델린이 아니라 레나였으니까.

"마치 누군가가 게임룸에 들어왔다가 탁자에 부딪힌 것처럼 탁자 위의 카드가 흐트러져 있더라고요." 몰리가 나지막하게 차분한 목소리로 말했다. "어젯밤에 당신들이 한 짓을 설명하거나 부인해 보라고 다그쳐서 불편하게 만들지는 않겠습니다. 하지만 이것만은 말해두고 싶군요. 저 없이는 이 방 밖으로 나가지 마세요." 몰리가 보델린에게 다가가 보델린의 손목을 부드럽게 잡았다. "우리가 뭘 하려고 하는지 들킨다면 지금 우리가 잡아내려고 하는 사람들이……." 몰리가 시선을 돌리고 고개를 가로저었다. "뭐, 생각하기도 싫군요."

보델린이 가볍게 고개를 끄덕였다. "네, 네, 잘 알겠어요." 보델린은 레나를 보호하려고 했다.

몰리는 문을 살짝 열어서 복도를 살펴보고는 변장한 여자들에게 앞장서라고 손짓했다.

밖으로 나오자 협회 승합마차가 기다리고 있었다. 어젯밤에 봤던 운전사가 말 옆에 서서 코를 쓰다듬어주고 있었다. 운전사는 여자들에게 말없이 따뜻한 미소를 지어주고는 모자를 살짝 기울였다.

거리는 매끄럽고 하늘은 옅은 파란빛이었다. 벡 경관이 발목을 꼰 채 마차에 기대어 기다리고 있었다. 언제나처럼 살짝 찡그린 표정이었다.

승합마차에 올라탄 몰리는 석판을 꺼내 짤막한 분필로 알베말가(Albemarle Street)라고 적어 베넷에게 보여주었다. 운전사 베넷이 말고삐를 내리쳤고, 마차가 출발했다.

알베말가까지는 몇 분밖에 걸리지 않았다. 운전사가 마지막 모퉁이를 돌았을 때 레나는 조지아풍 벽돌집을 알아보았다. 장식 판자를 댄 짙은색 문과 문 위쪽에 작은 창문이 있는 거의 똑같은 집이 늘어서 있는 거리였다. 거리 여기저기에 무수히 많이 떨어져 있는 말똥이 비를 맞아 흐물거리고 있었다. 그 광경에 레나는 욕지기가 나올 것 같았다. 그런 거리의 쓰레기를 평생 보고 살았는데 새삼 왜 그러는지 참 이상했다.

"다시 한번 말해두는데 지금 만나러 가는 사람은 그레이(Gray) 부인입니다. 볼크먼 씨가 사망한 날 오후에 그레이 부인의 집에서 강령회가 열렸어요. 그레이 부인의 집은 볼크먼 씨가 죽기 전에 마지막으로 방문한 곳이죠." 몰리가 설명했다.

말이 점차 속도를 늦춰 어느 집 앞에 멈췄다. 레나는 창밖으로 문에 달린 두툼한 검은색 크레이프 리본을 볼 수 있었다. 검은 크레이프 리본은 집안에 초상이 났다는 상징이었다. 검은색 리본이 차가운 바람에 불규칙적으로 펄럭거렸다.

"언제나 놀랍단 말이죠. 어디에 멈춰야 하는지 말이 정확하게 알고 있거든요. 이 한 쌍의 말은 우리와 아주 오래 일했죠. 그래서

인지 문에 달린 검은색 리본을 보면 도착했다는 걸 안답니다." 몰리가 말했다.

일행은 마차에서 내려 집을 향해 걸어갔다. 작은 잿빛 고양이 한 마리가 호랑가시나무 덤불 뒤쪽에서 나와 일행에게 다가왔다. 몰리는 미소 지으며 허리를 숙여 고양이의 턱 아래를 부드럽게 문질러주었다.

집 안의 커튼이 처져 있었다. 몰리가 문을 두 번 두드리자 문이 열렸다. 문턱 건너편에 젊은 여자가 나타났다. 목선이 높은 검은 드레스 차림이었다. 여자는 레나보다 나이가 많아 보이지 않았다. 얼굴과 머리에는 레이스 베일을 썼고, 오닉스나 흑요석인지 모르겠지만 검은 보석이 박힌 브로치를 목 근처에 달고 있었다. 머리카락은 뒤로 쫙 당겨서 나지막하게 쪽지어 올렸다. 전체적으로 불안해 보였고, 불길해 보이기까지 했다.

미망인은 슬퍼한다기보다 지친 것 같다고 레나는 생각했다. 슬픔이란 단순한 슬픔을 넘어서 영원히 사라져버린 목소리를 듣고 싶어 하는 마음이라는 사실을 알고 있기 때문에 레나는 그 심정을 이해할 수 있었다. 슬픔에 빠진 사람은 닳고 닳은 반지갑이나 머리카락이 엉킨 빗처럼 사소한 물건을 소중히 여긴다. 떠난 자와의 마지막 나날을 돌이켜보면서 많이 안아주고 많은 사랑을 보여주었는지 생각해본다. 이 모든 감정을 품고 하루하루를 보내다 보면 끔찍하게 피곤해진다.

"그레이 부인." 몰리가 시선을 내리고 가볍게 허리를 숙여 인사했다.

"남편에 관해서는 더 이상 물어보지 마세요. 이미 너무 많은 사람들을 만났어요. 더 이상 할 말이 없어요." 그레이 부인이 인상을 찌푸리고는 문을 닫으려고 했다. 하지만 몰리가 한 손을 내밀었다.

"제발요, 저희가 여기 왜 왔는지 좀 들어주세요." 몰리는 발을 질질 끌고 지팡이를 한번 두드리고는 재빨리 이어서 말했다. "전 런던 강령술 협회의 부회장입니다. 강령회를 하려고 하는데 부인의 도움이 필요해요."

그레이 부인은 베일 아래로 눈썹을 치켜뜨고는 문을 잡고 있던 손을 내렸다. "협회의 첫 번째 강령회는 실패했어요."

레나는 보델린과 뭔지 알겠다는 눈빛을 주고받았다. 어젯밤 강연회 참석 일지에서 알아낸 사실로 보아 강령회가 실패했다는 소식은 전혀 놀랍지 않았다.

미망인이 레나를 유심히 살펴보았다. 두 사람은 몇 센티미터 떨어지지 않는 자리에 마주 보고 서 있었다. 레나의 변장을 알아봤을까? "이 두 분은 누구예요?"

"안으로 들어가서 설명드리죠. 아주 선한 이유로 찾아왔다고 장담합니다." 몰리가 말했다.

미망인은 벡 경관을 살펴보면서 그의 엉덩이에 꽂혀 있는 총으로 시선을 내렸다. "당신들을 안으로 들여보내는 건 이번이 마지막이에요. 차를 내올게요."

몇 분 후, 일행은 거실에 자리를 잡았다. 레나는 소파에 앉아 거실을 둘러보았다. 액자 몇 개가 뒤집혀 있었고, 검은색 린넨 몇 개가 벽에 걸려 있었다. 거울을 가려놓은 것 같다고 레나는 생각했다. 레나의 엄마도 에비의 경야를 치르기 전에 아이린(Irene) 고모 집에서 사진과 거울을 모두 가렸다. 다른 사람이 죽음의 저주에 걸리지 않게 보호하려고 그런 것이었다.

레나는 에비의 경야를 치르는 이틀 동안 아이린 고모 집에서 몇 시간 동안 기도를 했다. 그 기억에 아직도 마음이 괴로웠다. 서늘한 널빤지 위에 놓여 있는 여동생의 축 처진 창백한 시신이 머릿속에 떠나지 않았다. 칼에 찔린 목 왼쪽의 상처는 베이지색으로 화장해 두었지만 별로 효과가 없었다. 시체 썩는 냄새를 가리려고 높이 쌓아둔 하얀 백합의 달콤하면서도 역겨운 악취가 코를 찔렀다.

레나는 다시는 하얀 백합을 보고 싶지 않았다.

보델린은 일행한테서 멀찍이 떨어져 거실 맞은편 창문 근처에 있는 등받이가 높은 의자에 앉았다.

"파리에서 온 영매, 보델린 달레어 씨입니다." 몰리가 보델린을 가리키면서 말했다. 보델린은 탁자에 있는 작은 장식품을 집어 들었다. 종과 색이 다양한 강아지 모형이었는데 유리로 만든 장식품이었다.

그레이 부인이 눈썹을 치켜올렸다. "당신이 런던을 떠났을 때가 기억나요. 몇 달 동안 추측이 난무했죠."

"설명하자면 좀 복잡해요." 보델린이 대답했다.

"영매는 더 필요 없어요. 이젠 더 이상 당신 같은 사람을 믿지 않아요."

몰리가 양손을 옆으로 뻗어 올렸다. "아, 잘못 생각하셨군요, 그
레이 부인." 몰리가 죄책감을 느끼고 사과하는 듯한 어투로 말했
다. "보델린 씨는 고인이 된 부인의 남편분과 접촉하려고 온 게 아
닙니다. 협회 회장인 볼크먼 씨가 사망했다는 소식은 들으셨겠죠?
부인이……." 몰리는 눈에 띄게 불편해하면서 두 손을 맞잡아 쥐어
짰다. "만성절 전야의 강령회에서 만났던 분이요."

"당연히 들었죠. 거의 매일 신문에 나오는 걸요. 살인범은 아직
잡히지 않았고요. 경찰청은 뭐 하는 거죠? 단서 하나도 찾지 못하
잖아요."

이 말에 백 경관이 당황스러운 표정으로 가볍게 기침했다. 몰리
는 재빨리 이야기를 계속했다. "보델린 씨는 볼크먼 씨가 사망한
날의 행적을 추적하려고 여기 왔어요."

"뭐하려요?" 그레이 부인이 찻잔을 내려놓았다.

보델린은 고개를 들고 소형 모형을 다시 탁자에 내려놓았다.
"전……."

"자세하게는 말씀 못 드립니다." 몰리가 끼어들었다. 몰리는 보
델린을 서늘한 표정으로 쳐다봤다.

보델린이 그에게 인상을 찌푸렸다. "저도 자세한 이야기를 해드
리지 못한다고 말하려고 했어요." 보델린은 몰리에게 이렇게 쏘아
붙이고는 그레이 부인을 돌아봤다. "볼크먼이 죽기 전에 남겨놓은
에너지가 조금이라도 있다면 다 흡수하고 싶어요. 볼크먼이 갔던

곳을 찾아가서 그가 만졌던 물건을 만져보면 되거든요."

그레이 부인은 다시 손을 뻗어서 자기 찻잔을 조심스럽게 쥐었다. "몇 달 동안 겪은 일이 있어서 이제는 영매와 강령술을 믿을 수가 없어요. 하지만 그렇게 말씀하시니까 저도 말씀드릴게요. 지금이 거실에 있는 의자 여덟 개 중에서 당신이 앉은 의자가 바로 볼크먼 씨가 강령회 밤에 앉았던 의자예요. 당신이 방금 만졌던 장식품도 볼크먼 씨가 몇 분 정도 만지작거렸던 거고요. 작은 스패니얼이요. 그 강아지 세트 전체가 저희 집 가보예요. 할머니가 물려주셨죠."

보델린은 놀라지도 않고 고개만 끄덕였다. 하지만 레나는 깜짝 놀라서 입이 떡 벌어졌다. 보델린이 우연히 그 의자와 장식품을 선택했을까? 아니면 뭔가를 감지했을까?

"강령회가 여기 이 방에서 열렸나요?" 보델린이 물었다.

"네. 탁자 주위에 의자를 둥글게 놓았어요. 볼크먼 씨는 당신이 앉아 있는 그 의자에 앉아서……." 그레이 부인이 또다시 머뭇거렸다. "다른 협회 회원 한 명이 자석 감지기를 갖고 있다고 했어요. 그러더니 남편이 마지막으로 잠을 잤던 곳에서 자석 감지기를 사용하고 싶다고 했죠. 침실은 당연히 위층에 있어요. 전 직감적으로 뭔가 이상하다 싶었는데도 그 회원에게 침실을 보여줬어요. 그로부터 10분쯤 흐르고 나서야 볼크먼 씨를 다시 봤어요. 우리가 어떡하고 있는지 확인하려고 볼크먼 씨가 위층으로 올라왔거든요."

보델린은 두 손을 팔걸이에 올려놓고는 팔걸이를 부드럽게 움켜줘었다. 팔걸이 감촉에 어젯밤의 레나가 떠올랐다. 레나의 살갗이, 레나가 만들어준 멍 자국이 떠올랐다. 보델린은 얼굴이 달아올라서 시선을 돌렸다.

보델린은 그레이 부인에게 고개를 끄덕이면서 일어섰다. "저희한테도 그 방을 보여주실래요?"

몰리가 의자를 밀고 일어났다. 하지만 보델린이 한 손을 뻗어 그를 저지했다. "우리끼리만 갈게요. 저랑 레나만요." 그러고는 몰리가 항의하기 전에 이렇게 덧붙였다. "기밀 사항은 절대 말하지 않을거예요. 제 목적은 정보를 모으는 거지 퍼뜨리는 게 아니거든요."

몰리는 그 말을 듣고서 자리에 다시 앉았다.

세 여자는 거실을 나갔다. 복도에서 레나는 벽시계를 확인했다. 3시 30분이었다. 레나는 시계가 고장 난 것 같다고 생각하며 인상을 찌푸렸다. 그때 엄마와 아이린 고모도 그렇게 했던 게 기억났다. 시계를 고인의 사망 시각에 맞춰놓는 게 관습이었다. 에비의 사망 시각은 10시 30분이었다. 경찰이 가장 근접하게 추정한 사망 시각이었다.

보델린이 멈춰 섰다. "볼크먼이 위층으로 올라갔지만 주 계단으로 가지는 않았군요. 저기 있는 사용자 전용 계단으로 올라갔어요."

그레이 부인의 눈이 휘둥그레졌다. "네, 맞아요. 주 계단은 칠한 지 얼마 안 된 상태였거든요. 그래서 그날은 주 계단에 밧줄을 쳐두었어요." 세 사람은 집 뒤쪽으로 가서 계단을 올라갔다.

가는 동안 보델린은 난간의 흠과 벽면의 선반 같은 걸 만졌다. "자석 감지기라니. 터무니없는 사기 행각이야." 보델린이 레나에게 숨죽여 말했다.

2층에 도착해서는 좁은 복도를 따라 걷다가 오른쪽으로 꺾어 적당한 크기의 침실로 들어갔다. 방 안에도 커튼이 모두 쳐져 있었다. 보델린은 문간에 멈춰 서서 나무틀의 작은 상처를 어루만졌다.

그레이 부인은 믿을 수 없다는 듯이 고개를 가로저었다. "볼크먼 씨도 우리를 찾아 위층으로 올라왔을 때 바로 거기를 만지면서 뭐라고 했어요."

"전 볼크먼의 에너지를 따라가고 있어요. 여기서 아주 강하게 느껴지네요." 보델린이 숙연한 목소리로 말했다.

레나는 눈 앞에 펼쳐지는 광경을 부인할 수가 없었다. 보델린은 그레이 부인의 집에 도착한 이후부터 다른 사람들 눈에 보이지 않는 뭔가를 알고 있거나 감지하는 것 같았다. 연기나 공연처럼 보이지 않았다. "왜 그렇게 에너지가 강할까요?" 레나는 그레이 부인의 집에 도착한 이후로 처음 말을 꺼냈다.

"누군가가 압박받거나 극한 격정에 휩싸일 때, 혹은 화가 아주 많이 날 때 에너지가 가장 강해지지." 보델린이 대답했다.

보델린의 말에 레나는 깊은 생각에 잠겼다. 에비는 죽기 직전에 어떤 감정을 느꼈을까? 당시 에비의 마음 상태는 자신의 강령회에 도움이 될까? 방해가 될까?

"그날 밤에 볼크먼이 유난히 신경질적으로 굴거나 흥분했나요?" 보델린이 그레이 부인에게 물었다.

"당황한 것 같았어요." 그레이 부인이 4주식 침대 가장자리에 걸터앉아 허리를 앞으로 살짝 구부렸다. "아래층에서 강령회가 거의 끝나갈 때였어요. 남편의 영혼과 접촉하지 못했다는 사실이 분명해졌죠. 강령회를 진행했던 회원은 당크워스 씨였는데 괴상한 자석 감지기라는 기계가 고인이 잠을 잤던 곳에서 제일 잘 작동한다고 했어요."

레나는 가슴이 철렁 내려앉았다. 당크워스 씨라고? 엘로이즈의 강령회를 진행했던 남자였다.

"아래층에서 다른 회원들이 집 밖으로 나가면서 나중에 파티장에서 만날 약속을 잡는 소리가 들렸어요. 당크워스 씨는 그 도구를 꺼내면서 기운이 팍 살아나는 것 같았어요. 광분한 것처럼 보이기도 했죠. 당크워스 씨는 자석 감지기를 저 서랍장 위에 올려놓고 잠시 만지작거렸어요."

레나는 문 근처에 있는 자단 서랍장으로 다가갔다. 서랍장 위에는 팬지꽃과 물망초가 썩어가는 물이 담긴 꽃병 가장자리로 힘없이 축 늘어져 있었다. 꽃병 옆에는 가장자리가 검은색으로 처리된 명함 한 통이 놓여 있었다. "마침내 감지기의 바늘이 움직이기 시작하더니 몇몇 글자를 가리켰어요. 당크워스 씨는 그걸 해석해 주겠다고 했죠. 그러고는 남편의 영혼이 나타났는데 지금은 평온한 상태지만 제가 외로워할까 봐 걱정한다고 했어요."

레나는 자기 귀로 듣고도 믿을 수가 없었다. 금속 기계가 뭔가와 소통할 수 있다니 말도 안 되는 소리였다. 게다가 심지어 당크워스 씨에게는 아주 유리한 이야기를 해주다니 말이다.

그레이 부인은 침대 가장자리에 앉은 채로 얼굴을 두 손에 묻었다. "당크워스 씨는 그 도구가 저절로 글자를 보여주는 거라고 했어요. 마침내 자석 도구가 멈췄어요. 당크워스 씨는 여기, 바로 제 옆에 앉아서 이렇게 물었어요. '당신이 외로워할까 봐 남편이 걱정하는 건 싫죠?' 그때 전 무척 힘든 상태였고, 깊은 슬픔에 빠져 있었어요. 게다가 아래층에서 와인도 많이 받아마셨어요."

그레이 부인이 고개를 들었다. 붉어진 얼굴이 눈물로 젖어 있었다.

"당크워스 씨는 허리를 숙여 저한테 키스했어요. 전 그를 밀쳐내려고 했지만 그 사람한테는 상대가 안 됐죠. 전 너무 혼란스러웠어요. 당크워스 씨는 저한테 손을 댔어요. 제 허리를 만지고 절 침대에 쓰러뜨리려고 했죠. 몇 분 후에 누가 사용자 계단을 올라오는 소리가 들렸어요. 고맙게도 볼크먼 씨였어요. 볼크먼 씨가 잘되고 있는지 소리쳐 물었죠. 당크워스 씨는 즉시 저한테서 떨어져 나갔어요. 볼크먼 씨가 문간에 나타났을 때 두 사람은 시선을 주고받았죠. 볼크먼 씨는 뭔가가 잘못됐다고 의심한 게 아닌가 싶어요. 어쨌든 볼크먼 씨가 손가락을 튕기면서 이만 갈 시간이라고 하고는 떠났어요."

그레이 부인이 이야기하는 동안 레나의 얼굴이 혐오감으로 일그러졌다. 하지만 보델린은 무슨 표정을 짓고 있는 건지 헤아릴 수가 없었다. 그런 상황에 대처하는 데 능숙한 사람이었다. 강령회 장소에 있을 때나 사람들에게 질문을 할 때나 보델린은 그 어떤 끔찍한 진실도 견뎌낼 수 있는 것 같았다.

"당크워스 씨가 떠나기 전에 팁을 10퍼센트 달라고 했어요. 이미 지나치게 비싼 비용을 치른 데다 강령회도 실패했는데 말이죠. 제가 팁을 못 주겠다고 하자 당크워스 씨는 절 협박했어요. 신문사 칼럼니스트로 일하는 협회 회원 몇 명에게 제가 얼마나 인색한 여자인지 말하고, 욕정에 사로잡혀서 남자를 위층으로 끌어들였다고……." 그레이 부인이 고개를 가로저었다.

"아주 쉽게 모든 일을 자기한테 유리하게 끌고 갔죠. 그래서 전 당크워스 씨가 요구하는 팁을 줬고 다시는 절 찾아오지 말라고 했어요."

그레이 부인은 참 사람도 좋았다. 당크워스 씨는 여자의 감수성을 이용했고, 와인을 과하게 먹여서 여자를 침대로 끌고 갔다. 레나였다면 그를 지옥으로 보내 버렸을 거다. 자석이니 바늘이니 외로움이니 하는 것은 모두 터무니없는 소리였다.

협회 회원이라는 인간들은 돈에 굶주린 포식자였다.

"아래층에 있는 몰리요. 그 사람을 아나요? 그가 강령회에 참석했나요?" 보델린이 물었다.

그레이 부인은 고개를 가로저었다. "아뇨. 그 사람은 참석하지 않았어요." 아래층에서 개 짖는 소리가 들렸다. "아, 이런, 녀석이 산책 갔다가 돌아왔군요." 그레이 부인이 미소를 살짝 지었다. 레나가 처음 보는 미소였다. "저 녀석은 윙클(Winkle)이에요. 잠시만요. 윙클을 달래주고 올게요." 그레이 부인이 방을 나갔다. 사용자 계단을 따라 내려가는 발걸음 소리가 쿵쿵 울렸다.

"당크워스 씨는 몇 년 전에 제 친구 엘로이즈의 강령회를 진행했던 사람이에요. 그 강령회도 아무런 성과가 없었죠. 그레이 부인의 이야기를 들어보니까 당크워스 씨는 협회의 사기꾼 중 한 명이 분명해요." 레나가 속삭였다.

"그래, 틀림없어." 보델린은 잠시 눈을 감았다. "이건 진짜 끔찍해. 작년에 협회에 관한 소문을 듣기는 했지. 강연회 기록만 봐도 협회 회원들이 사기성 책략을 배우고 있는 게 분명했고, 하지만 그레이 부인의 이야기는 뭐지? 그레이 부인은 협회의 희생자야. 협회 인간들이 어떤 계책을 부렸는지 보여주는 증거라고." 보델린이 한 손을 배에 올렸다.

"볼크먼 씨는 의심을 품고 그들을 현장에서 검거하려고 했어. 다행히 몰리는 깨끗해. 이곳에서 열린 강령회에나 문제의 소지가 있는 강연회에 참석하지 않았으니까."

몇 분 후에 그레이 부인이 작은 검은색 퍼그를 한쪽 팔 아래에 끼고 돌아왔다. 그레이 부인은 퍼그의 귀 사이를 쓰다듬어주면서 이야기를 이어 나갔다. "왜 이런 일을 하시나요? 왜 그 끔찍한 단체를 감독했던 남자의 살인자를 찾아내려고 하나요? 왜 그를 도와주는 거죠?"

보델린은 슬픈 미소를 지었다. "좋은 질문이에요. 전 최근에야 협회가 예전에 제가 정직하다고 믿었던 협회가 아니란 걸 알았어요."

"저도 같은 생각이에요. 여자들이 수군거리는 거 아실 거예요."

보델린이 고개를 들었다. "한동안 그랬죠."

그레이 부인이 뻣뻣하게 고개를 끄덕였다. "협회는 오랜 세월 동안 명성을 쌓아왔어요. 그렇지 않았다면 제가 강령회를 의뢰하지도 않았겠죠. 하지만 강령회가 실패하고 당크워스 씨가 그런 행동을 하고 난 후에 사촌과 친구들 몇 명에게 물어봤어요. 그중에서 강령회를 의뢰한 사람은 없었지만 모두 런던 강령술 협회에 관한 소문을 들어서 알고 있었어요. 소문을 증명할 길은 없었죠. 하지만 협회 남자들이 돈이나 뭐 다른 걸 노리고 이용하려고 했던 사람이 저 혼자는 아닌 것 같더라고요. 그렇기 때문에 전 그런 단체의 회장이 죽었다는 소식을 들어도 전혀 슬프지 않아요. 제가 이렇게 무정하게 군다고 그 사람의 죽음에 관여했다고 생각하지는 말아주세요. 런던 강령술 협회 때문에 큰 상처를 입어서 그럴 뿐이에요."

"그런 걱정은 하지 마세요." 보델린이 고개를 가로저으며 말했다. "하지만 볼크먼이 협회 내부의 사악한 인간들을 제거하려고 했다는 점만은 알아주세요."

"그럼 협회 회원이 볼크먼 씨를 죽였다고 생각하세요?"

"그럴 수도 있죠. 하지만 추측은 위험해요. 조만간 볼크먼의 강령회를 열 거예요. 곧 있으면 모든 진실이 밝혀질 거예요."

"그거 다행이네요." 그레이 부인이 두 여자를 문으로 안내하면서 말했다. 퍼그는 그레이 부인의 팔 아래에서 벗어나려고 몸부림쳤다. "강령회가 성공하기를 바랄게요. 두 분은 서로를 잘 보살피는 게 좋을 거예요. 저 남자들은 믿을 수가 없거든요. 저들이 또 무슨 짓을 저지를지 누가 알겠어요? 사촌한테 들었는데 여자 공범도 고용했다는 소문이 있대요. 그러니까……."

"여자 공범이요?" 레나가 끼어들었다. 피가 차갑게 식는 것 같았다.

"사람들이 그렇게 말했어요. 젊은 여자인데 눈이 진짜 파랗대요. 그 여자는 경야에도 몇 번 참석했고, 장례식에 갔대요. 남장을 하고 강령회에 참석하기도 했고요." 그레이 부인은 양손을 들어 올렸다가 내려놓았다.

"그 소문이 사실이라도 해도 증명할 방법은 없어요. 그 여자가 만성절 전야에 여기에는 오지 않은 게 확실해요. 그때 탁자에 둘러앉았던 사람들은 다 기억하고 있거든요. 전부 다 남자였어요. 진짜니까 믿어주세요."

레나는 서랍장에 기대어 흔들리는 몸을 바로 잡았다. 눈이 진짜 파랗대요.

에비였다. 에비밖에 없었다.

에비가 협회의 음모를 알아냈다는 사실도 이미 충분히 나쁜 소식이었다. 그런데 이번에는 이런 소식까지? 에비가 공범이 되어 사람을 이용하는 부정직한 행동에 동참했다니 생각만 해도 끔찍했다. 협회 내부의 누군가가 에비를 협회에 들였다면 젊고 자유분방한 에비는 그 대가로 뭔가를 지불했을 게 분명했다. 레나는 손으로 입을 틀어막았다. 머리가 약간 어지러워지는 것 같았다. 레나는 에비에 관해서, 에비의 죽음에 관해서 예상했던 것보다 훨씬 많은 사실을 알게 됐다.

무엇보다 에비를 죽였을지도 모르는 사람들의 범위가 넓어졌다는 게 가장 끔찍했다. 사람들이 에비가 누군지 알았다면, 협회의 공범에 관한 소문이 런던 전역으로 퍼져나갔다면 누구라도 에비를 죽일 수 있었다. 협회에 복수하고 싶어 하는 사람은 누구나 가능했다.

마치 에비가 대단한 범죄자라도 된 것 같았다.

레나
LENNA

1873년 2월 16일 일요일, 런던

일행은 그레이 부인의 집에서 나와 승합마차에 올라탔다. 레나
는 숙연한 표정으로 창밖의 밝은 파란 하늘을 바라보며 젊은 미망
인과 나누었던 방금 대화에 대해 곰곰이 생각했다. 여러 가지 면에
서 경악할 만한 이야기였다. 레나는 어둡고 서늘한 방에 누워 있고
싶은 마음뿐이었다.

벡 경관은 턱에 난 상처를 쓰다듬었다. 그러고는 협회 본부의
아침 식사에 늦었다고 투덜거렸다. 몰리가 고개를 절레절레 흔들
었다. "다른 급한 볼일이 있어. 보델린 씨가 볼크먼 부인을 방문하
고 싶어 해."

벡 경관은 눈을 크게 뜨고 말했다. "난 배고파 죽겠다고. 그리고 볼크먼 부인의 하인이 우리를 반갑게 맞아준다면 오히려 놀랄 일 일 거야."

보델린은 눈살을 찌푸렸다. "왜요?"

벡 경관은 잠시 머뭇거렸다. "아, 경찰청의 심문을 받아서 아주 불쾌해했거든요. 볼크먼 부인도 협회가 노력하고 있는 건 알죠. 이 것저것 많이 물어봤거든요. 몇 주 전에 볼크먼 부인한테서 들었는 데 우리가 노력하는 건 아는데 너무 피곤하대요. 더 이상 할 이야 기도 없다고 하더군요."

대체 이 사람들은 뭐지? 레나는 속으로 의문에 휩싸였다. 벡 경 관과 몰리는 둘 다 심문할 게 아니라면 슬픔에 빠진 미망인을 만날 이유가 없다고 생각하는 것 같았다.

"전 그녀에게 물어볼 게 없어요. 단지 친구에게 조의를 표하고 싶을 뿐이죠. 당신과 몰리는 마차에서 내릴 필요도 없어요. 몇 분 이면 끝날 거예요." 보델린이 말했다.

벡 경관은 참 잘났다는 듯 보델린을 쳐다보더니 석판을 집어 들 었다. "좋아요. 좋아." 벡 경관은 분필 조각을 낚아채서 브루턴가 (Bruton Street) 14번지라고 휘갈겨 썼다. 그는 짜증을 감출 생각도 하 지 않고 베넷에게 석판을 들이밀었다.

일행은 4층짜리 조지아풍 타운 하우스인 볼크먼의 집에 도착했 다. 정면과 현관을 흠잡을 데 없이 깔끔하게 관리해놓은 집이었다. 보델린과 레나는 마차에서 내려 거대한 하얀 기둥이 양옆에서 지

붕을 떠받치고 있는 현관으로 다가갔다.

문 앞에 선 보델린은 모자를 벗고 잠시 머리를 매만졌다. 보델린이 문을 두드리자 잠시 후에 문이 열렸다.

연청색 앞치마를 두른 하녀가 나왔다. 하녀는 보델린을 보자마자 숨을 몰아쉬었다. "보델린 씨."

보델린은 따뜻한 미소를 지었다. "브래들리(Bradley)." 보델린이 고개를 끄덕이며 하녀의 이름을 불렀다.

"어서 들어오세요." 브래들리가 문을 활짝 열었다. 시선은 보델린을 위아래로 훑고 있었다. 자신이 보델린과 같은 공간에 서 있다는 사실을 믿기 어려운 모양이었다. "런던에 오시다니 전⋯⋯." 브래들리가 고개를 저었다. 눈에 띄게 혼란스러워하면서도 기뻐하는 표정이었다. "볼크먼 부인을 모셔 올게요. 잠시만요."

1분도 지나지 않아 한 여자가 모퉁이를 돌아 숨 가쁘게 달려왔다. 여자는 장식이 없고 잉크처럼 짙은 검정 울 드레스 차림이었다. 메리노 울 같았다. 레나가 가지고 있는 그 어떤 옷보다 훨씬 근사한 옷이었다.

볼크먼 부인은 보델린을 보더니 울음을 터뜨렸다. 볼크먼 부인이 팔을 뻗었다. 두 사람은 그렇게 현관문 앞에서 한참을 부둥켜안고 서 있었다. 보델린이 볼크먼 부인의 귓가에 뭐라고 속삭였지만 레나는 몇 마디밖에 듣지 못했다. *정말 미안해⋯⋯화가 나⋯⋯하면 좋겠어.*

그동안 레나는 어색하게 한쪽에 비켜서서 문 위쪽의 가로대가 있는 스테인드글라스 채광창과 노란색 무늬 벽지를 살펴보았다. 눈앞에서 펼쳐지는 애절한 상봉 장면과는 대조적으로 공기가 상쾌하고 활기가 넘치는 공간이었다.

마침내 두 사람이 서로에게서 떨어졌다. 보델린은 레나를 소개하고 런던에 온 이유를 간략하게 설명했다. 몰리와 벡 경관은 바깥의 마차에서 기다리고 있다고 했다. 자신은 그들을 도와서 볼크먼 씨의 죽음에 관한 비밀을 밝혀줄 강령회를 진행할 거라고 덧붙였다.

"자기가 이 일에 관여할 줄은 몰랐어." 볼크먼 부인은 다시 눈물을 글썽이며 말했다. "자기가 와줘서 얼마나 기쁜지…." 볼크먼 부인은 손수건을 꺼내 눈을 툭툭 치더니 결국 마음을 가라앉혔다. 그러고는 보델린과 레나의 옷차림을 보고 왜 변장을 했는지 물었다.

보델린은 잠시 머뭇거렸다. 하지만 결국은 협회 내부의 위험하거나 사악한 남자들을 피해 몸을 숨기고 있다는 말은 하지 않았다. 대신 진실의 겉만 슬쩍 일러주었다. "자기도 알겠지만 여자는 사회 행사에 참석하지 못하잖아. 우리가 몰리를 돕는 걸 탐탁지 않게 보는 사람이 있어. 승합마차를 타고 돌아다니는 것도 그렇고."

"알겠어. 내 남편의 복수를 해 주려고 그런 위험을 감수하다니 나 정말 감동했어."

보델린은 말없이 시선을 아래로 내렸다. 레나는 파리에서 보델린이 몰리의 편지를 읽고 나서 했던 말을 떠올렸다. 친구의 사망 소식을 들었기 때문만은 아냐. 내가 볼크먼에게 그 소문을 말하는 바람에 그가 죽은 거야. 레나는 보델린이 아직 그런 자책에 시달리고 있는지 궁금했다. 혹시 그래서 최대한 빨리 볼크먼 부인을 방문하겠다고 고집부렸던 걸까?

"강령회에 참석할 거야?" 보델린이 물었다.

볼크먼 부인은 잠시 신중하게 생각했다. "몰리 씨와 벡 경관도 참석할 것 같은데?"

"물론이지."

"오늘 밤이야?" 보델린이 고개를 끄덕였다. 볼크먼 부인은 팔짱을 낀 채 잠시 침묵했다. 그러다 마침내 대답했다. "아니, 안 갈 거야."

레나는 볼크먼 부인의 대답에 깜짝 놀랐다. 강령회에서 무슨 일이 일어날지, 무슨 정보를 얻을지 몰라 두려운 걸까? 아니면 그 남자들이 너무 싫어서 그들과 한자리에 있느니 남편의 강령회를 포기하겠다는 걸까?

깊이 생각해 볼 필요가 없는 문제였다. 볼크먼 부인이 강령회에 가지 않는 이유를 추측하는 것은 부당한 짓이었다. 그건 볼크먼 부인이 혼자서 결정할 문제였다.

"그 남자들을 좋아하지 않는구나." 보델린이 말했다.

볼크먼 부인은 고개를 끄덕였다. "몰리 씨는 진짜 골치 아픈 인간이야. 특히 술에 취하면 더 그래. 한번은 그가 밖에 있는 화분에 소변 보는 걸 봤어. 또 한번은 아이 한 명에게 매정한 장난을 쳤어." 볼크먼 부인이 엷은 미소를 흘렸다. "뭐, 그 정도는 용서할 수 있지.

벡 경관은 어떠냐고? 남편도 그가 불안정해 보인다고 했어. 그것만 봐도 그가 활기 넘치는 사람들이 가득한 조직을 어떻게 감독할지 알 만하다고 했지."

"어떤 점에서 불안정해 보였대?" 보델린이 물었다.

볼크먼 부인은 목소리를 낮추고 양쪽 어깨 너머를 재빨리 살펴보았다. "벡 경관이 몇 번이나 해고당할 뻔했대. 뇌물을 받고 보고서를 위조했다가 들켰거든. 작년에는 동료 경관을 폭행한 혐의로 조사받았어."

이제 레나는 벡 경관의 턱에 난 흉터가 방금 볼크먼 부인이 말한 폭행 사건과 관련이 있는지 궁금했다.

볼크먼 부인이 계속 말했다. "그것도 부족한지 또 다른 협회 회원인 당크워스 씨와 어울려 다녔는데……."

"맙소사!" 레나가 경악한 표정을 감추지 못한 채 끼어들었다.

보델린이 고개를 저었다. "그레이 부인이 말했던 남자……." 레나가 고개를 끄덕였다.

"벡과 당크워스. 둘 다 질 나쁜 인간이야." 볼크먼 부인이 말했다.

"자기 하녀가 우리를 들여보내 줬다는 게 놀라워. 우리가 타고 온 승합마차가 우리 일에 도움이 되지 않을 것 같아 걱정했거든. 그건 그렇고 끝없는 심문에 많이 지쳤다고 들었어." 보델린이 걱정 어린 표정으로 말했다.

볼크먼 부인은 얼굴을 찡그리며 고개를 기웃거렸다. "뭐라고?"

"벡 경관한테서 들었는데 경찰청과 협회 사람들이 볼크먼의 죽음에 관해서 질문을 꽤 많이 했다며?"

"무슨 그런 헛소리가 다 있어." 볼크먼 부인이 양손을 옆으로 쫙 펼쳤다. "남편이 죽고 난 직후에 몇 가지 질문에 대답해줬지. 하지만 그 이후로 런던 경찰청 사람도, 협회 사람도 찾아오지 않았어. 날 솔직히 그들이 좀 더 관심을 보여줄 거라고 생각했거든."

보델린의 얼굴에 경악한 표정이 떠올랐다. "경찰청 사람도, 협회 사람도 오지 않았다고? 몇 달 동안이나?"

"그렇다니까."

레나와 보델린은 서로 시선을 주고받았다. 벡 경관이 여기 오면서 했던 말과 달랐다. 그는 얼마 전에 볼크먼 부인과 이야기를 나누었다고 했다.

갑자기 세 여자가 벌떡 일어섰다. 옆에 놓인 거울 달린 서랍장 위쪽에서 벽시계가 시간을 알렸기 때문이었다. 종소리가 낮고 길게 울렸다. 종소리가 끝날 때쯤 보델린은 문을 향해 한 걸음을 내디뎠다. "우리가 빨리 안 온다고 초조해하고 있을 거야." 보델린은 볼크먼 부인을 돌아보고는 마지막으로 한번 껴안았다. "곧 돌아올게. 약속해."

볼크먼 부인이 고개를 끄덕였다. "자기를 만나서 좋았어. 레나 씨, 당신도요." 볼크먼 부인이 레나의 팔을 부드럽게 톡톡 두드렸다. 그런데 그들이 문으로 향했을 때 볼크먼 부인이 목청을 가다듬었다. "한 가지 더 말할 게 있어."

"뭐든 말해줘." 보델린이 내딛던 걸음을 멈추며 말했다. "두 사람이 걱정된다고 말해 주고 싶어." 볼크먼 부인이 손가락에 낀 결혼반지를 빙빙 돌렸다. 반지의 마퀴즈컷 자수정이 빛을 받아 반짝였다. "조심하고 서로를 지켜주겠다고 약속해줘."

"그래, 약속할게." 보델린은 머리를 정돈해 모자 밑으로 집어넣은 다음 레나를 데리고 나갔다.

그들 뒤로 문이 닫혔다. "진짜 조심해야겠어요." 레나가 고개를 숙이며 말했다. "벡 경관의 거짓말을 알아차렸잖아요. 강연회 참석 일지에도 벡의 이름이 있었고……." 레나가 말하는 동안 보델린 역시 동의하고 있었다. 벡 경관은 점점 더 나쁜 인간처럼 보였다. 당크워스도 마찬가지였다.

"이해할 수가 없어. 협회는 수년간 흠잡을 데 없는 명성을 유지해 왔지." 보델린이 숨을 크게 내쉬었다. "그런데 내가 우려했던 것보다 오점이 훨씬 많은 것 같아."

레나
LENNA

1873년 2월 16일 일요일, 런던

볼크먼 부인의 집 밖에서 일행은 승합마차에 올라탔다. 레나는 코트 단추를 만지작거리며 이제 협회로 돌아갈 거라고 생각했다. 운전사는 고삐를 잡은 채 남자들 중 한 명이 석판을 넘겨주기를 기다렸다.

몰리와 벡 경관 사이의 의자에는 바닥이 기름에 흠뻑 젖은 작은 종이봉투가 있었다. 몰리가 창밖을 가리켰다. 행상인이 수레를 끌고 천천히 멀어져 가면서 행인들에게 소리쳤다.

"고기파이입니다. 당신들이 안에 있을 때 여섯 개를 사 왔죠. 좋아할지는 모르겠지만요." 몰리가 설명했다.

"약간 끈적해요." 벡 경관이 입술에 묻은 연한 갈색 소스를 닦아내며 덧붙였다. "그래도 꽤 괜찮아요." 이렇게 말하며 종이봉투를 내미는 벡 경관은 조금 전보다 훨씬 쾌활해 보였다.

두 여자는 모두 사양했고, 보델린은 목청을 가다듬었다. "몰리 씨, 염두에 둬야 할 게 있어요. 볼크먼은 그로스베너 광장 근처에 있는 당신의 개인 지하 저장고에서 죽었죠?"

"네, 맞아요." 몰리는 가만히 있었다.

"그렇다면 볼크먼은 여기를 떠나서 북쪽이나 서쪽으로 갔을 거라고 예상할 수 있죠. 하지만 볼크먼 부인의 집에서 그의 발걸음을 추적해봐서 자신하는데 볼크먼은 절대 북쪽이나 서쪽으로 가지 않았어요. Coryesmoi(내 말을 믿어줘요). 그는 남쪽으로 갔어요. 피카딜리(Piccadilly) 쪽으로요."

좀 전에 그레이 부인의 집에서 나올 무렵이었다. 그레이 부인은 보델린이 실제로 집안 전체에서 볼크먼 씨의 행적을 한 걸음 한 걸음 추적했다고 남자들에게 말하면서 보델린의 예지력을 크게 칭찬했었다. 몰리는 피카딜리로 가자는 보델린의 제안에 눈에 띄게 놀라서 멍하니 눈을 깜박거렸다.

벡 경관은 트림을 했다. 그러고는 종이봉투에 손을 집어넣고 파이를 하나 더 꺼냈다. "그럼 우리는 그쪽으로 가야죠. 피카딜리 서커스 쪽으로요."

"위험한 일은 이 정도면 충분히 했어." 몰리가 보호하려는 듯 보델린의 어깨 위쪽으로 한 손을 들어 올리며 말했다. "보델린 씨를 이

마차에 태운 채로 가장 번잡한 지역을 휘젓고 다니지는 않을 거야."

"경찰청에서도 볼크먼의 그날 저녁 행적에 여러 번 의문을 제기했어. 이건 수사에 도움이 될지도 몰라." 백 경관은 기름투성이 손으로 석판을 집어 피카딜리 서커스라고 쓴 다음 베넷에게 넘겼다. "이 여자는 변장했어, 몰리. 그렇게 쫄 거 없다고."

몰리는 협회 부회장이지만 백 경관은 런던 경찰청 사람이었다. 두 사람 사이의 긴장감이 역력했고, 레나는 불편한 듯 시선을 돌렸다. 몰리는 양손을 꽉 마주 잡았다. 뭐라고 더 말할 것처럼 보였는데 때마침 마차가 움직이기 시작했다.

마차가 달리는 동안 보델린은 뭔가에 집중하는 표정으로 몸을 앞으로 숙였다. 기다란 속눈썹 하나가 떨어져 나와 보델린의 뺨에 붙었다. 레나는 속눈썹을 떼어내기 위해 두 손을 들어 올리지 않고 무릎 위에 묶어 두려고 무진 애를 썼다.

동쪽으로 가면서, 몰리는 보델린한테 어느 방향으로 가야 하는지 좀 더 알아내어 석판에 썼다. 일행은 헤이마켓(Haymarket)과 레스터 광장(Leicester Square)을 지나 머지않아 번화한 코벤트 가든(Covent Garden)의 북쪽 끝에 근접했다.

"운전사에게 여기서 위로 꺾으라고 전해줘요." 갑자기 보델린이 말했다.

보델린의 지시에 두 남자는 서로를 한참 힐끗거렸다.

승합마차가 느려지더니 방향을 틀었다. 마침내 말이 멈추었다. 레나는 창밖을 내다봤다. 갑자기 심장이 쿵쾅거렸다. 지난밤 방문자 일지를 살펴보다가 매춘업소 사례연구에 관한 강연회가 열렸던 날짜에 서명된 에비의 이름을 발견했다.

놀랍게도 레나 일행이 방금 도착한 곳의 주소는 보우가 22번지였다.

벡 경관은 고개를 뒤로 젖히고 웃었다. "세상에, 볼크먼이 매춘업소에 왔어. 이걸 생각 못 했다니 진짜 어리석었어."

"누구나 악한 면을 지니고 있지." 몰리는 놀란 것처럼 보였는데도 이렇게 덧붙였다.

레나는 천천히 마차에서 내리는 동안 이곳에서 어떤 정보를 얻을 수 있을지 생각했다. 런던 강령술 협회는 매춘업소에서 강령회를 열었을 뿐만 아니라 볼크먼도 사망한 날에 이곳에 들른 것 같았다.

"우린 안으로 들어갈게요. 그레이 부인의 집에서 그랬듯이 빠르게 훑어보고 나올게요." 보델린이 남자들에게 말했다.

이곳에 어떤 비밀이 숨겨져 있든 그 비밀을 조사할 기회는 금방 사라지고 말 터였다. 레나는 이곳에 대해 들어본 적이 없는 것처럼 행동해야 했다. 남자들이 마차에서 내렸을 때 레나는 어린아이처럼 호기심 어린 표정을 지었다.

남자들이 매춘업소 정문으로 다가갔다. 레나는 수수한 건물을 올려다보았다. 시커멓게 그을려 검댕이 묻은 벽돌이 아치형 단일 창 몇 개에 자리를 내줬고 밋밋한 목조로 마감되어 있었다. 새 한 마리가 위쪽 창턱에 걸터앉아 우리를 지켜봤다.

몰리가 문을 두드리자 중년의 남자가 문을 열었다. 업소 주인인 것 같았다. "몰리 씨." 남자가 말했다. 그의 뺨에는 곰보 자국이 있었고, 머리카락은 기름지고 가늘었다. "왜 이렇게 빨리 돌아왔습니까?"

몰리는 얼굴을 붉히며 몸짓으로 뒤에 있는 여자들을 가리켰다. 그러고는 볼크먼의 죽음과 관련된 일로 찾아왔고, 협회에서 몇 가지 새로운 소통 기법을 시도해 보려고 한다고 간략하게 설명했다. "피터, 부탁이 하나 있어. 작은 부탁이야." 몰리가 말했다.

피터는 눈살을 찌푸렸다. "둘러보는 건 괜찮지만 볼크먼 씨 문제는……"

보델린이 앞으로 나섰다. 보델린은 피터의 팔에 가볍게 손을 얹었다. "좀 봐줘요. 빨리 둘러볼게요."

피터는 몇 년 동안 자기를 건드린 여자가 없었던 것처럼 그녀의 손가락을 내려다보았다. 그러더니 뻣뻣하게 고개를 끄덕이고는 일행을 들여보냈다. 하인이 벗어 던진 옷 같은 공작 색깔 조끼 위로 팔짱을 끼고 있던 피터는 레나가 지나갈 때 그녀에게 시선을 던졌다. "왜 남자 옷을 입고 있지?" 피터가 중얼거렸다.

"신경 쓰지 마, 피터. 중요한 일 아냐." 몰리가 말했다.

안으로 들어가자 레나의 눈이 바로 적응하지 못해 잠시 시간이 걸렸다. 바깥에 밝은 태양이 떠오르는 아침인데도 일행이 지금 서 있는 내부는 지독하게 어두웠다. 황혼 녘이라고 착각할 만했다. 일행 양옆의 거실과 응접실에는 등불이 몇 개 켜져 있었고, 무거운 짝짝이 커튼이 쳐져 있었다. 레나가 앞으로 나가자 발밑에서 나무 바닥이 삐걱거렸다.

거실에는 먼지투성이 유화가 벽에 삐딱하게 걸려 있었다. 근처에 있는 돌돌 말린 모양의 긴 의자 팔걸이에는 짙은 얼룩이 묻어 있었다. 녹슨 빛깔의 납작한 곤충이 의자 솔기로 기어들어 갔다. 레나는 얼굴을 찡그리며 시선을 돌렸다. 불편해 보이는 곳이라는 말은 칭찬에 가까웠다. 곧 무너질 것 같은 완전히 혐오스러운 곳이었다.

하지만 보델린에게는 그렇지 않은 모양이었다. 보델린은 군데군데 떨어져 나오는 회반죽을 무시한 채 벽을 더듬기 시작했다. 2층으로 올라가는 계단도 호기심 어린 눈빛으로 살펴보았다. 몰리와 벡 경관은 그런 보델린을 유심히 지켜보았다. 보델린은 그레이 부인의 집에서도 그렇게 행동했다.

그때 응접실에서 움직이는 뭔가가 눈에 띄어 레나는 깜짝 놀랐다. 2인용 소파에 젊은 여자가 앉아 있었다. 빛바랜 검은 드레스 차림의 여자는 코디얼(과일과 물, 설탕으로 만든 천연 농축 주스-역주) 잔을 손에 들고 빙글빙글 돌렸다. 보디스 목선이 가슴께까지 낮게 패여 있었다. 여자는 신발이나 스타킹을 신지 않았다. 드레스 아랫단이 창백하고 두꺼운 발목 위로 덜렁 올라와 있었다. 여자는 레나의 시선을 알아차리고 미소를 지었다. "전 멜(Mel)이에요." 여자가 레나와 눈을 마주치며 말했다. "그쪽은?"

"레, 레나예요." 장소가 마음에 들지 않아 주저하던 레나가 더듬거리며 말했다.

　에비는 매춘업소에서 열린 협회 강령회에 관한 사례 연구에 참석했다. 이 사실을 알고 있는 레나는 어떻게 하면 관심을 끌지 않으면서 자세한 정보를 캐낼 수 있을지 생각했다. 소파로 걸어간 레나는 내키지 않았지만 소파 가장자리에 걸터앉았다.

　다른 방에서 피터는 몰리 씨와 벡 경관에게 사이드보드 서랍장으로 오라고 불렀다. 그곳에서 유리병을 들어 소변 색깔의 무언가를 남자들에게 따라주었다.

　"저기 키 작은 사람 알아요. 모, 뭐라고 했는데." 멜이 말했다.

　"몰리 씨 말이죠?" 레나는 몰리가 여기 단골이라서 여자가 그를 알아봤다고 생각하고 이름을 정정해주었다. 하지만 멜이 다음에 꺼낸 말에 레나는 깜짝 놀랐다.

　"저 사람은 작년 여름에 여기서 열린 강령회에 참석했어요." 멜은 다시 코디얼 잔을 빙빙 돌리더니 한 모금을 마셨다. "강령회라고 부르기도 뭐했죠. 한 편의 익살극이었어요. 속임수 천지였죠."

　레나의 눈썹이 위로 올라갔다. 레나는 아주 짧게 스쳐 갈 그 기회를 놓치지 않았다. "제가 말해볼게요." 레나는 미망인의 집을 방문했던 일을 떠올렸다. "그들은 영혼을 전혀 발견하지 못하고 여기서 여자들을 유혹하려고 했죠?"

　"정확하게 맞혔어요." 멜은 목소리를 낮추었다. 다른 방에서 남자들은 점점 흥이 나서 웃기 시작했다. 그들은 피터가 서랍에서 꺼내 준 카탈로그를 넘겨보는 중이었다.

멜은 허리를 숙여서 맨발 옆의 바닥에 잔을 내려놓았다. "포주였던 베티가 작년 여름 7월에 죽었어요. 여기서 일하는 여자 한 명이 뒷마당에서 죽은 베티를 발견했죠. 베티는 백합 구근을 가르고 있었어요. 아마 발을 헛디뎌 넘어지면서 바위에 머리를 부딪힌 것 같았어요. 베티는 꽃을 좋아했죠."

멜은 드레스 단을 잡아당겨서 손톱으로 쓸어보았다. "우리는 마지막 작별 인사를 하려고 런던 강령술 협회를 고용했어요. 하지만 아무도 작별 인사를 하지 못했죠. 지금도 마찬가지고요." 멜은 몸을 곧추세우고 마음을 가라앉혔다. "피터는 베티의 아들이에요. 참 지독한 사람이죠."

"몰리 씨가 그 강령회에 참석했다고요?" 레나는 멜이 조금 전에 했던 말을 떠올렸다. 한 편의 익살극이었어요. 속임수 천지였죠. 레나는 몰리가 강령회에서 어떤 역할을 했는지 궁금했다. 참관인이었을까? 강령회 탁자에 앉았을까? 아니면 옆에 서 있었을까?

"네, 그랬죠." 멜이 단호하게 대답했다. "그냥 참석만 한 건 아니었어요." 멜이 목소리를 한층 더 낮추었다. "그가 강령회를 진행했어요."

몰리
MOLLY

1873년 2월 16일 일요일, 런던

벡 경관과 피터가 사이드보드 서랍장 근처에 있을 때 나는 그 옆에 서서 다른 방을 흘낏 들여다보았다. 레나가 매춘부 한 명과 이야기를 나누고 있었다.

갑자기 레나가 내 쪽을 바라보았다.

시선이 마주쳤다. 나는 잔 너머로 레나를 바라보며 브랜디를 한모금 마셨다. 아침 내내 레나와 보델린을 감시했다. 그들이 눈치채든 말든 상관하지 않았다.

그레이 부인의 집에서도 마찬가지였다. 두 여자가 뒤쪽 계단을 올라간 후에 나도 바로 따라 올라갔다. 나무로 된 사용자 계단으로 가지 않고 대기 공간에서 바로 이어지는 양탄자가 깔린 계단을 올라갔다. 덕분에 소리 없이 조용히 움직일 수 있었다. 벡 경관이 계단을 올라가는 날 쳐다봤다. 벡 경관은 무슨 생각을 하는지 알 수 없는 표정을 짓고 있었다. 즐거워하는 표정이었을까? 아니면 분노하는 표정? 아무래도 상관없었다.

나는 여자들이 있는 침실 바깥 복도에 몸을 숨겼다. 그레이 부인이 여자들에게 하는 이야기가 조금씩 들렸다. 당크워스와 자석 도구에 관한 세부적인 이야기를 했다. *저들이 또 무슨 짓을 저지를지 누가 알겠어요?* 그레이 부인의 말이었다.

지금 저 앞에 있는 매춘부가 레나에게 무슨 이야기를 할지 궁금했다. 어떤 의심스러운 일을 털어놓고 있을까?

속임수와 책략에 관한 이야기가 오고 가겠지. 레나와 보델린은 아직 퍼즐을 맞추지 못했을까? 협회에서 모든 환상을 만들어내는 사람이 누군지 알까? 그 사람이 나라는 걸 알까?

심령부는 내가 이끌었고, 협회의 사명에는 *평화와 호기심을 풀어준다*는 글귀가 명시되어 있었다.

아무도 진실에 관해서는 말하지 않았다.

환상은 어떤가? 환상만 있으면 충분했다. 환상만 있으면 모든 일이 해결된다.

나는 속임수에 매우 능숙했다. 빛으로 눈을 속여 신기루를 만들어내는 기법을 연구했다. 괜찮은 친구도 사귀었다. 굴뚝 청소부 소년은 1페니를 받고 벽 뒤에 숨었고, 복화술사는 강령회 탁자 저쪽 끝에 앉아서 속삭였다. 보드빌 배우는 혼이 나간 사람 흉내를 냈다.

부서의 다른 회원들도 그 계략을 알고 있었다. 하지만 그들은 모두 강령회에서 무엇을 보거나 의심하든 누설하지 않겠다고 서약서에 서명했다. 자기들끼리 있을 때든 볼크먼이 있을 때든 강령회에 관해서는 그 어떤 이야기도 해서는 안 됐다. 예지부 회원들이 있을 때는 더더욱 조심해야 했다.

베넷을 승합마차 운전사로 고용한 이유도 그 때문이었다. 운전자는 몇 가지 의문스럽거나 이상한 이야기를 듣기 마련이었다. 나는 그 사실을 어렵게 터득했고 다시는 그런 실수를 저지르지 않을 생각이었다.

내가 어떤 힘을 휘두를 수 있는지 아는데 부서 회원들이 비밀 서약을 어길까? 나는 갚지 못한 빚의 액수를 조작하고, 신문에서 그들을 비방하고, 그들을 협회에서 쫓아내는 추방통지서를 작성할 수 있었다. 그들이 추방된다면 무엇을 잃겠는가? 전용 파티와 극장 박스석, 배당금을 잃는다.

나는 그들에게 협조를 요청할 뿐이다. 그렇게 큰 부탁도 아니다.

내 부서 회원 중에는 당크워스처럼 엄선한 회원이 몇몇 있다. 모두 솜씨 좋고 믿을 만해서 협회의 계략을 맡길 수 있는 사람들이었다. 나는 그런 회원들에게 내 방법과 기술을 알려주는 개인 강의를 하기 시작했다. 사기꾼이 많을수록 배당금도 늘어난다. 하지만

나는 모든 강령회에 참석할 시간이 없었다. 훨씬 더 마음이 끌리는 저녁 약속이 생기면 당크워스 같은 회원에게 강령회를 맡길 수 있어서 더할 나위 없이 행복했다.

하지만 성가신 소문이 들끓었고, 볼크먼과 나누었던 대화도 있었다. 그때 그 대화에서 볼크먼은 내 부서의 문제를 뿌리 뽑지 못하면 날 해고하겠다고 협박했다.

몇 년 사이에 내 기술이 엉성해졌던 것 같다. 회원들이 강령회 이후에 너무 대담하게 여자들을 희롱하게 내버려 두었던 모양이었다. 강령회 도중에 깜박이는 불꽃의 의미를 너무 빨리 밝혔다. 속임수 종이에 적힌 메시지를 읽는 동안 너무 자신감이 넘쳤던 모양이었다.

모든 문제의 근원, 협회의 흠 잡을 데 없는 명성에 난 흠집은 바로 나였다.

레나
LENNA

1873년 2월 16일 일요일, 런던

그가 강령회를 진행했어요.

　보우가 22번지 소파에 앉아 있던 레나는 방금 멜이 폭로한 이야기에 멈칫했다. 레나는 몸을 곧추세운 채 더 많은 질문을 던질 준비를 했다. 몰리가 진행한 강령회에 키가 작고 눈이 파란 사람이 참석했는지도 물어보려고 했다. 그런데 발소리가 끼어들었다. 레나는 뒤를 돌아봤다가 계단을 내려오는 두 사람을 발견했다. 계단을 가볍게 뛰어 내려오는 여자 뒤로 얼굴이 붉어진 한 남자가 바지 버클을 만지작거렸다. 피터가 그들에게 다가갔고, 손가락이 이리저리 움직이더니 돈 주인이 바뀌었다. 피터는 돈을 받아 챙겨 넣었다.

"보시다시피, 우리는 모두 상중이에요." 멜은 방금 내려온 여자에게 고개를 끄덕였다. 여자는 검은 드레스를 입었지만 멜의 드레스만큼 색이 바래지는 않았다. "피터는 우리에게 밝은 드레스를 입으라고 했어요. 매춘업소에서는 상례를 지키지 않아도 된다면서요. 피터가 저 공작 색깔 조끼를 입은 것도 여기 분위기를 살리기 위해서래요. 정말 끔찍하지 않나요?"

아래층으로 내려온 여자가 멜을 발견하고 미소를 지었다.

여자는 레나와 멜에게 다가오더니 두 사람 발밑 바닥에 책상다리를 하고 앉았다. 여자는 자신을 비아라고 소개했다. 건너편 거실에서는 보델린이 벽난로 가까이 몸을 숙여 목조 부분과 석탄통을 살펴봤다. 보델린이 사용하는 방법과 기법은 언제봐도 기이했다. 특히 이곳 매춘업소에서는 유독 천천히 움직이고 있는 것 같았다.

"저 남자 진짜 짠돌이야." 비아가 방금 위층에 같이 있었던 남자를 가리키며 속삭였다. 남자는 나가려는 듯 코트를 걸치고 있었다. "주기로 약속한 팁의 절반만 주더라고."

멜은 손을 뻗어 비아의 손을 꼭 잡았다. "얼마나 더 필요해?"

비아는 입술을 오므렸다. "3실링." 비아가 레나를 돌아보았다. "엄마가 최근에 몸이 안 좋아졌는데 약 살 돈이 없어요. 최대한 돈을 모아서 집에 보내고 있어요." 비아는 고개를 돌려 피터와 이야기를 나누는 남자들을 바라보았다.

"저 남자들은 아직 여자를 못 찾았나요?"

"아, 저, 우린 그러려고 여기 온 게 아니라……." 레나가 더듬더듬 말했다. 여자들이 남자들을 데리고 매춘업소를 찾아왔으니 비아가 보기에 얼마나 황당하겠는가.

하지만 비아는 이미 남자들을 살펴면서 바닥에서 일어났다.

비아가 남자들에게 다가가자 멜이 슬픈 목소리로 말했다. "단단히 마음먹었나 봐요. 비아는 엄마와 매우 친하거든요."

레나는 비아의 결심에 감탄했지만 비아의 노력은 별로 효과가 없을 터였다. 벡 경관이나 몰리가 보델린과 레나를 시야에서 놓아줄 가능성은 없다.

비아는 사이드보드 앞에 서 있는 남자들에게 다가가 어깨를 덮고 있던 빛바랜 검은 숄을 끌어 내렸다. 남자들은 비아를 돌아봤다가 새하얗게 드러난 어깨에 넋이 나간 것 같았다. 피터도 놀란 표정을 지었다. 아마도 남자들의 이상한 방문이 돈벌이가 될 거라고는 예상하지 못했던 모양이었다.

비아는 다른 생각이 있는 것 같았다. 비아는 벡 경관을 지그시 바라보았다. 그러더니 그의 유리잔으로 손을 뻗어 천천히 시간을 끌면서 한 모금 마셨다. 벡 경관은 브랜디를 사양하고 물만 마시는 것 같았다. 비아는 그의 입술에 부드럽게 입술을 포갰다. 레나는 벡 경관이 마차 안에서 고기파이를 게걸스럽게 먹어 치웠던 모습을 떠올리며 얼굴을 찡그렸다.

비아가 키스를 끝냈다. 그러고는 몰리에게도 똑같은 행동을 하려는 것처럼 몰리를 바라보았다. 몰리가 손을 내저었다. "안 돼." 몰리는 이렇게 말하고는 돌아서서 레나를 힐끗 쳐다봤다.

"저 여자들 앞에서는 안 돼."

피터의 얼굴이 조소로 일그러졌다. "당신이 여자를 거절하다니 믿을 수 없는데요." 피터는 주머니에 손을 넣어 안에 있는 동전을 만지작거렸다.

갑자기 업소 정문이 열렸다. 단정치 못한 옷차림의 남자 둘이 비틀거리며 들어왔다. 피터는 조심스럽게 그들을 살펴보았다. "이런, 저 두 사람이 문제를 일으키겠는걸." 피터는 이렇게 중얼거리더니 어깨를 뒤로 젖히며 그들을 향해 걸어갔다.

벡 경관은 그 남자들이 들어오는지도 몰랐다. "난 이 아가씨를 거절하지 않을 겁니다." 벡 경관이 비아의 상체를 위아래로 훑어보더니 피터에게 소리쳤다. 비아는 그에게 미소를 지었다. 그러고는 그의 손을 잡아끌기 시작했다.

"벡." 몰리가 양손을 쫙 펼쳤다. "저 여자들이 여기 있는데……." 몰리는 한 손을 들어 보델린과 레나를 가리켰다.

"저 여자들은 바보가 아냐." 벡 경관이 답답하다는 듯 소리쳤다. 그러고는 계단 아래쪽에 멈춰 서서 몸을 돌려 말했다.

"저 여자들도 여기서 무슨 일이 일어나는지 안다고. 피터가 자넬 오랜 친구처럼 맞이했으니까."

"무슨 일이야?" 새로 들어온 남자 한 명이 혀 꼬부라진 목소리로 끼어들었다. 술에 취해도 아주 많이 취한 상태였다.

"신경 쓰지 마세요, 손님. 나중에 다시 오시는 건 어떨까요? 한 시간쯤 후 어때요?" 피터가 남자의 어깨에 손을 얹으며 말했다.

"싫다면?" 남자가 피터를 밀치고 지나가더니 양손을 비볐다. "한 판 벌어지는 거야? 난 저 남자에게 걸겠어." 남자가 백 경관을 가리 켰다. "자, 신사분들, 어서 시작해 봐."

방 안이 조용해졌다. 모두가 서로를 바라보았다. 마침내 피터가 침묵을 깼다. 그는 백 경관에게 고개를 끄덕였다.

"하고 싶은 대로 해요. 나머지 신사분들은 밖으로 나가 바람 쐬 고 술을 마시죠."

이번에는 몰리도 거절하지 않았다. 몰리는 피터와 새 손님 두 명 을 따라 건물 뒤쪽으로 통하는 복도를 따라갔다. 위층에서는 문이 열렸다 닫히는 소리가 났다.

남자들이 사라지자 거실의 공기가 바로 훨씬 가벼워지고 시원 해졌다.

보델린은 벽난로에서 떨어져 나와 응접실에 있는 레나 곁으로 왔다. "찾고 싶은 건 찾았어요?" 레나가 물었다.

"글쎄, 찾고 싶은 게 있느냐 없느냐에 따라 다르지. 넌 어때?"

"전……." 레나가 갑자기 말을 멈췄다. "그게 무슨 말이에요?" 레나가 물었지만 보델린은 말없이 레나를 바라보기만 했다. 레나 의 입이 딱 벌어졌다.

"그래, 그거야." 보델린이 싱긋 웃으며 말했다. 보델린은 목소리 를 낮춰 속삭였다.

"볼크먼이 여기에 왔다고 거짓말했어. 우리라고 속임수를 못 쓰 겠어?"

보델린이 계략을 꾸몄다. 얼마나 모순적인 일인지 모르겠다. 레나는 보델린의 코트 목덜미를 끌어당긴 다음, 키스하고 싶은 갑작스러운 충동을 느꼈다.

보델린의 무모한 계획에 감명받은 레나는 이 시간을 현명하게 사용해야겠다는 책임감을 느꼈다. 그래서 멜을 돌아보고 재빨리 물었다. "강령회에 대해 더 말해줄 수 있나요?"

"이리 와요." 멜이 여자들에게 가까이 오라고 손짓했다. 세 여자는 몇 분 전에 남자들이 서 있던 곳으로 갔다. 멜이 가운데 서랍을 열었다. 멜은 일부가 타서 가늘어진 양초를 레나에게 건네주었다. "그들이 양초를 놓고 갔어요. 이것 좀 보세요."

레나는 크림색 양초를 뒤집어보면서 눈살을 찌푸렸다. "뭘 찾아봐야 하나요?" 레나가 물었다.

"어디 봐." 보델린이 말했다. 보델린은 양초 옆면을 쓸어보면서 잘 보이지 않는 색이 변한 부분을 손톱으로 긁적거렸다. "속임수 양초야."

"맞아요. 강령회 중간쯤에 튤립 향기가 맴돌 때 다들 의심했어요."

"이해가 안 가요." 레나가 촛불을 다시 쳐다보며 말했다. "튤립 향기요? 속임수 양초?"

"냄새는 영혼을 성공적으로 불러냈다는 증거가 될 수 있어. 하지만 강령회에서 냄새를 쉽게 조작할 수 있지. 적당한 종류의 양초를 만들거나 사야 해. 양초의 일반 밀랍 층 아래에 향수를 섞어 넣은 밀랍 층이 있어. 방에 있는 사람들에게는 아무것도 변한 게 없어 보이지. 양초가 타고 있을 뿐이니까. 그런데 갑자기 방 안의 향이 달라지는 거야. 이건 아주 설득력 있는 속임수지. 능숙한 사기꾼들은 고인이 사용한 향수 냄새를 똑같이 만들어내지. 고인이 가장 좋아했던 향기를 만드는 거야. 강령회 도중에 죽은 남편의 오드콜로뉴 냄새가 난다고 생각해봐."

"오, 그게 꽤 설득력이 있겠네요." 레나가 말했다.

레나는 보델린을 조심스럽게 바라보았다. 보델린이 그런 계략을 너무나 잘 알고 있어서 놀랐다. 보델린은 모든 수를 다 알고 있는 것 같았다. 남자들을 상대로도 자기 계획대로 솜씨 좋게 일을 처리했을 뿐만 아니라 연기력도 좋았다. 솔직하게 말한다면 너무 잘한다고 레나는 생각했다. 뭔가 꺼림칙한 느낌이 들었지만 레나는 무시해 버렸다.

보델린이 멜을 돌아보며 물었다. "다른 것도 있어요?"

멜은 고개를 끄덕였다. "강령회 장소에 사진작가가 있었어요. 강령회 다음 주에 협회 회원들이 현상한 사진을 가져왔죠. 그게 베티를 불러냈다는 증거라고 하더군요. 하지만 우리에게 사진을 보여주지는 않았어요. 보고 싶으면 돈을 더 내라고 했죠."

보델린은 눈을 가늘게 떴다. "그 사진을 가지고 있나요?"

멜은 다시 고개를 끄덕였다. 속임수 양초는 다시 사이드보드 서랍장에 집어넣었다.

"찾아올게요. 금방 올 거예요."

멜이 사라졌을 때, 보델린은 레나를 돌아보고 나지막한 목소리로 결론을 내렸다.

"사기꾼들의 진정한 대결이군. 볼크먼은 자기 코밑에서 일어나는 일을 왜 몰랐을까?"

멜은 가슴에 무언가를 안고 돌아왔다. 보델린은 멜이 건네주는 4×4 인화물을 받아들었다. 사진 속에는 매춘업소 여자 몇 명이 탁자 주위에 서 있었다. 레나는 사진 속에서 벽에 걸린 그림들을 알아보았다. 좀 전에 레나가 앉아 있었던 응접실에서 찍은 사진이었다. 사진 속의 여자들은 침울해 보였다. 눈물을 흘리면서도 어딘지 모르게 기대에 찬 모습이었다. 레나는 저택의 강령회에서 봤던 희생자 어머니의 표정이 떠올랐다. 슬픔에 흠뻑 젖어 있으면서도 희망의 그림자가 드리워진 표정이었다.

사진 한쪽 구석에는 땅 위에서 살짝 떠오른 흐릿하고 투명한 여자 형체가 있었다. 머리카락은 옅은 색 같았고, 밝은색의 얇은 레이스 드레스를 입고 있었다.

"얼굴은 잘 안 보여요. 하지만 베티는 검은 머리였어요. 이렇게 못생긴 드레스도 절대 안 입고요. 이 사진은 틀림없이 가짜예요." 멜이 말했다.

레나는 사진을 달라고 해서 가까이서 살펴봤다. 그러더니 사진을 뒤집어 뒤쪽의 글씨를 읽었다. 홀로웨이의 허드슨 스튜디오. 레나는 어디선가 들어본 이름 같아서 손가락으로 사진을 두드렸다. 갑자기 기억이 떠올랐다. 에비가 작년에 〈강령술사(The Spiritualist)〉라는 잡지를 읽으면서 언급했던 스튜디오였다.

레나는 에비와 나누었던 대화를 떠올리며 말했다. "이 스튜디오는 문을 닫았어요. 주인이 사진을 조작한 혐의로 기소됐거든요." 레나는 사진을 돌려주었다. 당시에 에비가 허드슨 씨를 얼마나 좋게 이야기했는지를 떠올렸다. 에비가 허드슨 씨와 공모했을까? 아니면 런던 강령술 협회에서 부리는 양초 제조업자나 사기꾼들과 한 패였을까? 레나는 갑자기 피곤한 느낌이 들어 목 뒤에 손을 얹었다.

보델린은 사진을 보고 고개를 끄덕였다. "그들이 돈을 더 달라고 했나요?"

멜은 고개를 끄덕였다. "우리는 이미 돈을 모아두었지만 부족했어요. 강령회 날에는 부족한 돈을 다른 걸로 지불해도 된다고 했어요. 여기서 우리가 하는 일로요." 멜의 얼굴에 부끄러움의 빛이 스쳤다.

"그 다음 주에 남자들이 사진을 가져왔어요. 하지만 여자들 몇몇이 그들의 요구를 또 한 번 들어주고 나서야 사진을 보여주었어요."

건물 뒤쪽에서 발자국 소리와 움직임 소리가 들렸다. 레나는 어서 빨리 에비에 대해 물어봐야했다. "멜, 다른 일로 당신 도움이 필요해요. 제 동생이 협회 일에 연루된 것 같아요. 협회 사람들한테서 기술을 배우거나 그들을 도와줬는지도 몰라요. 강령회에 어울리지 않는 사람이 있었을 것 같지는 않지만 혹시나 해서요. 남장한 젊은 여자가 있었나요?"

멜이 눈썹을 치켜올렸다. "에비 말씀이군요."

눈에 보이지 않는 떨림이 공기 중에 물결치듯 퍼져나갔다. 레나는 무릎이 꺾였다. 자신의 팔꿈치를 잡아주는 보델린의 손길이 어렴풋이 느껴졌다. "네, 맞아요. 에, 에비요. 에비를 아나요?" 레나가 더듬더듬 말했다.

"당연히 알죠. 에비는 당신처럼 남자 옷을 입고 강령회에 참석했어요. 하지만 눈은 숨길 수 없었죠. 여기서 일하는 여자 한 명이 에비를 알아봤어요. 저민가의 점치는 가게에서 에비를 만났다고 하더라고요."

"네, 맞아요. 에비는 그 가게에 자주 갔어요." 레나가 말했다.

멜은 나쁜 기억을 떠올리는 것처럼 고개를 흔들었다. "진짜 대단한 책략이었죠."

레나는 사이드보드 서랍장에 기대어 균형을 잡았다. 에비는 변장하고 매춘업소에도 왔다. 속임수가 가득한 강령회에 참석했다. 그레이 부인이 했던 이야기가 사실이었다.

"에비는 제 여동생이에요." 레나가 말했다. 레나의 목소리가 훨씬 다급해졌다.

"협회 회원들이 가짜 사진을 가져왔을 때도 에비가 왔나요?"

멜은 당혹스러운 눈빛으로 고개를 갸웃했다. "당신 여동생이라면 왜 동생한테 직접 물어보지 않나요?"

레나는 아랫입술을 깨물고 고개를 저었다. "에비는 만성절 전야에 살해당했어요."

멜의 손에 들려 있던 사진이 바닥으로 떨어졌다. 멜은 두 손으로 입을 틀어막고 말했다. "어머, 세상에……." 멜은 멍한 표정으로 눈을 몇 번 깜박였다.

"정말 안됐어요. 하지만 협회에 관여한 걸 보면 전혀 놀라운 일은 아니네요."

몰리
MOLLY

1873년 2월 16일 일요일, 런던

피터와 함께 술에 취한 두 남자를 데리고 뒷문으로 나가 마당으로 갔다. 두 사람을 진정시키기가 상당히 힘들었다. 두 남자는 대낮에 인사불성으로 술에 취해서 아무나 붙들고 싸우려고 했다. 상대가 누구든 상관하지 않았다.

남자들이 성질을 가라앉히자마자 피터는 담쟁이덩굴 아래 탁자에서 남자들과 이야기를 나눴다. 그동안 나는 작은 마당을 산책했지만 감탄할 만한 것은 하나도 없었다. 이곳에는 너무 많은 추억이 감돌고 있었다.

추억과 실수가 작은 마당을 떠돌았다.

에비와 여름을 보내면서 좀 유별난 점이 눈에 들어왔다. 서류나 유령 사냥 도구를 아무리 많이 내놓아도, 내가 내놓은 게 아무리 기이해도 에비는 항상 그 어떤 비판이나 비난 없이 주의 깊게 살펴봤다. 심령체 강의도 열심히 들었다. 사실 내가 탁자 위에 올려둔 물질은 감자 전분과 달걀 흰자위를 섞어서 만든 혼합물이라는 게 빤히 보였다. 맙소사, 썩은 달걀 냄새도 맡을 수 있을 정도였지만 에비는 눈썹 한번 찡그리지 않았다.

에비가 보여 달라고 했던 영혼의 뿔피리도 마찬가지였다. 영혼의 뿔피리가 소리를 전달하는 기능은 내가 입에 물고 있는 담배 파이프 수준에 불과했다. 뿔피리는 사실 방 안이나 거리 등에서 나는 소리를 전달하는 도구에 불과했다. 에비라면 이 모든 사실을 알아차렸어야 했다. 똑똑한 여자였으니까.

하지만 에비는 계속 더 많은 것을 얻으려고 찾아왔다. 특히 강연회를 놓치지 않았다. 나는 다른 참석자들 눈에 띄지 않는 무대 뒤에 에비를 앉혔다. 에비는 한 시간짜리 강연에 감탄하며 항상 도구들에 관해 심도 있는 질문을 많이 던졌다. 도구의 효력을 증명할 수 있는지도 물었다. 한번은 에비에게, 내 기술은 증명할 수 없지만 증명할 수 없다는 사실도 증명할 수 없다고 말했다. 그게 중요하지 않나?

에비는 동의한다며 고개를 끄덕였다.

에비가 끝없이 정보를 갈망하자 나는 일종의 게임을 하는 것처럼 어디까지 가나 보자 하는 심정으로 맞섰다. 에비의 장단에 맞춰

내 기술을 하나하나 공개했다. 그중 몇 개는 누가 봐도 터무니없기 짝이 없었고, 에비가 아주 좋다고 맞장구쳐주지 않았다면 쓰레기통으로 직행했어야 했다.

처음에는 에비가 무엇을 원하는지 궁금했다. 에비는 나와 약간 관련이 있는 무언가를 원한다는 점을 분명히 밝혔다. 계절이 한여름으로 들어섰을 때 에비는 새해에 영매술 사업을 시작할 거라고 말했다. 그제야 모든 게 이해가 됐다. 에비는 사기의 이점을 알아본 게 분명했다. 사기가 돈이 될 뿐 아니라 아주 손쉽게 할 수 있는 일이라는 사실도 알아보았다. 애도자들은 강령회에서 벌어지는 일이라면 무엇이든 믿고 싶어 했다. 그들의 절박함 덕분에 내 일은 극히 순조롭게 흘러갔다.

좀처럼 잊지 못하는 에비의 말이 떠올랐다. 전 몇 가지 *규칙을 깨는 걸 좋아해요.*

문득 좋은 생각이 떠올랐다. 협회에 관한 소문이 들끓고 협회 수익이 감소하는 가운데 볼크먼까지 내 목을 조르는 상황이었다. 이런 상황에서 에비는 큰 도움이 될 것 같았다. 에비라면 새로운 의뢰인을 끌어모을 수 있었다. 장례식장에 가서 소문을 잠재우고, 협회 서비스가 얼마나 만족스러운지 모른다고 떠들어댈 수 있었다. 무엇보다 경야에 떠도는 비방에 맞설 수 있었다. 슬픔에 잠식되어 판단력이 흐려지고 이성을 잃은 애도자들을 설득할 수 있었다.

에비는 급증하는 소문을 잠재워줄 사람이었다. 부유한 미망인은 연약하고 접근하기 쉬운 사람을 믿을 게 분명했다. 에비 같은 사람이 딱 좋았다. 에비는 확실히 그 소문을 잠재울 수 있었다.

에비 같은 공범이 내 편에 선다면 미망인의 거실에서 선보이지 못할 속임수가 뭐가 있겠는가!

그 후 중요한 사건이 일어났다. 에비와 처음으로 사랑을 나눴던 밤이었다. 그때 에비는 강령회에 참석하게 해달라고 애원했다.

에비의 부탁을 들어준 후, 심령부의 향후 일정을 한참 동안 들여다보았다. 그중에서 매춘업소에서 진행하는 강령회를 선택했다. 심령부는 쇼의 예지부보다 훨씬 흥미진진한 곳에서 행사를 진행한다고 생각하자 살짝 기분이 좋았다. 예지부는 너무 건전했다. 예지부 회원들은 매춘업소가 아니라 기념행사와 축제를 선호했다.

보우가 22번지 강령회에는 많은 사람이 참석할 예정이었다. 여자들과 협회 회원들이 많이 참석한다. 이 점이 무척 중요했다. 사람이 많으면 남장한 여자가 들킬 가능성도 적어지니까.

강령회 행사 며칠 전에 에비에게 미리 계획을 말했다. 말을 꺼낸 김에 몇 주 동안 고민했던 질문을 에비에게 던져보기로 마음먹었다. 에비가 심령부에서 일어나는 일을 어떻게 생각하는지 알아야 했다. 공범이 되어 달라고 하기 전에 에비가 심령부의 일탈적인 기법을 파악하고 받아들였는지 확인해야 했다.

나는 일단 운을 뗐다. "에비, 영매 사업을 어떻게 꾸려나갈 건가요?" 우리는 언제나처럼 내 서재에 있었다. 나는 지난 영수증을 살펴보고 있었고, 에비는 생각에 잠겨 수첩을 읽고 있었다. 에비는 유독 그 수첩을 숨기려고 애썼다. 수첩을 항상 비스듬히 세워서 봤기 때문에 나는 수첩 내용을 훔쳐볼 수 없었다. 물론 여자들이 끓적거리는 시시한 이야기에는 그다지 신경 쓰지 않았다.

에비는 고개를 들어 갸웃했다.

"그야 강령회를 계속 여는 거죠. 전 보델린의 사업을 모델로 삼고 싶어요. 다만 살인사건의 희생자로 강령회 대상을 제한하지는 않을 거예요."

"보델린 씨는 평판이 꽤 좋죠. 영혼 상자도 사용하지 않는다고 들었어요."

"속임수도 쓰지 않죠." 에비는 무슨 생각을 하는지 알 수 없는 표정으로 날 바라봤다.

"진짜로 속임수를 전혀 쓰지 않았다고 생각해요? 그 오랜 세월 동안?" 손바닥에 땀이 나기 시작했다. 우리는 본론으로 들어가지 않고 변죽만 울리고 있었다.

"확인할 방법은 없지만 보델린 선생님은 속임수를 쓰지 않고도 돈을 많이 벌었어요."

돈이라. 그럼 그렇지, 역시나 탐욕스러운 나의 에비였다. "그럼 당신의 기술로 크게 성공하지 못한다면 어떻게 할 겁니까? 속임수를 쓸 건가요?" 내가 물었다.

에비는 잠시 말을 멈추고 펜으로 수첩을 두드렸다. "네. 당연히 그래야죠."

나는 기뻐서 하마터면 무릎을 찰싹 칠 뻔했다. "그런 속임수를 어떻게 배워서 써먹을 건가요?"

에비는 수첩을 덮고 몸을 앞으로 숙였다. "최고의 전문가에게 배울 방법을 찾아낼 거예요." 에비의 입술 한쪽이 위로 올라갔다.

에비가 무슨 뜻으로 그런 말을 하는지 바로 알아들었다. 나는 누구보다도 이 게임을 잘 알고 있었다. "최고의 팀에 합류할 기회가 있다면 어떡할 겁니까? 그들한테서 기술도 배우고, 그들과 함께 일할 수도 있다면?" 나는 잠시 말을 멈추고 에비를 유심히 살펴보았다. "돈도 꽤 많이 벌 수 있고요."

에비의 턱이 살짝 열리면서 분홍색 혀가 보였다. "어떤 일인데요?"

나는 어깨를 으쓱거렸다.

"우리의 전문성을 알리고, 우리가 런던 전역에서 강령회를 통해 이룬 모든 것을 홍보할 수 있는 사람이 필요해요. 장례식장을 찾아가고, 우리를 비방하는 말에 맞서줄 사람이요."

에비의 얼굴에 깊은 생각에 잠긴 표정이 떠올랐다. "그럼 여배우가 필요하겠군요."

됐어, 이거야.

"여배우도 괜찮지만 그보다는 공범이 필요하죠."

에비의 눈이 장난기와 치기로 반짝였다.

"그럼 심령부의 참고 자료를 계속 보여줄 건가요? 강령회에도 참석할 수 있고요?"

이렇게 대담하다니. 에비는 방금 그랬던 것처럼 대화의 방향을 솜씨 좋게 바꾸었다. 가정은 더 이상 필요 없었다. 넌지시 떠보는 말도 더는 필요 없었다. 에비는 이제 이 일을 우리의 일이자 자기 일로 받아들였다. "물론이죠." 내가 대답했다.

"어떤 장례식에 참석해야 하는지 어떻게 알죠? 제 재량껏 여기 저기 알아볼까요? 아니면……."

"아뇨, 그건 아니죠." 나는 한 손을 들어 올려 흔들며 강조해서 이렇게 덧붙였다.

"어떤 장례식에 참석해야 하는지는 제가 정확하게 말해줄 겁니다."

"돈도 주나요?"

"물론이죠."

에비는 자신이 들은 말을 믿을 수 없다는 듯 고개를 저으며 웃기 시작했다. 나는 팔짱을 낀 채 에비를 바라보았다. 방금 무언가를 놓친 것 같다는 느낌이 어렴풋이 들었다.

"그럼 다 됐네요." 에비가 마침내 말했다. 에비는 수첩을 가방에 집어넣고 집에 갈 시간이라고 했다.

매춘업소 강령회는 8월 말에 열렸다. 승합마차가 협회에서 출발할 때 다른 회원들에게 예비 회원이 합류할 거라고 말했다. 술집에서 만나 친구가 된 젊은 외국인이라고 했다. 우리말을 거의 못 하는 친구니까 대화하려고 애써봤자 소용없을 거라고 했다. 다른 회원들은 아무런 의문을 제기하지 않았다. 부회장이라는 내 직위와 그들이 서명한 서약서 덕분에 그날 하루는 내게 유리하게 흘러갔다.

완벽하게 변장한 에비는 매춘업소 바깥에서 기다리고 있었다. 그날 저녁에 고용한 복화술사도 함께 있었다. 우리는 모두 안으로 들어갔다. 강령회는 고인이 어떻게 사망했는지에 관한 이야기로 엄숙하게 시작되었다. 이번 강령회에서 불러낼 고인은 포주였던 베티였다. 베티는 7월 16일, 해가 진 직후에 뒷마당에서 죽었다고 했다. 사인은 원인을 알 수 없는 머리 부상이었다. 여자들은 베티가 발을 헛디디고 넘어지면서 발 근처의 돌에 부딪혔다고 말했다.

우리는 마당으로 나서 담쟁이덩굴 옆에 탁자와 의자 12개를 배치했다. 그런데 촛불이 저녁 바람에 자꾸만 꺼졌다. 맙소사, 촛불은 반드시 켜져 있어야 했다! 결국은 응접실로 장소를 옮겼고, 그 이후로는 일이 순조롭게 흘러갔다.

우리는 콧노래를 부르고, 손을 잡고, 질문을 했다. 내부는 촛불이 부족해서 아주 어두웠다. 그때 내가 복화술사를 안배해 놓은 곳이 아니라 방 한쪽 구석에서 희미한 속삭임이 새어 나왔다. 그러자 몇몇 여자들이 눈물을 흘렸다. 사진사 허드슨 씨는 삼각대 옆에 서서 사진을 찍었다.

몇 분 동안 계속 그렇게 시간이 흘렀다. 탁자를 빙글빙글 돌고, 영혼에게 질문을 하고 싶은 사람은 자유롭게 질문을 던졌다.

여자들은 극히 감정적이었고, 베티가 평화롭고 행복하기만 바랐다. 남자들은 좀 더 현실적이라서 매춘업소의 향방에 관해서 질문했다. 나는 베티에게 매춘업소를 계속 열어야 할지 물었다. 베티의 긍정적인 대답을 듣고 나는 무척 만족했다(복화술사는 자신을 위해서도 내 질문에 '예'라고 대답하는 게 좋았다. 매춘업소를 상당히 자주 찾는 사람이었으니까. 복화술사의 변장은 아주 수준급이었다. 얼굴에 붙인 가짜 수염에 나도 깜박 속았다).

더 이상 질문이 나오지 않자 나는 여자들에게 몇 분간 침묵하라고 했다. 실은 속임수 양초가 타기를 기다리고 있었다. 동네에 새로 온 양초 제조업자한테서 산 양초였는데 양초가 타는 시간이 너무 오래 걸려서 다시는 사용하지 않겠다고 맹세했다. 마침내 양초가 녹아내렸다. 꽃향기가 방 안에 감돌았다. 그때 여자들 표정은, 심지어는 몇몇 남자들 표정까지 아주 볼만했다.

나는 참지 못하고 남몰래 에비를 훔쳐보았다. 에비는 수첩을 꺼내 필기하고 있었다. 생각에 잠긴 에비는 차분해 보였다. 나는 잔뜩 흥분했다. 오늘 밤 에비는 맡은 역할을 완벽하게 수행했다.

사진 몇 장을 더 찍고 의미 없는 말이 오가고 나서 강령회가 종료되었다. 그 다음에는 돈 이야기를 꺼냈다. 강령회 이전에는 여자들에게 비용을 청구하지 않았다. 여자들이 얼마를 내든 우리한테는 부족할 게 분명했으니까.

여자들이 얼마를 준비했는지 이야기하자 협회 회원 몇 명은 부족하다고 탄식하며 다른 방법으로 부족한 돈을 메우라고 했다. 아주 설득력 있는 제안이었다. 결국 여자들은 남자들 몇 명을 위층으로 데려가기로 했다(그들이 달리 어떻게 하겠는가? 우리는 서비스를 제공했으니 공평한 거래 아닌가?). 피터가 술을 가져오자 분위기가 극히 가벼워졌다.

에비는 문을 향해 살금살금 움직였다. 나는 그 뒤를 따라갔다. 에비가 코트를 걸칠 때 나는 뭔가를 찾으려고 내 코트를 뒤지는 척했다.

"완벽하게 해냈어요." 나는 에비에게 조용히 말했다.

에비는 모르는 사람 대하듯 가볍게 고개를 끄덕이고는 문밖으로, 어둠 속으로 사라졌다.

레나
LENNA

1873년 2월 16일 일요일, 런던

매춘업소 건물 뒤쪽에서 발걸음 소리가 메아리쳤다. 여자들은 소리가 나는 쪽으로 몸을 돌렸다. 바깥에 나갔던 남자들이 돌아오고 있었다. 레나는 멜과의 대화가 끝났음을 알아차렸다. 오늘 얻을 수 있는 것은 모두 얻었다.

"벡은 아직인가요?" 몰리가 들어오면서 물었다. 몰리는 계단으로 걸어가 부츠를 난간에 올렸다. 그동안 피터는 이제 눈에 띄게 차분해진 두 남자와 함께 거실에 자리를 잡고 앉았다.

레나는 몰리 쪽을 거의 쳐다볼 수가 없었다. 조금 전 멜의 이야기를 듣고 난 후 레나의 의심은 확신으로 변했다. 에비는 몰리가 주도했던 강령회에 참석하면서 협회의 사기 행각에 연루되었다.

"전 마차 안에서 기다리겠습니다. 보델린 씨와 레나 씨도 같이 가시죠. 진작 협회로 돌아갔어야 하는데 너무 늦어졌어요." 마침 내 몰리가 말했다.

레나는 멜에게 작별 인사를 했다. 에비에 관해 이야기 나누지 못한 게 너무 많아서 조용히 탄식했다. 하지만 이제 몰리의 감시를 받고 있으니 어쩌겠는가?

게다가 레나가 여기서 뭘 더 알고 싶겠는가? 레나는 이미 동생의 진짜 행적에 관해서 예상보다 많은 사실을 알아냈다. 자유분방함과는 거리가 먼, 순진한 아이였다고 믿었던 동생을 잃은 일만으로도 더없이 힘들었다. 그런데 에비는 사후에 완전히 새로운 모습을 드러냈다. 좋게 말하면 사기꾼, 나쁘게 말하면 범죄자였다. 아주 질 나쁜 친구를 사귄 사람이었다.

몇 분 후, 승합마차 안에서 몰리는 보델린을 바라보며 고심했다는 듯 이렇게 말했다.

"보델린 씨, 전 당신 친구예요. 당신이 사용하는 방법이 잘못됐고, 당신의 기술을 이용해서 얻어낸 정보가 의심스럽다고 지적할 생각은 없어요. 그런데 좀 전에 마당에 나갔을 때 피터에게 볼크먼이 사망한 날에 정말로 매춘업소에 들렀는지 물어봤더니 말이죠"

맙소사, 안 돼. 이건 안 돼. 레나는 심장이 철렁 내려앉았다.

"오지 않았다고 하더군요. 그날뿐만 아니라 그 주 내내요. 실은 자기 매춘업소에서는 볼크먼을 본 적 없다고 했어요." 몰리는 보델린을 의심스러운 눈초리로 쳐다보았다.

"우리 둘 사이에 해결해야 할 문제가 있는 것 같지 않습니까?"

보델린의 얼굴은 붉어졌지만 목소리는 차분했다.

"피터가 그렇게 말했다니 전혀 놀랍지 않네요. 지금은 볼크먼의 죽음을 둘러싼 의문이 많은 상황이죠. 그런데 볼크먼이 살해되기 불과 몇 시간 전에 여기 왔다는 사실을 피터가 인정할 거라고 생각하나요? 피터는 그날 볼크먼의 행적에 관해 뭘 알고 있든 손 떼려고 할걸요." 보델린은 잠시 말을 멈췄다.

"이런 말 해도 될지는 모르겠지만 피터는 신뢰할 수 있는 사람 같지 않아요."

몰리는 아무런 대꾸도 하지 못했다. 보델린의 대답에 정곡을 찔린 모양이었다. 레나는 피터가 진실을 말했고 보델린이 거짓을 말했다는 사실을 알고 있었다. 그런데도 보델린을 보호하고 싶어서 곁눈질로 살펴보았다. 저 여자를 얼마나 좋아하는지 모르겠다. 백 경관과 몰리를 손에 넣고 주무르려는 시도는 위험한 짓이었다. 그들이 어떤 방법을 사용해서 무슨 짓을 했는지 알아내지 않았는가. 그것만 봐도 그들이 얼마나 위험한 인물인지 알만했다.

"잘 알겠습니다." 몰리가 말은 이렇게 했지만 진짜 설득당한 말투는 아니었다. "그럴 수도 있겠군요." 몰리는 돌아앉아서 석판을 건네주며 운전사의 어깨를 툭툭 쳤다. 백 경관은 아직도 매춘업소에서 나오지 않았다. 잠시 후, 마차가 움직이기 시작했다. "백은 혼자 돌아올 수 있어요." 몰리가 말했다. 몰리는 고개를 뒤로 젖히고 눈을 감았다.

말이 협회 본부로 달려가는 동안 레나는 지난 24시간 동안 일어났던 일을 곰곰이 생각해보았다. 강연회 기록을 뒤져서 에비가 협회에 잠입한 사실을 알아냈다. 미망인의 이야기를 듣고 나서 에비가 협회 회원들의 공범이었다는 사실도 알아냈다. 보델린의 교활한 계략에 힘입어 방문한 매춘업소에서는 멜의 이야기를 듣고 최악의 의심이 진실이었음을 확인했다. 에비는 사기성 짙은 강령회에 참석했다.

"몰리 씨." 레나가 마차 안의 고요를 깨며 말했다. 긴장 때문에 목소리가 떨렸을까? 아니면 자갈이 깔린 포장도로 위를 달리는 마차가 흔들려서 목소리가 떨렸을까?

"으음?" 몰리는 여전히 눈을 감은 채 중얼거렸다.

"저한테 에비 위키스라는 여동생이 있어요." 몰리의 눈이 번쩍 뜨였다. 레나는 이야기를 계속했다.

"여동생은 만성절 전야에 살해됐어요. 볼크먼 씨가 살해됐던 그날 밤에요."

레나 옆에서 보델린이 긴장했다. "레나." 보델린이 경고하듯 말했다.

하지만 레나는 무시했다. 에비는 이미 죽었으니 더 이상 에비를 보호할 필요가 없었다. "제 여동생은 영혼 세계에 빠져 있었죠. 강령술과 강령회를 좋아했어요. 당신이 조금 전에 밖에 나가 있을 때 멜한테 들었어요." 레나는 목청을 가다듬었다.

"꽤 놀라운 이야기였죠. 에비가 작년 여름에 런던 강령술 협회 회원들과 함께 강령회에 참석했다더군요. 전 그 애가 협회 일에 관여했다는 사실을 전혀 몰랐어요. 진짜 그랬나요?"

몰리는 고개를 뻣뻣하게 가로저었다.

"아뇨. 맙소사, 절대 아니죠. 그건 규칙에 완전히 어긋납니다."

레나는 입술을 앙다문 채 물러서지 않았다.

"그거 이상하네요. 그레이 부인한테서도 비슷한 이야기를 들었거든요. 협회에 여자 공범이 있다던데요. 동네를 배회하던 누군가가 당신 강령회에 참여했대요."

몰리는 그녀를 유심히 살펴본 다음 고개를 살짝 기울였다. 레나는 그가 에비를 죽였다고 생각하지 않았다. 두 사람은 공범이었을 수도 있고 심지어는 연인이었을 수도 있다. 레나는 몰리의 살해 동기를 찾을 수가 없었다. 그래도 대놓고 질문하면 그가 결정적인 세부 사항을 자기도 모르게 털어놓을지도 모른다고 생각했다.

"전 그게 사실인지 알고 싶을 뿐이에요." 레나가 차분하게 말했다.

"동생은 제게 뭔가를 숨기고 있었던 것 같아요. 신사 모임에 드나든다고 한 적이 없거든요."

"협회가 그녀의 죽음과 관련이 있다는 뜻은 아니군요?" 몰리는 개인적으로 공격을 받은 것처럼 가슴에 손을 얹었다.

레나의 손이 축축해졌다.

"꼭 그렇지는 않아요. 전 멜과 그레이 부인이 한 말이 사실인지 알고 싶을 뿐이에요. 제 여동생을 알고 있었나요? 그 애가 협회의 강령회에 참석한 적이 있나요?"

몰리는 생각에 잠겨서 양쪽의 나무 의자를 두 손으로 쓸었다.

"아뇨." 몰리가 마침내 대답했다.

"전 당신 여동생을 몰라요. 당신 여동생은 협회의 어떤 강령회에도 참여하지 않았고요. 아시다시피 여성은 협회 일에 관여할 수 없으니까요."

레나는 여전히 무심한 표정을 지었지만 속으로는 휘청거리고 있었다. 몰리의 대답은 갑갑해 미칠 정도로 불만족스러웠다. 이 정도에서 만족할 수는 없었다. "에비의 이니셜을 봤어요."

레나는 고집스럽게 말했다.

"어젯밤 당신이 방문자 일지를 보여줬을 때요. 에비는 협회에 갔어요. 제가 확인했어요."

몰리가 눈을 가늘게 떴다.

"그건 증거가 안 되죠. 방문자 일지를 오랫동안 훑어본다면 어떤 이니셜도 찾아낼 수 있을 겁니다."

레나는 이를 갈았다. 정말 대단한 남자였다. 몰리의 주장도 일리가 있었다. 에비는 일지에 자신의 전체 이름을 쓰지 않았다. 이니셜만 가지고는 그게 에비의 이름이라는 자신의 주장을 증명할 수 있을 것 같지 않았다. 어쩌면 몰리는 오래전에 에비에게 방문자 일지에 이름을 줄여서 쓰라고 지시했는지도 몰랐다. 물론 정말 그랬는지는 확인할 수 없었다.

"조사 능력이 아주 뛰어나군요. 대단해요. 하지만 소문에는 신경 쓸 필요 없어요. 그냥 여자들이 떠들어대는 소리 같군요. 슬픔에 잠긴 미망인, 매춘부의 말을 믿겠다고요? 그들은 믿을 수 없어요. 그들이 이야기들을 날조한 것 같군요. 거실에서 떠들어대는 소문에 불과해요."

대단히 그럴싸한 말이었다. 레나는 팔짱을 낀 채 몰리의 유죄를 증명해줄 마지막 증거, 다름 아니라 부두에서 그가 썼던 모자를 떠올렸다. 하지만 지금 그 모자 이야기를 꺼내봤자 몰리는 또 다른 변명을 늘어놓을 것이다. 어쩌면 이렇게 말할지도 모른다. 그와 똑같은 모자가 이 도시에 천 개는 있을 겁니다.

비가 내리기 시작했다. 승합마차가 세인트 제임스 광장(St. James's Square)에 가까워지자 교통체증은 더욱 심해졌다. 교차로에서 마차가 완전히 멈춰 섰다. 운전사는 시간을 죽이려고 책을 뒤적이고 간간이 뭔가를 긁적였다. 몰리는 점점 초조해하면서 계속 시계를 확인했다.

"누군가에게 들킬까 봐 걱정되지 않는다면 걸어가는 게 어떻습니까?" 몰리가 보델린에게 물었다.

레나는 걷고 싶었다. 승합마차를 싫어했으니까. 승합마차를 타고 어디론가 갈 때마다 마차가 흔들려서 속이 불편해졌다. 하지만 보델린은 어깨를 으쓱했다.

"창고 방에 서둘러 돌아갈 이유가 없는데요."

"네, 그렇겠죠. 하지만 할 일이 있는 사람도 있답니다." 몰리는 딱딱한 미소를 억지로 지으며 말했다. "제 말투가 좀 거북했다면 사과드리죠. 오늘 꽤 피곤하네요." 몰리는 그 이후로 내내 눈을 감고 말을 하지 않았다.

몇 분 후, 마차는 협회 건물 뒤에 멈춰 섰다. 몰리는 먼저 나가더니 뒷문 쪽으로 빠르게 걸어갔다. 보델린도 뒤따라 내렸다. 뒤이어서 레나가 내리려는데 어깨에 뭔가가 살짝 스치는 것 같았다. 레나가 돌아보니 운전사가 돌아앉아서 팔을 뻗고 있었다.

손가락 사이에 작은 종이 한 장이 있었다.

레나는 그 종이를 받아 손바닥에 움켜쥐었다. 운전사는 팔을 내리고 다시 돌아앉았다. 너무나 순식간에 일어난 일이라서 종잇조각이 손바닥에 닿는 아늑한 느낌이 없었다면 상상의 산물이라고 믿었을지도 모른다.

창고 방에 돌아온 레나는 몰리의 발걸음 소리가 복도를 따라 사라질 때까지 초조하게 기다렸다. 그런데 그때 가방이나 상자를 질질 끌고 가는 듯한 소리가 나지막하게 들렸다. 잠시 후 그 소리가 멈췄다.

"저기요, 이거 봐요." 레나가 보델린의 주의를 끌더니 손바닥을 펴서 작은 종이를 보여주었다.

보델린이 눈살을 찌푸렸다. "그게 뭐야?"

"마차에서 내릴 때 운전사가 줬어요."

"음, 뭐라고 쓰여 있어?"

레나는 떨리는 손가락으로 작은 사각형 종이를 펼쳤다. 그러고는 한 번, 두 번, 세 번 읽었다.

"세상에." 레나가 속삭였다. "이럴 줄은……." 머리가 약간 어지러워졌다.

"운전사는 귀가 안 들리는 게 아닌가 봐요."

보델린이 레나 가까이 다가가 종이를 읽었다.

몰리가 거짓말을 했어요.

몰리한테서 달아나야 합니다.

몰리
MOLLY

1873년 2월 16일 일요일, 런던

처리해야 할 일이 끝없이 이어지는 하루였다.

베넷이 매춘업소에서 협회로 마차를 몰고 가는 길이었다. 인내심이 거의 다 바닥났다. 이야기를 나눌 기분이 아니었다. 내 계획대로 나만의 하루를 보내고 싶었다. 머리를 뒤로 젖히고 막 잠이 들려는 찰나였다.

레나 위키스가 여동생에 관한 질문을 퍼붓기 시작했다.

나는 그녀의 심문을 교묘하게 피했다. 하지만 여자들이 내가 원하는 것보다 훨씬 더 많은 사실을 알아낸 게 분명했다. 마차가 달리는 동안 현 상황을 곰곰이 생각해 보고는 신경 쓰지 않기로 마음먹었다. 에비가 협회 일에 관여했다고 생각하게 놔두는 거야. 우리 협회에 사기꾼이 가득하다고 믿게 내버려 두지 뭐. 그게 그들이 알아낸 최악의 사실이라면 우리가 아주 잘해 냈다는 뜻이니까. 나는 이렇게 생각하며 다시 눈을 감았다.

협회에 가까워졌을 때 비가 세차게 내리기 시작했다. 빗소리를 듣고 있자 폭우가 몰아쳤던 그날이 생각났다. 지난 10월이었다. 그때 에비에 대한 내 감정이 변하기 시작했다.

나는 내 책상에 앉아 있었다. 손가락이 차갑고 얼얼했다. 산책하러 갔다가 방금 협회에 도착한 참이었다. 돌풍과 사선으로 내리는 빗줄기에 바지가 흠뻑 젖었다. 나는 읽고 나서 분류할 편지를 한데 모았다. 기분이 좋지 않아서 한기를 떨쳐내려고 애썼다. 폭풍 탓이었다. 어둡고 습한 날씨 탓이었다.

봉투를 뜯기 시작했다. 한참 만에 내가 기다리던 것을 찾았다. 두 건의 문의 편지에서 한 여자의 이름이 나왔다. 최근 장례식에서 런던 강령술 협회를 극찬했다는 에비 위키스라는 여자였다.

이건 사업이었다. 새로운 사업이었다. 볼크먼이 듣고 싶어 안달하는 최신 소식이었다. 나는 사망통지서와 신문에 실리는 유명 인사 사망 기사를 매주 확인했다. 묘비명과 애정 어린 내용은 건너뛰었다. 그보다는 가장 부유한 사람을 찾으려고 성을 확인했다. 그렇게 찾아낸 정부와 함께 장례식 장소와 날짜 목록, 심지어는 대충 그린 지도까지 에비에게 제공했다.

이제 노력의 결실이 맺혔다.

방 안의 한기가 사라졌다. 에비가 무척 자랑스러웠다. 에비와 함께라면 다른 사람 도움 없이도 협회의 손상된 명성을 되살릴 수 있을 것 같았다.

우리 둘이서 협회를 벼랑 끝에서 끌어올릴 수 있을지도 모른다.

부활이 가능했다.

다만 에비는 다른 생각을 하고 있었다.

레나
LENNA

1873년 2월 16일 일요일, 런던

강령회가 몇 시간밖에 남지 않았다. 레나는 쿵쾅대는 심장을 가라앉힐 수가 없었다. 간질거리는 손가락 사이에서 베넷의 쪽지가 땀으로 축축하게 젖어 구겨졌다.

베넷의 쪽지 내용은 상당히 충격적이었다. 사실 레나는 백 경관을 믿지 못했다. 백 경관도 당크워스처럼 협회 내부의 악당일지도 모른다고 생각했다. 하지만 베넷한테서 쪽지를 받았을 때 백 경관은 마차 안에 없었다. 심지어 베넷이 말하는 사람은 한 명뿐이었다. 몰리였다.

베넷의 쪽지는 몰리를 노골적으로 비난했다.

몰리 씨가 거짓말했어요. 몰리를 비난하는 내용이었지만 놀랄 만한 내용은 아니었다. 좀 전에 레나는 몰리를 떠보려고 에비를 아는지, 에비가 협회 강령회에 참석했는지 물어봤을 뿐이었다. 그 답은 이미 알고 있었다. 베넷은 협회 회원들과 교류하는 에비를 보고 그녀를 알게 된 모양이었다. 어쩌면 에비가 한두 번은 승합마차에 탔는지도 몰랐다.

베넷의 쪽지에서 그다음 내용이 한층 더 충격적이었다. *몰리 씨한테서 달아나야 합니다.*

베넷이 뭘 알아냈을까? 몰리가 이미 저지른 짓을 두고 하는 소리일까? 아니면 앞으로 하려는 일 때문에 그렇게 경고했을까? 지독하게 모호한 내용이었다.

지금까지 알아낸 사실을 토대로 레나는 에비가 협회 일에 관여하는 바람에 살해당했다고 진심으로 믿었다. 에비의 죽음이 만성절 전야에 살해된 볼크먼의 죽음과도 상관있을 거라는 생각도 했다. 위법자인 에비와 미덕 추구자인 볼크먼이 모두 죽기를 바란 사람이 있었다면 그게 누굴까? 누군가가 협회를 노렸을 가능성도 있을까? 볼크먼이 조직 내 사기행각을 척결하려고 한다는 사실을 모르고 그랬을까? 이 일에 에비까지 말려든 걸까?

이런 의문이 머릿속에 떠오르자 레나는 베넷의 경고를 믿고 싶은지 아닌지 알 수 없었다. 몇 시간 남지 않은 볼크먼의 강령회에서 에비의 죽음에 관한 답을, 혹은 그 답의 일부라도 얻을 수 있다면 여기서 도망치면 안 되는 것 아닐까.

"베넷의 쪽지가 거짓일지도 몰라. 결국은 협회에서 일하는 사람이니까. 이 협회 내부에서는 누구를 믿어야 할지 모른다고." 레나가 큰소리로 혼잣말을 했다.

레나의 말을 들었는지 보델린이 눈을 들었다. "난 몰리보다는 베넷을 믿을 거야. 매춘업소에서 알아냈잖아. 몰리가 강령회를 주도했고, 온갖 속임수를……." 보델린은 인상을 찌푸렸다. "그가 또 뭘 숨기고 있는지 모르겠어. 협회나 에비에 관해서."

레나는 베넷의 쪽지를 다시 만지작거렸다.

"몰리와 에비가 둘 다 사기꾼이었고 같이 음모를 꾸몄다면 왜 몰리가 에비를 해쳤겠어요? 전 다른 가설을 믿고 싶어요. 누군가가 볼크먼을 죽인 것 같아요. 협회에 복수하려는 여자가 그랬는지도 몰라요. 볼크먼을 살해한 사람은 에비가 공범이라는 사실을 알고서 에비까지 죽였을 수도 있죠. 아니면……." 레나는 좀 더 일찍 고려해보지 못한 생각이 떠올라 충격을 받고 숨을 헉 들이마셨다. "몰리와 에비가 친밀한 관계였다고 의심했잖아요. 만약 에비가 볼크먼과도 관계를 맺었다면요? 몰리가 그걸 알아냈고요. 만약 이게 치정범죄면요? 협회의 사기행각과는 아무 상관이 없다면요?" 레나는 자기가 말해놓고도 움찔했다. 동생이 다른 협회 회원을 침대로 끌어들였을지도 모른다고 생각하자 구역질이 났다.

"그렇다면 몰리가 다시 유력한 범인인 것 같은데. 몰리가 그레이 부인의 집에서 열린 강령회에는 참석하지 않았을지도 몰라. 하지만 그렇다고 해도 내 눈앞에 드러난 사실을 무시할 수는 없어. 난 그 남자를 전혀 믿을 수 없어." 보델린이 천천히 일어나 방을 가로 질렀다. 잠시 후 레나 앞에 무릎 꿇고 앉더니 레나의 손을 잡고는 그녀의 얼굴에서 천천히 떼어냈다. 레나는 자신도 모르게 손톱을 물어뜯고 있었던 모양이었다. 꾸미지 않은 분홍색 손톱을 얼마나 물어뜯었는지 손톱 밑 속살이 다 드러나려고 했다. 레나의 손톱은 침 범벅이 되어 축축했다.

보델린이 레나의 부드러운 엄지손가락 끝에 키스했다.

"손톱을 물어뜯는 네 버릇 때문에 내가 미칠 것 같아."

레나는 숨을 거칠게 내뱉었다. "베넷을 찾으러 갈 거예요." 레나가 단호하게 말했다. "바깥으로 나가지 말라고 했던 몰리의 경고는 잊어 버려요. 베넷이 무슨 뜻으로 이걸 줬는지 알아내고 싶어요." 레나는 쪽지를 집어 들었다. 그러고는 보델린의 대답을 기다리지도 않은 채 문으로 다가가 문을 밀었다.

하지만 문이 꿈쩍도 하지 않았다. 문이 조금 움직이는 걸 보면 잠겨 있거나 걸쇠가 걸려 있는 게 아니었다. 밖에서 뭔가가 문을 막고 있었다.

레나는 인상을 찌푸린 채 보델린을 돌아보았다. "이게 어떻게 된 거죠?" 레나는 어깨를 문에 대고 다시 밀어보았다. 문은 여전히 꿈쩍하지 않았다. "몰리가……." 레나는 믿을 수 없어서 양손을 쫙 폈다. "우리를 가둬놓은 거예요?"

좀 전에 보델린이 했던 말이 정확하게 맞아 떨어지는 것 같았다. 난 그 남자를 전혀 믿을 수 없어.

보델린이 어두운 표정으로 일어섰다. 보델린도 문을 밀어보려고 했지만 소용이 없었다. 둘이 같이 밀어봐도 문은 조금도 움직이지 않았다.

"책장이에요." 레나가 말했다. 힘을 쓴 데다 두렵기까지 해서 겨드랑이가 따끔거렸다.

"책장은 지금까지 내내 복도에 있었어요. 몇 분 전에 뭔가를 끌고 가는 것 같은 소리가 들렸잖아요."

"책장이 문 앞에 있다면 세로로 놓여서 문과 복도 사이를 꽉 채우고 있을 거야."

레나는 고개를 끄덕였다. 문을 계속 바깥쪽으로 밀어봤자 책장이 복도 맞은편 벽에 부딪히기만 할 터였다. 책장은 복도에 있는 사람만 치울 수 있는 완벽한 장애물이었다.

"믿을 수가 없어." 보델린이 말했다.

"우리가 강령회를 취소할 거라고 생각했다면……."

"넌 그 사람을 너무 믿는 것 같아. 난 그가 더 끔찍한 짓을 할 거라고 생각하는데."

레나는 말을 멈췄다. 보델린이 몰리를 의심하는 것도 이해가 갔다. 하지만 뭔가가 자꾸 마음에 걸렸다.

"그럼 왜 이 모든 일을 계획한 걸까요? 몰리는 선생님을 런던으로 불러들였고, 신변 안전을 보장해주고 숙소도 제공해줬어요. 강령회까지 준비했고요. 몰리는 여러 가지로 우리를 많이 도와줬잖아요."

"그래, 너무 많이 도와줬지." 보델린은 문을 등지고 돌아서서 팔짱을 꼈다. "이 모든 일을 그만둬야 할 것 같아." 보델린이 엄숙하게 말했다.

레나는 숨이 턱 막혔다. "뭐라고요?"

"어젯밤 런던에 도착했을 때 이번 강령회가 위험할 거라고 예상했어. 하지만 오늘 이 협회 사람들에 관한 끔찍한 진실이 밝혀졌지. 베넷의 경고 쪽지를 받은 데다 지금은 문까지 막혔어. 몰리가 이 강령회를 주선한 건 맞아. 하지만 오늘 밤 그가 또 어떤 계획을 세워두고 있을지는 모르잖아."

보델린이 평소의 권위적인 역할을 다시 맡아서 단호한 어조로 말했다. 레나는 약간 실망스러웠다. 볼크먼의 강령회를 진행해야 에비의 죽음에 관한 답을 찾을 수 있었기 때문이었다.

"어떻게 강령회를 그만두죠? 몰리가 문을 열어주고 잘가라고 작별인사를 할 것 같지는 않은데요."

"절대 그럴 리가 없지. 다른 걸 사용해서 그에게 맞서야 해."

레나는 잠시 생각에 잠겼다. 하지만 오늘밤에는 보델린이 암시하는 바를 알아맞히는 게임을 할 여력이 없었다. "그게 뭔데요?"

"욕망이지. 너도 알겠지만 에비는 욕망을 이용해서 협회에 잠입했어. 아까 비아가 손쉽게 백 경관을 위층으로 데리고 올라가는 걸 너도 봤잖아. 내가 에비와 비아의 입장에 처해보지 않았다면 나도 그게 가능하다고 생각하지 않았을 거야."

"옛날에 몰리를 유혹했다는 말은 하지 말아줘요." 레나는 손에 쥐고 있는 베넷의 쪽지가 구겨지는 것도 모른 채 이렇게 말했다.

보델린이 고개를 가로저었다. "당연히 그런 적 없어. 하지만 영매로 일하던 초창기에 몇몇 강령회를 진행하면서 유혹의 이점을 빠르게 깨달았지. 나 자신을 보호하려면 방 안의 다른 사람들을 나보다 약하게 만들어야 했어. 만취 상태와 젊음, 감정이 강령회에서 약점이 된다는 건 이미 이야기했잖아. 욕망은 그런 약점 중 하나야. 다만 욕망은 강령회 전과 도중에 내가 고의로 일깨워주는 약점이었지."

레나는 고개를 가로저었다. 보델린이 그런 보호 방법을 얼마나 자주 사용해야 했는지 생각하지 않으려고 애썼다.

"정확하게 어떻게 했는데요?" 레나가 차가운 목소리로 물었다. "강령회를 중단하고 옷을 벗어 던지고는 남자들 주변을 돌면서 춤을 췄나요?" 레나는 지난 몇 년 동안 에비의 몇몇 팸플릿에서 그런 사진을 많이 봤다. 반쯤 헐벗은 여자들이 관능적인 몽환 상태에서 강령회장을 빙글빙글 도는 사진이었다.

"너처럼 과학적인 사람들은 그게 문제야. 모든 일을 끔찍할 정도로 간단하게 처리해 버리거든. 증명됐든 안 됐든 하나의 가설을 만들어내지. 흑백논리로 나누는 가설 말이야." 보델린은 문을 한번 더 밀어보았다.

"네 인생에서 약간의 회색지대를 용납할 수 있겠니? 어떤 것들은 감정 분류표에 분류해 넣을 수 없지 않을까? 그런 게 있다면 말이지만."

레나는 자신이 무엇을 묻고 있는지 몰랐다. 지독하게 하고 싶은 말이 뭔지도 몰랐다. 그저 이렇게 말하고 싶었다. *제가 분류할 수 없는 감정이 천 개나 있어요. 전부 다 당신을 만난 이후로 새로 생긴 감정이에요. 그 모든 감정이 회색지대에 있어요.*

"네, 알겠어요." 레나는 간신히 대답했다. 보델린과의 분위기가 몇 분 만에 바뀐 것이 레나는 지독하게도 싫었다. 두 사람 사이에 감돌았던 따뜻한 온기가 점점 줄어들었다.

"남자를 다룰 때도 마찬가지야. 남자는 네가 생각하는 것처럼 그렇게 단순하지 않아. 쫓기는 느낌을 좋아하면서도 여전히 우위에 서려고 하지. 이해받고 싶어 하면서도 자신을 드러내려고 하지 않아. 널 통제하려고 하면서 네가 그것도 눈치채지 못하는 바보라고 믿고 싶어 하지."

레나는 벡 경관을 유혹했던 비아를 떠올려보았다. 비아는 자신의 매력을 이용해서 원하는 것을 얻었다. 직접 보지는 못했지만 에비도 그와 똑같은 방법으로 협회에 침투했을 것이다.

"유혹의 목적은 남자의 저항을 없애서 남자가 이성적으로 행동하지 못하게 만드는 거야. 그렇게 유혹에 성공하면 남자는 강령회에서 위험한 영혼에 영향받기 쉬워지지. 혹은 그 어떤 약화 전략에도 잘 넘어가게 되고. 오늘 밤에 우리가 사용할 전략이 그거야. 아니 더 정확하게 말하자면 내 전략이지."

보델린이 단호한 표정으로 몸을 곧추세웠다.

"라틴어로 seducere는 엇길로 나가게 이끈다는 뜻이야. 오늘 우리가 그렇게 할 거야. 몰리는 11시에 우리를 데리러 오겠다고 했어. 몰리가 도착했을 때 넌 문 뒤에 서 있을 거야. 나는 여기, 그에게 잘 보이는 곳에서 옷을 거의 벗고 있을 거고. 몰리는 적어도 잠깐은 정신이 흐트러질 거야. 그때 넌 촛대 하나를 집어 들어서⋯⋯."

"촛대요?" 레나가 툭 내뱉었다. 솟아나는 눈물에 목이 메었고, 목구멍이 꽉 조여들었다. 레나는 더 나은 방법, 그다지⋯⋯ 폭력적이지 않은 방법이 있기를 바란다.

"누굴 다치게 한 적이 한 번도 없어요. 전 그렇게 힘이 세지 않은 것 같아요."

보델린은 손가락으로 곱슬머리를 쓸어내리다가 둘로 나누었다. "나는 옷을 갈아입는 척할 거야. 몰리는 옷을 벗고 있는 날 우연히 발견하는 거지. 내가 몰리에게 가까이 다가가면 네가 뒤쪽에서⋯⋯. 뭐, 더 말하지 않아도 알겠지? 몰리를 죽이려는 게 아냐. 그냥 놀라게 만드는 거야. 그 틈을 타서 밖으로 나가 몰리가 했던 대로 문을 책장으로 막는 거지." 보델린은 눈을 감은 채 목을 좌우로 늘렸다. "이게 우리 계획이야. 만약⋯⋯." 보델린이 불편한 표정으로 목청을 가다듬었다.

"만약 뭐요?"

"만약 네가 그를 쓰러뜨리지 못한다면 계획을 바꿔야 해. 기회는 딱 한 번뿐일 거야. 네가 몰리를 아예 때리지 못하거나 세게 때리지 못해 상처를 입히지 못한다면 몰리는 격분해서 날뛸 거야. 내가 최대한 오래 그를 붙잡아둘 테니까 넌 도망쳐야 해. 빠르게 밖으로 나가서 안전한 곳으로 도망쳐야 해. 집에 가거나 네가 안전하다고 생각하는 곳으로 가."

"선생님을 몰리와 함께 가둬놓고요?"

보델린은 조금도 주저하지 않고 말했다. "바로 그거야." 보델린이 문을 향해 고갯짓했다.

"몰리는 너보다 더 힘이 세지 않아. 책장도 그다지 무거운 것 같지 않고. 위치만 잘 잡아서 놓아두면 돼."

어제 부두에서 보델린과 작별 인사를 나누려고 했을 때 어떤 기분이었는지가 생생하게 기억났다. 레나는 그때처럼 비참하고 우울해져서 괴로웠다. 보델린과 헤어지고 싶지 않았다. 오늘 밤은 더 더욱 그랬다. 레나는 작은 탁자로 걸어가 촛대 하나를 집어 들었다. 촛대의 무게가 손안에 가득 느껴졌다. 놋쇠로 만든 단단한 촛대였다. 레나는 촛대 밑바닥 가장자리를 손가락으로 쓸어보았다. 부싯돌처럼 날카로웠다.

레나는 촛대를 내려놓고 문을 몇 번 깜박거렸다. 집에 가. 보델린이 방금 했던 말이었다. 힉웨이 하우스에 아빠를 만나러 간다고 생각하면 기분이 좋아야 했다. 정상적이고 친숙한 생활로 돌아가는 거니까. 여기보다는 확실히 안전한 곳이니까.

하지만 집에 돌아가면 에비의 죽음에 얽힌 비밀을 밝혀내지 못해 좌절감에 빠질 것이다. 레나는 어느 때보다 진실에 가까워졌다고 생각했다. 에비와 협회의 관계에 관한 비밀도 많이 밝혀졌다. 운전사 베넷도 뭔가를 알고 있는 것 같았다.

보넬린은 마음을 정한 게 분명했다. 레나는 그러지 말자고 보넬린을 설득해 보려고 하다가 몰리한테서 빠져나가면 다른 걸 조사할 수 있겠다 싶었다. 다른 단서를 쫓을 수 있었다.

그런 이점을 염두에 두면 보넬린의 방법이 처음 생각처럼 그렇게 터무니없지는 않은 것 같았다. 어쩌면 레나는 놋쇠 촛대를 머리 위로 들어 올려 몰리에게 내려칠 수 있을지도 모른다. 동생의 복수를 하기 위해 그 남자를 해칠 수 있을지도 모른다.

다만 보넬린이 한 가지 잘못 생각한 게 있었다.

두 사람이 안전하게 달아나도 레나가 제일 먼저 찾아갈 곳은 집이 아니었다.

몰리
MOLLY

1873년 2월 16일 일요일, 런던

강령회를 몇 시간 앞두고 담배 파이프를 입에 문 채 서재에 앉아 있었다. 그때 부드럽게 문을 두드리는 소리가 났다. 문을 열자 벡 경관이 보였다. 나는 여전히 벡 경관에게 화가 나 있었다. 벡 경관 이 매춘업소에서 비아를 위층으로 데리고 올라갔기 때문이었다. 난봉꾼 같은 짓에 쓸데없이 시간을 낭비하는 짓이었다.

"돌아왔군." 내가 문을 열면서 말했다.

"그럼, 왔지." 벡 경관은 몸짓으로 소파를 가리켰다. "앉아도 될까?"

"마음대로 해." 나는 벡 경관을 안으로 들였다.

"보델린의 강령회가 진행될 거니까 오늘 밤에 무슨 일이 일어날지 물어봐야 할 것 같은데." 벡 경관이 소파 가장자리에 앉아 초조하게 발로 바닥을 두드리며 말했다. 벡 경관은 며칠 전에 강령회의 위험성에 관해 논의할 때만 해도 자신만만한 표정이었다. 그런데 대체로 차갑고 무표정했던 얼굴에 두려움이 서려 있었다.

벡 경관이 강령회에서 빠진다면 참 편할 텐데. 벡 경관의 이탈은 뜻밖의 커다란 행운이 될 터였다.

"강령회 참석을 재고할 생각이라면 언제든지 말해. 나 혼자서도 완벽하게 잘 처리할 수 있으니까."

"그건 아냐. 특별히 준비할 게 있는지 알아두면 좋겠다는 거지. 그러면 뭔가 혼란스러운 일이 일어날……." 벡 경관은 자기 입으로 하는 말인데도 못 믿겠다는 듯 인상을 찌푸리며 고개를 가로저었다. "가능성을 줄일 수 있을 테니까."

나는 멍하니 손가락을 서로 맞대 비비면서 눈을 몇 번 깜박거렸다. 흑색 화약 잔여물이 묻어서 손가락이 번들거렸다. 그때 벡 경관의 시선을 느끼고는 재빨리 양손을 주머니에 찔러 넣었다.

"누가 다치지는 않을 거야." 내가 대답했다. 지금부터는 사람 좋게 행동해야 했다. 의심을 사지 않으려면 뭐든지 해야 했다.

벡 경관과 함께 아래층으로 내려갔다. 복도를 걸어가면서 쓸데없이 다른 회원들의 관심을 사지는 않았는지 확인하려고 주변의 방을 주시했다

창고 방으로 향하면서 벡 경관에게 가까이 다가갔다.

"보다시피 문을 책장으로 막아놨어. 여자들이 밤사이에 건물 안을 돌아다녔다는 걸 알았거든. 또 다른 모험을 하게 놔둘 수는 없었어."

나는 문을 막고 있는 책장을 손쉽게 옆으로 밀었다. 그러고는 문을 두드리고 벡 경관과 함께 안으로 들어갔다.

두 여자는 보델린의 침대에 앉아 있었다. 아침에 입었던 옷을 아직 그대로 입고 있었다. 두 여자가 깜짝 놀라서 눈을 크게 뜨고 고개를 들었다. 놀라다 못해 경악한 걸까? 순간 여자들이 뭔가를 모의하다가 들킨 건가 하는 의문이 들었다.

"우리를 가둬 놨더군요." 보델린이 얼음처럼 차가운 목소리로 대뜸 말했다.

보델린의 대담한 지적에 깜짝 놀라서 마음을 가라앉히는 데 시간이 조금 걸렸다.

"그럴 수밖에 없었습니다. 어젯밤 게임룸이 그렇게 됐으니 말이죠."

"우리를 믿지 않는군요."

나는 목 뒤쪽을 긁적거리면서 뭐라고 대답해야 할지 생각했다. 당연히 보델린을 믿지 않았다. 보델린의 제자도 마찬가지였다.

"이봐요, 보델린 씨, 만약 문을 열어보지 않았다면 문이 잠겼거나 막혔는지 알 수 있었을까요?" 나는 이렇게 말하고 나서 눈썹을 치켜올렸다. 내가 보델린의 행동을 간파해냈다. 보델린도 그 사실을 알아차렸다.

보델린은 격분해서 이글거리는 눈빛을 빛냈다. 나는 백 경관에게 어서 말하라고 고갯짓했다.

"강령회 말입니다. 사전에 몇 가지 의논하고 싶어서요."

"좋아요." 보델린이 말했다. 보델린은 하나뿐인 의자를 몸짓으로 가리켰다. 그러자 백 경관이 망설이지도 않고 바로 앉았다. 나는 갑자기 저 인간의 목을 두 손으로 꽉 조르면 기분이 어떨까 하는 생각이 들어서 백 경관을 사납게 노려봤다.

"차례부터 이야기해보죠. 아니, 순서요. 순서라고 부르는 것 같던데 말이죠." 백 경관이 몸을 앞으로 수그리며 말했다.

"맞아요. 내 강령회는 주로 7단계 순서를 따라요." 보델린이 손가락 하나를 들어 올렸다.

"첫 번째 단계는 고대 악마의 주문 암송으로 가장 중요한 단계라고 봐도 무방하죠. 악마와 같은 악한 영혼으로부터 우리를 보호하는 주문이거든요. 전 고대 악마의 주문 없이는 강령회를 시작하지 않아요."

백 경관은 주머니에서 작은 수첩을 꺼내 필기했다.

"2단계는 초혼 단계예요. 모든 영혼을 불러내는 단계죠. 근처에 있는 모든 영혼을 불러내서 강령회 장소로 반갑게 맞아들이는 겁니다. 종종 이 단계에서 이상한 일이 일어나기 시작하죠. 뭔가가 흔들리고 깜박거리는 거예요."

백 경관은 고개를 한쪽으로 기울였다. "우리가 걱정해야 하는 부분인가요?"

"그렇다는 걸 알고는 있어야죠. 이 단계에서는 참석자들이 불안하기는 하지만 일시적인 빙의를 경험할 수도 있어요. 영혼 흡수라는 현상이죠. 다툼이 일어나고, 공격적 행동과 상처가 나타날지도 몰라요. 심지어는 방 안의 물건들이 제멋대로 움직일 수도 있고요." 보델린이 목소리를 가다듬었다.

"초혼 주문을 암송하고 나면 영혼이 나타나요. 아주 간단하게 강령회가 본격적인 궤도에 오르죠. 여기까지 왔다면 강령회를 끝까지 진행해야 해요."

"끝까지 안 하면요?" 내가 물었다.

"강령회를 끝까지 진행하지 않으면 어떻게 되냐고요?" 보델린이 다리를 꼬았다.

"아, 그럼 생기 넘치는 영혼들이 제멋대로 행동하겠죠."

나는 아무렇지도 않게 그런 이야기를 하는 보델린의 태도에 충격받았다. "3단계는 뭐죠?" 나는 다른 이야기로 넘어가려고 이렇게 물었다.

"분리 단계요." 보델린은 계속 필기하는 백 경관을 물끄러미 지켜보았다.

"이 단계에서는 표적 영혼을 제외한 모든 영혼을 쫓아낼 거예요. 이번 강령회에서는 볼크먼의 영혼만 불러낼 거고요. 이 단계에서는 종종 참석자들이 많이 편안해지죠. 말 그대로 방 안이 깨끗하게 정리되거든요. 만약 이때 고집스럽거나 위험한 영혼이 참석자에게 빙의하려고 하면 두 가지 추방 명령을 사용해야 해요. 정화 명령이라고도 하죠. 그중에서 추방 명령은 착석자한테서 영혼을 쫓아내는 거예요. 이동 명령은 착석자에게 빙의된 영혼을 영매에게 옮기는 거죠."

벡 경관의 눈이 휘둥그레졌다. 벡 경관은 펜을 든 채로 말했다. "정말 흥미롭군요. 이 모든 주문이……."

"명령은 기록할 필요 없어요. 명령을 써야 할 일은 거의 없을 거예요." 보델린은 이렇게 설명하고는 미소 지으며 계속 이야기했다. "4단계는 초대 단계예요. 표적 영혼만 남았다고 판단하자마자 초대 주문을 암송해요. 초대 주문은 표적 영혼을 제 몸에 불러들이는 거죠. 죽은 자가 죽기 직전에 남긴 잠재 에너지를 모을 수 있다면 이 단계는 훨씬 수월해져요. 그래서 미망인의 집과 매춘업소에 찾아갔던 거예요. 방금 말했지만 잠재 에너지는 죽은 자가 죽기 몇 시간 전에 있었던 곳에 가장 강하게 남아 있어요."

나는 벡 경관과 시선을 주고받았다. 심령부에서는 그와는 사뭇 다른 방식으로 강령회를 진행했다. 몇 구절을 읽기는 했지만 전부 다 소환과 실체화, 추방에 관한 구절이었다. 차라리 환상을 만들어 내는 편이 훨씬 쉬웠다. 벡 경관도 나와 같은 생각을 하고 있을지 궁금했다. 아니면 나와는 정반대로 보델린의 기법에 감탄했을까?

벡 경관이 계속 말했다.

"기초적인 질문을 해서 죄송해요. 하지만 강령회 진행 방식이 제가 들은 것과는 너무 달라서요. 그래서 말인데 영혼이 초대를 거부할 수 있나요?"

"아주 흥미로운 질문이네요. 아뇨, 거부할 수 없어요. 초대 주문은 상당히 강력하거든요. 초대 주문을 암송하면 영혼은 제게 빙의할 수밖에 없어요."

"그럼 초대가 아니라 명령이네요." 내가 말했다.

보델린은 고개를 한쪽으로 젖혔다.

"전 그게 강압적이라고 생각하지 않아요. 제가 불러내는 영혼은 살인사건의 희생자예요. 그들은 애타게 육체를 얻고 싶어 하죠. 정의가 실현되기를 바라는 마음도 간절하고요. 그래서 5단계 빙의로 넘어가는 거예요. 영매에게 빙의 상태는 두 영혼이 동시에 존재하는 정신 분열 상태와 같아요. 이 상태에서는 죽은 자의 기억과 생각을 꿰뚫어 볼 수 있어요. 이 순간 영혼이 영매의 내면에 머물며 영매의 경험과 존재의 일부가 되기 때문이죠. 이런 상태가 되면 몹시 피곤해져요. 한 사람이 충족되지 못한 열망과 밝히지 못한 비밀을 품고 존재하는 건 참으로 버거운 일이죠. 우리가 알아야 하는 사실을 알아내는 가장 효과적인 방법이 바로 빙의예요."

"살인자의 정체를 알아내는 거군요." 백 경관이 흥분해서 양손을 맞대고 문질렀다.

"바로 그거예요. 희생자의 기억에 접촉하면 살인자의 정체를 알아낼 수 있죠. 가끔은 죽은 자의 마지막 순간을 볼 수도 있어요. 그런 기억은 경찰이나 희생자 가족이 얻지 못한 증거를 찾는 데 큰 도움이 되죠. 숨겨진 무기 같은 것도 찾을 수 있고요."

나는 팔짱을 꼈다. "얼마나 걸리나요?"

"30분이 걸릴 수도 있고 두 시간이 걸릴 수도 있죠."

"30분 전에 끝나지는 않겠군요."

보델린이 날 쳐다보고 인상을 찌푸렸다. "네."

"이거 진짜 흥미진진한데요." 이렇게 말하는 백 경관은 이제 얼굴까지 붉어졌다. 턱에 난 상처를 제외하면 얼굴이 온통 핑크색이었다.

"살인자를 밝혀내고 나면 어떻게 되죠?" 내가 물었다.

"그럼 일이 아주 빠르게 끝나죠. 6단계는 대단원이에요. 제가 살인자를 알아내서 공표하는 순간이죠. 마지막 7단계는 종결 단계예요. 모든 영혼을 쫓아내는 주문이죠. 저한테 빙의된 표적 영혼을 쫓아내는 거예요. 종결 주문을 암송하지 않으면 영혼이, 뭐랄까, 이 세계에 갇혀서 돌아갈 길을 찾지 못해요."

"악몽이 되겠군요."

"맞아요. 또 알고 싶은 게 있나요?" 보델린은 양손을 양옆으로 들어 올렸다.

"왜 자정까지 기다려야 하죠? 지금 당장 가야죠. 그럼 한두 시간 안에 사건을 해결할 수 있잖아요." 백 경관이 말했다.

"자정에 하기로 했어요." 내가 단호하게 말하고는 보델린을 돌아보았다.

"우리가 또 알아야 하는 게 있나요? 아니면 준비해야 하는 거라두?"

보델린은 몇 가지를 더 이야기했다. 나는 강령회 이전에 음주를

삼가라는 규칙을 듣고도 못 들은 척했다. 그 규칙을 지킬 생각이 전혀 없었기 때문이다. 강령회 시작 전에 기운을 북돋아 주는 술을 몇 모금 마실 작정이었다.

어쩌면 좀 더 많이 마실지도 모르겠다.

그날 밤늦게 마지막 일을 처리하고 나서 협회로 돌아갔다. 며칠 만에 마음이 한층 편안해졌다. 몇 가지 일을 깔끔하게 정리해서 기분이 상당히 좋았다.

나는 내 서재로 가서 책상에 앉았다. 먼저 서랍장에서 주소록을 꺼냈다. 기밀 연락처라고 적어놓은 주소록이었다. 매주 최소 한번은 꺼내서 보는 주소록이라서 종이가 닳고 헤져 있었다. 이 주소록에는 보드빌 배우와 무대 담당자, 속임수 양초 제작자, 종이 제조자, 사진사, 화학자, 복화술사, 세트 디자이너, 폭약전문가, 변호사의 이름과 주소가 적혀 있었다. 최고 중의 최고, 내가 제일 선호하는 사람 이름 옆에는 별표가 표시되어 있었다.

나는 주소록을 한쪽으로 밀쳐두고 서랍장 안의 다른 내용물을 살펴봤다. 백지 몇 장은 사실 진짜로 아무것도 없는 빈 종이가 아니었다. 특별히 3중으로 만든 값비싼 종이였다. 중간층 종이에는 어떤 단어나 이름이 잉크로 희미하게 적혀 있었다. 그 내용은 종이가 물에 젖었을 때만 선명하게 드러난다.

나는 히죽 웃으면서 3중 종이를 주소록 옆에 놓아두었다. 속임수 종이는 오랫동안 큰돈을 벌어준 소품이었다.

나는 다른 물건도 계속 살펴봤다. 에비의 수첩이 보였다. 에비가 나한테 보여주지 않았던 수첩이었다. 나는 에비의 수첩을 옆으로 던져두었다. 이제는 다 아는 내용이라서 에비의 수첩에는 관심이 없었다.

내가 원하는 것은 그 책자였다.

나는 서랍장에서 양피지 제본 책자를 꺼냈다. 표지에 금박 글씨가 적혀 있지도 않았고, 책 가장자리에 스프레이가 뿌려져 있지도 않았다. 나는 책자를 책상에 올려놓고 펼쳤다. 오래된 신문 기사는 건너뛰고 뒤쪽의 양피지 종이로 바로 넘어갔다. 나는 지난주에 작성했던 페이지를 찾아 펼쳐놓고는 내가 만들어 놓은 항목 위에 적을 준비를 했다.

나는 펜촉이 갈라진 딥펜을 재빨리 잉크통에 담갔다.

나는 펜을 종이에 대고 쓰기 시작했다.

짤막하게 주석을 달았다.

필기를 마치고 나서 너무 짙은 잉크 자국은 닦아내고 책자를 닫았다. 그러고는 책자를 서랍장에 다시 넣어두었다.

일어서자마자 또 그 소리가 들렸다. 바깥에서 휘파람새가 암울한 곡조를 불렀다. 나도 잠깐 귀를 기울였다. 하지만 휘파람새의 노래는 11시 정각을 알리며 도시 전역에 울려 퍼지는 첨탑 종소리의 불협화음에 묻혀 버렸다.

때가 됐다.

나는 서재 밖으로 나가 등 뒤로 문을 닫고 아래층으로 내려갔다.

몇 달 전보다 발걸음이 훨씬 가벼웠다.

맙소사, 얼굴에 미소까지 떠올랐다.

레나
LENNA

1873년 2월 16일 일요일, 런던

두 여자는 시간이 흘러가기만 기다렸다. 레나는 초조한 마음을 억누르지 못해 방 안을 왔다 갔다 했다. 바깥에서는 새 한 마리가 짜증 나게 울어서 레나의 신경을 긁어댔다. "시간이 얼마나 남았죠?" 레나가 물었다.

"25분 남았어." 보델린이 시계를 보면서 대답했다. 보델린도 눈에 띄게 불안해하면서 아랫입술을 깨물었다. "단어 게임 하자. 신경을 다른 데로 돌릴 수 있다면 아무거나 괜찮잖아." 보델린이 소설책을 꺼내 펼치고는 레나 옆에 앉았다. 그러고는 책장을 몇 장 들쳐 보더니 한 군데를 가리켰다. "준비됐어. 세 글자 단어야. 힌트는……." 보델린은 잠시 생각에 잠겼다. "하늘 불이야."

레나도 생각에 잠겼다. 다른 생각을 하니 벌써 기분이 좋았다. 베넷의 쪽지나 에비와 협회 악당들의 관계, 혹은 저쪽 탁자 위에 놓여 있는 촛대 생각을 하는 것보다 훨씬 나았다. 이제 레나는 밤 하늘에서 불처럼 붉은색이나 주황색으로 반짝이는 별을 생각했다. 하지만 정답이 별이나 행성일 리는 없었다. "세 글자 단어라고 했죠?"

"그래."

"다른 힌트 있어요?"

보델린이 가까이 다가오자 두 사람의 어깨가 부딪혔다. 짧은 순간 두 사람의 얼굴이 아주 가까워졌다. "많은 사람이 경험하는 거야. 하지만 그걸 설명할 수는 없지." 보델린이 말했다.

레나는 눈을 깜박였다. 입술이 말랐다. "사랑이요. 아니면 반했어?"

"그건 하늘 불과는 전혀 상관이 없는데."

"그건 그래요." 레나는 관자놀이를 문지르며 짜증을 냈다. "제대로 생각할 수가 없어요."

"나도 마찬가지야. 정답은 북극광이야." 보델린이 책을 덮고 표지를 토닥거렸다.

"아, 저도 북극광을 본 적 있어요." 레나는 왜 사랑이라고 추측했는지 몰라 살짝 당황스러웠다.

"그랬어?"

"네. 에비와 함께 봤어요." 엘로이즈도 함께 있었지만 그 이야기는 빼버렸다.

2년 전에 에비가 언니의 생일 축하 기념으로 여행을 가자고 했다. 세 여자는 한겨울에 기차를 타고 북쪽으로 달려 셰필드(Sheffield)로 여행 갔다. 이불 속으로 들어간 세 여자는 누워서 천상의 전시를 몇 시간 동안 감상했다. 춤추는 북극광은 꿈을 닮았다. 청록색 반원과 빛나는 주색 띠가 하늘을 뒤덮었다. 레나의 인생에서 가장 행복한 순간이었다. 그때 레나는 에비와 엘로이즈 사이에 둥지를 틀고 양쪽에서 느껴지는 온기를 만끽했다. 레나가 진심으로 사랑하는 두 사람이 그 순간에는 안전하게 레나 곁에 있었다.

레나는 빛의 띠가 어떻게 움직이는지 연구했다. 과학자처럼 그 움직임을 관찰했다. 일렁이는 파도 모양은 증기나 가스처럼 보이지 않았다. 그보다는 물그릇에 떨어진 파란색 잉크 같았다. 빛이 그렇게 퍼졌다가 다시 모이는 이유는 분명 논리적으로 설명할 수 있었다. 공기 중에 미립자가 있는 게 분명했다.

"북극광은 뭐로 만들어졌다고 생각해?" 레나가 누구 한 명을 겨냥하지 않고 그냥 물었다. 레나 옆, 이불 아래 숨은 엘로이즈가 엄지손가락으로 레나의 손바닥에 천천히 원을 그렸다.

"구름으로 만들어진 것 같아. 밤하늘의 구름 말이야. 증기나 안개로 만들어졌을 거야." 엘로이즈가 곰곰이 생각하며 말했다.

"흥미로운데. 밤하늘의 구름이라니." 레나는 엘로이즈의 손을 꼭 움켜쥐었다. "에비, 네 생각은 어때?"

에비는 잠시 뜸을 들이다 말했다. "나야 당연히 영혼이라고 생각하지." 세 사람 위쪽의 하늘에서 연초록색 원통형 빛무리가 굽이치고 물결쳤다. "마치 춤추는 것 같아."

"그거 마음에 드는데." 엘로이즈가 말했다. 레나는 엘로이즈를 힐끗 바라보았다. 엘로이즈의 두 눈에 라임 색깔의 초록빛이 맴돌았다. 엘로이즈도 레나를 돌아보았다. "넌 어떻게 생각해, 레나?"

"뭔가의 분자로 만들어진 것 같아." 레나가 말했다. 머리 위쪽에서 북극광의 빛이 살짝 어두워지더니 별 무리가 나타났다. 그후 다시 북극광의 빛이 살아났다. "아니면 먼지나."

"먼지? 아, 재미없어." 에비는 이렇게 말하면서도 레나의 어깨에 머리를 올려놓고 비비적거렸다. "그래도 상관없어. 난 언니를 사랑하니까." 별똥별 하나가 하늘을 가로질러 수직으로 떨어졌다. "생일 축하해, 언니." 에비가 말했다.

"나도 생일 축하해." 엘로이즈도 똑같이 말했다.

레나의 인생에서 다시 살아보고 싶은 유일한 순간이 있다면 바로 이날이었다. 아무것도 모른 채 동생의 선량함을 믿었던 시절, 세 사람 앞에 모험하고 탐험하고 사랑할 시간이 많이 남아 있었던 그 시절을 다시 살아보고 싶었다.

거의 11시 정각이 다 됐다. 몰리가 곧 도착할 것이다. 보델린은 막 옷을 벗었다. 지금은 방 한쪽 구석에서 면 슈미즈 차림으로 서서 몸을 떨고 있었다.

레나는 시선을 아래로 내렸다. 다가오는 목표의 실체를 생각하자 마음이 무거워졌다. 레나가 몰리를 세게 내리치지 못한다면, 보델린과 헤어지게 된다면 언제 또다시 만날 수 있을까? 또 어떤 상황에 부딪히게 될까?

레나는 좀 더 용감해지겠다고, 과거의 실수를 반복하지 않겠다고 다짐했던 게 기억났다. 사과할 기회를 노리며 기다리거나 원하는 것을 명확하게 큰 소리로 말하려고 기다리는 짓은 하지 않기로 했다. 누구를 원하는지 주저하지 않고 말할 것이다.

레나는 목청을 가다듬고 눈을 들어 올렸다. "말할 게 있어요."

보델린이 눈썹을 치켜올렸다. "응, 뭔데?"

"부두에서요. 우리가 런던에 도착했을 때 선생님은 애정이 손으로 만질 수 있는 게 아니라고 하셨잖아요. 제가 그런 애정의 존재를 믿지 않을까 봐 두려워했고요."

"그랬지." 보델린이 고개를 끄덕였다. "지금도 그렇게 생각해. 애정과 두려움은 손에 잡히는 게 아니지."

두 사람은 방 양쪽 끝을 차지한 채 서로 마주 보고 서 있었다. 서늘한 공기와 가능성이 그들 사이에 감돌았다. 보델린의 감정을 일깨워놓고 여기서 그만두는 것은 참으로 쉬운 일이었다.

하지만 그건 전혀 용기 있는 행동이 아니었다.

레나는 숨을 깊이 들이쉬고 용감하게 진실을 내뱉었다. "이 일이 끝난 후에⋯⋯." 레나가 한 손을 휘저어 방 안을 가리켰다. "이일이 모두 끝난 후에 우리 사이에 뭐가 더 있을지 탐험해 보고 싶어요. 스승과 제자, 친구 관계 이상의 관계를 맺고 싶어요. 우리가 믿는 게 서로 달라도 괜찮아요. 선생님의 작업을 증명해 주는 증거를 보거나 만질 수 없어도 괜찮아요." 레나는 보델린을 똑바로 바라봤다.

"전 당신을 볼 수 있어요. 만질 수 있고요. 제가 원하는 건 당신이에요. 당신이 무슨 일을 하든 무엇을 믿든 상관없어요." 레나는 자신의 말이 어떤 결과를 가져올지 몰라 숨을 참았다.

차갑고 어두운 방에 몰리가 곧 도착할 예정이었다. 이런 상황인데도 보델린은 고개를 떨어뜨리고 작게 웃음을 내뱉었다. "네 감정을 짐작하고 있었지만 네가 속마음을 큰 소리로 말할 수 있을지는 몰랐어. 정말 너한테 감탄했어, 레나. 그래, 우리 사이에는 탐험해 볼 게 많지."

레나는 기쁨과 고통이 뒤섞이면서 배 속이 요동치는 것 같았다.

"하지만 먼저 처리해야 할 일이……." 보델린은 말을 끝맺지 못했다. 문 바깥에서 뭔가가 움직이는 소리가 났기 때문이었다. 책장이 움직이는 소리였다.

두 여자는 서로를 바라보고 재빨리 미리 정해둔 자기 자리로 돌아갔다. 보델린은 슈미즈를 살짝 끌어내렸고, 레나는 놋쇠 촛대를 단단하게 그러쥐었다. 손가락 아래로 금속 촛대가 따뜻하게 느껴졌다.

문이 천천히 열렸다. 레나는 조용히 뒤로 한걸음 물러나서 문과 벽 사이의 V자 모양 틈새로 빠르게 숨어들었다.

몰리가 기름 등불을 손에 들고 들어왔다. 묵직한 코트를 걸치고 가장자리에 검은 리본이 달린 위가 높은 모자를 쓴 제대로 차려입은 모습이었다. 몰리는 레나를 등지고 들어왔기에 아직은 보지 못했다. 그때 몰리가 갑자기 우뚝 멈춰 섰다. 바로 앞에 보델린이 얇은 슈미즈 차림으로 서 있었다. 보델린은 전보다 훨씬 심하게 몸을 떨고 있었다. 레나는 보델린의 팔에 돋은 소름과 슈미즈 아래로 솟아오른 가슴 끝까지 다 볼 수 있었다.

보델린은 답답하다는 듯 숨을 몰아쉬는 척했다. "여기 아래 단추를 못 풀겠어요." 보델린이 좀 전에 옷더미에서 골라낸 남자 조끼를 들어 올리며 말했다. "한참 전에 옷을 다 갈아입었어야 했는데……" 보델린이 슈미즈 자락을 만지작거리며 말했다.

몰리는 미동도 없이 서 있었다. 작은 방 안에서 레나의 모습이 보이지 않는다는 사실을 깨닫기만 하면 바로 뒤돌아볼 게 분명했다. 레나는 빠르게 촛대를 들어 올렸다가 내리쳐야 했다. 레나의 팔이 격하게 떨리기 시작했다.

"좀 도와줄래요?" 보델린이 이루 말할 수 없이 끈적거리는 목소리로 말했다. 보델린이 몸을 앞으로 숙이자 슈미즈 위쪽이 살짝 벌어졌다. 라틴어로 *seducere*, 엇길로 나가게 이끈다는 뜻이야. 보델린이 했던 말이었다.

몰리의 숨이 가빠졌다. 숨을 참고 있지 않았다면 레나의 숨결도 거칠어졌을 것이다. 그 순간에는 레나나 몰리나 다를 바가 없었다. 둘 다 보델린을 간절하게 원했다.

"기, 기꺼이 도와드리죠." 몰리가 보델린 쪽으로 다가가며 간신히 말을 내뱉었다. 레나는 몰리의 얼굴을 볼 수 없었지만 안 봐도 알 수 있었다. 지금쯤 얼굴은 붉게 달아오르고, 심장이 쿵쾅대고 있겠지. 보델린이 몰리에게 조끼를 건네면서 그의 손을 슬쩍 건드렸다. 몰리는 그게 우연이라고 생각할까?

"레나 씨는요? 지금 어디에⋯⋯."

몰리는 말을 하다 말고 멈췄다. 마침내 정신을 차린 것 같았다.

알아차렸어. 내가 뒤에 있는 걸 알아차렸어. 레나가 생각했다.

이 장면을 상상했을 때는 모든 일이 천천히 진행되었다. 한두 걸음 걷다가 천천히 돌아서는 몰리의 모습을 상상했다. 하지만 실제 현장에서는 전혀 달랐다. 몰리는 바람에 실려 온 포식자의 냄새를 맡은 짐승처럼 단번에 홱 돌아섰다. 그 순간 레나의 피부가 따끔거렸다. 천 개의 핀이 살갗을 찔러대는 감각이 전신으로 퍼져나갔다.

몰리가 레나의 손을 내려다봤다. "레나 씨." 몰리가 촛대를 응시했다. 레나는 아직 촛대를 들어 올리지도 않았다. 몰리는 레나가 그냥 촛불을 켜려고 했다고 생각할지도 몰랐다. 아니면 그보다 훨씬 사악한 레나의 의도를 파악했거나. "적어도 그쪽은 강령회에 갈 준비를 마쳤군요." 몰리가 레나를 아래위로 훑어보면서 말했다.

몰리의 어깨너머로 가만히 서 있는 보델린이 보였다. 보델린의 손에 들린 소품용 조끼가 축 처져 달랑거렸다. 보델린은 레나에게 천천히 고개를 한번 끄덕였다. 불타는 듯한 눈빛으로 말없이 전하는 공격 명령이었다.

"전 강령회에 참석하지 않을 거예요." 레나가 갈라진 목소리로 말했다.

몰리가 한쪽으로 고개를 기울였다. "뭐라고요?" 몰리는 설명을 요구하는 것처럼 보델린을 돌아보았다.

레나는 그 순간을 놓치지 않았다. 격한 분노를 최대한 끌어올려서 팔을 들었다. 참았던 숨을 억지로 내뱉었다. 대체 얼마나 오랫동안 숨을 참고 있었던 걸까? 그러고는 촛대를 아래로 내리면서 크게 휘둘러 몰리의 뺨과 콧등을 내리쳤다. 보델린의 말이 귓가에 맴돌았다.

기회는 딱 한 번뿐일 거야.

빡 하는 소리가 들렸다. 뼈가 부러진 걸까? 아니면 놋쇠 촛대가? 그때 분노와 고통에 찬 몰리의 거친 울부짖음이 터져 나왔다. 레나가 지금까지 들어본 소리 중에서 가장 끔찍한 소리였다. 눈을 감은 몰리의 눈에서 눈물이 줄줄 흘러나왔다. 몰리는 울부짖으면서 바닥을 기었다.

레나는 문을 주시했다. 여전히 슈미즈 차림으로 떨고 있던 보델린은 외투를 향해 손을 뻗었다. 하지만 그 잠깐이 너무 길었다. 그 사이에 바닥에 엎어져 있던 몰리가 손을 뻗어 보델린의 발목을 잡아챈 것이었다. 레나는 어둑한 불빛 아래서도 몰리의 하얗게 질린 손마디 관절과 분노에 찬 얼굴을 알아볼 수 있었다.

몰리는 보델린을 절대 놓아주지 않을 게 분명했다.

레나는 손으로 입을 막으면서 외마디 비명을 질렀다. 레나가 실패했다. 충분할 정도로 세게 내려치지 못했다.

보델린은 몰리의 손아귀에서 빠져나오려고 애쓰면서 소리 내지 않고 입 모양으로 레나에게 말했다. *어서 나가. 지금 당장.*

생각할 시간이 없었다. 지금은 그랬다. 두 사람은 이런 상황을 정확하게 예상했다. 레나는 밖으로 달려 나갔다. 마지막으로 보델린을 돌아보지도 않았다. 피할 수 없는 보델린의 표정을 본다면 견딜 수 없을 것 같았다. 자랑스러워할까? 부드러운 미소가 떠올라 있을까? 두려움에 질려 있을까? 몰리의 사납게 노려보는 시선도 감당할 수 없었다.

레나는 그냥 밖으로 나가야 했다. 도망쳐야 했다. 밖으로 나가자마자 책장을 움직여 방문을 막았다. 가장 간절하게 원했던 여자를 믿을 수 없는 남자와 함께 가둬버렸다.

다 에비를 위해서였다.

결국은 하고야 말았다. 시간을 벌었지만 값비싼 대가를 치러야 했다. 보델린의 안전을 대가로 치렀다. 레나는 이 소중한 기회를 현명하게 사용해야 했다.

사용자 전용 문으로 서둘러 달려갔다. 협회에 도착한 이후로 보델린과 함께 드나들었던 문이었다. 몰리도 언제나 함께였다. 레나는 문을 살짝 밀어 열어서 바깥의 어두운 골목길을 힐끗 살펴봤다. 아무도 없었다. 수레 몇 개만 한쪽에 놓여 있었다. 레나는 밖으로 나가 건물의 뒤쪽 벽을 따라 걸었다. 고양이처럼 소리 없이 눈에 띄지 않게 움직였다.

잠시 후 묵직한 나무 문에 다다랐다. 마구간 출입구였다. 마구간 숙소가 있는 곳이었다.

주거 공간인 2층 창문에서 옅은 등불 불빛이 새어 나왔다. 베넷이 깨어 있어. 레나가 생각했다. 그러고 보니 베넷은 잠시 후 그들을 강령회에 데려가려고 기다리고 있을 터였다. 레나는 재빨리 마구간 숙소로 들어갔다. 신선한 건초와 기름 바른 가죽 냄새에 재치기가 나왔다.

레나는 좁은 나무 계단을 발견했다. 말굴레와 재갈이 못에 걸려 있는 한쪽 벽에 설치된 계단이었다. 계단 맨 위에서 레나는 문을 두드렸다. 두 손을 호호 불어가면서 기다렸다. 몰리와 보델린은 어떡하고 있을지 궁금했다.

문이 열렸다. 베넷이 손으로 쓴 쪽지만으로는 확신할 수 없었다면 이제는 정말 확실해졌다. 베넷은 청각 장애인이 아니었다. 문 두드리는 소리를 들었다면 절대 귀가 먹은 사람이 아니었다. "귀가 안 들리는 게 아니군요." 레나가 옅은 숨을 내쉬며 말했다.

베넷은 고개를 가로저었다. "네." 베넷이 레나 뒤쪽의 계단을 힐끗 살폈다.

레나도 베넷의 시선을 쫓았다가 인상을 찌푸렸다. "왜 문을 열었어요? 몰리 씨였을 수도 있잖아요."

"당신 재채기 소리를 들었어요."

뛰어난 판단력이었다. 레나는 고개를 끄덕이고는 이렇게 말했다. "아는 게 있으면 말해주세요."

"어디서……."

"제발요. 시간이 얼마 없어요. 몰리가 무슨 거짓말을 했나요?"
레나는 한층 더 고집스럽게 캐물었다.

베넷은 문틀에 기대서면서 숨을 길게 내뱉었다. "전 그녀와 친구였어요." 이렇게 말하는 베넷의 입매가 딱딱하게 굳었다.

"그녀요?"

베넷은 고개를 끄덕였다. "에비요." 목소리가 거칠고 꽉 잠긴 게여러 날 말을 하지 않아서 그런 모양이었다.

레나는 눈을 깜박였다. "에비를 알아요?"

"네. 에비가 당신 여동생이라는 건 오늘에야 알았어요. 당신이몰리 씨에게 에비 이야기를 직접 했을 때요." 베넷은 체중을 다른쪽 발로 옮겼다. "2년 전에 에비를 만났어요. 전 가끔 아버지 마차를 몰아서 용돈을 벌었죠. 에비는 제 마차에 탔던 승객이었어요.우린 친구가 됐죠. 그러다 작년 초에 에비가 런던 강령술 협회에운전사 자리가 났다고 알려줬어요. 에비가 왜 협회에 결원이 있는지 알아봤는지는 모르겠어요. 봉급이 상당히 많았죠. 최근에 청각장애인을 지원하는 자선활동을 새롭게 하고 있어서 그 조건에 맞은 지원자를 우선적으로 고려한다는 결원 공고였죠." 베넷은 양손을 양옆으로 쫙 펼쳐 올렸다 내렸다. "그렇게 어려운 연기도 아니었어요."

레나는 믿을 수 없다는 듯 고개를 가로저었다. "잘 맞는 곳에 들어왔네요. 이 협회는 연기가 주를 이루는 곳이니까요."

"네, 맞아요. 여기서 일한 지 몇 주 지났을 때 에비가 질문을 하기 시작했어요. 어떤 회원이 승합마차를 타는지, 그들이 어디로 가는지, 무슨 이야기를 나누는지 물었죠. 에비는 항상 제가 엿들은 이야기를 듣고 싶어 했어요. 가끔은 정보를 줘서 고맙다며 몇 푼 쥐여주기도 했죠."

놀라운 사실이었다. 레나는 에비가 협회의 기법을 알고 싶어 했다고 생각했다. 그런데 알고 보니 에비는 협회의 내부 작업에 호기심을 갖고 더욱 깊이 파헤치고 싶어 했다. 누가 무엇을 하는지 알아내려고 했다.

"왜 그런 걸 알고 싶어 하는지 말하던가요?"

베넷은 고개를 가로저었다. "아뇨. 하지만 전 캐묻지 않았어요. 전 언제나 에비를 좋아했고, 에비의 일에 간섭할 생각도 없었죠."

레나는 계단을 흘낏 내려다봤다. 아무도 없어서 다행이었다. 하지만 베넷은 아직 레나가 원하는 답을 해주지 않았다. "몰리가 거짓말을 했다고 했잖아요. 무슨 거짓말을 했나요?"

"에비가 협회 일에 관여했는지에 관해서 거짓말을 했죠. 몰리 씨는 에비가 강령회에 참석하지 않았다고 했는데 완전 거짓말이었죠. 변장한 에비를 본 적 있거든요. 작년 여름 강령회 전에 보우가 22번지 앞에서요 그 후로도 한두 번 더 봤죠. 에비는 항상 몰리 씨와 함께 강령회에 참석했어요. 에비가 협회 뒷문으로 숨어 들어가는 것도 여러 번 봤어요."

새로운 정보는 아니었다. 레나는 점점 초조해지는 마음을 억누르려고 애쓰며 다시 물었다. "왜 몰리한테서 달아나라는 쪽지를 써서 준 거죠?"

베넷이 입술을 오므렸다.

"전 항상 만성절 전야의 밤에 몰리 씨와 에비 사이에 무슨 일이 있지 않았나 의심했어요. 에비는 몰리 씨의 지하 저장고 파티에 숨어 들어갈 거라고 했죠. 그러면서 몰리 씨가 언제 파티장에 도착하는지 물었어요. 하지만 전 몰리 씨가 언제 절 부를지 몰랐죠. 에비는 그 파티장에서 몰리 씨와 마주칠까 봐 걱정하는 것 같았어요. 평소에 그렇게 자주 몰리 씨와 같이 다녀놓고 파티장에서는 몰리 씨를 피하려는 이유가 뭔지 알 수 없었죠. 몰리 씨도 그날 밤에 이상하게 행동했어요. 전 몰리 씨에게 언제 집으로 모시러 올지 물었죠. 실망스럽게도 몰리 씨는 마차를 두고 다른 수단을 이용해서 집으로 돌아가라고 했어요. 파티가 늦게 끝날 거라서 마차를 직접 몰고 가겠다고 했죠. 전 조금 불안했어요. 말이 몰리 씨를 좋아하지 않았거든요. 하지만 협회 마차에 협회의 말이니 별수 없었죠. 제가 알겠다고 하지 않으면 뭐라고 하겠어요?" 베넷은 풀죽은 표정으로 어깨를 살짝 으쓱거렸다.

"그날 밤 그 모든 이상한 일이 일어났고, 당신 여동생이자 내 친구인 에비가 죽었죠. 몰리 씨는 뭔가를 아는 게 분명해요. 그날 밤 이후로 서재에서 시간을 보냈거든요. 몰리 씨가 서재를 떠나지 않고 거기서 먹고 잔다고 떠들어대는 회원들 이야기를 들었어요." 갑자기 베넷이 인상을 찌푸렸다. "근데 몰리 씨는 어디 있죠? 강령회는 아직……?" 베넷이 시계를 확인했다. "몇 분 후에 출발해야 해요."

레나는 들을 만큼 다 들었다. "고마워요." 레나가 숨을 내뱉었다.
"그럼……." 레나는 말을 멈추고 베넷의 눈을 똑바로 응시했다. "행
운을 빌어요."

"어디 가려고……."

레나는 베넷의 말을 끝까지 듣지 않았다. 몇 분 만에 계단 아래
로 내려가 바깥으로 나갔다가 골목길로 들어섰다. 그러고는 협회
의 사용자 전용 문을 향해 달려갔다.

레나는 협회 안으로 들어서는 순간 그 자리에 얼어붙었다. 왼쪽
복도 아래쪽, 보델린과 몰리가 갇혀 있는 곳에서 문을 부수는 천둥
같은 소리가 들렸다. 욕설도 쏟아져 나왔다. 몰리 목소리였다. 몰
리가 깨어나 밖으로 나오려고 했다. 레나는 잠시 멈췄다. 구역질을
할 것 같아 두려웠다. 비명이라도 좋으니 보델린의 목소리를 듣고
싶은 마음이 절박했다.

하지만 아무 소리도 듣지 못했다. 숨소리도 들리지 않았다.

레나는 한순간도 낭비하지 않았다. 오른쪽으로 방향을 틀어 계
단으로 향했다. 두 계단씩 성큼성큼 올라갔다. 바지를 입고 있어서
훨씬 수월했다. 하지만 한번 미끄러져서 바닥에 무릎을 세게 부딪
혔다. 레나는 힘겹게 몸을 일으켰다. 자기도 모르는 사이에 뺨을
타고 흘러내린 눈물로 두 손이 축축했다.

화가 난 레나는 마음을 다다히 먹고 도서관으로 향했다. 몰리가
만성절 전야 이후에 서재에 틀어박혀 지냈다고 베넷이 그랬으니

서재를 둘러봐야 했다.

촛불이 없어서 계단 꼭대기에서 복도를 더듬어 길을 찾아갔다. 앞쪽에 도서관의 유리벽이 나타났다. 어제 몰리한테서 자기 서재가 도서관 안쪽에 있다는 이야기를 들었다. 몰리가 현명하지 못하게 털어놓은 유용한 정보였다.

시간이 필요해요. 서재를 둘러보게 시간을 벌어줘요. 레나는 자신의 속옛말이 바닥을 뚫고 내려가 몰리와 보델린이 갇혀 있는 방 안으로 전해지기를 바랐다.

좀 전에 보델린의 목소리를 듣지 못했다. 몰리가 정신이 나가서 이미 보델린을 크게 해쳤을지도 모른다는 생각이 들지 않는 것은 아니었다. 하지만 보델린이 시간을 벌어줄 수 없다고 해도 문 앞의 책장은 시간을 끌어줄 것이다. 몰리는 자기가 직접 세워 놓은 방어벽에 가로막힐 거라고 생각이나 했을까?

도서관 문은 잠겨 있었다. 레나는 잠시 멈췄다가 돌아서서는 한쪽 팔꿈치를 굽혀서 문 유리창을 쳤다. 귀청이 찢어들 듯 시끄러운 소리와 함께 유리가 산산조각났다. 레나는 한 손을 가장자리가 울퉁불퉁한 구멍 안으로 넣어 안쪽 자물쇠를 돌렸다.

도서관 안쪽, 저 멀리 있는 벽은 창문으로 되어 있었다. 레나는 곧장 그쪽 창문으로 달려가 커튼을 쳤다. 거리에서 빛이 들어와서 주변이 잘 보였다. 레나 주변에는 책이 잔뜩 쌓여 있었다. 도서관 안에는 책이 적어도 천 권은 있는 게 분명했다. 레나는 중앙 복도를 따라 걷다가 나무 발판에 부딪혔다. 정강이가 아파서 욕설이 튀어나왔다. 부딪힌 자리가 즉각 부풀어 올랐지만 레나는 계속 도서관 뒤쪽으로, 몰리의 서재로 나아갔다.

그 안쪽 어딘가에서 에비가 여기 왔다는 증거를 찾을 수 있지 않을까? 에비의 수첩이나 옷가지가 있는 게 아닐까?

레나는 닫힌 문을 향해 손을 뻗었다. 레나가 보기에 문은 그거 하나뿐이었다. 그 문이 틀림없었다. 레나는 그 문을 밀어서 열었다.

안으로 들어간 레나는 인상을 찌푸렸다. 소박한 공간은 서재라고 부를 수도 없었다. 차라리 벽장에 가까웠다. 창문 없는 방에 작은 책상 하나, 액자 몇 개, 한쪽 벽에 밀쳐놓은 소파 하나가 전부였다. 적어도 수색하는 데 오래 걸리지는 않을 것 같았다.

레나는 책상부터 뒤지기 시작했다. 오래된 마호가니 책상은 묵직해 보였고, 긁힌 자국이 많았다. 기름 등불 하나가 책상 위에 있었고, 등불 가까이에는 성냥개비가 있었다. 레나는 조금도 머뭇대지 않고 촛불을 켰다. 불빛 아래로 드러난 책상은 긁힌 자국과 흠이 많았다. 그다지 잘 관리하지 못한 상태였다. 하지만 서재 안의 다른 모든 것도 다를 바 없어 보였다. 진짜 딱하기 짝이 없는 부회장이었다.

레나는 책상 위의 서류를 살펴보았다. 영수증, 일지, 제안서, 편지를 마구잡이로 뒤적거렸다. 서류가 바닥에 떨어져도 주울 생각이 없었다.

다음에는 첫 번째 서랍으로 향했다. 서랍을 잡아당겨 열자 대여섯 개 되는 딥펜이 달가닥거리며 굴러다녔다. 검은색과 파란색 잉크통 몇 개는 한쪽에 정리되어 있었다. 작은 쟁반에는 지저분하게 얼룩이 묻은 펜촉이 놓여 있었고, 그 옆에는 두툼한 검은색 고리 모양이 찍힌 압지(글씨가 번지지 않게 물기를 빨아 들이는 종이-역주)가 있었다. 레나는 서랍장을 떼어내어 양탄자 위에 올려놓았다. 그러고는 서랍장이 있던 자리를 더듬어 느슨한 곳이 없는지 살펴보았다. 아무것도 없었다.

다음에는 두 번째 서랍장을 뒤졌지만 별 볼 일 없는 시시한 물건만 가득했다. 검은색 양피지 더미와 여분의 양초, 성냥개비, 손수건, 휴대용 백랍 술병이 있었다. 술병 아래에는 외설스러운 팸플릿 몇 개가 있었다. 레나는 낯부끄러운 사진에도 아랑곳하지 않고 팸플릿을 넘겨보았다. 두 번째 서랍장도 빼서 바닥에 놓아두었다. 이제 레나의 이마 끝에는 땀방울이 맺혔다.

세 번째와 네 번째 서랍장도 뒤졌지만 '몰리 부동산 서류'라는 서류철과 책 한 권 외에는 아무것도 없었다. '몰리 부동산 서류'라면 가족 회계 기록일까? 권두 삽화가 실린 얇은 책 제목은《옷 벗은 여자들 : 흥미진진하고 재미있는 사랑 이야기(Woman Disrobed : A Curious and Amusing Love Tale)》였다. 레나는 서랍장 안의 내용물을 빼서 한쪽으로 치워 두었다.

울음이 터져 나왔다. 에비가 여기 있었다는 증거가 없었다. 몰리가 그런 증거를 근처에 둘 거라고 생각했다니 어리석기 짝이 없었다. 협회에 관한 그 모든 비밀을 밝혀냈는데 결국은 아무런 답도, 해결책도 찾지 못하다니 이해할 수가 없었다.

레나는 세 번째 서랍장 뒤쪽도 살펴보려고 서랍장을 완전히 빼 냈다. 그런데 뭔가 이상해서 인상을 찌푸렸다. 안에 내용물이 없는 데도 서랍장이 무거웠다. 다른 서랍장 두 개보다 훨씬 묵직했다.

레나는 서랍장 바닥을 눌러보았다. 바닥 한쪽 가장자리가 아래 로 살짝 기울어져 있었다. 레나는 이마를 찌푸리며 서랍장 한쪽 바 닥을 더 세게 눌렀다.

그러자 반대편이 위로 팍하고 튀어 올랐다. 손가락을 집어넣을 만한 틈이 생겼다. 레나는 조심스럽게 바닥을 위로 들어 올려 빼 냈다.

레나는 숨이 탁 막혔다. 서랍장 바닥 판자는 사실 바닥이 아니었 다. 가짜 바닥이었다. 그 아래에 숨겨진 공간이 있었다.

속임수야. 레나가 이곳에서 발견했던 많은 속임수와 똑같은 속 임수였다.

그곳에는 책 두 권이 들어 있었다. 진홍색 가죽 제본 책자 한 권 과 레나가 아는 수첩 모퉁이가 보였다. 심장이 쿵쾅대기 시작했다. 몇 달 전, 에비를 떠나보낸 후 레나가 에비의 소지품을 뒤져서 찾 으려고 했던 수첩이었다.

레나는 수첩을 꺼내 무슨 유물이라도 되는 것처럼 반짝거리는 표지를 손으로 쓸어보았다. 에비가 죽은 후로 줄곧 찾았던 수첩이 었다. 에비의 책상에도, 가방에도 없었던 수첩이었다. 그랬던 수첩 이 이제 레나의 손에 들어왔다.

레나는 수첩을 조심스럽게 다루었다. 수첩을 살짝 열어보는 순간 눈에 눈물이 차올랐다. 에비가 절대 보여주지 않았던 수첩이었다. 레나는 죽은 여동생의 사생활을 훔쳐보는 것 같은 느낌을 지울 수가 없었다. 그래도 몇 장을 넘겨보았다. 엄청나게 많은 내용과 목록이 보였다. 런던 강령술 협회 회원들의 계략과 업무처리 절차가 상세하게 적혀 있었다. 에비가 각각의 기법을 언제 어떻게 간파했는지도 넌지시 드러나 있었다.

에비가 손에 힘을 세게 주고 쓴 것처럼 글자가 진하고 굵은 부분도 있었다. 에비는 화났을 때 그런 식으로 글을 쓰곤 했다. 레나와 싸우고 나서 레나한테도 그런 편지를 몇 통이나 보냈는지 모른다.

레나는 수첩을 잡은 팔을 앞으로 쭉 뻗었다. 수첩을 잠시 그렇게 들고 있었다. 몰리의 범죄 행각을 증명해줄 가장 유력한 증거를 찾았다. 에비의 극히 사적인 소지품이 몰리의 비밀 서랍에 숨겨져 있었다. 에비의 수첩은 몰리가 어떤 식으로든 에비의 죽음에 관여했다는 증거였다. 몰리가 치정 살인을 저질렀을 가능성이 점점 높아지는 것 같았다.

레나는 수첩을 넘겨보다가 수첩 안에 끼워져 있는 편지 봉투를 발견하고 깜짝 놀랐다. 하지만 놀람은 봉투의 반송 주소와 소인을 보는 순간 경악으로 변했다.

에비가 죽기 2주 전, 10월 둘째 주에 파리에서 에비에게 날아온 편지였다.

편지를 보낸 사람은 다름 아닌 보델린 달레어였다.

충격적인 사실이었다. 보델린은 에비가 죽기 겨우 2주 전에 에비에게 편지를 보냈다는 이야기를 한마디도 하지 않았다.

레나는 봉투를 뒤집어 편지지를 잡아 빼냈다. 종이에 손가락이 베였지만 신경 쓰지 않았다. 레나는 편지지를 등불 불빛을 향해 들어 올려 희미한 글씨를 눈으로 읽었다. 휘갈겨 쓴 글씨체를 알아볼 수 있었다. 최근 며칠 동안 보델린과 함께 연구하면서 수없이 봤던 글씨체였으니까.

새해에 폭로 기사를 〈스탠더드 포스트〉에 보내고 런던 강령술 협회의 비밀을 밝히는 문제 말인데…….

레나는 얼굴을 찌푸렸다. 폭로 기사? 말이 되지 않았다. 레나는 불편하게 살갗에 닿는 점퍼 깃을 잡아당겼다. 갑자기 지독하게 어지러웠다. 어지러워서 편지를 잘못 읽은 게 분명했다.

레나는 편지 맨 아래를 힐끗 쳐다봤다. 다시 확인해봐도 발신자는 보델린이 맞았다. 레나는 다시 첫 문장을 읽었다. 새해에 폭로 기사를…….

"이해할 수가 없어." 레나가 혼잣말했다. 두 손이 마비됐다. 시야가 희미해지고 흐릿해졌다. 불빛이 어두운데다 눈물에 가려 눈앞의 글자가 일그러지고 빙글빙글 도는 것 같았다. 레나가 편지를 훑어봤지만, 편지 내용이 띄엄띄엄 눈에 들어왔다.

……몇 달 동안 안팎에서 정보를 얻어내다니 정말 대단해. 몰리도 손씨 좋게 유혹했지……

……진홍색 책자를 훔쳐낼 방법을 찾아야 해. 그 책자가 결정적

인 증거가 될 거야. 그걸 폭로 기사와 함께……

……난 지금 파리에 있어서 그 일을 할 수가 없어……

……엘로이즈의 복수를 하고 이 모든 일을 바로잡으려면……

온몸이 심하게 떨리기 시작했다. 편지가 손가락 사이로 빠져나가 바닥으로 떨어져 내렸다.

폭로 기사. 복수. 에비는 협회에 협조한 게 아니었다. 협회에 대항하려고 했다.

에비는 죽기 전에 이상하게 여기저기를 들쑤시고 다녔고, 의심스러운 강령술 책략을 부지런히 조사하고 기록했다. 협회 강연에도 빠지지 않고 참석했다.

레나는 처음에 에비가 광신교에 빠졌다고 생각했다. 하지만 그렇지 않았다.

몇 시간 전에는 에비가 범죄자들과 공모했다고 생각했다. 하지만 그것도 아니었다.

에비는 탐정처럼 범죄 사건을 조사해서 보도하려고 했다.

이 모든 사실이 밝혀진 덕분에 에비의 동기는 분명하게 드러났다. 하지만 비난의 화살은 다른 사람, 다름 아닌 보델린에게 날아갔다. 편지 내용으로 보아 보델린은 런던을 떠나 파리로 간 후에 자기 대신 협회를 조사하라고 에비를 부추겼다. 심지어는 그렇게 해달라고 에비에게 간청했다. 보델린의 편지는 행동을 요구하는 간청이었다. 편지에는 이렇게 쓰여 있었으니까. 방법을 찾아야 해.

레나는 무릎을 꿇고 앉아 편지를 계속 읽었다.

······난 볼크먼과 아주 친한 동료라서 볼크먼과 친한 몰리의 지하 저장고 파티에도 자주 갔어. 몰리가 만성절 전야에 여는 파티는 아주 호화롭고 전설적인 파티야. 다들 지하 저장고 파티라고 부르지. 네가 변장하고 그 파티장에 몰래 들어가 보는 거 어때?

······파티는 항상 7시에 시작해. 9시쯤에는 만취해서 떠들썩하게 노는 사람들로 북적거리지. 그때 베르무트 지하 저장고로 몰래 들어가는 거야. 몰리가 극히 개인적인 서류를 그곳에 보관해둔다는 이야기를 볼크먼한테서 들었어. 아무것도 보장할 수는 없지만 만약 그 책자가 거기에 있다면······.

편지에서 전하는 바는 분명했다. 책자를 손에 넣어. 보델린은 편지에서 그 책자를 결정적인 증거라고 했다. 레나는 서랍에 숨겨진 두 번째 물건을 살펴봤다. 진홍색 책자였다. 레나는 진홍색 책자를 집어 들어 뒤집어보았다. 협회 내부의 악당들이 사용한 책략에 관한 정보가 담겨 있는 책자일지도 몰랐다. 몰리가 직접 기록했을까? 결정적인 증거인 것만은 분명했다.

어쨌든 보델린이 볼크먼과의 우정과 몰리의 파티에 관한 정보를 이용해서 에비를 위험한 상황으로 몰아넣은 건 분명했다. 보델린은 에비에게 자기 대신 손을 더럽히는 일을 시켰다. 잠입해서 비밀을 파헤치라고 했다. 폭로 기사를 쓰고 진홍색 책자를 훔쳐서

〈스탠더드 포스트〉에 보내라고 시켰다.

에비는 그 일을 처리하다가 죽었다.

"아냐. 그럴 리 없어." 레나는 여전히 바닥에 무릎을 꿇고 있었다. 토악질이 나올 것 같아서 몸을 앞으로 숙였다. 레나는 지난 몇 주를 되짚어보았다. 보델린의 집 문 앞에 도착한 이후부터 지금까지 전부 다. 레나는 보델린에게 여동생 에비 위키스가 살해됐다고 말했다. 그러자 보델린은 즉시 레나를 받아주었다. 그러고는 최대한 빨리 에비의 복수를 하기 위해 정규 훈련 일정과 별도로 훈련 일정을 짜서 레나의 훈련에 박차를 가했다. 레나는 보델린이 예전 제자를 가여워하는 마음에 그런다고 생각했다. 어쩌면 레나와 친하다고 느껴서 그랬을 수도 있었다. 레나는 어느 쪽이 맞는지 알수가 없었다.

고의든 아니든 보델린은 에비를 사악한 인간들이 들끓는 악의 구렁텅이로 밀어 넣었다. 보델린이 몰리의 편지를 받고 난 후 볼크먼이 죽었다고 하면서 눈물을 쏟아냈던 기억이 났다. 아마도 그때 자신이 협회 내부의 악당을 밝혀내려고 하다가 두 사람을 죽음으로 몰아넣었다는 사실을 깨달은 모양이었다.

새로운 진실이 밝혀지자 모든 일이 다르게 보였다. 지난 몇 주 동안 레나가 보델린과 주고받았던 모든 감정이 진짜였을까? 친밀함과 애정은 물론이고 서로의 약점까지 나누었던 관계가 진짜였을까? 레나는 매춘업소로 가는 길에 아주 능숙하게 행동했던 보델린이 생각났다. 그때도 보델린이 남자들을 너무 잘 속여 넘기는 모습을 보고 왠지 모르게 마음이 불편했다. 그 느낌을 무시하지 말 았어야 했다.

보델린이 또 얼마나 많은 사실을 숨겼을까? 레나는 뺨에 닿았던 키스의 여운보다 에비에 관한 진실을 더욱 간절하게 원했다. 보델린한테서 한 줌의 정직함이라도 얻어낼 수 있다면 손을 잡고 기대에 찬 시선을 나누는 즐거움을 다 포기할 수 있었다.

레나는 보델린이 어떤 사람인지 전혀 알 수 없었다. 새로운 사실이 밝혀진 지금은 그랬다. 보델린은 런던 강령술 협회 회원들 못지않은 거짓말쟁이 같았다. 아래층에 있는 저 여자는 대체 누굴까?

순간 레나는 이 질식할 것 같은 공간에서, 거짓말로 가득 찬 이 협회에서, 여동생이 살해된 이 도시에서 자신이 어디에 있는지 잊어 버렸다. 눈앞 세상이 빙글빙글 돌고 일그러지기 시작했다. 끔찍하게 외로웠다. 유일한 동맹군인 보델린이 이제는 동맹군이 아니라는 사실을 알았으니까. 보델린은 낯선 사람이었다. 진실을 숨기는 거짓말쟁이에 속임수의 대가였다.

더 끔찍한 사실은 방금 레나가 그 거짓말쟁이에게 자신의 감정을 고백했다는 것이다. *제가 원하는 건 당신이에요.* 좀 전에 레나가 보델린에게 고백한 말이었다.

하지만 이제는 아니었다. 진실을 알고 난 지금은 아니었다. 레나는 보델린의 어떤 부분도 원하지 않았다.

레나는 보델린의 편지와 에비의 수첩을 옆으로 밀쳐놓았다. 더는 참을 수 없어서 양피지 제본 책자를 들어 올려 표지를 들쳐 보왔다. 레나는 에비와 보델린이 그렇게도 절박하게 손에 넣고 싶어 했던 책자를 읽기 시작했다.

몰리
MOLLY

1873년 2월 16일 일요일, 런던

창고방에 들어가는 순간 레나가 보이지 않는다는 사실을 알아차렸어야 했다. 하지만 옷을 벗은 보델린을 보자마자 욕망이 내 감각을 집어삼켰다.

그 이후 벌어진 고통스럽고 충격적인 사건 때문에 대체 무슨 일이 있었는지 기억이 잘 나지 않았다. 뒤쪽에 뭔가가 있는 걸 알아차리고 재빨리 돌아서서 레나에게 질문을 던졌다. 무슨 질문을 했는지는 모르겠다.

잠시 후 감각이 돌아왔을 때는 내 코에서 뜨거운 피가 흘러내려 내 손을 적셨다. 나는 가장 가까이 있는 보델린의 발목을 움켜쥐었다.

간신히 몸을 일으켜 세웠을 때는 곧장 문을 향해 돌진했다. 문을 밀어서 열려고 했다. 그러다 멍해져서 양손을 아래로 툭 떨어뜨렸다. 레나가 우리를 가둬 놓았다. 내가 그랬던 것처럼.

나는 욕설을 내뱉으면서 몸으로 문을 밀어붙였다. 머리가 어지러웠다. 바지를 내려다본 순간 내가 공격당한 후에 소변을 지렸다는 끔찍한 사실을 깨달았다. 보델린은 겁먹은 표정으로 저 안쪽 벽에 딱 붙어 서 있었다. 어쩌면 울고 있는지도 모르겠다.

문이 딸깍 하고 열리는 소리를 들은 것 같았다. 바깥쪽으로 이어지는 문, 뒤쪽 골목길로 나가는 문이었다. 레나가 그 문을 열고 나갔다면 집으로 갔기를, 여기서 도망쳤기를 바랐다. 하지만 레나가 그보다 더 영리한 게 아닐까 하는 생각이 들었다. 레나가 뭘 찾으러 갈지 생각하자 식은땀이 흘렀다. 도서관 안쪽의 내 서재를 뒤질까 봐 두려웠다.

나는 문을 더 세게 걷어찼다. 손잡이 주변에 천천히 금이 가기 시작했다. 몇 분 동안 계속 그렇게 문을 발로 찼다. 문짝을 일부만 부수어도 그 사이로 손을 넣어 책장을 옮길 수 있을 텐데…….

문이 얼마나 오래 버틸까? 나는 주변을 힐끗 둘러보았다. 뭔가 튼튼한 물건으로 문을 부수고 싶었다. 그때 갑자기 위층 어딘가에서 유리창 깨지는 소리가 났다. 도서관이야. 나는 이 사실을 깨닫고 비명을 지를 뻔했다.

방 한쪽으로 달려가 의자를 집어 들어서 문을 내리쳤다. 몇 차례 더 그렇게 문을 내리쳤지만 의자는 내 어깨보다 못했다. 의자 다리 하나만 동강이 났다. 나는 한 번 더 몸을 던져 문을 밀었다. 시간이 흘러갈수록 레나가 내 책상 세 번째 서랍장 아래 비밀 서랍을 찾아 낼 가능성이 높아졌다.

비가 내리는 10월의 어느 날 오후였다. 우편물을 다 정리했을 때였다. 에비를 칭찬하는 새로운 문의 편지 두 개가 들어와서 기분이 좋았다. 그런데 몇 미터 떨어진 곳에 있는 뭔가가 눈에 들어와서 인상을 찌푸렸다. 어젯밤에 에비와 함께 있었던 소파 아래쪽에 뭔가가 있었다. 또 다른 편지 봉투처럼 보였다. 내 우편물 더미에서 떨어진 걸까? 편지가 발이 달려서 저 소파까지 걸어갔다면 모를까, 그럴 리가 없었다. 나는 편지 개봉용 칼을 내려놓고 떨어진 편지를 가지러 갔다.

편지 앞면을 읽어보았다. 발신자와 주소가 블록체로 깔끔하게 손으로 쓰여 있었다. 편지 앞면의 글씨를 읽는 순간 손바닥이 축축 해졌다. 보델린 달레어에게 보내는 편지였다. 발신자는 다름 아닌 에비 위키스였다. 소인까지 찍혀 있어서 우체통에 넣기만 하면 되는 편지였다. 편지 봉투는 무척 두툼했다. 봉투 가장자리에 참새와 조류의 알이 자그맣게 그려져 있었다.

나는 소파를 다시 쳐다보면서 눈살을 찌푸렸다. 어젯밤에 에비는 방금 내가 편지를 발견한 곳 근처에 가죽 가방을 내려놓았다. 에비의 가죽 가방에서 떨어진 편지가 분명했다.

나는 눈을 몇 번 깜박이면서 어떻게 할지 생각했다. 편지를 뜯어 보지 않은 채 다음번에 에비를 만나서 돌려줄 수도 있었다. 아니면 내가 편지를 우체통에 넣을 수도 있었다. 어차피 오늘 협회 우편물도 몇 통 보내야 했다.

이와는 다른 세 번째 방법이 있었다.

나는 서재 문으로 걸어가 걸쇠를 걸었다. 그러고는 편지봉투칼로 편지 봉투를 찢어 열었다.

그러고는 편지지를 꺼내 다 합쳐서 여섯 장인 편지를 읽기 시작했다.

첫 단락을 읽자마자 내용이 암울해질 거라고 예상했다.

선생님, 전 선생님의 예전 제자예요. 선생님 제자였던 만큼 이 정보를 선생님께 알려드려야 할 것 같아요.

전 런던 강령술 협회에 관한 정보를 얻었어요. 협회의 몇몇 영매 활동이 전혀 합법적이지 않고, 허가받지도 않은 데다 비도덕적이라는 사실을 알아냈죠. 적어도 협회 회원 한 명은 비도덕적인 연기자이자 사기꾼이에요.

전 올해 많은 시간을 투자해서 장문의 폭로 기사를 익명으로 작성하고 있어요. 협회 회원들의 행동을 상세하게 밝혀줄 기사죠. 이름과 날짜, 가능하면 장소까지 다 적을 거예요.

일 년 전 제일 친한 제 친구 엘로이즈 헤슬롭이 사망한 이후부터 협회를 의심했어요. 런던 강령술 협회는 엘로이즈의 강령회를 진행했어요. 하지만 타당성이 부족한 강령회라서 의심스러웠죠. 뭔가 이상하다는 직감이 들었어요. 전 그들의 실제 활동에 관한 정보를 얻을 수 있을까 해서 협회 본부에도 한두 번 몰래 들어가려고 했어요.

하지만 제가 그런 활동에 엮일 줄은 예상 못 했어요. 하지만 협회 내부 업무에 가까이 접근할수록 그들의 음모가 얼마나 뿌리 깊은지 알 수 있었죠. 엘로이즈의 강령회 이후 좌절감과 분노에 휩싸여 협회를 조사하기 시작했는데 협회 일에 점점 더 깊이 연루되고 말았어요. 제가 발견한 사실은 한마디로 섬뜩했어요.

전 (변장을 하고) 다수의 협회 강연과 강령회에 참석하면서 폭로 기사를 작성하는 아주 독특한 위치에 빠졌어요. 게다가 장례식과 초상집 밤샘에 참석하는 일도 맡았어요. 거기에 가서는 부유한 애도자들을 물색하고 협회의 명성을 홍보해야 했죠. 사실 전 홍보는 별로 하지 않고 주로 조용히 조의를 표하기만 했어요. 그러고 나서 애도자들이 진짜로 협회 서비스를 받고 싶어 한다고 믿게 만들려고 저한테 그런 일을 시킨 협회 부회장에게 편지 몇 통을 위조해서 보냈어요.

이런 식으로 술수를 부려야 제가 하려는 일을 오랫동안 할 수 있어요. 전 새해에 폭로 기사를 〈스탠더드 포스트〉에 보내려고 해요. 런던 강령술 협회는 강령술을 망쳐놓고 타락시

켰어요. 하지만 그게 끝이 아니었어요. 그보다 다 심한 짓을 했죠. 약자, 특히 여자들을 학대했어요.

에비는 협회의 책략과 수법을 20개 이상 적었다. 그 내용만 해도 편지의 절반 이상을 차지했다. 협회의 음모는 끔찍할 정도로 정확하게 기술했다. 맙소사, 나도 다 아는 내용이었다. 내가 에비에게 알려줬던 거니까.

눈으로 편지를 읽으면서도 믿을 수가 없었다. 심지어는 두렵기까지 해서 눈앞의 글자가 흐릿해졌다. 에비가 나처럼 탐욕스럽다고 생각했다. 에비도 협회처럼 성공과 부를 원한다고 생각했다. 에비도 사기를 치고 속임수를 써서 자기 길을 개척해 나간다고 생각했다.

그런데 이게 뭐지? 에비가 지금까지 내내 연기를 했다는 뜻이었다. 월급을 받고 공범으로 일하자는 제의에 에비가 얼마나 흥분했는지 기억난다. 내가 뭘 제공하는지 깨닫고는 에비가 어떻게 웃어졌혔는지도 생생하게 기억난다. 돌이켜보면 부끄럽기 짝이 없다. 동류를 알아볼 줄 알았어야 했는데. 나와 에비의 유일한 차이점은 에비가 여자라서 내 아킬레스건을 자를 수 있다는 것이었다. 에비는 내 욕망을 이용할 수 있었다.

그때 뭔가 다른 게 떠올라서 가슴이 철렁 내려앉았다. 묘하게 아름다워요. 다른 남자와 다른 점이잖아요. 에비가 내 반점을 보고 했던 말이었다. 그 말을 듣고 런던의 모든 여자가 내 반점을 혐오

하지는 않는다는 생각에 얼마나 우쭐해졌던가. 하지만 그건 다 거 짓말이었다. 날 유혹하려는 수작에 불과했다. 사실 나한테도 성적 매력이 있다고 생각했는데 실상은 그게 아니었다니 편지도 편지지 만 자존심이 크게 상했다.

폭로 기사를 작성하는 아주 독특한 위치에 처했어요. 에비는 편 지에 이렇게 썼다. 독특한 위치라. 독특한 체위를 연상시키는 이중 적인 의미가 담긴 말이었다. 나는 에비가 여러 차례 걸터앉아서 옷 을 비틀어 한쪽으로 끌어당기곤 했던 책상 모서리를 바라보았다.

편지를 계속 읽었다. 불가능하다고 생각했는데 내용이 점점 더 암울해졌다.

올해 초부터 회원 한 명을 조심스럽게 미행했어요. 몰리라 는 협회 부회장이에요.

"맙소사." 남장하고 심령체 강연에 참석했던 에비를 처음 만났 던 날이 떠올랐다. 그날 에비를 만났을 때 어딘가에서 한두 번 봤 던 것 같은 느낌이 살짝 들었다. 그때 그 직감을 믿었어야 했다.

몰리는 가끔 작은 진홍색 책자를 가지고 다녀요. 협회에 치 명적인 증거가 그 책자에 담겨 있는 게 아닌가 싶어요. 자신 들의 가장 끔찍한 행동을 자기들 손으로 직접 기록해 놓았을 지도 몰라요.

이 부분을 읽자 가슴이 서늘해졌다.

에비가 진홍색 책자를 발견했다.

　　물리를 계속 따라다니면서 그 책자를 안전하게 빼내고 싶어요. 그걸 손에 넣으면 폭로 기사와 함께 신문사에 보낼 거예요. 물론 익명으로 보내겠지만 몰리는 제가 그랬다는 걸 알겠죠. 폭로 기사가 나가자마자 전 한동안 여길 떠나있을 거예요. 어쩌면 몇 달 동안이요. 선생님이 이번에는 파리에서 절 훈련생으로 받아주실 수 있을까요? 선생님도 좋아하시지 않을까요?

　　마지막으로 몇 자 더 적을게요. 전 항상 선생님이 왜 그렇게 빨리 소리소문없이 런던을 떠났는지 궁금했어요. 선생님도 비슷한 상황에 빠졌던 건가요? 그렇더라도 이 편지가 선생님에게 반가운 소식이 되기를 바라요. 애도자들을 이용하고 자기들 입맛대로 조종하는 남자들에게 복수하는 이야기니까요. 선생님은 복수를 원칙으로 삼아 평생의 경력을 쌓아올렸잖아요.

　　선생님 답장을 기다릴게요.

선생님의 헌신적인 친구이자 학생

에비 R. 위키스가.

편지를 내려놓았다. 가슴이 서늘해졌다. 좀 전에 즐겁게 읽었던 문의 편지 두 통을 바라봤다. 에비가 위조한 편지였다. 문의 편지를 좀 더 자세히 들여다보자 두 통의 편지 필체가 비슷하다는 게 눈에 들어왔다. 똑같이 기울어진 필체였다. 그걸 단번에 알아차리지 못하다니 바보나 다름없었다.

에비가 또 뭘 하려고 했을까? 이제 에비에 관한 건 무엇이든 그냥 넘길 수 없었다.

10월의 비를 맞아 여전히 축축한 옷이 살갗에 닿아 얼음처럼 차갑게 느껴졌다. "그래, 우리의 비밀을 갖고 마음껏 뛰어놀게 해주지." 나는 굴욕감에 젖어 이렇게 중얼거렸다. 에비 앞에서 옷을 벗은 적이 그렇게 많았건만 갑자기 벌거벗은 느낌, 완전히 노출된 느낌이 들었다.

나는 책상으로 다가갔다. 주먹 쥔 손을 들어 올렸다가 아래로 세게 내려쳤다. 그 거친 동작에 공기가 흔들리고, 얇은 벽이 떨렸다. 협회의 사명이 인쇄된 나무 액자가 벽에서 바닥으로 떨어져 내렸다.

레나
LENNA

1873년 2월 16일 일요일, 런던

레나는 진홍색 책자를 손에 든 채 등불을 향해 조심스럽게 몇 걸음 옮겼다. 좀 전에 옆으로 치워 두었던 서류 더미와 서랍장을 피해서 걸었다. 등불 가까이 도착해서는 책장을 들어 올려 더욱 자세히 들여다보았다.

바깥쪽 표지에는 인쇄된 글씨나 표식이 전혀 없었다. 표지 안쪽에는 'TLSS 특수 거래'라고 작게 적혀 있었다.

인쇄된 책은 아니었고 잘라낸 신문 기사를 모아둔 것이었다. 앞쪽에는 입장권처럼 잠깐 쓰고 버리는 갖가지 자료가 정리되어 있었고, 뒤쪽에는 손으로 쓴 짤막한 글이 있었다. 레나는 신문 기사부터 살펴보았다. 사망 기사와 사망통지서가 있었고, 결혼과 유산, 부유한 런던 가문의 부동산 증서에 관한 기사가 이상하게 많았다. 사망 기사 중에는 생존해 있는 아내와 아이들 이름에 밑줄이 그어져 있기도 했다. 이상하기 짝이 없었지만 협회에 대한 에비의 의심과 맞아떨어지는 증거였다. 협회는 부자를 먹잇감으로 삼았다.

레나는 책장을 뒤쪽으로 훌훌 넘겨보았다. 특정 이름에 짤막한 단락이 딸린 부분이 나왔다.

레나는 아무 쪽이나 펼쳐 보았다. 일 년도 더 지난 날짜의 단락이 나와서 재빨리 읽었다.

M.J. 플랜더스(Flanders), 버클리 광장(Berkeley Square) 거주, 31세. 스티븐스(Stevens) 경의 외동딸이자 상속녀인 29세의 헨리에타(Henrietta)와 최근에 결혼함. 버클리의 부동산을 스티븐 경한테서 결혼 선물로 받았고, 헨리에타 소유의 상당한 연금이 있음. 아이는 없음. 플랜더스는 목요일마다 늦게 은행을 나서고, 골든 광장(Golden Square) 서쪽의 음식점에서 8시에 저녁을 먹음.

확보한 협회 서약자 후보: 스틸(Steel) 씨

연간 협회 지급 추정액: 550파운드

사례 검토 및 동의 날짜: 1871년 9월 4일

레나는 이상한 내용에 눈살을 찌푸렸다. 아내 헨리에타와 헨리에타의 재산에 중점을 둔 내용이 분명했다. 누가 이 글을 썼을까? 왜 플랜더스 씨의 행적을 특별히 자세하게 기록했을까?

레나는 몇 장을 넘겨 다른 단락을 읽어보았다.

링컨셔(Lincolnshire)의 크리스토퍼 블랙웰 경, 지금은 웨스트민스터(Westminster)에 거주 중.

첫 문장에서 레나는 숨이 턱 막혔다. 지난 2월 말에 크리스토퍼 블랙웰 경이 사망했다는 소식을 모르는 런던 사람은 아무도 없었다. 블랙웰 경의 명성이 높았던 탓에 그의 사망 기사가 신문에 크게 실렸다. 경찰은 블랙웰 경이 서재에서 공격당했다고 했다. 범인은 잡히지 않았다.

레나는 손으로 쓴 블랙웰 경에 관한 단락을 다시 읽었다.

블랙웰은 최근에 엉덩이를 다쳤음. 앞으로 집에 머물 예정임. 서재에서 대부분의 시간을 보냄. 집 북쪽 끝에 직통 출입문이 있음.

확보한 협회 서약자 후보: 드 빌(DeVille) 씨

연간 협회 지급 추정액: 830파운드

사례 검토 및 동의 날짜: 1872년 2월 18일

레나는 살갗이 간질거렸다. 뭔가가 아주 잘못된 것 같았다. 블랙웰에 관한 단락에는 블랙웰의 서재와 서재 출입구가 언급되어 있었다. 게다가 이 단락의 날짜는 블랙웰이 서재에서 사망하기 며칠 전이었다. 우연치고는 지나쳤다. 서늘한 한기가 레나의 전신을 덮쳤다. 레나는 마음을 단단히 먹고서 몇 장을 더 넘겼다.

리처드 클라렌스(Richard Clarence) 씨, 부서 승합마차 운전사. 협회에 관해 알아낸 내부 정보를 폭로하겠다고 여러 차례 협박함.
확보한 협회 서약자 후보:
연간 협회 지급 추정액:
사례 검토 및 동의 날짜: 1871년 3월 8일에 재검토하고 동의 받지 못함.

"맙소사." 레나가 숨죽여 말했다. 이 모든 단락이 뜻하는 끔찍한 진실은 딱 하나였다. 몰리가 이 책자를 책상 서랍의 비밀 공간에 숨겨놓은 게 전혀 이상하지 않았다. 이 책자는 살인 명부였다.

레나는 잠시도 머뭇거리지 않고 10월자 단락을 찾아 거의 뒷장까지 책장을 넘겼다.

레나가 찾아봐야 하는 또 다른 이름이 있었다. 백작도 아니고, 상속자도 아니지만 그보다 훨씬 중요한 사람이었다. 협회에 잠입한 사람, 몇몇 비밀을 밝혀낸 사람, 가장 큰 비밀을 추적한 사람이었다.

책자를 홀홀 넘기던 레나는 마침내 10월자 단락을 찾았다. 금방이라도 에비의 이름을 찾아낼 수 있을 것 같았는데…….

하지만 레나의 표정이 일그러졌다. 9월, 10월, 심지어는 11월까지 찾아봤지만 에비의 이름은 없었다. 몰리는 에비가 협회에 대항하고 있다는 사실을 알고 있었기 때문에 에비를 살해할 동기가 충분했다. 그뿐만 아니라 에비의 수첩이 몰리의 책상에 숨겨져 있기도 했다. 그런데 왜 에비의 이름이 책자에 없을까?

레나는 그 이유를 생각해볼 시간이 없었다. 몸을 곧추세우고 숨을 천천히 골랐다. 레나는 협회의 진짜 비밀을 찾아냈다. 이 책자는 몰리를 잡아넣을 수 있는 강력한 증거였다. 에비가 이 책자를 손에 넣고 싶어 할 만도 했다. 경찰과 신문에서 이 증거를 아주 좋아할 거야. 에비도 알았을 거야. 레나는 속으로 이렇게 생각했다.

레나는 진홍색 책자와 에비의 수첩을 낚아채서 사용자 전용 문으로 나가 집으로 곧장 가기로 마음먹었다. 나가는 길에 몰리와 마주칠 가능성도 있었다. 몰리가 문을 부수고 나왔다면 가능한 일이었다. 레나는 책상 위에 딱 보이는 자리에 놓인 편지봉투칼을 움켜쥐었다. 분노와 슬픔에 잠식되어 필요하다면 편지봉투칼을 몰리의 눈에 찔러넣을 수 있을 것 같았다.

보델린은 어떨까? 안전할까? 살아있을까? 몸 상태가 좋지 않을까? 아무래도 상관없어. 날 배신한 여자야. 에비도 배신했지. 이렇게 생각하자 목구멍이 꽉 조여들었다. 오늘밤 보델린이 어떻게 되든 신경 쓰지 않겠다고 레나는 마음먹었다. 죽게 내버려 두지 뭐.

보델린은 제자에게 더러운 일을 시킬 게 아니라 자신이 직접 협회를 조사해야 했다.

레나는 보델린이 에비에게 쓴 편지를 한 번 더 힐끗 살펴봤다. 편지에 엘로이즈 이야기가 나왔다. 뭔가 이상했다. 에비가 보델린에게 엘로이즈 이야기를 써서 보냈을까? 어쩌면 에비는 협회 회원들이 진행했던 엘로이즈의 강령회가 터무니 없었다는 이야기를 했는지도 몰랐다. 아니면……

레나는 숨을 헉 들이마셨다. 그래, 살인 명부! 에비가 의심한 게 그거라면?

레나는 재빨리 1870년 1월자 기록을 찾아보았다. 1월은 엘로이즈가 사망한 달이었다. 1월자 기록 맨 마지막에 레나가 찾던 단락이 있었다.

L. 헤슬롭 씨, 철도 사업과 강철 사업에서 큰돈을 벌었음. 매일 저녁 7시 30분쯤에 리젠트 공원 남서쪽 가장자리를 따라 산책함. 요크 게이트(York Gate)로 들어가 호수를 반시계 방향으로 산책함.
확보한 협회 서약자 후보: 클레랜드 씨
연간 협회 지급 추정액: 1,000파운드
사례 검토 및 동의 날짜: 1870년 1월 12일

레나는 믿을 수가 없었다. 눈물이 흘러내리는 사이사이로 딸꾹

질이 멈추지 않았다. 책자를 벽에 던져버리고 싶었다. 몰리가 엘로이즈의 아버지를 살해했다. 엘로이즈는 예기치 않게 아버지를 따라 산책갔다가 살해당했다.

레나뿐만 아니라 엘로이즈의 가족과 친구들은 몇 년 동안이나 엘로이즈의 아버지가 차가운 호수에 빠진 딸을 구하려다가 사망했다고 생각했다. 지금까지 다들 완전히 잘못 알고 있었다.

하지만 풀어야 할 퍼즐이 하나 더 있었다. 클레랜드 씨의 이름이 언급되어 있었다는 점이었다. 클레랜드 씨는 엘로이즈의 어머니와 결혼한 사람이었다. 도박 빚을 상당히 많이 지고 있었고, 매년 협회에 엄청난 빚을 갚아야 하는 협회 서약자 후보였다.

그렇다면 결론은 하나였다. 클레랜드 씨는 값비싼 거래에서 졸개 역할을 맡은 것이었다. 부유한 미망인과 결혼하면 빚을 갚을 수 있을 뿐만 아니라 협회에 엄청난 연회비를 낼 수 있었다. 협회가 그 모든 일을 계획한 것 같았다. 엘로이즈의 아버지 강령회에서 일을 진행하기 시작했을 것이다. 엘로이즈의 아버지 강령회에는 엘로이즈의 어머니 외에는 아무도 참석하지 못했다.

정말 소름끼치는 사실이었다. 레나는 엘로이즈가 여기 없어서 지저분한 진실을 듣지 못해 다행이라고 생각했다.

몰리는 사기꾼일 뿐만 아니라 사람을 교묘하게 조종했다. 환상을 만들어냈고, 거짓의 대가였다. 도시 전역에서 사기성 짙은 강령회를 진행했을 뿐만 아니라 회원들이 여자들을 침대로 끌어들여도 제지하지 않았다. 몰리의 만행은 여기서 그치지 않았다.

몰리에게는 다른 계획도 있었다. 훨씬 더 끔찍한 계획이었다. 몰리는 부유한 남자를 살해하고, 미망인을 서약자라 부르는 협회 회원과 결혼시켰다. 그러고는 그 거래에서 상당액의 연회비를 받아냈다.

사악하기 그지없는 사업이었다.

그런데 어떻게 강령회를 이용해서 미망인을 협회 서약자와 결혼시켰을까? 레나는 어떻게 그런 일이 가능한지 알 수 없었다.

협회의 비밀을 폭로하겠다고 위협했던 승합마차 운전사 리처드 클라렌스 씨도 가여웠다. 몰리는 협회 내부 정보를 폭로하겠다고 위협하는 사람이라면 자기 사람이라도 가차 없이 죽였다. 베넷은 작년 초에 협회 마차 운전사가 됐다고 했다. 그렇다면 클라렌스 씨가 살해당한 직후가 분명했다. 그때 몰리는 자선활동에 관여하고 있어서 청각 장애인 운전사를 고용한다는 광고를 냈다. 하지만 레나는 더 이상 그런 주장을 믿지 않았다. 몰리는 비밀을 폭로하겠다고 협박하지 않는 운전사가 필요했을 뿐이었다.

에비에서 엘로이즈까지. 몰리는 레나가 한때 사랑했던 모든 것을 빼앗아 갔다. 레나는 편지봉투칼을 더욱 세계 움켜쥐었다.

이제 가야 할 시간이었다. 하지만 그때 무슨 소리가 들렸다. 쿵.

레나는 그 자리에서 얼어붙었다. 입이 바싹 말랐다. 또다시 쿵 소리가 들리더니 외침 소리가 이어졌다. 갑작스럽게 침묵이 깨지는 바람에 레나는 깜짝 놀랐다. 진홍색 책자가 레나의 손에서 바닥으로 떨어졌다.

누군가가 막 도서관 문으로 들어왔다. 레나가 부순 도서관 문으로 누군가가 들어와 레나를 향해 다가오고 있었다.

레나는 재빨리 주위를 둘러보았다. 창문도 없고, 도서관으로 나가는 출구도 없었다. 그때 발치에 떨어진 책자가 눈에 들어왔다. 가장 최근 페이지가 활짝 펼쳐져 있었다.

레나가 보지 못했던 부분이었다. 하지만 거기에 레나가 아는 이름이 있었다. 최근에 급하게 적어놓은 이름 하나였다. 아니, 실은 이름 두 개였다.

보델린 달레어와 벡 경관

아래에는 이렇게 적혀 있었다.

장소: 볼크먼 강령회

레나는 숨을 쉬기가 어려웠다.

몰리가 보델린을 런던으로 부른 이유가 이거였을까? 볼크먼 살인사건을 해결하기 위해서가 아니라 보델린을 죽이려고 부른 걸까? 보델린은 해결되지 않은 골칫거리였다. 협회에 관한 소문을 알고 있었고, 몰리가 알아냈듯이 에비와 서신을 주고받았다.

벡 경관은 몰리의 졸개에 불과했던 모양이었다. 벡 경관이 신변을 보호해 주겠다고 한 덕분에 보델린이 런던으로 돌아오겠다고 마음먹었으니까. 몰리에게 벡 경관은 보델린을 런던으로 불러들이는 도구에 불과했다.

레나는 방금 알아낸 모든 사실을 받아들이려고 애쓰며 숨을 토해냈다.

그때 이름 하나가 더 눈에 들어왔다. 오른쪽 여백에 잉크로 쓴 지 얼마 안 되는 이름은 다섯 글자였다.

레나 위키스.

몰리가 마지막 날이나 그 전날에 써넣은 게 분명했다. 레나는 예상하지 못한 동행인이었다. 몰리는 보델린과 함께 부두에 도착한 그녀를 만나기 전까지는 레나도 처리해야 한다는 사실을 몰랐다. 레나는 자신도 모르게 자기 목숨을 위태롭게 만들었다. 런던에 도착하자마자 보델린과 헤어졌어야 했다.

하지만 레나는 그러지 않았다. 레나는 이 난장판에, 몰리의 음모에 휘말리고 말았다.

이제 몰리가 레나를 죽이려고 한다. 오늘밤 강령회에서 세 사람을 모두 다 죽이려고 했다.

레 나
LENNA

1873년 2월 16일 일요일, 런던

몰리의 서재에서 퀴퀴하고 짭짤한 냄새가 났다. 레나는 그게 자신의 땀 냄새라는 사실을 바로 알아차리지 못했다.

몰리가 레나와 보델린이 죽기를 바란다면 두 사람이 볼크먼에 관한 진실에 너무 근접한 탓이 분명했다. 아니면 에비에 관한 진실에 근접했거나. 혹은 둘 다일지도 모른다. 몰리는 두 사람이 지금까지 알아낸 사실이나 강령회에서 알아낼 사실을 묻어 버릴 작정이었다.

도서관에서 다가오는 발걸음 소리만 없었다면 레나는 책자를 좀 더 살펴봤을지도 모른다. 몰리 아니면 보델린이 다가오는 게 분명했다.

보델린. 레나가 지난 며칠 동안 사랑에 빠졌던 여자였다. 하지만 보델린은 그동안 내내 에비와 협회에 관한 중요한 정보를 숨기고 있었다. 보델린은 더 이상 친구가 아니었다. 진홍색 책자에 보델린의 이름도 적혀 있었지만 레나는 상관하지 않았다. 보델린이 협회 회원들에게 괴롭힘당해도 신경 쓰지 않을 거야. 하지만 난 그렇게 되지 않아. 난 어떻게든 여기서 도망갈 거야. 레나는 이렇게 생각했다.

레나는 재빨리 몸을 숙여 책자를 덮었다. 레나가 뭘 알아냈는지 들킨다면 살아서 이 건물을 나가지 못할 테니까. 레나는 책자를 책상 쪽으로 툭 차버렸다. 책자를 읽지 않은 척할 계획이었다. 손에는 여전히 편지봉투칼을 단단히 든 채 기다렸다.

서재 문이 활짝 열리더니 상처 입은 몰리의 얼굴이 드러났다. 몰리 혼자였다. 몰리는 금방이라도 쓰러질 것처럼 구부정하게 서 있었다. 레나는 비명을 내질렀다. 몰리는 반 죽은 사람 같았다. 얼굴은 엉망진창이었다. 셔츠 깃에 피가 말라붙어 있었다. 그의 몸에서는 소변 냄새처럼 톡 쏘는 악취가 났다. 왼쪽 뺨은 평소보다 두 배나 크게 부풀어 올라 있었다. 그 바람에 눈이 살짝 감겼고, 그 사이로 눈물이 흘러나왔다. 하지만 표정은 확실하게 알아볼 수 있었다. 크게 뜬 눈이 두려움과 증오에 가득 차 있었다.

에비도 저 눈빛을 알았을까? 마지막 순간에 저 눈빛을 봤을까?

몰리가 성큼성큼 걸어서 레나에게 달려들었다. 하지만 자신을 보호하려고 편지봉투칼을 들어 올리는 레나를 보고 갑자기 우뚝 멈춰 섰다. 몰리의 시선이 바닥으로 떨어졌다. 바닥은 온통 서류와 책으로 뒤덮여 어지러웠다. "이게 대체……?" 몰리가 멍한 표정으로 말했다. 몰리는 어질러진 서류 더미를 살펴보았다. 진홍색 책자를 찾는 걸까? 그때 몰리의 시선이 저 멀리 떨어진 벽 근처로 향했다. 몰리는 즉시 살인 명부를 가지러 갔다.

몰리가 살인 명부를 집어 들었다. "이걸 봤나?"

레나는 편지봉투칼을 더더욱 세게 움켜쥐었다. 손 근육이 경련을 일으키기 시작했다. "아뇨." 레나는 거짓말을 했다. "저걸 찾고 나서는 다른 걸 많이 찾아보지 않았어요." 레나가 책상 위에 놓인 에비의 수첩을 가리켰다. "오늘 승합마차 안에서 저한테 거짓말을 했더군요. 왜 당신이 제 여동생의 수첩을 가지고 있죠?"

몰리는 대답하지 못했다. 뒤쪽에서 부산스럽게 움직이는 소리가 들렸기 때문이었다. 보델린이 서재로 들어왔다. 여전히 슈미즈 차림으로 똑바로 걷다가 절뚝거리다가 했다. 슈미즈는 이제 피가 묻은 데다 찢어져 있었다. 보델린은 몰리 옆에 멈춰 섰다. 보델린의 얼굴은 눈물로 얼룩졌고, 창백한 두 팔에는 말라붙은 핏자국이 있었다. 보델린의 피일까? 아니면 몰리의 피일까? 사실 레나한테는 전혀 중요하지 않은 문제였다. 그럼에도 레나는 보델린을 빠르게 훑어보았다. 부러진 데는 없었고, 심각한 상처도 없었다.

"넌 왜 여기 있지?" 보델린이 레나를 보면서 소리쳤다.

그제야 레나는 보델린이 예기치 못한 곳에서 자신을 발견하고 깜짝 놀랐겠다는 생각이 떠올랐다. 레나는 창고 방에서 도망친 후 안전한 곳에 가겠다고 했었다. 그런데 그 대신 마구간 위 베넷의 집으로 갔다가 다시 협회로 돌아와 서재에 침입했다.

"나도 같은 질문을 하고 싶군." 몰리가 흔들거리는 발걸음으로 좀 더 가까이 다가오며 말했다. 몰리는 기절할 것처럼 보였다. 그의 뺨에서 땀방울 몇 개가 똑똑 떨어졌다.

"제가 찾았어요. 에비의 수첩이요. 협회의 음모가 자세하게 적혀 있더군요. 에비가 폭로 기사를 보도하려고 했다는 것도 알아요." 조금씩 숨을 들이쉬는 레나의 가슴이 들썩거렸다. "보델린의 편지도 봤어요." 레나가 살짝 몸을 틀어서 보델린을 정면으로 쳐다봤다. "당신은 협회 회원들과 다를 바 없는 거짓말쟁이예요."

보델린은 경악하며 어리둥절한 표정을 지었다. 그 표정이 어찌나 진짜 같은지 레나는 그 놀라운 연기력에 찬사를 보내야 할 것만 같았다. 완벽한 여배우야. 레나가 생각했다.

"거짓말쟁이?" 보델린이 꽉 잠긴 목소리로 말했다.

레나가 대답하기도 전에 몰리가 레나의 손에서 편지봉투칼을 재빠르게 뺏어 들었다. 그 즉시 통증이 느껴졌다. 레나는 소리를 지르며 손을 내려다보았다. 편지봉투칼의 울퉁불퉁한 손잡이에 손바닥의 여린 피부가 찢어졌다.

몰리는 편지봉투칼을 서재 저편으로 던졌다. 편지봉투칼은 레나의 손이 닿지 않는 곳까지 날아가 바닥에 떨어졌다. "당신 여동생은 첩자였어." 몰리는 토할 것 같은지 쓰레기통을 찾아 주변을 두리번거리면서 말했다. "당신도 폭로 기사에 관해 이미 알고 있었겠지. 동생이 다 말해 줬을 테니까. 당신한테 전부 다 말했겠지."

몰리는 완전히 잘못 알고 있었지만 레나는 바로잡아주지 않았다.

보델린이 레나를 향해 다가와 레나의 손을 잡았다. 그 바람에 갓 생긴 상처가 짓눌려 레나는 움찔했다. 상처에 소금기 있는 피부가 닿아 쓰리고 아팠다.

"이 상처를 감싸야 해. 피가 많이 나." 보델린이 말했다. 보델린은 몰리를 돌아봤다가 그의 주머니에서 툭 튀어나온 손수건을 발견했다. 그 즉시 물어보지도 않고 손수건을 잡아 빼내 레나의 손에 감아주었다. 보델린의 사전에 부드러움이나 섬세함은 없었다. 보델린은 레나가 인상을 찡그려도 개의치 않고 손수건을 팽팽하게 잡아당겨 묶었다.

레나는 보델린의 그런 모습을 지독하게 좋아했다. 그녀의 거친 애정에 속에서 뭔가가 타오르는 것 같았다. 그렇게 느끼는 자신이 혐오스러웠다. 레나는 손수건을 감아주는 보델린을 물끄러미 지켜보았다. 빗장뼈의 쏙 들어간 부분에서 입술 가장자리까지 더 자세히 탐험해 보고 싶지만 이제는 그럴 수 없는 아주 세세한 부분까지 전부 다 유심히 살펴보았다. 레나는 이루 말할 데 없이 모순되는 감정에 어찌할 바를 몰랐다. 보델린을 지독하게 원하는 만큼 지독하게 혐오했다. 보델린은 들이마시고 싶은 달콤한 독약이었다.

"다 됐어." 보델린이 매듭을 묶으면서 말했다. 속눈썹 너머로 시선을 들어 올린 보델린은 말없이 뭔가를 전하려는 것처럼 레나를 바라봤다.

레나는 시선을 피했다. 더는 보델린을 믿을 수 없었다. 보델린의 눈을 오랫동안 들여다볼 수가 없었다. 지난 몇 주 동안 두 사람 사이에 피어올랐던 온기가 그 눈 깊숙한 곳에 자리하고 있었으니까.

아니면 그게 다 레나의 생각에 불과했을지도 몰랐다.

갑자기 레나는 비명을 지르고 싶었다. 보델린의 창백하고 부드러운 어깨를 잡아 흔들고 싶었다. 보델린의 퇴폐적인 곱슬머리를 마구잡이로 헤집어 놓고 싶었다. 허세가 얼마나 대단한 여자인지! 사람을 유혹하고 놀려먹는, 경계선도 도덕심도 없는 여자였다.

레나는 에비의 수첩을 찾으려고 책상을 돌아봤다. 에비의 수첩 안에서 보델린이 에비에게 보낸 편지를 꺼냈다. 레나는 그 편지를 펼쳐 비난을 퍼부으려고 했다. 하지만 그때 몰리가 앞으로 다가와 편지를 낚아채 가더니 자기 주머니에 쑤셔 넣었다.

몰리의 갑작스러운 행동에 레나는 깜짝 놀랐다. 그 자리에서 얼어붙은 채 그를 무섭게 노려봤다. 자신의 유죄를 인정하는 행동이었다. 몰리가 에비의 편지와 수첩을 가져가서는 안 된다.

"에비를 죽이기 전에 에비의 물건을 가져왔나요? 아니면 죽이고 나서?"

몰리가 껄껄 웃었다. 그의 코에서 흐르던 피가 멈췄다. "당신은 모든 일을 다 알아냈다고 생각하지, 안 그래?" 몰리가 시계를 확인하고 몸짓으로 문을 가리켰다. "늦었어. 백 경관이 기다릴 거야."

당연히 강령회에 늦었다는 소리였다. 레나는 피가 차갑게 식는 것 같았다.

몰리가 서재를 가로질러 소파로 향했다. 거기서 허리를 숙여 소파 아래쪽을 더듬더니 숨겨놓았던 작은 총을 꺼냈다. 몰리는 재빨리 총을 휘둘러 여자들에게 보여주고는 외투 안주머니에 넣었다.

저 총으로 우리를 죽이려는 거야. 레나가 생각했다.

몰리는 문으로 향했다. 나가는 길에 벽에 걸린 캔버스 가방을 집어 들고 진홍색 책자를 가방에 넣었다. 다음에는 책상으로 다가가더니 에비의 수첩을 집어 들어 가방에 넣었다. 보델린의 편지도 가방에 넣고는 어깨에 멨다. 그러고는 여자들에게 앞장서라고 손짓했다.

보델린은 여전히 앞으로 무슨 일이 일어날지 모르고 있었다. 몰리가 두 여자를 기록에서 지워 버릴 거라는 사실을 모른다. 또 다른 문제를 일으키기 전에 두 여자를 치워 버릴 거라는 사실을 알지 못했다. 레나는 그 이야기를 보델린에게 할 수가 없었다. 몰리와 함께 있는 자리에서는 불가능했다.

하지만 설령 말할 수 있더라도 할까?

자신을 배신한 여자를 구하려고 할까?

몰리
MOLLY

1873년 2월 16일 일요일, 런던

나는 서재에서 여벌 바지를 하나 챙겨서 여자들을 따라 아래층으로 내려갔다. 먼저 화장실에 들렀다. 화장실에서 옷을 갈아입고 얼굴에 차가운 물을 뿌려 말라붙은 핏자국을 최대한 깨끗하게 씻어냈다. 보델린도 똑같이 핏자국을 씻어 냈지만 여전히 피 묻은 슈미즈를 입고 있었다. 우리는 창고 방으로 돌아갔다. 보델린이 점잖은 옷으로 갈아입는 동안 나는 바깥에서 총을 손에 든 채 레나 위키스와 함께 기다렸다.

그곳에 서 있는 동안 부서진 문을 자세히 살펴봤다. 겨우 몇 분전에 내가 부수고 나온 문이었다. 생각보다 훨씬 힘이 많이 드는 일이었다. 그때 나무 문을 얼마나 여러 번 발로 찼었는지 모르겠다. 마침내 나무 조각 하나가 바깥으로 튀어 나갔다. 나는 나무 조각을 최대한 많이 부러뜨려서 손을 집어넣어 책상을 한쪽으로 밀어낼 수 있을 만큼 틈새를 넓혔다.

밖으로 나오자마자 보델린에게는 눈길 한 번 주지 않았다. 본능적으로 보델린이 자신을 따라올 거라는 사실을 알았기 때문이었다. 보델린은 레나 위키스를 보호하고 싶어 했다. 어떻게든 그녀를 도와주려고 했다. 두 여자가 주고받던 표정으로 보아 두 사람 사이에는 꺼지지 않는 욕망이 자리 잡고 있는 게 분명했다. 레나 위키스가 어디로 갔든 보델린은 반드시 레나를 찾아갈 것이다.

이층 도서관 문이 열려 있었다. 유리창이 산산조각났다. 서가 뒤쪽으로 도서관 안쪽에서 희미하게 흘러나오는 빛이 보였다. 내 서재에서 나오는 빛이었다. 나는 욕설을 내뱉으며 안으로 달려들어갔다. 내 뒤를 바싹 따라오는 보델린의 발걸음 소리가 희미하게 들렸다. 나는 한 손으로 눈을 닦아냈다. 끈적거리는 분비물이 손바닥에 묻어 나왔다. 벌써 고름이 생겼을 리는 없었다. 눈물이라기에는 너무 걸쭉했다.

나는 서재로 들어갔다. 레나 위키스가 켜놓은 게 분명한 등불이 책상 위에서 금빛을 뿌렸다. 가장 두려워했던 일이 현실이 되었다. 서류 더미와 부서진 서랍장이 바닥에 어지럽게 놓여 있었다.

레나는 자신을 보호하려는 듯 편지봉투칼을 들고 서서 비난을 쏟아냈다. 협회의 음모와 에비의 수첩 이야기를 했다. 그런데 놀랍게도 보델린을 돌아보더니 편지 이야기를 꺼냈다. 보델린의 이름이 적힌 편지를 말하는 것이었다. 당신은 협회 회원들과 다를 바 없는 *거짓말쟁이예요.* 레나는 보델린에게 비난을 퍼부었다.

나는 레나의 편지봉투칼을 단번에 빼앗았다.

그 순간의 흐름을 끊어내고, 화제를 돌리기 위해서라면 무슨 짓이든 해야 했다.

10월이었다. 에비가 보델린에게 보내려고 했던 그 망할 편지를 발견하고 난 후였다. 나는 방금 알아낸 사실에 어안이 벙벙해져서 서재를 나섰다.

천천히 복도를 따라 내려가 정문 앞쪽 대기 공간으로 내려갔다. 회의실 몇 개를 지나쳤다. 내 이름을 부르는 소리가 한두 번 들렸지만 무시했다. 누군가와 대화를 나눌 기분이 아니었다. 할 일이 있었다. 긴급하게 처리할 일이었다. 어느 정도 자유를 누리는 경향이 있는 부회장이 처리하기 적합한 일이었다.

나는 대기 공간에서 방문자 일지에 서명했다. 갈겨쓴 작은 글씨와 기울어진 숫자를 잠시 살펴보았다. 나는 잠시 일지를 살펴보고 글씨체를 연구해야겠다고 생각했다. 몇 줄을 따라 적어봐야 할지도 모르겠다.

나는 정문으로 나가 베넷을 찾으려고 뒤로 돌아가려고 했다. 하지만 포장된 인도를 따라 내려가다가 다급한 발걸음 소리에 잠시 멈춰서 뒤를 돌아봤다.

"몰리 씨." 에비가 숨을 가쁘게 몰아쉬면서 내 옆에 멈춰 섰다.

놀랐냐고? 전혀 아니었다. 이런 상황을 예상했다. 에비가 여기서 얼마나 오랜 시간 동안 날 기다렸을까?

우리는 환하게 드러난 거리에 서 있었다. 에비는 평소처럼 변장한 차림새였다. 그런데도 오늘은 어딘가 많이 달랐다. 파란 눈동자는 두려움에 질려 있었고, 자기처럼 하얀 이마는 걱정으로 찌푸려져 있었다. 나는 그 이유를 정확하게 알고 있었다.

"에비, 왜 그래요? 걱정이 많아 보이는데요." 나는 환한 미소를 지으며 말했다.

"그게, 저⋯⋯." 에비가 더듬거리면서 손을 주머니에 찔러 넣었다. "협회 안에서 뭔가를 떨어뜨렸어요. 어디에 떨어뜨렸는지 모르겠어요." 에비가 불안한 눈빛으로 협회 건물을 흘깃거렸다.

나는 슬퍼하는 아이에게 말하는 것처럼 고개를 한쪽으로 기울였다. "편지요?"

에비가 뻣뻣하게 굳었다. "네, 부치려고 했던 편지요. 혹시 찾았어요?"

"네. 좀 전에 부쳤어요. 협회 서신과 함께요." 나는 허리를 뒤로 젖혔다. 몸을 쭉 늘어뜨리자 우두둑 소리가 부드럽게 척추를 따라 내려갔다.

에비의 이마 주름이 많이 사라졌다. "아, 아주 잘됐네요. 고마워요." 에비가 고개를 살짝 끄덕이며 말했다.

하지만 아직 끝나지 않았다. "그런데 보니까 보델린에게 보내는 편지더군요. 용서해줘요. 호기심에 지고 말았어요. 보델린과 정기적으로 서신을 주고받나요? 당신이 보델린을 숭배한다는 거 알아요. 하지만 보델린과 그렇게까지……."

에비는 초조한 웃음을 내비치며 발을 내려다봤다. "그렇게 친하지는 않아요. 하지만 한동안 가르침을 받았으니까 제가 어떻게 지내는지 알려드려야겠다 싶었거든요."

"상당히 자세하게 소식을 전했나 봐요. 편지가 묵직하더라고요."

에비가 소매 가장자리를 잡아당겼다. "네, 그랬죠."

우리는 서로를 뚫어지게 쳐다봤다. 하지만 내게는 통하지 않는 눈빛이었다. 이제야 처음으로 에비 레베카 위키스를 제대로 볼 수 있었다. 그녀의 진정한 모습을 처음으로 알아봤다. 에비는 첩자였다.

지난 몇 달 동안 어디까지가 진실이고 어디까지가 환영이었을까? 에비를 협회 안으로 초대할까 하는 생각을 잠시 했다. 하지만 에비의 남자 같은 작은 체구를 바라봐도 욕망이 조금도 일지 않았다. 내 안에서 무엇도 움직이지 않았다.

참으로 흥미로웠다. 진실이 그렇게 빨리 욕망의 불길을 꺼뜨리다니.

"그럼 잘 가요." 내가 마침내 이렇게 말했다. 에비가 멈칫했다. 내가 안으로 초대하지 않아서 놀랐을까? 잠시 후 에비는 잘 가라고 똑같이 인사하고는 왔던 방향으로 사라졌다.

에비가 떠난 후 나는 한 손을 가슴에 올려놓고 코트 안에 든 편지를 가볍게 눌렀다. 종이가 바스락거리는 소리에 미소가 새어 나왔다.

에비의 뭣 같은 편지는 절대 우체국에 가지 못한다.

영국 해협을 절대 건너지 못한다.

조만간 에비도 그 사실을 알게 될 것이다

레나
LENNA

1873년 2월 16일 일요일, 런던

일행이 협회 승합마차에 올라타는 모습이 참으로 볼만했다. 몰리는 얼굴이 멍들고 부풀어 올랐다. 레나는 하얀색 손수건으로 오른손을 단단하게 감았다. 강령회 서적과 도구를 챙겨 넣은 가방을 끌고 가는 보델린의 이마 끝에는 말라붙은 핏자국이 살짝 묻어 있었다. 화장실에서 세수할 때 이마의 핏자국을 닦아내지 못한 게 분명했다.

베넷은 고삐를 손에 든 채 마차 앞쪽에 앉았다. 오늘 밤에는 모두가 목적지를 알고 있었기 때문에 석판이 필요 없었다. 레나는 마차에 자리 잡고 앉아 옆좌석에 작은 개인 소지품 가방을 내려놓았다.

그때 베넷이 겁에 질려 경계하는 표정으로 레나를 힐끗 돌아보았다. 베넷의 시선이 레나의 다친 손에 오래 머물렀다. 베넷의 입술은 절박하게 하고 싶은 이야기가 있는 것처럼 벌어졌다.

일행은 북쪽으로 달리다가 서쪽으로 방향을 틀어 그로스버너 광장(Grosvenor Square)으로 향했다. 그러자 벽돌 주택이 늘어선 좁은 길이 나타났다. 레나는 몰리를 몇 차례 곁눈질하며 그에게 달려들어 주머니에서 총을 빼낼 방법을 생각했다. 하지만 몰리는 가슴에 팔짱을 끼고 있었다. 설령 레나가 총을 뺏는다 해도 그걸로 뭘 할 수 있을까? 레나는 총 쏘는 법을 몰랐고, 총을 만져본 적도 없었다. 총을 뺏어 멀리 던져놓는다면 몇 분 정도 시간을 버는 게 고작이었다. 레나가 몰리와 몇 미터 정도 거리를 벌린다 해도 몰리가 총을 꺼내면 총알이 순식간에 그 거리를 가로질러 날아올 수 있었다.

베넷이 말을 멈춰 세웠다. 승합마차 창밖을 내다보는 레나의 시선에 자갈 깔린 좁은 골목길에 서 있는 남자가 들어왔다. 벡 경관이었다.

보델린이 레나 쪽으로 몸을 기울였다. "넌 여기 오지 말았어야 했어. 하지만 나와 약속한 대로 하지 않은 걸 보니 지금 가려는 지하 저장고가 저 보도 너머 계단 아래에 있는지 직접 보고 싶은 모양이구나." 보델린이 딱딱한 목소리로 말했다.

레나는 고개를 끄덕여주는 예의도 차리지 않았다. 하지만 속으로는 보델린의 설명을 고맙게 여겼다. 레나는 보델린이 그곳에서 열리는 파티에 몇 번 참석했다는 사실을 까맣게 잊어버리고 있었다.

몰리가 마차 좌석 아래에서 등불 하나와 성냥 상자 하나를 꺼냈다. 등불이 켜지자 일행은 찬 기온에 고개를 숙인 채 벡 경관을 향해 걸어갔다. 다 함께 골목길을 따라 내려가자 보델린이 말했던 계단이 나왔다. 계단 옆에는 술통을 지하 저장고로 옮기기 편하게 경사로가 놓여 있었다.

"하! 가관이군!" 벡 경관이 세 사람에게 시선을 던지며 말했다. 벡 경관은 몰리의 다친 이마와 퉁퉁 부은 눈을 유심히 살펴보았다. "얼굴이 그게 뭐야? 무슨 일 있었어?"

"나도 같은 질문을 하고 싶은데." 몰리가 벡의 턱에 도드라지게 난 흉터를 가리키며 맞받아쳤다.

벡 경관이 웃음을 터트렸다. "그럴듯한 모험담이라도 들려주고 싶은데 아쉽군. 그냥 열여섯 살 때 조랑말에서 떨어져 생긴 흉터야."

레나는 항상 그보다 훨씬 더 으스스한 뒷이야기가 벡 경관의 흉터에 숨겨져 있을 거라고 생각했다. 몰리도 그랬던 모양인지 재빨리 화제를 돌렸다. "일이 좀 있었어. 이 두 사람과 관련된 일이야."

"그래서 총을 가져온 거야?" 벡 경관이 몰리의 외투에서 튀어나온 무기를 향해 고개를 까닥거리며 물었다.

"네가 총을 휴대한 이유보다는 더 타당한 이유지."

"나도 좀 불안해서 말이지."

두 남자 사이의 적대감이 확연하게 드러났다. 하지만 레나는 벡 경관의 엉덩이에 총이 있어서 안심했다. 벡 경관도 원리원칙 없는 협회의 회원이기는 했지만 몰리에 비하면 레나의 협력자에 가까운 사람이었다. 백 경관의 이름도 레나의 이름처럼 살인 명부에 있었다. 그러니 두 사람은 같은 편이었다.

몰리가 나무로 된 바깥문을 열고 일행을 안으로 이끌었다. 몰리는 지하 저장고 가장자리를 따라 걸어가면서 몇 미터 간격으로 돌벽에 설치된 촛대에 불을 밝혔다. 다음에는 벽난로도 피우려고 했지만 보델린이 그러지 말라고 충고했다. 조만간 검은색 린넨으로 벽난로를 덮을 테니까.

방 안이 밝아졌을 때 레나는 깜짝 놀라서 눈을 휘둥그레 떴다. 눈앞에 드러난 지하 방은 레나가 들어가 봤던 여느 방 못지않았다. 위쪽의 돌 천장이 아치형이라 관속에 갇힌 것만 같았다. 방 저쪽 끝은 어둠에 잠겨 있었다. 레나는 그곳에 더 깊숙한 지하 저장고로 이어지는 통로가 있나 보다고 생각했다. 방 안 전체가 음산한 분위기를 풍겼지만 감각적인 느낌도 있었다. 촛불이 금빛을 뿌리자 방안 분위기가 부드럽게 변했다. 공기는 지척에서 헐떡이는 누군가의 숨결처럼 눅눅했다.

레나는 지하 저장고에 술통이 50개나 그보다 많다고 추측했다. 선반 몇 개에는 진과 위스키, 와인이 든 검은 유리병이 있었다. 몇몇 술은 상표만 봐도 스패니시 타운(Spanish Town)과 시암(Siam)처럼 먼 이국땅에서 왔음을 알 수 있었다. 적지 않은 돈을 들인 게 분명했다.

방 안 깊이 들어가자 레나는 숨이 가빠졌다. 강렬한 암청색 빛무리가 레나의 왼쪽 눈에서 번쩍였다. 이제 레나는 시야에 어른거리는 기이한 환영에 거의 익숙해지다시피 했다. 그와 동시에 손가락 끝이 간질거렸고 속이 울렁거리는 느낌도 마찬가지였다. 벽 근처에 서 있던 레나는 한 손으로 차가운 돌을 짚었다. *이 벽은 몰리가 뭘 하려는지 알고 있어. 내가 혼자라는 걸 알고 있어. 나 자신을 구할 수 있는 사람은 나 자신뿐이야.*

레나는 이런 생각에 잠겼다가 고개를 가로저었다.

아냐, 다른 뭔가가 있어. 좀 더…… 특이한 뭔가가 있어.

청색 빛무리가 레나의 시야에서 번쩍거리고 빙글빙글 돌았다. 레나는 또 언제 이런 일이 있었는지 생각해 봤다. 에비가 사망한 날 아침에, 저택에서 진행한 강령회에서, 가장 최근에는 몰리를 조심하라고 경고했던 베넷의 쪽지를 읽고 난 후에 그랬다. 그때마다 레나는 신경이 곤두선 탓으로 치부해 버렸다. 하지만 지금은 그렇다고 확신할 수가 없었다. 보델린한테서 천부적인 영매 능력을 타고났다는 소리를 들은 기억이 났다. 저택에서 강령회가 열렸던 날 밤에 보델린이 했던 질문도 생각났다. *강령회에서 주문을 외울 때 뭔가 이상한 느낌 없었어?*

레나는 그런 게 없었다고 거짓말했다.

이제 레나는 다른 뭔가가 있는 게 아닌지 궁금해졌다. 어쩌면 신경이 날카로워진 탓이 아니라 직감이 강해진 탓인지도 몰랐다. 곧이어 뭔가 중요한 일이 펼쳐질 거라는 발현되지 못한 내재된 의식이 원인일 수도 있었다.

"이쪽으로." 몰리가 일행에게 따라오라고 손짓하며 말했다. 일행은 나지막한 아치형 통로를 지나 몇 미터 걸어갔다. 그때 와인과 먼지 냄새가 공기 중에 감돌았다. 줄지어 놓인 술통 뒤쪽에 촛불 몇 개가 켜져 있는 원형 나무 탁자가 있었다. "촛불을 켤까?"

"아뇨. 제 촛불을 사용할게요." 보델린이 속삭였다. 보델린은 강령회 탁자에 다가가 가방을 돌바닥에 내려놓았다. 그런데 가방이 바닥에 닿는 순간 쿵 하는 소리가 공허하게 울렸다. 바닥이 돌이 아니라 나무인 것 같았다. 보델린은 인상을 찌푸리면서 발로 바닥을 툭툭 쳤다. "이 아래에 다른 방이 있나요, 몰리 씨?" 보델린이 물었다.

몰리는 보델린을 경계 어린 눈빛으로 쳐다봤다. "맞아. 베르무트 와인을 저장해두는 지하 2층 저장고가 아래에 있지. 여기보다 기온이 몇 도 더 낮아. 거기서는 술이 더 잘 발효되지. 내가…… 어, 볼크먼의 시신을 발견한 곳이기도 하고."

보델린이 인상을 찌푸렸다. "그럼 왜 거기서 강령회를 진행하지 않는 거죠?"

"우리 네 사람이 들어가서 서 있기도 힘든 곳이거든. 탁자와 의자는 놓지도 못하고. 하지만 방금 당신이 확인했듯이 여기 바로 아래가 볼크먼이 사망한 곳이야."

보델린은 그 점에 만족해서 고개를 끄덕였다. 그러고는 가방에서 몇 가지 물건을 꺼냈다. 그와 동시에 레나 가까이 몸을 기울여 레나의 귓불에 입술을 가져다 댔다. "왜 나한테 거짓말쟁이라고 한 거야?" 보델린이 싸늘한 목소리로 물었다.

레나는 그렇게 싸늘한 목소리는 들어본 적이 없었다. 어쩌면 보델린은 자신이 한 짓을 들켜서, 아니면 레나가 계획을 바꿔서 화가 났는지도 몰랐다. 레나는 몰리를 촛대로 내려친 후 도망갔어야 했다. 보델린은 강령회의 위험성을 알고 레나를 보호하려고 했다. 하지만 레나는 도망가지 않았다. 오히려 협회의 비밀을 더욱 깊이 파헤쳤다. 보델린은 또 다른 사람을 죽음으로 내몰까 봐 두려운지도 몰랐다.

"모든 사실을 폭로하기로 한 건 선생님 생각이었죠? 그죠?" 레나가 증오엔 찬 목소리로 속삭였다. "편지를 봤어요. 선생님이 에비를 여기로 보냈어요. 선생님이 에비를 죽음으로 몰아넣었다고요."

레나는 떨리는 숨을 토해냈다. 지금 하려는 말은 내뱉으면 절대 주위 담을 수 없었다. "선생님을 증오해요. 절대 용서 못 해요." 레나는 눈물을 흘리지 않으려고 눈을 깜박였다. 후회는 없었다.

"난 네 동생에게 편지를 쓰지 않았어." 보델린이 딱딱하게 말했다.

레나는 눈을 가늘게 떴다. 보델린은 거짓말쟁이였다. 절대 그 사실을 인정하지 않을 여자였다. 거짓과 사기로 먹고사는 여자였다. 협회의 남자들보다 나을 게 없는 여자였다.

몰리가 가까이 다가와서 두 여자는 이야기를 그만두었다. 몰리는 술통 근처에서 몇 분간 맴돌며 뭔가를 살펴봤다. 그동안 내내 레나는 몰리를 주시했다. 그가 주머니에서 총을 꺼낸다면 언제 꺼낼지 궁금했다. 벡 경관도 몰리를 유심히 지켜보는 것 같았다. 레나는 같은 협회 동료를 왜 그렇게 경계하는지 이해할 수가 없었다.

보델린은 협회를 떠날 때 챙겨왔던 몇 가지 물건을 꺼냈다. 주문이 기록된 책뿐만 아니라 촛불과 원석, 깃털, 검은 리본 같은 기본적 도구가 든 삼나무 상자가 나왔다. 펜 두 개와 수첩 하나, 작은 잉크통도 있었다. 순간 레나는 보델린이 저 가방 속의 펜으로 에비에게 편지를 썼을까 하는 생각이 들었다.

"어디에 앉죠?" 레나는 보델린의 눈을 똑바로 보지 못한 채 보델린에게 물었다.

보델린이 탁자를 힐끗 쳐다보고 대답하려고 했지만 몰리가 끼어들었다. "두 사람은 여기 앉아." 몰리가 자신이 서 있는 술통 근처에서 가장 가까운 의자를 가리켰다.

"그게 좋다면 그렇게 하죠." 보델린이 대답했다.

레나는 자리에 앉아 가방에서 수첩을 꺼내 빈 장을 펼쳐놓았다. 수첩에 가차 없는 비난을 갈겨 써서 보델린에게 건네주고 싶은 충동을 꾹 눌러 참았다. *당신은 첫날부터 에비가 뭘 하려는지 알고 있었어. 당신도 그들과 다를 바 없는 사기꾼이야. 또 무슨 거짓을 숨기고 있지?*

레나의 심장은 이런 의문으로 타들어 가는 것만 같았다. 그와 동시에 레나의 아랫배는 활활 타오르는 욕구와 욕망으로 들끓었다.

당신 흉터에 내 손가락이 닿았던 기억 때문에 당신도 나처럼 괴로웠어? 당신의 모든 눈길과 모든 손길이 다 거짓이었어? 날 바보로 만들어 놓고 재미있었어?

하지만 레나는 그 어떤 말도 쓰지 않았다. 대신 고개를 가로젓고 눈에 가득 차오른 열기를 눈을 깜박여 날려 보냈다.

보델린은 벽난로로 다가가 검은색 린넨으로 벽난로를 덮었다. 그러고는 또 다른 천을 꺼내 탁자에 깔았다. 두 손으로 탁자보를 쓸어서 매끈하게 펴고는 촛불 세 개를 밝혀서 착석자들 사이사이에 똑같은 간격을 두고 놓았다.

모두가 자리에 앉았다.

레나 앞쪽의 촛불이 깜박거렸다. 레나가 초조한 마음에 숨을 내뱉은 탓인 것 같았다. 레나는 양손을 힘주어 마주 잡았다. 지금과 같은 상황에 부닥쳤던, 파리의 저택에서 진행했던 강령회가 어렴풋이 기억났다.

그날 밤에는 실망스러운 일이 한두 개가 아니었다. 하지만 적어도 레나가 죽기를 바라는 사람은 없었다. 레나는 건너편의 몰리를 쳐다보며 의문에 휩싸였다. 그가 언제 외투에서 총을 꺼낼까? 그때 그의 총을 빠르게 쳐서 떨어뜨릴 수 있을까?

보델린이 숨을 길게 들이쉬었다.

마침내 강령회가 시작됐다.

몰리
MOLLY

1873년 2월 17일 월요일, 런던

모든 것을 완벽하게 배치했다. 술통에서 천천히 타오르는 도화선, 탁자, 지금 여자들이 앉아 있는 의자까지 전부 다. 내 가슴께에 넣어둔 총은 그냥 보여주기용에 불과했다. 여자들을 통제하려고 꺼내 든 것뿐이었다.

플리트가(Fleet Street)의 은퇴한 폭약전문가한테서 천천히 타는 도화선을 구매했다. 사이프러스 껍질과 아마 섬유를 초석(흑색 화약에 제조에 필요한 광물-역주) 용액에 담가 만든 도화선은 3시간마다 0.9미터씩 타들어 간다. 폭약전문가는 나한테 필요한 도화선 길이를 조심스럽게 측정해서 정확하게 잘라주었다. 나는 그의 조언을 믿었다. 나이든 류머티즘 환자에 제멋대로 구는 인간일지는 몰라도 예전에 협회에서 일했고 신뢰할 수 있는 유능한 사람임을 증명해 보였다.

"더도 덜도 말고 딱 35분 걸립니다." 폭약전문가가 도화선을 건네주면서 경고했다. 그러고는 이렇게 물었다. "도화선 끝에 뭘 연결할 겁니까?"

"흑색 화약통이요."

폭약전문가가 나지막하게 휘파람을 불었다. "근처에 있는 사람은 전부 크게 다치겠군요."

"네." 내가 대답했다. 그게 바로 내가 바라는 바였다.

일행이 지하 저장고로 들어갔을 때 나는 신중하면서도 빠르게 도화선을 설치했다. 자정에서 1분이 지난 시각이었다. 그렇다면 모두가 자리에 앉았을 때는 여자들한테서 1미터도 채 안 떨어진 곳에 설치된 폭약통이 터지기까지 28분이 남았다는 뜻이었다. 그보다 적게 남았거나.

나는 20분쯤 지났을 때 지하 저장고 열쇠를 갖고 밖으로 빠져나올 생각이었다.

돌벽에 위스키와 진, 와인이 든 나무 술통으로 겹겹이 둘러싸인 곳이었다. 그런 곳이니만큼 폭발의 여파가 엄청날 게 분명했다. 나는 모든 골칫거리를 한 번에 날려 버리는 기쁨을 만끽하려고 지하 저장고에 남아 그 장면을 보고 싶다는 생각까지 했다. 비밀과 함께 간섭하는 인간들까지 다 태워버릴 작정이었다. 그중에서도 보넬린이 가장 골치 아픈 존재였다.

보델린은 언제나 해결하지 못한 골칫거리였다.

보델린의 강령회가 종종 문제를 일으키곤 해서 내게는 다행이었다. 보델린의 강령회가 말썽이 잦다는 이야기는 오래전부터 신문에 오르락내리락했다. 이번 강령회도 그중 하나가 될 것이다. 자연발화에서 운 좋은 생존자 한 명만 살아남으리라. 바로 내가 그 생존자가 된다.

하지만 벅이 엉덩이에 총을 찬 채 날 빈틈없이 주시하지 않는다면 일이 훨씬 수월하게 진행될 터였다. 벅이 날 의심하는 걸까? 확실하지 않았다. 사실 지하 저장고에 들어오는 순간 전부 다 쏴 죽여 버리고 싶었다. 그럼 나 혼자 빠져나가 폭발로 증거가 다 날아가기를 기다릴 수 있었으니까. 하지만 벅은 나보다 뛰어난 명사수였다. 내가 총을 꺼내면 벅이 개처럼 날 공격할까 봐 두려웠다.

그러므로 마지막 순간까지 연기를 해야 했다.

이제 보델린이 책을 펼쳐놓고 첫 번째 주문을 암송하기 시작한 모양이었다. 나는 맞은편의 레나를 유심히 살펴보았다. 레나는 여동생 못지않은 말썽꾼이었다.

만성절 전야에 무슨 일이 일어났는지, 그 모든 일이 어떻게 일어났는지는 아무도 몰라야 했다. 그에 관한 정보가 지하 저장고 바깥으로 새어 나가게 둘 수는 없었다. 그래서 단 한 명도 이곳을 살아서 나가지 못하게 하려는 것이었다.

보델린이 책을 덮고 길게 숨을 내뱉었다.

나는 시계를 다시 확인했다. 심장이 쿵쾅댔다.

24분 남았다.

레나
LENNA

1873년 2월 17일 월요일, 런던

"Circum hanc mensam colligimus……"

보델린이 고대 악마의 주문 첫 구절을 라틴어로 완벽하게 읊었다. 레나는 앞쪽 탁자 위에 놓아둔 수첩을 내려다보면서 각 구절의 번역문을 눈으로 따라 읽었다.

고대 악마의 주문은 4행구 일곱 개로 이루어져 총 스물여덟 줄이었다. 레나는 보델린과 함께 연습하면서 주문 암송을 몇 차례들었다. 그때마다 언제나 흠잡을 데 없는 호흡 조절에 감탄했다. 고대 악마의 주문이 보델린의 입에서 천천히 가락을 타며 흘러나왔다.

우리는 애도하는 마음으로 의문에 휩싸여 이 탁자에 둘러앉아 있습니다.

우리가 진실과 빛을 추구하며 적의와 악의에 맞서 강해지도록 해주소서.

불온한 영혼과 사악한 의도에 대항해 우리 자신을 보호할 수 있게 해주시고…….

레나는 주문 암송이 기도라도 되는 양, 눈을 꼭 감았다. 오늘밤 레나가 두려워하는 상대는 악마가 아니었다. 맞은편에 앉아 있는 사람이었다.

보델린은 거의 1분 동안 계속 주문을 암송했다. 강령회 장소로 변했던 저택의 거실에서 그랬던 것처럼 주변 공간을 조용하게 통제했다. 레나가 목격했던, 여자가 남자를 휘두르는 능력과는 완전히 다른 절묘한 능력이었다. 런던에서는 여자가 그런 영향력을 행사할 방법이 아주 적었다.

보델린은 주문 암송을 끝내자마자 숨을 길게 내쉬고 손바닥을 위로 펼쳤다. 손바닥에 맺힌 습기가 작은 소금 결정처럼 반짝거렸다. 보델린은 붉어진 얼굴로 땀을 흘리고 있었다. "이제 서로 손을 잡고 둥글게 모여요. 모든 영혼을 불러내는 초혼을 진행할 겁니다." 보델린이 부드럽게 말했다.

탁자 맞은편에서 백 경관이 침을 힘겹게 삼켰다. "이제 이상한 일이 일어나기 시작하는 겁니까?"

보델린이 고개를 끄덕였다. 일행은 서로를 조심스럽게 힐끗거렸다. 몰리는 마지못해 한 손을 탁자 위로 내밀었다. 레나는 뱀처럼 날카롭게 그 모습을 포착하고는 몰리가 자신의 손을 잡아도 가만히 있었다. 모두가 손을 잡고 있으면 몰리가 총을 쥘 수 없으니까 좋다고 레나는 생각했다.

레나는 왼손 손바닥을 보델린의 손에 얹었다. 서로의 살갗에 맺힌 습기가 뒤섞이는 것 같았다.

"Transite limen, 고인이 된 친구들이여, 우리를 갈라놓는 장벽을 넘어 이리로 오라. 우리와 소통하고……." 보델린이 초혼 주문을 암송하기 시작했다.

주문이 순조롭게 잘 통제되어 흘러나왔다. 그런데 레나는 갑자기 몸이 안 좋아졌다. 현기증이 일더니 머지않아 귀가 윙윙 울렸다. 여름 곤충이 나지막하게 계속 윙윙거리는 것 같았다. 레나가 눈을 꼭 감자 눈꺼풀 안쪽에서 새하얀 빛이 번쩍였다. 목 주위가 조여드는 것 같은 이상한 감각도 느껴졌다. 레나는 혼란에 휩싸였다. 본능적으로 두 손을 빼내어 무릎 사이로 밀어 넣었다. 눈을 깜빡하는 사이에 지하 저장고가 칠흑 같은 어둠에 잠겼다.

벽에 설치된 촛대를 비롯한 모든 촛불이 똑같이 움직이는 연극 행위처럼 동시에 꺼졌다. 유황 냄새가 방 안을 빙글빙글 감돌기 시작했고, 깜박거리는 것은 하나도 찾아볼 수 없었다. 레나 평생 그렇게 어두운 방은 처음이었다.

탁자 건너편에서 욕설을 내뱉고 뭐라고 중얼거리는 남자의 목소리가 들렸다. 레나 옆에서는 상자가 덜걱거리는 소리에 이어 성냥을 켜는 소리가 들리더니 보델린이 촛불 하나를 켰다. 레나는 희미한 불빛 아래로 탁자를 내려다봤다. 검은색 린넨 탁자보에 끈적하고 축축해 보이는 손바닥 자국이 무수히 많이 찍혀 있었다. 큼직한 손바닥 자국 몇 개는 남자의 것 같았고, 아이의 것처럼 보이는 작은 손바닥 자국도 있었다.

"근처의 영혼들이 여기 왔어요. 상당히 많아요. 사형집행장 교수대가 있는 타이번(Tyburn)과 무척 가까운 곳이라서 이런 일이 일어날지도 모른다고 예상했죠." 보델린이 두 번째 촛불을 켜면서 속삭였다.

교수대라니. 교수대 이야기는 지하 저장고로 오는 길에 나왔다. 근처의 타이번에서 교수형 당한 많은 사람의 영혼이 초혼 단계에서 불려 나올 위험성이 높다고 했다. 지금 이곳에 얼마나 많은 영혼이 있을까? 순교자와 어머니, 살인자, 도둑이 얼마나 많을까?

"한 세기 동안 교수대에서 처형당한 사람은 한 명도 없었어요. 아니, 한 세기도 넘었죠." 몰리가 말했다.

"C'est sans importance. 그거랑은 아무 상관 없어요." 보델린이 화난 표정으로 몰리를 쏘아보았다.

손으로 만질 수 있는 뭔가, 눈으로 볼 수 있는 뭔가를 원했던 레나는 마침내 그 소원을 이루었다. 눈앞에 보이는 것은 술수를 부린 결과도 아니고, 환영도 아니었다. 레나는 손바닥 자국 하나가 막 사라진 자리에 손끝을 대보았다. 그 부분의 린넨이 따뜻하고 축축했다. 손가락을 코에 가져다 대자 뭔지 모를 악취가 났다.

"맙소사, 소문으로 듣기는 했지만 직접 경험하는 건 완전히 다르 군요." 몰리의 목소리가 떨렸다. 그때 탁자 중앙의 촛불이 위로 올 라갔다. 레나는 깜짝 놀라서 숨을 헉 하고 들이마셨다. 하지만 알 고 보니 몰리가 촛불을 들어 올려 자기 쪽에 가까이 가져다 놓은 것 이었다. 몰리는 회중시계를 꺼내 시간을 확인했다.

벡 경관은 몰리 옆에서 완전히 겁에 질린 표정으로 미동도 없이 앉아 있었다. 오늘 밤에는 벡 경관의 건장한 체격이 큰 도움이 되 지 않는 모양이라고 레나는 생각했다.

"불빛이 꺼지는 건 아주 흔한 일이에요." 보델린이 다른 성냥 을 켜서 세 번째, 네 번째 촛불에 불을 붙이며 말했다. 벽에 설치 된 촛대가 꺼져 있어서 지하 저장고는 여전히 아주 어두웠다. "계 속하죠."

일행은 모두 다시 손을 잡았다. 보델린이 잠긴 목소리로 주문 을 천천히 암송하기 시작했다. 레나는 몰리의 손을 다시 꽉 움켜 쥐었다.

몇 분이 흘러갔다. 레나는 흐릿한 촛불 사이로 몰리의 아래턱을 유심히 살펴보았다. *저 턱선, 내가 아주 잘 알지. 생생하게 기억나! 저 살갗의 짭짤한 짠맛과 사향 맛도 느낄 수 있어.*

레나는 마치…… 추억처럼 느껴지는 기억에 소름이 끼쳐 의자 에서 펄쩍 뛰었다. 하지만 레나는 몰리의 피부를 맛본 적은 결단 코 없었다. 그렇다면 강령회 참석자가 종종 겪는다는 일시적인 빙 의 상태, 라틴어로 압소릅투스(absorptus)를 경험했다는 뜻이었다. 보델린은 빙의란 기억과 회상, 혹은 영매가 지닐 수 없는 기술 관련 지식처럼 영매에게 속하지 않는 생각이 침입해 들어오는 것이라고 했다.

자신이 빙의를 경험했다는 사실을 깨닫자 레나는 불쾌해졌다. 몰리의 피부가 어땠는지를 기억하다니 너무 이상했다! 방금 볼크먼의 영혼이 레나에게 빙의했다면 볼크먼이 몰리와 그 정도로 친밀한 관계였다는 걸까?

갑자기 다시 현기증이 일었다. 레나는 인상을 찌푸렸다. 몇 분만에 몸 전체가 간지러워졌다. 내면 깊숙한 곳 어딘가에서 뭔가가 레나의 가슴에서 두개골로 침투해 들어오는 것 같았다. 레나는 보델린이 강령회를 계속 진행하기를 간절히 바랐다. 분리 단계에 다다르면 몸 상태가 나아질 테니까.

레나는 몰리를 다시 바라보았다. 최근에 콧수염을 다듬었어. 딱 내가 좋아하는 상태야. 날카로운 아래턱이 두드러져 보이거든. 탁자 너머로 손을 뻗어 예전에 그랬던 것처럼 만져보고 싶어. 하지만 내가 저 사람을 지독하게 증오한다는 게 문제지.

레나는 입술을 세게 깨물었다. 고통이 기억을 몰아내면서 감각이 다시 돌아왔다. 뼈마디가 뻣뻣해지고 쑤시는 것 같아 의자에서 꿈틀거렸다. 보델린이 언제 다음 단계로 넘어갈까?

희미한 베르가못 향기가 레나의 콧속으로 스며들었다. 레나는 혼란스러워 눈을 깜박였다. 베르가못 향기?

그러다 숨을 헉 하고 들이마셨다. 뼈마디가 뻣뻣해지는 통증이 언제 있었냐는 듯 순식간에 사라진 탓이었다. 레나는 갑자기 온몸이 기분 좋게 따뜻해지고 가벼워지는 것 같았다. *살아 있는 느낌이었다.*

고개를 돌려 옆에 앉아 있는 여자를 힐끗 쳐다봤다. *맙소사, 어떻게 이런 일이. 보델린 달레어 선생님이야. 나의 옛 스승이자 나의 우상이잖아.*

보델린도 바로 레나를 돌아보았다. "레나?" 보델린이 레나를 뚫어지게 쳐다보면서 조심스럽게 물었다.

레나는 자신이 고개를 가로젓는 걸 느꼈다. 아니에요. 레나는 다시 입술을 깨물었다. 피 맛이 느껴졌다. 레나는 이 일시적인 빙의 상태에서 벗어나려고 애썼지만 마음대로 되지 않았다.

베르가못 향기가 계속 레나의 콧속으로 밀려들었다.

"에비예요. 전 레나가 아니라 에비예요." 레나는 자신이 이렇게 말하는 소리를 들었다.

레나는 자기 몸을 통제할 수 없었다. 그냥 지켜볼 수밖에 없었다. 다시 육체를 얻은 순간을 만끽하면서 기쁨이, 절대적인 환희가 내면에서 치솟아 오르는 것 같았다. *이 괴상한 강령회가 너무 재미있어!*

그 짧은 시간 동안 에비는 석 달 동안 느끼지 못했던 감각을 되찾고 감탄을 금치 못했다. 축축하고 짭짤한 침이 혀에 닿는 느낌, 발가락이 신발에 닿아 눌리는 느낌이 좋았다. 목 왼쪽을 따라 근육이 욱신거리는 고통은 반갑기만 했다. 이제는 고통조차 더없이 아름답게 느껴졌다. 고통은 살아있는 게 얼마나 근사한지를 아주 손쉽게 상기시켜주었으니까.

에비는 여전히 왜 다들 이곳에 모여 있는지, 이 탁자 주변에서 정확하게 무슨 일이 벌어지고 있는지 잘 몰랐다. 강력한 소환 주문에 불려 나왔다는 사실만 알고 있었다. 자신과 같은 세상에서 온전한 영혼이 주변에 여럿 있었다. 그들은 주변을 떠돌면서 기다리고 있었다.

"Suum corpus relinque." 보델린이 레나의 눈을 똑바로 응시하면서 갑자기 명령했다. *레나의 몸에서 나가!*

에비는 더 이상 기쁘지 않았다. 갑자기 거부당하고 버림받는 것 같았다.

에비는 손을 내려다보았다. 하지만 한때 길고 튼튼했던 손톱은 사라지고 물어뜯어서 손톱 밑의 살이 드러난 손톱만 보였다. 손톱 뿌리의 분홍색 손톱 껍질도 보기 싫었다. 항상 물어뜯는 레나의 손톱 같았다. 제발 그 끔찍한 습관 좀 버리라고 언니를 꾸짖곤 했는데…….

에비는 한 손으로 머리카락 한 줌을 잡아당겨 살펴보았다. 기다란 황갈색 머리였다. 레나의 머리카락이었다.

"Suum corpus relinque." 보델린이 다시 명령했다. 이번에는 레나의 손을 잡아 깍지를 꼈다. 보델린이 피부를 접촉해서 눈에 보이지 않는 추방 마력을 행사하자 에비는 저항할 수가 없었다. 벽에

쿵 부딪힌 것처럼 크나큰 충격이 느껴졌다. 잠시 후, 에비는 탁자 위에서 깜빡거리는 촛불과 깃털 그릇, 황갈색 머리의 젊은 여자를 내려다보고 있었다. 황갈색 머리 여자는 레나 언니였다. 충격을 받고 깜짝 놀라 눈을 크게 부릅뜬 레나 언니는 처음으로 빛을 보는 갓난아기 같았다.

몰리
MOLLY

1873년 2월 17일 월요일, 런던

　강령회가 시작되자마자 참으로 이상한 일이 벌어졌다. 먼저 레나 위키스와 벡 경관과 손을 잡아야 했다. 그리고는 촛불이란 촛불이 모두 다 꺼졌다. 마지막으로 레나가 날 이상한 표정으로 쳐다봤다. 친밀한 표정, 아주 친한 사이에서나 나눌 법한 친근한 표정이었다.

　그동안 내내 내 회중시계는 째깍거렸다. 캔버스 가방은 내 발치에 있었다. 가방 속에는 살인 명부 책자와 에비의 검은색 수첩, 보델린의 이름으로 서명해 에비에게 보낸 편지가 들어 있었다.

10월의 그날, 파리에 보낼 편지를 잃어버렸는데 혹시 봤냐는 에비의 질문을 받고 난 이후였다. 베넷이 문구점 르 파페티에르 (Le Papetier)에 날 내려주었다. 첼시(Chelsea)에 위치한 문구점은 레이스 손뜨개 가게와 제과점 사이에 있었다. 그날 오후는 맑고 화창하고…… 날이 계속 좋을 것 같았다.

그 특별한 문구점에는 가본 적이 없었다. 협회에 필요한 문구용품을 구매할 때는 휴즈(Hughes) 가게를 선호했다. 그곳에서는 주로 무늬 없는 하얀 종이와 저렴한 스프링 수첩을 샀다. 가끔은 3겹 속임수 종이를 사려고 스트랜드(Strand)에 있는 특수 종이 제작자를 찾아가는 모험을 하기도 했다. 하지만 오늘 오후에는 특별히 고급스러운 뭔가가 필요했다. 그것도 프랑스 냄새가 물씬 나는 것으로.

가게에 들어서자 향수 가게에 들어온 게 아닌가 하는 착각이 들었다. 낯선 향기가 주변을 감돌았다. 온통 꽃향기라서 욕지기가 올라왔다.

차분한 젊은 여자가 다가와 날 따뜻하게 맞아주었다. "찾으시는 거 있으세요?" 이렇게 물어보는 여자의 손에는 잉크 얼룩이 묻어 있었다. 완벽하게 반짝거리는 가게 앞쪽의 내닫이창과는 아주 대조적인 모습이었다.

나는 목청을 가다듬었다. "종이요." 내가 주변을 돌아보면서 대답했다. 세라믹 잉크통과 고무지우개가 다양한 탁자에 가지런히 놓여 있었다.

"당연히 있죠." 여자는 칸칸이 나눠진 벽 쪽으로 날 안내했다. 각각의 칸에는 끼웠다 뺐다 할 수 있는 내지가 가득 들어 있었다. 하얀색과 염색한 종이, 크기가 다양한 종이가 가득했다. 가장자리에 금박을 두른 편지지와 조문용 편지지는 특별히 표시되어 있었다.

나는 젊은 여자에게 감사하다고 인사한 후 벽 중앙에 있는 편지지부터 살펴봤다. 중간 크기의 밝은색 편지지는 천박한 장식이 없었다. 그중 몇 장을 들쳐 보다가 가장자리가 분홍색인 8절 편지지를 골랐다. 실수할지도 몰라서 8절 편지지 열 장을 꺼냈다.

다 고른 편지지를 계산대로 가져갔다. "취향이 상당히 여성스럽네요." 젊은 여자가 미소 지으며 말했다. "봉투도 필요하세요?" 내가 고개를 끄덕이자 가게 주인은 근처의 캐비닛으로 날 안내하더니 서랍장 몇 개를 열어 보여주었다. "풀칠이 된 봉투는 여기 있고요, 봉합용 왁스(sealing wax, 편지와 포장지, 병을 봉하는 데 쓰는 수지질 혼합물-역주)와 봉합용 웨이퍼(sealing wafers, 혀 밑에 넣어두었다가 꺼내서 봉투에 붙이는 먹지 못하는 과자-역주)는 저기 있어요." 가게 주인은 작은 분홍색 꽃봉오리가 한쪽 구석에 인쇄된 봉투를 꺼냈다. "이게 잘 어울릴 것 같은데요."

"그것도 10개 주세요."

젊은 여자는 편지지와 봉투를 계산대로 가져가서 기대 어린 표정으로 날 쳐다봤다. "다 사셨나요?"

나는 잠시 가만히 있다가 고개를 가로저었다. "사실 한 가지 더 필요한 게 있어요."

젊은 여자는 의아한 표정으로 고개를 한쪽으로 기울였다. 입술이 살짝 벌어졌다. "네, 뭐가 필요하세요?"

"프랑스 우표요. 혹시 갖고 계신 게 있을까요?"

"우표요? 그건 우체국에 가서……."

"영국 발행 우표 말고요." 내가 끼어들었다. 주변을 둘러봤더니 다른 손님이 없어서 다행이었다. 갑자기 초조해져서 그냥 나가고 싶었다. 온갖 환영을 만들어내고 온갖 사기를 쳤지만 이런 짓은 한 번도 해보지 않았다. "아까도 말했지만 프랑스 발행 우표가 필요해서요. 가게를 이렇게 꾸민 걸 보니까 프랑스 출신인 것 같은데……."

"네, 맞아요." 젊은 여자가 잠시 말을 멈추더니 옆쪽 바닥에 놓인 가죽 가방을 힐끗거렸다. "하지만 이해가 가지 않네요. 여기 런던에서 편지를 부칠 거라면 왜 프랑스 우표가 필요하죠?

나는 여자의 질문을 무시하고 주머니에서 지폐 한 장을 꺼내 계산대에 올려놓았다. 여자가 지폐를 보고는 몇 번 눈을 깜박였다. 그 정도면 여자의 한 달 월급보다 많은 돈이 분명했다.

잠시 후, 나는 르 파페티에르를 나왔다. 문에 달린 작은 종이 딸랑하고 울렸다. 금방이라도 부서질 듯 연약하고 섬세한 소리였다. 수선화 향이 나는 종이봉투는 겨드랑이에 끼웠다. 종이봉투 안에는 가장자리가 분홍색인 편지지와 풀칠이 된 봉투가 각각 10개씩 들어 있었다. 프랑스에서 발행된 새빨간 우표도 한 장 있었다.

나는 참지 못한 채 숨죽여 중얼거렸다.

계략에는 계략으로 맞서는 거야, 에비.

레나
LENNA

1873년 2월 17일 월요일, 런던

레나는 의자를 뒤로 밀쳐놓고 헛구역질을 했다. 양손으로 머리를 부여잡은 채 욕지기가 전신을 강타하게 내버려두었다.

방금 뭔가 특별한 일이 일어났다. 라틴어로 압소릅투스, 일시적 빙의 상태라는 현상이었다.

보델린은 초혼 주문을 암송하자 사방이 깜깜해졌다. 믿기 어려울 정도로 어두웠다. 레나는 완전히 사라지지 않았지만 무력해졌다. 자기 몸과 자기 생각을 통제할 수 없었다. 보델린이 그 낯선 추방 명령을 내리기 전까지는 그랬다.

레나는 일시적 빙의 상태를 경험해서 놀란 게 아니었다. 그 짧은 순간 동안 레나에게 빙의했던 영혼이⋯⋯에비였기 때문에 놀랐다.

에비가 이 근처에서 죽지 않았다면 어떻게 에비의 일부를 불러낼 수 있었을까? 영매술 원칙에 크게 어긋나는 일이었다. 에비는 힉웨이 하우스 정원에서 살해됐다. 그러니 여기서는 에비를 불러낼 수 없었다. 보델린이 여러 번 말했듯이 영혼은 멀리 여행하지 않는다.

레나가 고개를 획 쳐들었다. 정원에서 에비의 시신을 발견했을 때 에비의 머리카락은 헝클어져 있었고, 피부는 멍이 들고 변색된 상태였다. 경찰은 정원에서 다투다가 그렇게 됐다고 생각했고, 레나도 그렇게 믿었다.

하지만 다른 곳에서 다툼이 일어났다면? 사후에 시신이 옮겨지면서 그렇게 된 거라면? 레나가 지금까지 해보지 못한 생각이었다.

그 생각을 보델린에게 말하고 싶어 안달이 났지만 보델린은 괴로운 표정을 짓고 있었다. 탁자 맞은편의 벡 경관도 뭔가와 싸우는 것처럼 앉은 채로 몸부림을 쳤다.

"당신 목이." 갑자기 벡 경관이 소리쳤다. 벡 경관은 탁자 맞은편의 레나를 향해 손을 뻗었다가 거둬들였다. 늘 그랬던 부루퉁한 표정은 사라지고 없었다. 이제는 겁에 질려 있었다. 레나는 벡 경관이 밖으로 달려 나갈지도 모르겠다고 생각했다.

레나는 인상을 찌푸렸다. 목 왼쪽에 축축하고 부드러운 뭔가가 있는 것 같았다. 그곳에 손을 가져다 댔다가 뗐더니 끈적한 선홍색 피가 묻어 나왔다. 레나는 상처를 손으로 만져보았다. 아프지 않았고, 상처가 깊지도 않았다. 레나의 몸에 저절로 생겨난 상처였다. 에비가 칼에 찔렸던 바로 그 자리에 상처가 생겼다.

"누, 누가 날 찔렀나요?" 레나가 속삭였다. 레나는 몰리를 올려다보았다. 방금 무슨 일이 일어났는지는 몰라도 레나의 정신이 혼미해진 틈을 타서 몰리가 손을 썼을 수도 있었다. 하지만 몰리한테서 의심스러운 점을 찾을 수 없었다. 탁자 위에 총이 올라와 있지도, 몰리의 손에 피가 묻어있지도 않았다. 몰리는 꼼짝도 하지 않았다. 다른 사람들도 마찬가지였다.

레나는 이맛살을 찌푸렸다. 방금 겪은 일을 최대한 자세히 떠올려보려고 애썼다. 뭐가 어떻게 됐는지 완벽하게 떠올려 볼 수는 없었지만 남아 있는 느낌이 있었다. 이 지하 저장고와 몰리가 아주 친숙하게 느껴졌다. 잠시지만 기쁨과 자유를 만끽했다. 뭔가에 침입했다가 쫓겨난 느낌이 들었고…….

"몸이 안 좋아지는 것 같아요." 레나가 지하 저장고 밖으로 이어지는 계단을 올려다보았다. "당장 밖으로 나가서…….."

그때 귀가 멍멍해질 정도 시끄러운 굉음이 끼어들었다. 몇 미터 떨어져 있는 선반에서 와인 병 몇 개가 바닥으로 떨어졌다. 조각난 유리 사이로 검붉은 와인 웅덩이가 생겨났고, 구멍이 많은 돌바닥으로 와인이 스며 들어갔다. 레나는 가까이 다가오는 와인 웅덩이를 주시했다. 그때 작은 돌조각이 무릎에 떨어져서 움찔했다.

레나는 고개를 들었다. 돌 천장에 몇 센티미터쯤 되는 가느다란 금이 가 있었다.

"안 돼. 못 나가." 보델린이 사나운 목소리로 외쳤다. 보델린은 깨진 와인 병과 천장을 향해 힘없이 고갯짓했다. "한 명이라도 자리를 뜨면 상황이 더 나빠져."

오늘 일찍 강령회 진행 순서에 관해 의논할 때 보델린한테서 들었던 이야기가 기억났다. 초대 주문을 암송하자마자 강령회는 본격적인 궤도에 오르기 때문에 끝까지 진행해야 한다고 했다.

이제 보델린은 잡고 있던 손을 놓고 기침을 심하게 했다. "분리 주문을 암송해야 해. 레나, 네 도움이 필요해. 에너지가 너무 많아. 단두대 때문인 것 같아. 난 못 하니까……." 보델린이 힘없이 말하고는 다시 기침을 하면서 레나 앞으로 주문 공책을 밀어주고 주문이 적힌 곳을 찾아 펼쳐주었다.

"이걸 읽어. 볼크먼의 이름을 넣어서. 서둘러, 레나. 볼크먼의 영혼을 제외한 나머지 영혼을 쫓아내야 해. 또 추방 명령을 쓰고 싶지 않아."

레나는 의무감에 주문 공책을 받았다. 그동안에도 몰리한테서 시선을 떼지 않았다. 몰리는 레나나 보델린에게 다가오려고 하지 않았다. 레나는 정확하게 언제 몰리가 총을 꺼낼지 궁금했다. 몰리는 시간에만 지나치게 신경 쓰는 것 같았다. 아니, 확실히 그랬다.

문득 레나는 몰리의 계획이 총과는 상관없을지도 모른다는 생각이 들었다. 뭔가 다른 계획을 세워 놓았을까? 몰리의 계획을 제대로 파악하지 못했는지도 모르겠다는 생각에 레나는 혼란스러웠다.

레나는 주문 공책을 끌어당기면서 상처를 다시 멍하니 어루만졌다. 상처 가장자리의 피가 말라붙기 시작했다. "Omnes sunt cogniti." 레나는 주문 공책 가장자리에 적어둔 번역문을 힐끗거리면서 주문을 암송했다. 우리는 당신들 모두를 인정합니다. 레나는 라틴어 주문을 계속 암송했지만 몇몇 단어를 잘못 발음했다. 우리는 당신들의 고통을 인정합니다. 돌아오고자 하는 열망을 인정합니다. 정의를 위해 이곳에 모인 우리가 소통하고자 하는 유일한 영혼은…….

레나는 잠시 멈췄다. 분리 주문에는 unum, 즉 유일한이라는 단어가 나왔다. 하지만 레나는 유일한 영혼이라고 읽으면서 속으로는 duos를 넣어 두 영혼이라고 읊었다.

이어서 볼크먼의 영혼입니다고 말하는 동시에 속으로는 볼크먼과 에비 레베카 위키스입니다라고 생각했다. 주문을 암송하는 게 아니라 간청하는 것 같았다. 비논리적이고 원칙에도 어긋나는 것 같은 뭔가 특별한 일이 좀 전에 일어났다. 레나는 설명할 수 없는 이상한 방법으로 에비와 접촉했고, 에비와의 연결은 아직 끊어지지 않았다.

레나는 분리 주문 암송을 마쳤다. 순간 벽에 설치된 촛대 몇 개가 저절로 켜지면서 부드러운 금빛을 사방에 뿌렸다. 목의 상처가 낫는 것처럼 간지러웠다.

"하나님 감사합니다." 벡 경관이 안도한 표정으로 중얼거렸다. 몸을 앞으로 살짝 수그린 벡 경관은 이제 자신을 괴롭혔던 뭔가를 떨쳐내려고 애쓰지 않았다. 당장이라도 울음을 터트릴 것처럼 보였다.

보델린도 눈에 띄게 조용해졌다. 열이 떨어졌는지 보델린의 이마에 맺혔던 땀방울이 사라졌다. "고마워." 보델린이 레나에게 손을 뻗으며 말했다. 보델린은 레나의 손에 피가 묻어 있어도 상관하지 않고 손을 꽉 잡아주었다. 바로 떨어져 나가지 않는 보델린의 손길에 레나의 마음은 불신과 지독한 욕망 사이에서 갈팡질팡했다.

"이제 초대 주문입니다." 보델린이 말했다. 강령회 네 번째 단계였다. "몇 분만 기다려줘요." 보델린은 눈을 감은 채 지하 저장고의 나지막한 천장을 향해 얼굴을 들어 올리고, 천천히 주문을 암송했다.

레나는 초대 주문을 암기하지 않았지만 보델린의 말을 속으로 따라 읊었다. 딱 하나만 바꿔서 볼크먼 대신 에비 레베카 위키스의 이름을 넣었다.

보델린이 주문 암송을 끝냈을 때 레나는 탁자에서 뭔가 움직이는 걸 발견했다. 몰리가 막 외투 안으로 손을 넣은 참이었다. 너무 빠르게 일어난 일이라 레나는 아무런 대응도 할 수 없었다. 몰리가 손을 꺼냈다. 그의 손가락 사이에 금속 같은 것이 있었다. 레나가 벌떡 일어나서 몰리에게 달려들려는 찰나였다.

총이 아니었다. 외투 안에 넣어두었던 휴대용 술병이었다. 몰리는 술병을 입술에 가져다 대고 술을 게걸스럽게 들이마셨다. 레나는 다시 자리에 앉아 자세를 바꾸는 척했다. 술병 뚜껑을 닫는 몰리의 손가락이 떨렸다. 레나는 음주 금지라는 보델린의 규칙을 어겼다고 몰리를 비난할 수도 있었다. 그 정도는 사소한 문제에 불과해 보였다.

보델린이 목청을 가다듬었다. "이제 빙의 단계로 들어갈 겁니다. 다들 준비됐나요?" 보델린이 물었다.

레나는 고개를 살짝 끄덕였다. 레나도 다른 사람들만큼은 준비되어 있었다. 그 말은 전혀 준비되지 않았다는 뜻이었다. 볼크먼의 죽음에 얽힌 비밀이 곧 밝혀진다. 사실 레나도 휴대용 술병이 있으면 좋겠다고 생각했다.

"생각보다 약간 빨리 진행되는군요. 몇 분 쉬면서 몸 좀 푸는 게 어때요?" 갑자기 몰리가 말했다.

보델린은 몰리를 무시한 채 다음 주문을 암송했다. *Introitus, concessio, veritas.* 입장하고 양보하여 진리를 밝히라. 레나는 아까처럼 속으로 주문을 따라 하면서 이름만 에비 레베카 위키스로 바꿨다.

이날 밤 두 개의 강령회가 진행됐지만 그 사실을 아는 사람은 레나뿐이었다. 무모하고 위험하고 극단적인 짓이라는 걸 레나도 잘 알았다.

레나는 속으로 보델린의 주문을 끝까지 따라 하고 나서 목을 만져보았다. 좀 전에 피가 말라붙었던 곳에 다시 상처가 생기면서 간질거렸다. 뭔가가 끈적하게 흘러내리고 따뜻해지는 것도 같았다.

잠시 후, 망치에 얻어맞아 판자 사이에 박힌 쐐기가 된 것처럼 전신이 움찔거렸다.

손이 제멋대로 몰리를 향해 나아갔다. 레나는 자기 손을 자기 뜻대로 움직일 수가 없었다. 팔을 당겨오려고 해도 팔이 말을 듣지 않았다.

"안녕." 레나가 몰리에게 속삭였다. 놀리는 어투와 증오에 찬 어투가 반반씩 섞인 목소리였다. 레나가 여린 손가락으로 몰리의 손등을 쓸었다.

"레나 위키스 씨, 뭐 하는 겁니까? 지금 나한테……."

또다시 몸이 움찔했다. 마침내 신호가 점화되어 두뇌에서 손목, 손가락까지 퍼져나갔다. 마치 기름에 담가두었던 심지가 불타오르는 것 같았다. 레나는 질겁해서 팔을 거둬들였다. *에비, 진정해.* 레나가 속으로 말했다.

보델린은 빙의 상태란 두 영혼이 동시에 존재하는 정신 분열 상태라고 했다. 레나에게는 하나의 육체 안에서 두 개의 의지가 싸우는 것 같았다. 레나와 에비는 언제나 똑같이 의지가 강하고 고집이 셌다. 그래서 자주 싸웠고, 지금도 기분 좋게 교감하지는 못했다.

보델린이 앉아 있는 왼쪽에서 차가운 공기가 느껴졌다. 뭔가가 썩어가는 시큼한 냄새도 났다. 적대감과 해결되지 않은 추한 기억의 냄새 같았다. 레나가 보델린에게 시선을 돌렸다. 보델린의 눈에 반짝이던 부드럽고 미묘한 잿빛은 사라지고 없었다. 이제는 보델린의 눈은 특색 없는 검은 구체로 변해버렸다. "혹시 지금⋯⋯." 레나가 질문을 던지려던 순간이었다.

보델린이 못마땅한 눈빛으로 레나의 말을 자르고 끼어들었다. "에비, 또 만났군." 보델린의 목소리가 깊어졌고, 갑자기 왼손이 보기 흉한 각도로 꺾여 기괴하게 변했다.

레나는 자기 입에서 나오는 말을 무력하게 듣고 있을 수밖에 없었다. "볼크먼 씨, 또 이렇게 만나네요."

그 즉시 레나는 무슨 일이 벌어진 건지 알아차렸다. 어쩌면 죽은 여동생에게 장악당한 레나의 의식 저편 어딘가에서 레나의 일부가 현 상황을 파악했는지도 몰랐다. 하지만 어떻게 그런 일이 일어났는지는 몰랐다.

볼크먼이 보델린에게 빙의했다.

에비는 레나에게 빙의했다.

현재 몸은 둘이지만 정신은 넷이었다. 볼크먼과 에비는 알고 지낸 모양이었다.

여섯 번째 단계, 대단원이 다음 순서였다. 레나 옆에 앉아 있는 보델린은 이미 볼크먼의 기억을 훑어보면서 볼크먼이 어떻게 사망했는지, 누가 볼크먼을 죽였는지 알아내려고 했다. 보델린은 실력이 뛰어난 만큼 당장이라도 그 작업을 끝낼 수 있었다.

그렇다면 레나도 서둘러야 했다. 어떻게 이 지하 저장고에서 에비를 불러낼 수 있었는지 이해가 가지 않았다. 하지만 그 의문은 잠시 접어둬야 했다. 반복적으로 영혼을 불러내 육체를 줬다 뺏으며 놀리는 게 어떤 짓이지 보델린한테 들었던 기억이 났기 때문이었다. *사랑하는 것과는 정반대되는 짓이지. 참새를 나무가 우거진 숲에 데려다 놓고 깃털을 뽑아서 날지 못하게 하는 짓과 같아.* 레나는 여동생에게 절대 그런 짓을 하지 않겠다고 생각했다. 그렇다면 단 한 번뿐인 이 기회를 최대한 잘 활용해야 했다.

에비, 넌 만성절 전야에 이곳에 있었던 게 분명해. 레나는 이맛살을 찌푸리면서 생각에 잠겼다.

레나는 자신의 것이 아닌 기억을 포착해내려고 애썼다. 그러자 심장 박동 소리가 천둥소리처럼 커졌다. 보델린은 이런 식으로 범죄 사건을 해결한 것이었다. 빙의 상태에서 죽은 자의 기억에 접속해 모든 상황을 직접 목격했다.

레나는 목에서 피가 흘러내리고 시큼한 죽음의 냄새를 풍기는 자신의 상태를 분석해 보았다. 이래서 다들 보델린의 강령회가 위험하고 예측 불가능하다고 한다는 사실을 깨달았다.

시간이 많지 않았다. 보델린은 볼크먼의 죽음에 얽힌 진실을 알아내자마자 대단원을 선언하고 종결 주문을 암송할 것이다. 그럼 볼크먼의 영혼뿐만 아니라 에비의 영혼도 추방당한다. 레나가 그 전에 필요한 정보를 얻어낼 수 있을 것 같지는 않았다. 하지만 시도는 해봐야 했다. 레나는 눈을 꼭 감았다.

레나는 다시 만성절 전야를 생각했다. 그날 밤 레나는 조개와 연체동물을 찾아 템스강 강변을 거닐었다. 그날 밤 레나는 여동생의 시신을 발견했다. 그날 밤 레나는 여동생을 런던의 어둡고 추한 일면을 보여주는 불행한 희생자로 선언하는 경찰 옆에 무력하게 서 있었다.

레나가 이런 기억에 잠기자마자 그 모든 기억이 희미해지더니 형태가 달라졌다. 그날 밤 강가에서 연체동물을 찾아냈는지 기억나지 않았다. 하지만 주머니에 중요한 편지를 넣은 채 그로스베너 광장을 향해 하이가(High Street)를 빠르게 내달린 기억은 났다.

눈을 번쩍 뜬 레나가 작게 웃음을 터트렸다. 방금 공중제비를 돌기라도 한 양 배 속이 확 뒤집히는 것 같았다. 레나는 자기 손을 다시 내려다봤다. 이번에도 똑같이 꾸미지 않은 손톱, 물어뜯긴 손톱이 보였다.

그래, 확실하게 기억나. 만성절 전야에 난 여기 있었어. 템스강에는 가지 않았지. 남의 눈에 띄지 않으려고 검은색 남자 옷을 입었어. 보델린 선생님의 편지는 내 외투 안에 있었지. 난 10월 중순에 보델린 선생님에게 편지를 보냈어. 내가 협회에 관해서 알아낸 진실을 써서 보냈지. 몰리한테 편지를 뺏길 뻔했는데 몰리가 편지를 대신 부쳐주겠다고 했어. 난 10월 19일자 파리 소인이 찍힌 보델린 선생님의 답장을 받아서 무척 기뻤어. 그 편지 내용은 이랬어. '그 파티는 항상 7시에 시작해. 9시에는 만취해서 떠들어대는 사람들로 북적거려. 그때 몰래 들어가서 베르무트 저장고로

가. 몰리가 기밀 서류를 그곳에 보관해둔다는 이야기를 볼크먼한
테서 들었거든. 아무것도 보장할 수 없지만 어쩌면 그 책자가 그
곳에……'

난 또 다른 지하 저장고가 있다는 말에 깜짝 놀랐어. 즉시 베넷
을 찾아가서 그런 게 있는지 물어봤지. 어쩌면 베넷은 마차에 탑승
한 몰리한테서 그 이야기를 들었을지도 모르니까.

베넷은 몰리가 베르무트를 발효시키는 지하 저장고 2층이 있다
고 했어. 지하 저장고 1층 뒤쪽의 문으로 지하 저장고 2층에 들어
갈 수 있다고 알려주기까지 했고…….

이상한 냄새가 레나의 기억을 뚫고 들어왔다. 유황, 나무 냄새였
다. 레나는 빙의 상태가 그렇게 쉽게 방해받을 정도로 약한 줄은
몰랐다. 좌절감이 밀려들어 레나는 눈을 부릅떴다. 촛불이 하나 꺼
져 있을 줄 알았는데 놀랍게도 촛불 3개가 전부 다 켜져 있었다.

레나는 보델린을 바라봤다. 보델린의 눈도 번쩍 뜨였다. 보델린
도 이상한 냄새 때문에 빙의 상태에서 빠져나온 것이었다.

"선생님이 편지를 보내서 에비를 죽음으로 몰아넣었어요. 에비
에게 정확하게 몇 시에 어디로 가라고 지시했어요."

보델린이 콧등을 꼬집었다. "무슨 편지?" 보델린이 초조한 목소
리로 말했다. 보델린은 대단원에 가까워진 걸까? "네가 무슨 말을
하는지 전혀 모르겠어."

"거짓말로 빠져나가려고 하지 마요." 레나가 쏘아붙였다. 레나
는 방금 접촉했던 에비의 기억을 떠올렸다. "10월 19일자 파리 소

인이 찍힌 편지요. 선생님이 에비에게 9시에 베르무트 지하 저장고로 가라고 했잖아요. 이제 기억나요?"

탁자 맞은편에서 몰리가 자리에서 일어나 끼어들었다. "어⋯⋯."

보델린이 힘없이 팔을 들어 올렸다. 손목 안쪽이 시퍼렇게 멍들어 얼룩덜룩했다. 보델린은 손가락으로 딱 소리를 내면서 몰리를 노려봤다. "앉아요. 천장이 내려앉길 바라는 게 아니면 앉아요. 실제로 그런 일이 벌어지기도 했거든요." 보델린이 천장의 금을 가리키면서 명령했다.

몰리는 순순히 자리에 앉았고, 보델린이 레나를 돌아보았다. "난 몇 분 전까지만 해도 이곳에 지하 저장고 2층이 있다는 걸 몰랐어." 이렇게 말하고는 이마를 찌푸렸다. "그리고 10월 19일이라고 했어? 10월에는 리지외(Lisieux)의 중세 마을에서 강령회를 진행했어. 10월 19일에는 파리에 있지도 않았다고. 그런데 내가 어떻게 파리에서 편지를 보낼 수 있었겠어?" 갑자기 보델린이 허리를 숙이고 기침을 했다. 보델린의 눈빛이 다시 어두워졌다.

레나는 눈을 깜박거리며 보델린의 말을 곰곰이 생각해보았다. 몰리한테 편지를 뺏길 뻔했는데 몰리가 편지를 대신 부쳐주겠다고 했어. 에비가 했던 말이었다.

레나는 아주 천천히 탁자 맞은편으로 시선을 돌려 몰리를 응시했다. "에비의 편지를 부치지 않았군요. 그렇죠?" 레나는 양손으로 머리를 부여잡았다. "당신이 답장을 위조했어요. 당신이 에비를 이곳으로 유인했다고요." 레나가 씩씩거리며 말했다. 몰리는 보델린을 런던으로 유인했듯이 에비를 지하 저장고로 불러냈다.

"어, 어떻게……." 몰리가 더듬거리더니 고개를 가로저었다. "터무니없는 소리군."

레나는 죄책감 가득한 표정으로 보델린을 돌아보았다. 하지만 사과할 수가 없었다. 보델린은 자의인지 타의인지 모르겠지만 다시 빙의 상태로 빠져들었는지 눈을 감고 있었다.

레나는 그동안 보델린을 거짓말쟁이라고 부르며 증오심을 불태웠다. 그렇게 뻔히 보이는 걸 몰랐다니! 온갖 사기를 치는 몰리의 서재에서 편지를 발견한 순간 편지의 진위를 의심했어야 했다. 레나는 자신이 아는 여자를 믿었어야 했다. 레나는 그날 밤 일찍 몰리의 서재에서 편지를 읽을 때도 보델린에게 치솟는 적대감을 지워내려고 애쓰지 않았던가. 그 편지는 진짜가 아니었다. 이제야 레나는 확실하게 알았다. 그 편지는 극장 소품과 다를 바가 없었다.

레나는 보델린처럼 눈을 감고 에비의 기억으로 들어가려고 애썼다. 보델린이 볼크먼의 기억에 얼마나 오랫동안 머물렀지? 볼크먼에 무슨 일이 일어났는지 알아냈을까? 레나는 정신을 집중하려고 애썼다. 하지만 유황 냄새가 너무 짙어져서 힘들었다. "이 냄새 나요?" 레나가 다시 눈을 뜨고 양쪽을 힐끗거리며 물었다.

벡 경관이 고개를 끄덕였다. "네, 저도 맡았어요." 벡 경관은 믿을 수 없다는 듯 양손을 위로 들어 올렸다. "그건 그렇고 대체 무슨 일이 일어나고 있는 겁니까? 에비는 대체 누구죠?"

레나는 벡 경관이 얼마나 혼란스러울지 상상할 수 있었다. 에비의 이름이 지금까지 몇 번이나 나왔으니까.

누군가가 대답하기 전에 몰리가 뒤쪽 벽에 설치된 촛대를 가리켰다. "저 양초에서 냄새가 나는군. 불길이 나무 기둥에 닿고 있어. 맙소사, 이러다가 불나겠는데⋯⋯." 몰리가 탁자 위의 촛불 하나를 들고 일어났다. 보델린은 빙의된 상태라 몰리를 저지할 수 없었다. 몰리는 레나와 보델린 뒤쪽 벽에 있는 술통으로 걸어가 그 주위를 돌았다. 뭔가 걱정거리가 있는지 그동안 내내 이마를 찡그렸다.

벌써 우리를 쏴 죽이고도 남았을 사람이야. 레나는 생각에 잠겼다. 의자에 앉은 채로 몸을 살짝 틀어 눈으로 몰리를 쫓았다. 그래, 확실해. 다른 계획이 있는 거야.

몰리
MOLLY

1873년 2월 17일 월요일, 런던

망할 도화선의 불이 꺼져버렸다. 공기 중에 떠도는 유황 냄새를 맡는 순간 바로 알아차렸다.

돌벽에 주먹을 박아넣을 뻔했다. 이 강령회는 절대 잘못되어서는 안 된다.

폭약전문가가 35분이 걸린다고 했다. 더도 말고 덜도 말고 딱 35분이었다. 내 시계 알림도 정확하게 그 시간에 맞춰 놓았다. 그 뭣 같은 도화선이 꺼져버렸으니 다시 불을 붙이고 시간이 얼마나 남았는지 개략적으로 추정해야 했다. 추정이라니 생각만 해도 속이 뒤집혔다. 폭발성 강한 흑색 화약이 가득한 통이 있는데 추정에 의지해야 한다니!

속은 부글부글 끓었지만 겉으로는 아무렇지 않은 척했다. 나는 벽에 설치된 촛대로 다가갔다. 사실 촛대의 촛불은 나무 기둥을 태울 정도로 위협적이지 않았다. 촛대로 가는 동안 화가 나서 천천히 타는 도화선을 사납게 주시했다. 왠지 모르겠지만 중간까지 타들어 간 도화선이 꺼져 있었다.

나는 벽걸이 촛대의 촛불을 불어서 껐다. 그러고 난 후 다시 자리로 돌아가면서 술통 하나에 정강이를 부딪친 척했다. 아픈 척 소리를 지르며 허리를 굽혀서 꺼진 도화선에 촛불을 조심스럽게 가져다 대어 다시 불을 붙였다.

천천히, 나지막하게 칙칙 타들어 가는 소리가 다시 들렸다.

초읽기가 다시 시작되었다. 밖으로 나가야 했다. 빨리.

레나
LENNA

1873년 2월 17일 월요일, 런던

몰리가 통증을 호소하며 몸을 숙였을 때 레나는 뭔가 이상하다고 생각했다.

다른 술통에는 한쪽 면에 술을 담은 날짜가 밝은 파란색으로 찍혀 있었다. 그런데 몰리가 서 있는 곳 근처의 술통에는 날짜가 찍혀 있지 않았다. 아니, 아예 아무런 표식도 없었다.

이상해. 레나는 이렇게 생각했지만 그 문제를 곰곰이 생각해볼 시간이 없었다. 에비에게 기억을 다시 보여달라고 간청했기 때문이었다.

레나가 눈을 감자마자 에비의 기억이 선명하게 되살아나 침투해 들어왔다.

지하 저장고 파티에 가기 전에 변장을 새롭게 바꿨어. 원래 내 몸집보다 비대하게 보이려고 좀 더 헐렁한 아빠 옷을 걸쳤지. 파티장에서 몰리와 마주칠 수도 있었어. 그래서 새롭게 변장한 거야. 아무도 날 몰라보길 바랐거든. 원래대로 변장하고 갔다가는 몰리에게 들킬 위험이 있었어. 그런 위험을 감수할 수는 없었지.

8시 반쯤에 그로스베너 광장 근처의 지하 저장고로 걸어갔어. 지하 저장고 문 앞에 도착해서는 호랑가시나무 덤불 뒤에 숨어서 문을 지켜봤어. 사방이 지독하게 어두웠고, 초승달이 뜬 밤이었어. 이런 밤에 돌아다니는 건 위험했지. 초승달이 뜬 만성절 전야에는 사망자 수가 증가한다고 하잖아. 하지만 협회 남자들이 도시 전역에 해를 끼치게 놔두는 일도 위험했어.

지하 저장고에 모여드는 파티광은 정말 기대 이상으로 많았어. 10분 사이에 20여 명이, 어쩌면 그보다 많은 사람이 도착해서 지하 저장고로 들어가는 계단을 가득 메우더라고. 몇몇 사람은 간단하게 상의에 박쥐 날개를 달고 바지에 가짜 꼬리를 붙였어. 하지만 대부분은 일반적인 이브닝파티 복장인 드레스와 연미복 차림이었어. 계단 옆쪽에 경사로가 하나 있었는데 술통을 쉽게 옮기려고 설치해둔 것 같았어. 한 남자는 술에 잔뜩 취해서 계단이 아니라 경사로를 미끄럼틀처럼 타고 파티장으로 들어가더라고.

난 교회 종소리가 9시 정각을 울렸을 때 움직였어. 마차에서 내려 계단으로 가는 파티광 다섯 명 뒤쪽에 일행인 척하며 따라붙었지. 내가 문턱을 넘어 지하 저장고로 들어섰을 때 주변이 어찌나 시끄럽고 소란스럽던지 아무도 나한테 신경 쓰지 않았어. 음악가 3인조가 한쪽 구석에 서서 비올라와 첼로를 연주하더라고. 제복 차림의 소년이 따뜻하게 데운 와인을 한 잔 주길래 기쁘게 받아 마셨지. 설탕 시럽에 절인 견과류를 주는 소년도 있더라고. 나는 재빨리 파티장을 훑어봤어. 몰리는 보이지 않았어. 그러고는 사람들 눈에 띄지 않으려고 고개를 숙였지.

편지에는 뒤쪽에 있는 베르무트 저장고로 가라고 적혀 있었어. 파티장 가장자리를 빙 둘러 가는데 여자 두 명이 날 이상하다는 눈초리로 바라보더라고. 가짜 수염이 내 생각만큼 그럴싸해 보이지 않을까 봐 걱정돼서 따뜻한 와인잔을 들어 올려 얼굴을 가린 채 빠르게 걸었어.

손님들 사이를 빠르게 헤치고 나갔지. 한 남자는 유커 게임 카드를 친구들에게 돌리고 있었어. 그들 옆에서는 제멋대로 행동하는 한 무리가 불붙은 브랜디 그릇에서 건포도 꺼내기 놀이를 하고 있었지. 사방의 바닥에는 점치는 카드가 떨어져 있었고. 다들 어찌나 재밌게 잘 노는지 감탄이 절로 새어 나왔어. 다른 날 밤이었다면 내 마음에 쏙 들었을 파티였지.

지하 저장고 깊숙이 들어가자 사람들이 점점 적어졌어. 벽에 붙어서 키스하는 연인을 지나쳤지. 그러자 앞쪽에 나무 문이 보였어. 나무 술통 몇 개 사이에 숨어 있어서 잘 보이지 않았지. 나는 재빨리 뒤를 돌아보며 누가 지켜보지는 않는지 확인하고 나서 문을 열고 안으로 들어갔어. 드디어 지하 저장고 2층에 도착한 거야.

그런데 층계참이 넓지 않더라고. 난 넘어질 뻔해서 숨을 헉 들이마셨지. 몇 걸음마다 촛불 몇 개가 켜져 있었어. 아래로 내려가는 동안 심장이 쿵쾅거리더라고. 그동안 런던 강령술 협회에서 했던 그 어떤 모험보다도 위험한 모험이었거든. 난 협회의 가장 큰 비밀이 이 평범한 지하 저장고 2층 어딘가에 숨겨져 있다고 생각했어. 몰리가 단순한 거짓말쟁이가 아니라는 의심도 들었고.

그는 살인자일지도 몰라. 내 예감이 그래.

사랑하는 내 친구 엘로이즈 헤슬롭과 엘로이즈의 아버지가 익사하면서 이 모든 일이 시작됐어. 런던 강령술 협회에서 엘로이즈를 위해 진행한 강령회는 웃기는 짓거리였지. 하지만 그보다 더 걱정스러운 일이 있었어. 미망인이 된 엘로이즈의 어머니가 파산한 협회 신입 회원 클레랜드 씨와 재혼한 일이었지. 어떻게 일이 그렇게 흘러갔는지 몰라. 우연이 너무…… 지나친 것 같았어.

내 의심이 맞는지 확인하려면 협회 내부 업무에 좀 더 가까이 접근해야 했어.

몰리와 점점 더 많은 시간을 보내면서 그가 가끔 진홍색 책자를 들고 다닌다는 걸 알아차렸어. 그는 책자를 외투 안주머니에 넣어 다녔지. 하지만 나와 같이 있으면서 외투를 자주 벗어놓곤 했어. 그때마다 밖으로 툭 튀어나온 책자를 볼 수 있었지만 가까이 있어도 손에 넣을 수는 없었지. 몰리는 그 책자를 아주 소중히 다루는 것 같았어. 그렇다 보니 거기에 협회의 훨씬 더 사악한 일면에 관한 이야기가 적혀 있는 게 아닌지 의심스러웠어. 그렇다면 무슨 일이 있어도 그걸 손에 넣고 싶었지.

몰리가 항상 진홍색 책자를 들고 다닌 건 아니었어. 책자가 필요 없을 때는 어딘가 안전한 곳에 숨겨두는 것 같았어. 거기가 어딘지는 전혀 몰랐지만. 보델린 선생님의 편지가 크게 도움이 됐어. 몰리가 기밀 서류를 지하 저장고 2층에 숨겨둔다고 보델린 선생님이 알려주셨거든. 그건 나한테 필요했던 빠진 퍼즐 조각이었어.

나는 한시라도 빨리 저장고를 둘러보고 싶었어.

위층에서는 파티가 한창이었지. 나는 인상을 찌푸리며 지하 저장고에서 한 바퀴 휙 둘러봤어. 몰리가 물건을 어디에 숨겨뒀을까? 지하 저장고에는 찬장도 없고, 캐비닛도, 서랍장 같은 것도 없었어. 개방형 선반과 유리병뿐이었지.

몰리는 위장 대가였어. 뭔가를 숨겼다면 천장이나 책상처럼 눈에 띄는 곳에는 숨기지 않았을 거야. 잘 보이지 않는 곳에 숨겼을 텐데. 그래서 난 손가락으로 벽을 더듬어가며 느슨한 돌이 있는지 살펴봤어.

"어이, 길을 잃으셨나?"

나는 숨을 헉 들이마시며 고개를 휙 쳐들었어. 돌계단 맨 위, 그늘진 곳에 남자가 있었어. 등 뒤로 불빛을 받아 윤곽만 보였지. "난 방금 도착했다네. 벌써 베르무트가 떨어지지는 않았을 텐데." 남자가 쾌활한 목소리로 말했지. 남자는 처음 몇 계단을 내려오면서 일찍 자리를 뜨고 나온 가족 모임이 어땠는지 이야기하더라고.

마침내 남자가 내 시야에 들어왔어. 계단에 설치된 촛불이 남자를 비춰주었지.

남자는 볼크먼 씨였어.

볼크먼 씨는 눈을 가늘게 뜨고 내가 뭘 하고 있었는지 더 자세히 살펴봤어. 난 벽을 더듬어 뭔가를 찾고 있다가 딱 들킨 거야.

볼크먼 씨가 남아 있는 계단을 빠르게 내려왔어. 잠깐 사이에 그가 내 앞에 서 있었지. 우리는 서로의 눈을 응시했어. 내가 막 말을 꺼내려던 참이었지. 헛수고가 될지라도 목소리를 최대한 낮게 깔려고 했어. 그런데 그때 볼크먼 씨가 내 모자를 낚아채 벗겨냈어. 검은 머리카락이 귀 주변으로 쏟아져 내렸고, 가짜 콧수염이 덜렁거렸어.

"넌 누구지?" 볼크먼 씨가 물었어.

나는 그를 올려다보며 눈을 깜박였지. 좀 전이었다면 그에게 협회에 관한 진실을 털어놓았을지도 몰라. 범죄행위를 일삼은 부회장에 관해 알아낸 모든 이야기를 다 말할 뻔했지. 하지만 지금 그의 눈에 차오른 열기를 보니까 직감적으로 그가 두려워졌어.

난 보델린 선생님의 이름을 던져보기로 마음먹었어. 두 사람은 친한 동료였으니까. 〈심령론〉 잡지에서 두 사람이 나란히 서 있는 삽화도 몇 번 봤거든. 내가 보델린 선생님한테 훈련받았다고 하면 이곳에 무단 침입한 죄를 눈감아줄지도 모르니까.

"제 이름은 에비예요. 2년 전에 보델린 선생님의 제자였죠."

내가 이렇게 말하자 볼크먼 씨가 눈살을 찌푸렸어. "보델린이라." 볼크먼 씨가 선생님의 이름을 되풀이해서 말했지.

"네, 볼크먼 씨의 동료이자…… 친구요."

볼크먼 씨는 머리를 뒤로 젖히고 웃음을 터트렸어. 그러더니 가까이 다가와서 덜렁거리는 내 콧수염을 잡아 뜯었지.

나는 갑자기 윗입술에 불이 붙은 것 같아 숨을 헉 하고 들이마셨어.

"한때는 친구였지. 보델린이 내 일에 간섭하기 전까지는." 볼크먼 씨가 나지막하게 말했어.

몰리
MOLLY

1873년 2월 17일 월요일, 런던

당신이 답장을 위조했어. 당신이 에비를 여기로 유인했어. 레나의 비난은 조금도 신경 쓰지 않았다. 몇 분 안에 죽을 사람이었으니까. 이 난장판도 곧 정리될 터였다.

마지막 몇 분이 재깍재깍 흘러가는 동안 내 안에서 솟아나는 안도감을 억누르기가 힘들었다. 나는 강령회 탁자에 둘러앉은 누군가에게 비릿한 웃음을 들킬까 봐 고개를 숙였다. 이 밤은 일 년 전에 불거진 부서의 골칫거리를 끝장내기에 딱 좋았다. 1872년 1월, 보델린이 런던을 떠나기 전이었다. 에비가 심령체 강연회에 몰래 숨어들기 전이었다. 볼크먼이 날 해고하겠다고 협박하기 전이었다.

떠들썩하게 노는 게 여전히 아주 좋았던 시절이었다.

하지만 오래전 그날, 화요일에 내 서재 문을 두드리는 소리와 함께 그 시절이 끝났다.

나는 내 책상에 앉아 있었다. 누군가를 문을 두드리는 소리에 시간을 확인했다. 볼크먼이 협회 수익에 관해 논의하려고 온 모양이었다. 매달 첫 번째 화요일 11시 정각에 정기적으로 만나는 자리였다.

"들어와요." 나는 책상을 정리하면서 말했다. 볼크먼이 서류 더미를 한 아름 안고 와서 내려놓을 곳을 찾을 테니까.

하지만 안으로 들어온 볼크먼은 빈손이었다. 무슨 충격을 받았는지 얼굴이 창백해 보였다. "방금 아주 불편한 이야기를 들었어." 볼크먼이 양손을 잡아 쥐어짜면서 말했다.

나는 걱정스러운 표정으로 몸을 앞으로 숙였다. "누구한테서요? 무슨 이야기인데요?"

"보델린 달레어가…… 소문을 들었어. 도시 전역에 소문이 퍼졌다고. 보델린이 이쪽 소식을 듣고 있다는 거 알잖나."

나는 목청을 가다듬었다. "무슨 소문을 들었대요?"

볼크먼은 숨을 길게 내쉬고, 머리를 한쪽으로 기울였다. "자네는 부서 일을 잘 처리해왔어, 몰리. 쇼가 잘 해낼 수 없는 일을 자네한테 맡겼지. 거짓말과 계략을 사용하는 자네 방식을 항상 좋아한 건 아냐. 하지만 자네도 알다시피 내가 최우선으로 삼는 건 명성이야. 진실이 아니지. 그 둘은 완전히 달라." 볼크먼은 방금 한 말을 음미하는 듯 잠시 말을 멈췄다.

"보델린 말로는 사람들이 사기 행각을 알아차렸다는 거야. 온갖 도구와 목소리, 자동 기록 수법까지 전부 다. 자네가 너무 눈에 튀게 굴었어. 거기다가 강령회에 참석했던 협회 회원들이 뭐랄까……." 볼크먼이 손가락을 튕겼다. "여자들을 침대로 끌어들여서 일이 더 복잡해졌지." 볼크먼이 고개를 가로저었다.

"말이 돌고 있어. 여자들이 떠들어대고 있다고. 자네가 이 문제를 정리해줘야겠어."

배를 한 방 얻어맞은 기분이었다. 볼크먼한테서 질책을 들어서라기보다는 사람들이 떠들어댄다는 소리에 충격을 받았다. 나는 지금까지 전혀 모르고 있던 일이었다. 나야 물론 볼크먼에게 영원히 빚진 신세였으므로 당연히 그의 걱정거리를 진지하게 받아들였다. "보델린은 어때요? 소문을 부추기고 있나요?"

"소문을 부추긴다고? 아니, 이 일에 간섭하고 있어. 여기저기 캐묻고 다니며 내가 이 문제를 해결할 수 있게 도와주려고 한다고. 보델린이 끼어들게 놔둘 수는 없어. 보델린이 그 일을 알아냈다가는……." 볼크먼이 고개를 가로저으며 말을 멈췄다.

끝까지 듣지 않아도 알 수 있었다. 볼크먼은 가장 수익성 높고, 가장 사악한 계획을 언급하고 있었다.

쇼가 운영하는 예지부는 협회의 명망 높은 간판이었다. 내가 운영하는 심령부는 속임수와 책략에 의지했다.

방금 볼크먼이 넌지시 언급했던 건 무슨 일일까? 우리의 가장 사악한 사업이었다.

"보델린은 아내와 친한 사이야. 보델린이 뭔가를 알아내거나 말할까 봐 불안해. 보델린을 여기서 쫓아내야 해."

"런던에서 쫓아내야죠."

"그래, 런던에서. 그리고 우리 사업에서도." 볼크먼이 벽에 머리를 기댔다. "자네가 하는 일에 관한 소문은 그렇다고 치자고. 하지만 내가 하는 일에 관한 소문은 또 다른 문제야. 난 물 샐 틈 없이 경계하면서 모든 행적을 감췄어. 그런데 보델린 때문에 불안해. 보델린은 무섭도록 예리한 여자거든. 협회 내부를 살펴보고 조사하겠다고 보델린에게 말했어. 조직 내부에서 문제를 발견했다고 조만간 보델린에게 말할 거야. 몇몇 불순한 회원들이 문제를 일으켰다고 말이야. 하지만 우려했던 것보다 그들의 음모가 거대하다고 하면서 그 악당들이 그녀의 개입을 알아차렸다고 해야지. 그러면서 안전을 위해 떠나라고 충고하는 거야."

"보델린이 당신을 믿고 있으니까 다행이네요."

"그래, 정말 다행스러운 일이지." 볼크먼이 일어나 내 책상으로 다가왔다. 그는 문을 재빨리 힐끗거리더니 목소리를 낮췄다. "내가 검토할 새로운 거래가 있나?"

나는 비밀 서랍에 숨겨둔 책자를 꺼내면서 고개를 끄덕였다. "뒤쪽에 두 건이 있어요. 그중 하나는 크리스토퍼 블랙웰(Christopher Blackwell) 건이죠."

볼크먼이 눈썹을 치켜올렸다. "아주 야심찬데."

나는 고개를 끄덕였다. "엉덩이를 다쳐서 집에 틀어박혀 있죠."

볼크먼이 책자를 받아서 겨드랑이에 끼웠다.

언제나처럼 사기 외에 다른 일에는 관여하지 않아서 만족스러웠다.

살인은 볼크먼 몫이었다.

레나
LENNA

1873년 2월 17일 월요일, 런던

지하 저장고에서 레나는 숨을 거칠게 내쉬며 몸을 앞으로 숙였다. 에비의 기억이 밝게 빛나며 지치지도 않고 계속 밀려들었다.

볼크먼이 보델린 선생님 이름을 꺼냈을 때 난 잘못 들었다고 생각했어. 보델린 선생님이 간섭하기 전까지는 선생님과 친구였다고 그가 말했어.

그의 눈빛이 아주 어두워졌어. 분노로 이글거렸지.

"뭘 찾고 있었지?" 볼크먼이 가까이 다가오며 물었어. 이가 누렇게 변해 있었고, 입 냄새가 지독했지.

"아, 아무것도 안 했어요." 난 더듬거렸어.

"말도 안 되는 소리. 방금 뭔가를 찾으려고 벽을 더듬었잖아."

난 보델린 선생님의 편지를 받고 여기에 왔지만 그 이야기를 할 수는 없었어. 그때 볼크먼 씨의 화를 보델린 선생님과 내가 아니라 다른 누군가에게 돌려놓을 묘책이 생각났어.

"몰리가 여기에 서류를 보관해둬요."

볼크먼 씨가 웃음을 터트렸어. "여기에는 베르무트밖에 없어."

나는 고개를 가로저었지. "몰리가 뭘 하려고 하는지 아세요? 저한테 협회의 비밀을 얼마나 많이 알려줬는지 아세요?"

볼크먼이 두툼한 손가락으로 내 손목을 세게 움켜쥐었어. "그럴 리 없어."

나는 교활한 미소를 지었지. 그나마 그가 괴로워하는 표정을 봐서 기분이 좋았어. "약간의 변장을 하고 시기적절한 거래만 성립되면 불가능한 일은 없죠." 나는 볼크먼의 손아귀에서 빠져나갈 궁리를 하면서 계단을 힐끗거렸지. "몰리는 만족할 줄 몰라요. 가격만 적당하면 어떤 비밀이라도 다 털어놓죠."

볼크먼이 눈을 가늘게 떴어. "넌 왜 우리 뒤를 캐는 거지?"

나는 뭐라고 대답해야 좋을지 생각하느라 잠시 말을 멈췄어. 강령술 때문에 이러는 게 아냐. 그 남자들이 런던에서 저지른 사기행각 때문도 아니고. 그들이 과도하게 비싼 비용을 청구하고, 음란한 행위를 대가로 요구했기 때문도 아냐.

엘로이즈 때문에 내가 이러는 거야.

"엘로이즈 헤슬롭. 몰리가 엘로이즈와 엘로이즈의 아버지를 죽였어요. 맞죠?"

내 말에 볼크먼이 웃음을 터트렸어. "몰리는 겁쟁이야. 아무도 죽이지 않았어. 그래도 쓸만한 인물이기는 하지."

"그럼…… 당신 짓이군요."

"가정적인 남자가 살인자라고 생각하는 사람은 아무도 없지. 안 그래? 특히 한 조직의 명성에 부단히 신경 쓰는 남자를 누가 살인자라고 생각하겠어."

위쪽에서 음악 소리가 점점 커졌어. 방금 볼크먼이 한 이야기를 듣고는 깨달았지. 볼크먼은 내가 살아서 지하 저장고를 나가게 둘 리가 없었어. 나는 기적이나 운명의 장난에 날 맡기는 수밖에 없었지. 이렇게 생각하니 마음이 무거워졌지만 더 잃을 것도 없다 싶어서 서슴없이 질문을 던졌어.

"처음부터 사람을 죽였나요? 협회를 설립한 직후부터?"

"거의 그쯤이었지. 예지부는 언제나 협회의 영광스러운 간판이었어. 예지부 회원들은 일을 잘하지만 돈을 못 벌어. 점술과 카드게임은 돈이 안 돼.

반면 심령부는 돈을 잘 벌어. 부유한 애도자들이 뭐든 내놓거든. 맙소사, 죽은 자와 몇 마디 나눌 수만 있다면 땅까지 판다니까. 몰리는 일찌감치 그 방면의 술수에 통달했어." 볼크먼이 내 손목을 더욱 세게 움켜쥐면서 잠시 말을 멈췄어. "하지만 진짜 돈 되는 일은……."

"협회 회원들을 부유한 미망인과 결혼시키는 거였죠." 내가 대답했어.

볼크먼이 눈썹을 치켜올렸어. 그가 어떤 인간인지 잘 몰랐다면 내 말에 감명받았다고 생각했을 거야.

"클레랜드요. 다들 그 사람이 빚을 크게 진 도박꾼이라는 걸 알아요. 제 친구 엘로이즈의 아버지가 익사했을 때 협회에 들어갔죠. 그러고 몇 달 지나지 않아 클레랜드가 엘로이즈의 어머니와 결혼했고요." 나는 볼크먼의 손아귀에서 손을 빼내려고 했지만 헛수고였어.

"전 엘로이즈의 아버지 강령회에 참석하지 못했어요. 엘로이즈의 어머니만 참석할 수 있었죠. 그게 다 조작이었죠, 그죠? 엘로이즈의 어머니를 설득해서 클레랜드와 결혼하게 하려고……."

볼크먼이 눈을 가늘게 떴어. "아주 잘 아는군."

"어떻게 했는지 말해줘요. 엘로이즈의 엄마를 어떻게 설득해서 클레랜드와 결혼하게 만들었죠?"

"속임수 종이를 사용했지. 3중으로 된 종이야. 물에 젖으면 중간 층의 글씨가 보이지. 슬픔에 젖어 방황하는 미망인이 강령회 장소에 있다고 생각해봐. 그녀 앞쪽의 빈 종이에서 죽은 남자의 말이 형체가 되어 나타나기 시작하지. 다시 사랑하라는, 아내가 받아들이기를 원하는 구혼자의 이름까지 정해주는 글귀가 나타나는 거야."

나라면 그런 편지에 설득당할지 잘 모르겠어. 하지만 내가 협회를 믿지 않기 때문에 그런지도 몰랐지. 몰리 덕분에 협회의 책략을 모두 알게 됐으니까.

하지만 런던 사람들은 대부분 협회를 신뢰했어. 최근까지는 말이야.

"그러고 나서 클레랜드에게 엄청난 비용을 청구했고요?"

볼크먼이 고개를 한쪽으로 기울였어. "평생 연간 회비를 내라고 했지."

내가 상상했던 것보다 수익이 훨씬 컸지 뭐야.

"이 모든 일이 상당히 잘 진행될 거였지. 보델린이 간섭하지만 않았다면 말이야."

"보델린이 진실에 다가섰다는 걸 알았군요. 당신의 사기성 짙은 강령회를 폭로하고, 당신의 명성을 무너뜨릴 진실이었죠. 협회 회원들을 미망인과 결혼시키는 일을 계속하고 싶다면 그런 일이 일어나게 둘 수 없었겠죠."

"정확해. 난 보델린을 멀리 보냈어. 다시 불러들일 생각은 없었지." 볼크먼이 인상을 찌푸렸어. "진실을 원한다고? 가식적이기 짝이 없는 짓이지. 진실은 돈이 안 돼."

갑자기 볼크먼이 달려들어서 내 목을 졸랐어. 볼크먼은 내 목을 꽉 움켜쥔 채 날 벽으로 밀어붙였지. 나는 온 힘을 다해 몸부림쳤어. 그러다가 한쪽 무릎을 볼크먼의 사타구니에 찔러 넣었어. 이런 상황에 처할 때를 대비해서 레나가 알려준 방법이었지.

순간 볼크먼의 손아귀 힘이 느슨해졌어. 나는 그 틈을 타서 볼크먼을 지하 저장고 2층 중앙으로 세게 밀었지. 볼크먼은 균형을 잃고 쓰러졌어. 뭔가가 뚝 부러지는 소리에 이어서 고통에 찬 외침이 들렸어. 볼크먼이 눈을 크게 뜬 채 왼손을 들어 올렸어. 넘어지면서 손목이 부러진 거였지.

나는 계단으로 달려갔어. 볼크먼의 손아귀에서 벗어나려고 했지. 하지만 너무 늦었어. 볼크먼이 내 발목을 단단히 잡아서 자기 쪽으로 끌어당겼거든. 그러고는 무릎을 꿇고 앉아 외투 속으로 손을 넣었어. 뭔가를 꺼내려고 하는 것 같았는데 그게 뭔지 보이지 않았어. 난 옆에 있는 딱 하나뿐인 물건을 집어 들었는데 계단 아래쪽에 있던 베르무트 병이었어. 저 위층 지하 저장고에서 정신이 혼미한 파티 참석자들이 들이마실 술이었지.

나는 호박 빛깔의 술병을 볼크먼에게 휘둘렀어. 픽 하는 끔찍한 소리가 나더니 유리병 아랫면이 볼크먼의 머리에 부딪혀 산산조각났어. 난 똑바로 일어서려고 애썼지. 그때 볼크먼이 멍한 표정을 지으며 뒤로 쓰러졌어. 나는 한 손에 부러진 병목을 든 채 멈춰 섰지. 내 발 주변에 와인이 흥건하게 고였어. 그런데 거기에 훨씬 질 퍽하고 짙은 물질이 섞여 있는 거야. 피였어.

이상했어. 볼크먼은 피를 흘리는 것 같지 않았거든. 그제야 한쪽에 떨어져 있는 칼이 보였어. 내 목도 축축하게 느껴졌고, 눈 안쪽에서 현기증이 일었지. 난 손을 들어 올려 빗장뼈 위쪽을 만져봤어. 손을 내리자 손이 온통 선홍색이었어. 볼크먼이 칼로 날 찔렀던 거야. 나는 다량의 피를 흘리고 있었어.

멍한 상태로 바닥에 누워있던 볼크먼은 내 쪽으로 다가오려고 했지만 헛수고였어. 고통받는 동물처럼 그르렁대는 소리가 볼크먼의 입술에서 새어 나왔지. 내 손에는 부러진 병목이 들려 있었고. 난 마지막으로 딱 한 번 공격할 힘이 남아 있었어. 부러진 호박빛 병을 아래로 내려 볼크먼의 옆얼굴에 찔러넣었지. 볼크먼의 광대뼈가 내려앉고, 홍채가 안으로 쑥 들어가 흰자위만 남았어.

나는 무릎을 털썩 꿇었어. 몸이 아주 따뜻해지고 편안해지더라고. 심장 박동이 느려졌어. 가족을 떠나야 한다는 절망감과 미지의 세계에 대한 걱정도 점점 사라지는 거야. 대신 그 자리에 호기심이 들어섰어. 죽음은 언제나 알고 있던 것이었지. 이해하고 있던 것이었어. 눈이 깜빡거리며 감겼어. 고통도 사라졌지. 하지만 그 뒤에 뭐가 있을까? 그 이후에 뭐가 있을까?

뭔가 있다는 걸 알았어. 내가 진짜로 사라지지는 않는다는 걸 알았지. 그냥 다른 곳으로 가는 거야. 엘로이즈가 기다리고 있을 거야.

난 언제나 사후 세계의 비밀을 알고 싶었어. 삶과 죽음을 가르는 이 장막 너머에 숨겨진 진실을 직접 보고 싶었지. 어쩌면 기대감에 부풀어 다음 숨을 참아야 할지도 몰라.

다만 다음 숨을 들이쉴 기회가 없었어. 마지막으로 공기를 폐 속으로 가득 들이마실 수 있는 단 한 번의 기회만 남아 있었지.

눈을 감기 전에 그림자가 보였어. 난 저장고 2층 출입문을 올려다봤어.

몰리가 거기 서 있었어. 피에 절어 죽어가는 우리 둘을 내려다보고 있었지. 몰리가 계단을 내려왔어. 몰리가 점점 가까이 다가오자 그의 주머니에서 튀어나온 편지가 보였어. 보델린 선생님에게 보냈던 내 편지였어. 내가 봉투 겉면에 그려 넣었던 참새와 새 알을 보고 내 편지인 걸 알았지.

몰리는 내 편지를 부치지 않은 거였어.

그렇다면 답은 하나뿐이었지. 오늘 밤 날 여기로 이끌었던 편지는 보델린 선생님이 보낸 게 아니었던 거야. 그건 위조 편지였어. 몰리가 위조한 편지였어.

몰리가 날 이곳으로 유인했어. 지하 저장고 2층은 미끼에 불과했던 거야. 이곳에는 아무것도 숨겨져 있지 않았어.

난 몰리에게 옅은 미소를 지었지. 몰리가 이 광경을 보고 깨달았으면 좋겠어. 그가 날 이곳으로 유인해서 협회 희장이 쓰러졌다는 사실을 말이야. 나는 그만 모든 것을 내려놓고 장막을 걷어 올렸어.

기억의 통제력이 느슨해지더니 완전히 사라졌다. 강령회 탁자에 앉은 레나의 눈이 번쩍 뜨였다.

볼크먼이 배후 인물이었다. 최악의 악당은 볼크먼이었다. 볼크먼과 에비는 서로의 손에 죽었다. 여기 이 지하 저장고 2층에서. 레나는 에비의 기억을 통해 그 장면을 목격하고 경험했다.

레나는 지금까지 상황을 잘못 판단했다. 누가 두 사람을 죽였을까 하는 생각만 했다. 이제는 진실을 안다. 두 사람은 서로의 희생자가 되었다.

볼크먼은 왜 에비를 죽였을까? 어쩌다 에비를 만났을까? 엘로이즈가 죽은 이후 에비가 협회를 의심했기 때문일까? 에비는 환영에 의지하지 않는 진짜 영매술을 헌신적으로 지지했기 때문에 복수에다 폭로까지 하려고 했다. 친구와 영매술에 충실한 사람이었다. 자기 목숨을 걸어서라도 친구와 영매술을 지키려고 했다. 순교자였다.

레나가 초저녁에 발견했던 책자는 몰리의 것만이 아니었다. 몰리는 유망 후보와 목표 대상에 관한 정보를 기록했다. 그렇다면 진짜 살인자는 누구일까? 볼크먼이 살인에 책임이 있는 사람이었다.

볼크먼이 죽은 후, 몰리는 책자를 안전한 곳에 숨겨두고 몇몇 목표 대상을 직접 추가했을 게 분명했다. 그중 세 사람이 지금 탁자에 둘러앉아 있었다.

볼크먼은 협회의 사악한 행위를 조장한 근원이자 원천이었던 것 같았다. 레나와 보델린이 생각했던 볼크먼과는 완전히 달랐다. 두 사람은 볼크먼이 존경할 만한 사람이라고 생각했다. 레나는 보델린과 함께 그레이 부인의 집을 찾아갔던 일이 기억났다. 그때 그레이 부인은 당크워스 씨가 자신을 이용하려고 하기 전에 자석 도구를 사용했다고 말했다. 볼크먼이 두 사람을 살펴보려고 올라왔다고도 했다. 당크워스 씨가 바로 저한테서 떨어져 나갔어요. 볼크먼 씨가 문간에 나타났을 때 두 사람은 서로 시선을 교환했죠. 뭔가가 잘못됐다고 볼크먼 씨가 의심하는 게 아닌가 싶었어요. 그레이 부인은 이렇게 말했다.

진실이 밝혀진 지금, 레나는 그때 볼크먼이 정말 그레이 부인의 안녕을 살펴보려고 했을지 의심스러웠다. 어쩌면 당크워스가 재정적인 이득이나 다른 이득을 얻기 위해서 일을 잘 처리하고 있는지 확인하고 싶었는지도 몰랐다.

레나는 여전히 에비의 생각에서 완전히 벗어나지 못했다. 에비의 생각은 방금 접촉했던 기억만큼 강력하지는 않았다. 하지만 여전히 레나의 머릿속을 시끄럽고 혼란스럽게 만들었다. 에비가 레나의 의식 속에 머무른다면 영원히 그런 상태가 지속될 터였다. 누군가가 종결 주문을 암송할 때까지는 말이다.

"당신이 에비를 죽였어요." 레나가 보델린에게 말했지만 사실은 보델린 안의 볼크먼에게 하는 소리였다. 레나는 볼크먼을 목 졸라 죽이고 싶었다.

이미 죽은 남자를 또 죽일 수 있다면 당장 그러고 싶었다.

보델린이 레나 쪽으로 몸을 기울였다. 그때 보델린의 숨결에서 담배와 위스키 냄새 같은 이상하고 낯선 냄새가 났다. 여전히 빙의된 상태야. 레나는 보델린의 상태를 알아차렸다. 보델린의 입술에서 흘러나오는 말은 보델린의 말이 아니었다.

"에비는 날 죽였지." 보델린이 말했다. 보델린의 대단원에서 밝혀진 진실이었다.

"원한다면 전부 다 에비 탓으로 돌릴 수 있겠죠. 하지만……." 레나는 손가락으로 탁자 맞은편을 가리켰다. "이 모든 일은 저 사람 탓이에요. 저 사람이 에비를 이곳으로 유인했어요."

"아뇨." 몰리가 아이처럼 고개를 흔들면서 보델린을 똑바로 응시했다. "볼크먼은 그날 밤 가족과 함께 보낸다고 했어요. 여기서 열리는 파티에 참석하는 게 아니라." 몰리가 간절한 눈빛으로 보델린을 쳐다봤다. "난 이 일을 바로잡으려고 했어요. 이 모든 문제를……." 몰리가 갑자기 말을 멈추고는 시계를 확인하더니 숨을 헉하고 들이마셨다. "바람 쐬러 나가야겠어요." 몰리가 의자를 뒤로 밀쳤지만 벡 경관이 그의 팔을 잡아 꼼짝 못 하게 했다.

"잠깐만요." 레나는 이른 저녁에 마구간에서 들었던 베넷의 이야기가 기억나 다급하게 말했다. 베넷은 만성절 전야에 몰리를 파티장에 내려주고 나서 마차를 두고 가라는 이야기를 들었다고 했다. 그날 몰리는 베넷에게 마차를 두고 집으로 돌아가라고 했다.

"당신이 에비의 시체를 옮겼군요." 레나는 여전히 몰리에게 삿대질하면서 말했다. 퍼즐의 모든 조각이 제자리를 찾아 들어가고 있었다. 에비가 사망했던 진짜 장소에 얽힌 수수께끼도 풀리고 있었다. "당신은 연인이었던 에비가 협회 회장을 죽였다는 사실을 알고는 증거를 숨겼어요. 맞죠?"

"무슨 말도 안 되는 소리를 하는 겁니까?"

"에비 말이 맞아. 내가 봤어." 보델린, 아니 볼크먼이 여전히 역한 술 냄새를 풍기며 말했다. "시체를 계단 위로 끌어올려서 빈 술통에 넣는 걸 봤지."

레나가 의자에 앉은 채로 움찔했다. "뭐라고요?"

보델린이 자신, 아니 볼크먼의 뒤틀리고 부러진 손목을 문지르면서 천천히 고개를 끄덕였다. "에비는 아마 내가 죽었다고 생각했을 거야. 그 창녀는 내가 유리병에 얻어맞고도 몇 분 더 살아 있었다는 걸 전혀 몰랐지. 난 천천히 내 피에 질식해 죽어가고 있었어."

"당신이 에비의 시신을 힉웨이 하우스에 옮겨놓은 거군요." 레나는 몰리를 똑바로 응시하면서 말했다. 그때 승합마차를 탈 때마다 속이 안 좋았던 게 기억나서 한 손으로 입을 틀어막았다. 마차가 흔들리는 탓이라고 치부해 버렸던 일이 알고 보니 다른 이유가 있었다. 직감이, 눈에 보이지 않는 육감이 참으로 절묘한 시기에 살아난 탓이었다. 레나가 마차에 탔을 때, 에비의 시신이 있었던 곳 근처에 있을 때도 그랬다.

몰리가 침묵을 지켰지만 이제 진실은 빠르게 터져 나왔다.

"시신을 힉웨이로 싣고 가서 내가 찾을 수 있게 정원에 버렸어요." 레나가 계속 이야기했다.

몰리는 평범한 사고처럼 위장했다. 환영을 만들어내는 사람다운 짓이었다.

"그날 밤 에비를 직접 죽이려고 했나요? 볼크먼이 당신 대신 그 일을 해줄 줄은 전혀 몰랐겠죠."

"에비라는 여자와 사귄 거야?" 벡 경관이 몰리를 멍하니 쳐다보면서 물었다.

레나는 자세한 내막이 빠르게 밝혀져서 벡 경관의 마음이 얼마나 혼란스러울지 상상이 갔다. "에비의 저 남자의 연인이었고, 제 여동생이었죠."

벡 경관이 몰리를 뚫어지게 응시했다.

"너와 놀아난 여자가 협회 회장을 죽였으니…… 추문을 피하려고 그랬다면 아주 끔찍한 짓을 저지른 거야. 네가 진실을 알고도 은닉했다는 사실을 런던 경찰청에서 아는 순간, 네 인생은 끝나는 거라고."

이제는 다들 몰리에게 등을 돌리는 것 같았다. 산 자, 죽은 자 가리지 않고 이곳에 있는 모두가 몰리라는 남자에게 맺힌 감정이 있는 것 같았다. 몰리의 얼굴이 붉어졌다.

"런던 강령술 협회는 그렇지 않아도 비난의 화살을 받고 있다고. 벡, 내가 왜 그랬는지 넌 이해해줘야지. 난 협회의 명예를 보호하기 위해서 에비의 시신을 옮겼어. 에비는 우리의 비밀을 캐고 있었고……."

벡 경관이 인상을 찌푸렸다.

"우리 강령회가 조작됐다는 사실을 알아냈다고 그 사람을 죽여도 된다고 생각했어?"

"아니, 아냐. 상황이 그보다 훨씬 심각했어. 넌 모르는 다른 비밀이 있어서……." 몰리는 숨을 가쁘게 몰아쉬며 말을 멈췄다.

다른 비밀이라면 살인을 말하는 게 분명했다. 레나는 하마터면 진실을 다 말해버릴 뻔했다. 그건 너무 위험한 짓이었다. 두 남자 모두 총을 갖고 있었으니까. 여기서 긴장이 더 고조되면 모두가 죽을지도 몰랐다.

"협회를 보호하는 건 가장 큰 내 의무이자 약속이야." 몰리가 씩씩거리며 말하더니 벡 경관의 손아귀에서 팔을 잡아빼려고 했다. 하지만 헛수고였다. 그의 눈에서 분노가 번뜩였다. 그의 눈에 서린 다른 뭔가는 두려움일까?

"네가 런던 경찰청에서 한 짓보다는 나아. 넌 뇌물을 받고 동료를 폭행했지."

벡 경관이 움찔했다. "다 지나간 실수야, 몰리. 술도, 나쁜 친구도 다 끊었어. 그 시절 이후로는 위법행위를 한 적이 한 번도 없어." 벡 경관은 몰리의 손을 더더욱 세게 움켜잡았다.

"완벽한 과거는 없어. 누구나 다 그래. 누구나 후회하는 일이 있지."

레나는 벡 경관을 만난 후 처음으로 자신이 사람을 잘못 봤는지도 모르겠다고 생각했다. 벡 경관의 거친 행동만 보면 그를 오해하기 쉬웠다. 게다가 레나는 볼크먼 부인한테서 들었던 벡의 예전 잘못을 너무 심각하게 받아들였다. 벡 경관이 매춘업소에서 브랜디를 거절하고 물을 마셨던 게 이제야 기억났다. 벡 경관은 음주가 나쁜 버릇임을 잘 알고 있었다. 습관을 고치는 건 그에게 좋은 일이었다.

누구나 후회하는 일이 있다고 벡 경관이 했던 말도 옳았다. 레나도 에비의 쪽지를 경솔하게 찢어버렸던 일을 후회했다.

레나 뒤쪽, 아무 표시도 없는 술통 근처에서 또다시 이상한 냄새가 났다. 무슨 금속 냄새 같았다. 레나는 다른 사람들을 쳐다봤다. 다들 이 냄새를 맡았을까? 그런데 그때 보델린의 입술에 묻은 피를 보고 깜짝 놀랐다. 보델린은 숨쉬기가 어려운 것처럼 보였다.

천천히 내 피에 질식해 죽어가고 있었어. 보델린, 아니 볼크먼이 몇 분 전에 했던 말이었다. 그렇다면 지금 보델린은 강령회 도중에 나타나는 상처로 괴로워하고 있는 것이었다. 왜 종결 주문을 암송해서 이 모든 일을 끝내지 않는 걸까?

레나 뒤쪽에서 금속 냄새가 점점 더 강해졌다. 백 경관과 몰리는 서로에게 욕설을 퍼붓고 있었다. 레나는 옆에 있는 펜 쪽으로 팔을 옮겼다. 그러고는 조심성 없이 급하게 행동하는 척하다가 펜을 슬쩍 밀어서 탁자 아래로 떨어뜨렸다. 펜이 바닥에 떨어져 레나 뒤쪽으로 몇 걸음 떨어진 곳까지 굴러갔다. 펜이 멈춘 곳은 레나가 일찌감치 눈여겨보았던 표식 없는 술통 근처였다.

레나는 의자에서 일어났다. 떨어진 펜을 향해 손을 뻗으면서 표식 없는 술통을 슬쩍 살펴봤다.

헉 하는 소리가 새어 나올까 봐 손으로 입을 틀어막았다.

술통 바닥에서 두꺼운 선 하나가 뻗어 나와 있었다. 3분의 2는 이미 타들어 가서 검게 변해 있었다. 레나는 한눈에 알아봤다. 도화선이었다. 몇 년 전에 힉웨이 하우스에서 열렸던 축제가 기억났다. 그때 레나는 아버지를 도와 몇몇 소규모 야외 조명 전시회를 준비했다. 그날 저녁 내내 천천히 타는 도화선이 일정 간격으로 점화되면서 축제 참가자들에게 놀라움과 기쁨을 선사해주었다.

지금 도화선에 붙은 불은 천천히 술통을 향해 나아가고 있었다. 열기가 술통을 받쳐주는 금속 받침대 높이까지 올라갔다. 그래서 그런 냄새가 난 것이었다.

도화선이 연결되어 있다면 그 안에는 폭발성 물질이 있다는 소리였다.

그랬다. 이것이 몰리의 계획이었다.

이제야 이해가 갔다. 좀 전에 유황 냄새가 난다는 소리에 몰리는 뭔지 살펴보겠다고 고집부렸다. 강령회 시간에도 지나치게 신경 쓰면서 시계를 확인했고, 강령회 진행 과정에 대해서도 뭐라고 이러쿵저러쿵했다. 몇 번이나 바람 쐬겠다며 지하 저장고 밖으로 나가려고 했다.

레나는 도화선을 힐끗 쳐다봤다. 몰리가 지하 저장고에 도착하자마자 도화선에 불을 붙였다면 도화선은 아주 천천히 타오른 것이었다. 10분이나 10분 좀 넘는 시간 내에 도화선이 다 타버릴 것 같았다. 레나는 펜을 낚아채 들고 자리로 돌아갔다. 방금 본 것을 크게 소리 내어 밝힐 수가 없었다. 그랬다가는 몰리가 총을 꺼낼 테니까.

레나 옆에 있는 보델린의 안색이 창백해졌다. 보델린의 아랫입술에서는 피가 뚝뚝 떨어졌다. 숨이 옅어지기는 했지만 보델린은 여전히 숨을 쉬고 있었고, 의식이 있었다. *너무 약해져서 종결 주문을 암송하지 못하나 봐. 이제 난 혼자야.* 레나는 문득 이런 사실을 깨달았다.

하지만 레나는 그 생각이 머릿속을 스치자마자 고개를 저으며 눈을 깜박였다. 사실 레나는 혼자가 아니었다. 여전히 에비에게 빙의된 상태였고, 에비와 소통할 수도 있었다. 영혼은 질나쁜 장난질만 칠 줄 아는 게 아니었다. 레나도 잘 아는 사실이었다.

완전한 파멸을 불러올 수 있었다.

심지어는 죽음까지도.

몰리
MOLLY

사실 나는 아무도 죽이지 않았다.

그랬다. 가끔 책자를 꺼내 보충 설명을 달거나 신문 기사를 잘라 넣어놓았다. 하지만 책자는 볼크먼 소유였다. 거래와 계획을 가지 런히 정리해놓은 책자였다. 가계도와 토지 소유에 관한 기사, 유망 한 목표 대상에 관한 사례 검토뿐만 아니라 목표 대상과 장소, 시 기까지 다 찾아볼 수 있는 책자였다.

볼크먼은 언제나 우리보다 용감했다. 살인에는 환상도, 자신을 숨길 수 있는 변장도 없다. 살인은 저지르면 그걸로 끝나는 거다. 가정적인 남자가 완벽한 살인자로 변했다. 훌륭한 남편, 배려하는 아버지를 의심하는 사람은 아무도 없다.

볼크먼은 나보다 투지가 강했다. 내 전문 분야는 속임수 촛불과 달걀 흰자위를 이용하는 사기였다. 하지만 볼크먼은 어둠의 엄호를 받으며 몽둥이를 들어 올려 희생자를 쓰러트리는 일을 아무렇지 않게 여겼다.

하지만 만성절 전야의 밤에는 어떻게 된 거지? 볼크먼은 그날 밤 일을 전혀 몰랐어야 했다. 심지어는 내 지하 저장고 파티에 오지도 말았어야 했다. 아내와 아이들과 함께 소규모 가족 모임에 참석할 예정이었다. 푸딩을 먹고 거실에서 오락을 즐기고 있어야 했다. 그날은 내 부서의 문제, 애초에 내가 협회에 끌고 들어왔던 문제를 처리할 수 있는 완벽한 기회였다.

내가 첫 번째 살인을 저지를 날이었다. 볼크먼이 알게 될 리 없는 일이었다. 에비의 이름은 볼크먼의 책자에 올라가지 않을 테니까.

나는 당연히 속임수를 썼다. 그게 내가 잘 아는 분야였다. 그렇다고 착각하지는 말기 바란다. 잘 아는 일이라고 하기 쉬운 건 아니다. 다른 사람의 필체를 위조하려면 성실함과 면밀한 조사가 필요했다. 상상력은 전혀 도움이 되지 않았다. 나는 보델린이 직접 작성한 오래된 서류 몇 개를 연구했다. 보델린이 과거 몇 년 동안 볼크먼과 주고받았던 서류가 많아서 필체 연구에 도움이 되었다. 나는 보델린이 잉크를 어떤 식으로 사용하는지, 손을 어떤 각도로 꺾어서 글을 쓰는지도 분석했다.

편지를 위조하면서 몇 번 실수를 했지만 다 예상했던 일이었다.

그런 경우를 대비해서 르 파페티에르에서 분홍색 종이도 넉넉하게 사두었다.

내가 위조한 편지의 내용은 에비에게 9시 정각까지 지하 저장고로 가라는 것이었다. 나는 에비가 그보다 일찍 도착할지도 모르지만 너무 일찍 오지는 않을 거라고 생각했다. 사람들이 많아야 눈에 띄지 않고 움직이기 좋으니까. 사실 지하 저장고에는 아무것도 숨겨놓지 않았다. 에비가 원하는 만큼 오래 둘러봐도 상관없었다.

나는 9시 정각에 도착했다. 파티장에 도착하자마자 베넷을 집으로 돌려보냈다. 마차가 필요했지만 운전사는 필요 없었다.

승합마차 뒤쪽에 빈 술통이 하나 있었다. 나는 파티꾼들이 드나드는 가운데 술통을 경사로로 굴려 내려 술통 반입 및 반출 용도로 지정된 출입구 옆으로 옮겼다. 안으로 들어가서는 술통을 지하 저장고 2층 출입문 바로 근처에 놓아두었다.

파티가 한창 떠들썩하게 진행되고 있어서 마음이 놓였다. 지하 저장고 2층에서 나는 소리를 아무도 듣지 못할 테니까. 누가 고함을 치거나 비명을 질러도 위층에서 왁자지껄 떠들어대는 소리와 비올라 소리에 묻혀버릴 테니까.

나는 문을 열려고 문으로 다가갔다. 저 안에서는 에비가 찾을 수 없는 뭔가를 찾고 있겠지.

부드럽게 문을 당겨 열었다. 주머니 속에는 에비가 보델린에게 보냈던 편지가 들어 있었다. 당장이라도 에비에게 그 편지를 보여주고 싶어 참을 수가 없었다. 내가 뭘 알고 있는지 다 밝혔을 때 에비의 눈빛이 어떻게 변할지 보고 싶었다. 에비가 식은땀을 흘리는 모습을 보고 싶어서 편지의 단락 몇 개를 읽어줄지도 모르겠다.

문이 활짝 열렸다. 나는 짧은 계단을 내려다보았다.

그때 눈앞에 드러난 광경에 소름이 끼쳤다.

에비가 바닥에 엎드려 피를 흘리고 있었다. 가죽 가방이 한쪽에 떨어져 있어 안에 든 에비의 수첩이 보였다.

에비는 혼자가 아니었다.

아직 죽지 않았을까? 아니면 이미 죽었을까? 나는 두 사람을 발견하자마자 비명을 내질렀다. 등 뒤로 문을 닫으면서 계단을 달려 내려갔다. 마지막 계단을 헛디뎌서 바닥에 세게 엎어졌다. 그때 피 묻은 칼이 손끝에 닿았다. 내가 잘 아는 볼크먼의 칼이었다.

"볼크먼?" 내가 크게 소리쳐 불렀다. 이해가 가지 않았다. 왜 볼크먼이 여기 있는 거지?

하지만 무슨 일이 있었는지는 바로 알 수 있었다. 내 안에서 안도감과 죄책감이 전투를 벌였다. 에비가 죽었다. 볼크먼까지 같이 데리고 갔다.

나는 두 사람을 따로 떼어놓으려고 했다. 그날밤, 바로 그 시간에 에비를 처리하려고 했다. 에비가 협회에 가하는 위협을 제거하려고 했다.

하지만 적은 어떻게든 적을 알아보고 찾아내는 모양이었다.

나는 먼저 볼크먼에게 다가갔다. 볼크먼은 아직 죽지 않았다. 손가락 끝이 떨렸고, 뭉개져서 뺨 바깥으로 툭 튀어나온 한쪽 광대뼈 안쪽으로 푹 꺼진 눈이 움찔거리며 떨렸다. 그의 목구멍에서 그르렁거리는 소리가 희미하게 새어 나왔다. 안타까운 마음에 볼크먼의 팔을 두드렸지만 아무 소용 없는 것 같았다.

작년에 볼크먼한테서 들었던 많은 충고가 기억났다. 소문의 근원을 찾아야 해. 볼크먼은 이렇게 말하면서 날 해고하겠다고 위협하기도 했다. 해결해, 몰리. 수익 문제와 소문, 둘 다.

볼크먼은 내 부서 회원들이나 범죄자를 말하는 게 아니었다. 범죄자는 볼크먼 본인이었다. 그래서 보델린을 런던에서 쫓아내야 했다. 볼크먼이 정리하라고 한 건 내 문제를 정리하라는 소리였다. 내 방법을 더욱 신중하게 사용해야 했다.

죽음에 임박한 볼크먼 앞에 무릎을 꿇고 앉은 지금, 볼크먼에게 사과해야 했다. 볼크먼은 재정적으로나 사회적으로 날 구해준 사람이었다. 그런 사람에게 내가 보답으로 준 게 이런 결말이었단 말인가.

솔직히 말해서 사과는 내 우선순위에 들어 있지 않았다. 내 머릿속은 이미 이 상황에서 몸을 뺄 궁리로 가득 차 있었다.

볼크먼 옆에는 에비가 있었다. 에비의 얼굴은 그렇게 기괴하지 않았다. 목에서 피가 콸콸 쏟아졌을지도 몰랐다. 하지만 표정은…… 즐거워 보였다. 눈은 감겨 있었고, 입술은 부드럽게 위로 올라가 있었다.

에비는 언제나 사후세계에 푹 빠져 있었다. 에비가 마침내 사후세계로 가게 되어 기뻐하는 게 아닐까 라고 생각하지 않는 게 바보 같은 지경이었다.

에비의 시신을 처리하는 일이 가장 중요했다. 나중에 알았지만 사람 잡을 세세한 기밀 사항이 빼곡하게 들어찬 에비의 수첩도 없애야 했다. 에비가 볼크먼을 죽인 게 분명했다. 그렇다면 아주 긴 조사가 시작될 것이다. 저 여자는 누구지? 왜 저 여자가 이런 짓을 했지? 뭘 원했을까? 이렇게 조사하다 보면 내가 걸려들고, 협회의 비밀이 드러난다. 내가 대놓고 협회의 규칙을 위반했던 모든 행동이 밝혀진다. 내가 협회 회장의 죽음에 한몫했다는 사실도 드러난다.

협회의 생존을 진실보다 우선시해야 했다. 볼크먼도 그걸 원하지 않았을까? 내 지위도 진실보다 우선시해야 했다. 그래서 에비의 시신을 술통에 넣어 다른 곳으로 옮기는 게 옳은 선택이라고 생각했다. 볼크먼의 살인범이 누구인지는 미궁에 묻어 버리는 게 나았다.

에비의 수첩을 낚아채 외투 안에 넣었다. 며칠 전에 위조했던 보델린의 편지가 들어 있는 곳이었다. 그 모든 증거를 최대한 빠르게 협회 본부로 가져가서 비밀 서랍에 안전하게 숨겨둬야 했다. 책자는 벌써 거기에 넣어두었다. 지난주에 볼크먼한테서 받아둔 책자였다. 그 후에 유망 후보에 관한 제안 몇 가지를 책자에 기록해두었다. 다음 희생자가 될 뻔한 사람들한테는 볼크먼의 죽음이 엄청난 행운이었다. 그들이야 그렇다는 사실조차 모르겠지만 말이다.

에비의 시신을 계단 위로 옮긴 다음, 여전히 오크와 캐러멜 냄새가 나는 빈 술통에 넣었다. 그러고는 볼크먼에게 마지막 작별 인사를 하려고 내려갔다. 그르렁거리던 소리, 떨리고 움찔거리는 움직임이 모두 사라졌다. 볼크먼은 그곳 돌바닥 위에서 생을 마감했다. 나는 볼크먼이 오랫동안 고통받지 않아서 기뻤다.

다시 밖으로 나가 술통을 대기 중인 승합마차로 굴렸다. 초승달이 뜬 밤의 장막이 드리워져 있어 고마웠다. 나는 마차에 올라타 고삐를 잡아당겼다.

이런 뭣 같은 말이 다 있나! 말이 꼼짝도 하지 않았다. 반항하듯 그 자리에 가만히 서 있었다. 고집불통 짐승 같으니. 새 운전사를 놀리는 걸까? 아니면 뒤쪽 화물이 뭔가 이상하다는 걸 알아차리고 반항하는 걸까?

나는 좌석 아래로 손을 넣어 운전사용 채찍을 꺼냈다. 가죽은 단단하고 흠 하나 없었다. 베넷은 채찍을 사용할 일이 없었을 것이다.

채찍을 거칠고 빠르게 내리쳤다. 채찍질에 말 옆구리가 경직되었다. 말 한 마리는 귀를 뒤로 젖히고 눈을 크게 뜬 채 머리를 홱 돌렸다.

그나마 효과가 있었다. 나는 손에 채찍을 든 채 말을 힉웨이로 몰았다. 내 주변의 돌바닥에 고여서 차갑게 식어가던 볼크먼의 피가 생각났다.

어둠은 한결같은 친구다. 관광호텔 주변도 아주 조용했다. 술통을 정원 쪽으로 굴리는 데 시간이 오래 걸리지는 않았다. 나는 술통에서 시신을 꺼내고 술통은 골목길로 굴려 버렸다. 골목길에는 쓰레기와 버려진 상자가 가득했다. 등불이 없어서 확인해보지 못했지만 술통 바닥에 피가 묻었을 것 같았다. 그래서 쓰레기더미에서 손 닿는 대로 찾아낸 썩은 음식물 쓰레기를 술통에 넣었다.

나는 다시 지하 저장고 파티장으로 향했다. 말을 서쪽으로 몰아가는 동안 지금까지 일어났던 모든 일을 잊으려고 애썼다. 기억의 석판을 깨끗하게 지워 버리고, 그날 밤을 완전히 새롭게 그려 보려고 애썼다. 피할 수 없는 경찰의 심문을 받을 때 아무것도 모르는 척하는 게 나으니까. 결국은 내가 시신을 발견한 사람이 될 테니 많은 질문을 받을 게 분명했다.

돌아온 나를 다들 반갑게 맞아주는 걸 보니 내가 자리를 잠깐 비웠다는 사실은 아무도 모르는 것 같았다. 나는 미소 짓는 척하며 파티광들 사이를 뚫고 나가 몇 사람에게 베르무트를 더 가지러 아래로 내려가겠다고 했다.

나는 지하 저장고 2층으로 내려갔다.

문을 열고 비명을 내질렀다.

이런 말 해도 될지 모르겠지만 내 평생 최고의 공연이었다.

맙소사, 더는 그런 계략으로 빠져나갈 수가 없다.

지금은 안 된다.

여기서는 안 된다.

레나
LENNA

1873년 2월 17일 월요일, 런던

레나는 거의 아무도 눈치채지 못하게 공책 몇 장을 넘겼다. 아직
은 종결 주문을 암송할 생각이 없어서 7단계 주문은 건너뛰었다.
종결 주문으로 모든 문제를 해결하지는 못한다. 물론 볼크먼과 에
비의 영혼을 쫓아낼 수는 있다. 하지만 몰리가 여전히 멀쩡하게 살
아 있었다. 몰리를 먼저 처리해야 했다. 그러고 나서 보델린과 벡
경관을 데리고 밖으로 나가야 했다. 도화선이 다 타기 전에 여기
서 도망쳐야 했다.

레나는 특별한 상황에서만 사용하는 추방 명령이 적힌 페이지
를 찾아서 펼쳤다. 어젯밤에 잠이 오지 않아 주문을 검토하면서 시

간을 보냈다. 그러지 않았다면 주문을 다 잊어버렸을지도 모른다. 그때 보델린은 틀린 곳 몇 군데를 바로잡아주었다. 발음 규칙도 생생하게 기억하고 있었다. 명령 중에서 이동 명령은 빙의 상태를 해제해 강령회 참석자 한 사람에서 다른 사람한테로 영혼을 이동시킨다. 거의 대부분은 착석자에서 영매한테로 영혼을 이동시킨다. 하지만 레나는 그 반대로 해야 했다. 자신한테서 에비를 쫓아내 다른 착석자인 몰리의 몸으로 이동시켜야 했다.

조금 전까지만 해도 난 사후 세계를 전혀 믿지 않았어. 그런데 지금은 동생의 영혼이 내 목숨을 구해 주기를 바라고 있어. 레나는 이렇게 생각했다.

레나는 이제 에비와 작별해야 한다는 사실을 알았다. 에비가 떠나면 다시는 불러내지 않을 것이다. 다시는 에비를 되찾을 수 없다. 살아 숨쉬는 에비도, 사망한 에비도 다시는 만나지 못한다.

레나는 잠시 멈춘 채로 손가락을 공책 위로 들어 올렸다. 그때 생각난 게 있었다.

레나는 재빨리 가방에 손을 넣어 아주 작은 종이봉투를 꺼냈다. 그 안에 검은머리 휘파람새 깃털이 있었다. 몇 달 전에 에비에게 주려고 샀던 실체화 증표였다.

레나는 깃털을 앞쪽 탁자 위에 올려놓고, 속으로 에비에게 자신을 용서해 달라고 부탁했다. 몇 년 동안이나 영혼 세계를 믿지 않았던 언니, 고집스럽게 사소한 시비를 계속 걸었던 언니, 남자와 놀아나는 문란한 생활을 한다고 동생을 비난했던 언니, 동생이 육각형 모양으로 접은 쪽지를 반으로 찢어 버렸던 언니, 자신의 소지품을 뒤졌다고 동생을 비난했던 언니를 용서해달라고 했다. 레나는 그 모든 잘못을 저지르고도 동생에게 사과하지 못했다.

빰에 축축하고 따뜻한 뭔가가 느껴졌다. 레나는 손가락을 얼굴에 갖다 댔다. 손가락이 눈물로 젖었다. 레나는 자신이 울고 있다는 사실도 몰랐다. 레나 자신의 눈물일까, 아니면 에비의 눈물일까? 아마 둘 다일 것이다.

레나는 동생에게 사과하면서 짧은 이동 명령을 암송하기 시작했다. 이동 명령은 8행짜리 연 두 개로 구성되어 있었다. 레나는 속으로 빠르게 주문을 암송하고, 에비에게 방향을 바꿔 몰리의 몸으로 들어가라고 지시했다.

레나 옆에서 보델린은 얕은 숨을 천천히 내쉬었다. 주문 암송이 끝나갈 무렵이었다. 레나는 눈앞이 흐려져서 마지막 몇 줄을 알아볼 수 없었다.

하지만 눈물은 더 이상 흐르지 않았다. 종결 주문을 고집스럽게 거부하는 존재는 에비가 분명했다.

내 목숨이 위태로워, 에비. 넌 헛되이 죽지 않을 거야. 내가 꼭 그렇게 해줄게. 레나는 속으로 이렇게 생각했다. 그러고 나서 마지막 인사를 했다. 나의 동생 에비, 널 진심으로 사랑해.

레나는 눈물로 얼룩진 손가락으로 목의 상처를 만졌다. 바로 그 순간, 손가락 아래에서 상처가 아물기 시작했다. 에비는 레나의 말을 따르고 있었다. 에비가 떠나고 있었다.

레나는 남은 구절을 빠르게 암송했다. 잠시 후, 이동 명령이 완료되었다.

탁자 건너편에서 벡 경관이 떨리는 손가락으로 몰리의 목을 가리키며 숨을 헐떡였다. 어둑한 불빛 속에서 레나는 눈살을 찌푸렸다. 레나의 상처가 아물기 시작했을 때 몰리의 목에 갓 벌어진 피투성이 상처가 생겼다.

몰리는 공포에 질린 눈으로 고개를 들었다. 그는 상처를 만지고 손가락을 확인했다. 몰리가 뭐라고 말하려고 입을 열었지만 그의 목소리는 귀청을 찢을 듯한 굉음에 묻혀 버렸다. 마치 천 개의 주먹이 돌벽을 때리는 소리 같았다. 하지만 주변에는 그런 소동을 일으킬 만한 물건도, 사람도 없었다. 영혼이 두드리는 소리야. 레나는 속으로 생각했다. 레나는 두 손으로 귀를 막고 입가에 미소를 띠었다.

이어서 벽에 설치된 촛불이 꺼졌다 켜졌다 했다. 마치 저절로 움직이는 것 같았다.

잠시 후에 에비의 향기가 강력하게 휘몰아쳤다. 톡 쏘는 꽃향기, 베르가못 향기였다.

에비가 그들의 감각을 자기 멋대로 주무르고 있었다.

몰리의 얼굴에 공포가 스쳐 지나갔다. "에비." 몰리가 쉰 목소리로 말했다. 몰리가 뒤를 돌아 봤지만 그곳에는 벽밖에 없었다. 좌우로 고개를 획획 돌려 봐도 에비를 찾을 수 없었다.

"양초 속임수야." 몰리가 숨을 들이쉬더니 혼잣말했다.

레나는 탁자를 가리키며 고개를 저었다. "여기서는 양초 속임수를 쓰지 않아요."

마침내 목소리가 들리기 시작했다.

벽과 천장, 주변의 공기 중에서 남자와 여자, 아이들의 다급한 목소리가 희미하게 들렸다. 그 소리를 흉내 내려면 복화술사가 100명은 필요하리라. 그 모든 목소리가 같은 말을 반복해서 외쳤다. 에비, 에비, 에비.

몰리가 의자에서 일어섰지만 보이지 않는 어떤 힘에 뒤로 밀렸다. 몰리는 그대로 벽에 부딪혀 넘어졌다. 숨이 격하게 거칠어졌고 얼굴이 붉어졌다. 목의 상처에서는 피가 더욱 많이 흘러내렸다. 몰리는 다리를 쭉 뻗고 머리를 벽에 댄 채 고통인지 분노인지 모를 뭔가에 사로잡혀 비명을 질렀다. 레나의 눈에 보이지 않는 어떤 압력이나 감각에 짓눌려 몰리의 등이 활처럼 휘었다. 레나는 에비가 몰리를 얼마나 괴롭히고 있는지 감히 상상할 수 없을 정도였다.

두드리는 소리에 불꽃, 향기, 목소리, 마지막으로 욕망까지 모두 다 몰리가 런던 전역에서 죽은 이를 애도하는 미망인들에게 써먹었던 사기 기법이었다. 이제는 에비가 몰리에게 써먹고 있었다. 몰리를 두려움와 공포의 도가니로 몰아넣고 있었다.

레나는 마지막으로 목을 만져보았다. 상처가 아물었다. 아픈 느낌도 사라지고 없었다. 에비는 완전히 사라졌다. 이제 종결 주문을 읽을 시간이었다.

레나는 재빨리 공책을 넘겨 종결 주문을 찾아냈다. 종결 주문을 눈으로 쫓으면서 빠르게 읽었다. 종결 주문을 다 읽으면 볼크먼과 에비 둘 다 이쪽 세계에서 해방된다. 하지만 볼크먼의 영혼은 풀어주고 싶지 않았다. 영원의 고통에 몸부림치는 운명 속으로 밀어 넣고 싶었다. 하지만 강령회에는 원칙이 있었다. 선한 영혼과 악한 영혼이 있을 때 모든 주문은 두 영혼 모두에게 적용된다는 것이다. 레나는 볼크먼이 아무리 싫어도 여동생을 영원히 이곳에 가둬둘 수는 없었다.

하지만 방법이 없는 것은 아니었다. 영혼이라면 사악한 영혼도 반복해서 불러낼 수 있었다. 어쩌면 나중에…….

갑자기 몰리가 비명을 질렀다. 끔찍한 고통에 시달리고 있는 모양이었다. 마치 보이지 않는 밧줄에 칭칭 감겨 반쯤 죽은 것처럼 보였다.

레나는 종결 주문의 마지막 문장을 읽자마자 탁자에서 일어섰다. 먼저 몰리가 협회에서 가져온 가방을 움켜쥐었다. 문제의 책자와 에비의 수첩이 들어 있는 가방이었다. 다음에는 보델린의 손을 잡았다. 조금 전에 이상한 각도로 구부러졌던 손이었다. 이제는 다 나아서 곧게 펴졌고 부어오른 곳도 없었다. "여기서 나가요." 레나는 몇 분 안에 도화선이 다 타들어가 폭발이 일어난다는 사실을 알고 있었다.

레나는 몰리가 자신이 설치한 폭약에 목숨을 잃도록 내버려 둘 작정이었다.

벡 경관도, 보델린도 저항하지 않고 레나를 따라 나왔다. 두 사람 모두 창백하고 힘이 없어 보였다. 하지만 사악한 뭔가나 존재에게 휘둘리거나 침입당한 상태는 아니었다. 레나는 벡 경관과는 여전히 거리를 두었다. 벡 경관이 몰리와 볼크먼의 살인 행각을 몰랐다 해도 아무런 죄가 없는 것은 아니었다. 벡 경관도 사람을 이용하는 사기 조직의 일원이었다. 오늘 밤 레나가 벡 경관을 달리 봤을지도 모르지만 그래도 여전히 그를 경계했다.

일행은 출입구로 향했다. 레나는 마지막으로 뒤를 돌아보았다. 그런데 에비를 위해 탁자 위에 깃털을 놓아두었던 자리에 작고 꿀빛이 도는 무언가가 있었다.

레나는 소리를 지르며 탁자로 달려갔다. 에비를 위해 남겨두었던 깃털은 사라지고 그 자리에 작은 호박석이 놓여 있었다. 함유물 하나 없는 송진이었다. 레나의 화석 수집품 중에서 그보다 더 아름다운 것은 없었다. 마치 이 지구상에 존재하지 않는 표본 같았다.

깃털 대신 호박이 나타나다니. 이곳에서 저곳으로 물건이 이동했다. 레나는 알았다. 그러한 물물교환은 용서와 사랑을 의미했다.

레나는 호박석을 주머니에 넣었다. 일행은 지하 저장고를 나와 묵직한 문을 닫고 건물 밖으로 나갔다. 안전한 거리까지 갔을 때 레나는 뒤를 돌아보았다. 그림자도, 형태도, 아무것도, 누구도 따라오지 않았다. 레나 옆에 서 있던 보델린도 뒤를 돌아보았다. 보델린의 눈이 휘둥그레지고 경계심으로 빛났다. 얼굴에는 다시 핏기가 돌았다.

"건물에서 나와야 했어요." 레나가 말했다. 보델린과 벡 경관은 혼란스러운 표정으로 레나를 돌아보았다.

"몰리가 지하 저장고에 도화선을 설치했어요. 탁자 바로 뒤에 있었죠. 곧 폭발할 거예요. 통 안에 뭐가 들어 있는지는 모르겠지 만……."

"흑색 화약이야." 벡 경관이 눈을 크게 뜨고 재빨리 말했다. "오 늘 아침에 몰리가 흑색 화약을 가지고 있는 걸 봤어요. 그래서 오 늘 밤 그를 예의 주시했던 겁니다. 난 몰리를 믿어본 적이 없어요. 우리는 즉시 런던 경찰청으로 가서 볼크먼의 죽음에 관한 진실을 밝혀야 합니다."

"네, 나머지 이야기도요." 레나가 말했다.

"네?"

"최악의 계획이요. 몰리가 지하 저장고에서 협회의 비밀 중에서 도 최악의 비밀이 있다고 했어요. 몰리와 볼크먼은 자신들이 살해 한 부자들의 이름이 적힌 책자를 가지고 있었어요. 두 사람은 그렇 게 살인을 저지른 후에 부유한 미망인에게 서약자라고 부르는 협 회의 특정 회원과 결혼하라고 강요했죠. 그렇게 결혼에 성공한 서 약자들은 엄청난 연회비를 협회에 지불해야 했고요."

"말도 안 돼." 벡 경관이 숨을 몰아쉬었다.

레나는 살인 장부 책자가 들어 있는 몰리의 가방을 힐끗 들여다 보았다. "증거는 바로 여기에 있어요. 전부 다요."

벡 경관은 말 한마디 없이 베넷과 승합마차를 향해 빠르게 걸 어갔다.

레나가 보델린에게 손짓을 했지만 몇 미터를 더 걷고 나서야 멈춰서서 돌아보았다. 레나는 보델린에게 손을 뻗었다. 그와 동시에 보델린도 그녀를 향해 손을 뻗고 있었다.

두 사람은 아주 가까운 거리에서 서로를 마주 보았다.

"어떻게 한 거야? 에비를 어떻게 불러냈어?" 보델린이 물었다.

레나는 침을 꿀꺽 삼켰다. "속으로 주문을 외웠어요. 그냥… 단어 몇 개를 바꿨죠."

"Téméraire. 너무 무모했어. 강령회 전체를 망칠 수도 있었다고." 보델린은 기뻐 보이지 않았다. 그런데도 작은 발걸음을 내디뎌 레나에게 다가갔다. 레나의 머리카락 한 가닥이 바람에 날려 뺨에 달라붙었다.

"선생님은 강령회를 진행할 수 없었어요." 레나가 보델린에게 일깨워주었다. "전 선생님 대신 분리 주문을 외워야 했어요. 종결 주문도요."

"훌륭한 제자라면 누구라도 똑같이 했을 거야. 단두대가 있어서……. 에너지가 그렇게 강할 줄은 몰랐어."

"뭐라고 비난해도 좋아요. 하지만 제가 뭔가를 망쳤다고 할 수는 없을 걸요."

두 사람은 말로 기싸움을 벌였다. 보델린은 달리 반박할 말을 생각하는 것처럼 레나를 노려보았다.

이만하면 됐어. 레나가 마침내 결정을 내렸다. 보델린이 뭐라고 내뱉기 전에 레나는 잡았던 손을 풀어 보델린의 목을 감쌌다. 그러고는 앞으로 몸을 숙여 보델린의 입술에 입을 맞추었다.

보델린은 숨을 헐떡이거나 몸을 뺄 수도 있었지만 그러지 않고 레나의 등 아래쪽에 손을 올리고 레나를 끌어당겼다. 레나가 오랫동안 기다려왔던 순간 같았다. 어쩌면 좀 전에 보델린과 벌인 기싸움도 다 이 순간을 위한 미끼였는지도 몰랐다.

두 사람은 한참을 그렇게 서 있었다. 레나는 자신의 입술에 비해 완벽하게 부드러운 보델린의 입술에 경탄했다. 스티븐과의 키스와는 전혀 비슷하지 않았고, 심지어 엘로이즈에게 했던 키스와도 달랐다. 엘로이즈와 레나는 본능에 저항했다. 두 사람은 은밀한 장소에서도 점잖게 행동했다.

이번에 레나는 희생자가 되지 않았다. 레나는 보델린의 아랫입술을 정신없이 탐하느라 그들이 어디에 있는지, 오늘 밤 무슨 일이 일어났는지 잊어버렸다.

갑자기 뒤쪽에서 지하 저장고가 폭발했다. 건물에서 돌과 먼지가 우후죽순처럼 쏟아져 나왔다. 레나는 키스를 그만두고 두 손으로 귀를 막았다. 주변에서 먼지가 비 오듯 떨어져 내렸고, 건물 벽에서 불길이 새어 나왔다.

어마어마한 폭발이었다. 아무도 살아남지 못하리라.

레나는 눈을 깜박이며 자신이 하려는 일을 기억해냈다. 지하 저장고에서 강령회가 끝나갈 무렵에 레나가 하기로 마음먹었던 일이었다.

레나는 돌아서서 다시 한번 건물로 다가갔다. 벡 경관은 어디에도 보이지 않았다. 폭발이 일어났을 때 이미 승합마차에 올라 탔을 것이다.

"뭐 하는 거야?" 보델린이 소리쳤다. 보델린의 손은 얼어붙기라도 한 것처럼 방금 레나의 허리가 있었던 자리에 그대로 멈춰 있었다.

공책을 다시 꺼내든 레나는 열기와 불길이 닿지 않는 곳까지 최대한 가까이 건물에 접근했다. 그곳에서, 온몸의 구멍에서 땀을 빼내는 눈부시게 밝고 뜨거운 불길 앞에서 레나는 주문을 암송했다.

오늘 밤 두 번째이자 마지막 강령회가 시작되었다.

몰리
MOLLY

폭발이 일어나기 전, 돌바닥에서 고통스럽게 몸부림쳤을 때 나는 에비가 내게 한 짓보다 더 큰 범죄도, 더 큰 해악도 없다고 믿었다.

하지만 에비의 언니는 더 나쁜 짓을 했다.

나는 모든 일이 어떻게 흘러갈지 상상도 할 수 없었다. 두 번째 강령회가 열리고, 내가 소환된 두 영혼 중 하나가 되고, 레나가 일곱 번째 종결 주문을 외우지 않을 줄은 상상도 하지 못했다.

레나는 처음에 여섯 번째 주문을 암송한 후 추방 명령으로 우리를 쫓아냈지만 종결 주문을 암송하지 않았다. 레나는 연기가 자욱한 잔해에서 내 영혼도, 볼크먼 씨의 영혼도 풀어주지 않았다.

지금 우리는 여기, 이 왕국의 공허 속에 갇혀 있다. 차라리 감옥에서 썩어가는 게 좋았을 텐데. 감옥이 이곳보다 더 나을 테니까.

나는 지하 저장고가 있던 곳 상공을 맴돌았다. 건너편으로 한 무리의 영혼이 보였다. 뭔지 알 수 없는 끈적이는 뭔가가, 뚫고 나갈 수 없는 뭔가가 날 가로막았다. 내가 왔던 세상에는 존재하지 않는 물질이었다. 그 물질 너머로 여자와 남자, 어린이, 갓난아이, 태아, 그리고 상상할 수 있는 온갖 짐승의 영혼이 있었다. 내가 모르는 식물과 색채도 있었다.

그들 주변에는 공동체 의식과 연민이 존재했다. 그들 중 누구도 고통스러워하지 않는다. 그들은 아무것도 갈망하지 않는다. 그들은 내게 들리는 끊임없이 쩍쩍거리는 휘파람새의 노래를 듣지 못하는 것 같고, 추억과 후회로 고통스러워하는 것 같지도 않았다. 우리가 죽인 사람들은 특히 기뻐하는 것 같았다. 마치 우리가 여기 있고 그들 쪽으로 넘어가 그들과 함께 할 수 없다는 사실을 아는 것처럼 말이다.

나는 그들 모두를 부러워하며 지켜보았다. 그들은 나를 보지 못하는 게 분명하다.

내 평생을 바쳐 창조했던 환상이 저주스럽다. 사후 세계에 관한 것을 꾸며내고 속였던 지난날이 저주스럽다. 지금 내게는 그 모든 것이 얼마나 생생한 현실인지 모른다. 사후 세계는 이미 죽은 사람을 유린하고 있다.

용서가 레나나 보델린의 심장을 강타하지 않는 한, 그들 중 한 명이 지하 저장고가 있던 곳으로 돌아가 마지막 주문을 외우지 않는한, 볼크먼과 나는 영원히 고통받을 것이다.

복수심에 불타는 영매의 적이 되는 자여, 부디 자비를 누리길바란다.

EPILOGUE

레나
LENNA

1873년 3월, 파리

파리 중심부에 있는 보델린의 아파트 거실이었다. 레나는 창가의 작은 월넛 책상에 앉아 있었다. 때는 3월 초였다. 레나가 바깥으로 눈을 돌리자 어린 사과나무에 맺힌 분홍색 꽃봉오리가 보였다. 꽃봉오리가 천 개는 있을 게 분명했다. 호박벌이 근처를 맴돌았다. 호박벌은 오래 기다릴 필요가 없었다. 금방이라도 꽃이 필 것 같았으니까.

레나는 앞쪽에 놓인 중세 영매술에 관한 책으로 시선을 돌렸다. 책 중간쯤에 작은 종잇조각이 튀어나와 있었다. 15세기 초에 나타난 이세계 현상 목록 바로 위에 부착해둔 책갈피였다. 몇 주 전, 저택 강령회 이전에 레나가 끼워둔 책갈피였다. 그때 레나는 하루나 이틀 후에 다시 그 책을 꺼내 거실에서 주로 진행됐던 속임수를 계속 연구할 생각이었다.

그런데 보델린과 함께 런던으로 떠났다.

두 사람은 범죄 소굴인 신사 클럽의 정체를 폭로했다.

에비가 살해된 사건을 해결했다. 볼크먼 살인사건도 해결했다.

이어서 레나는 혼자 힘으로 몰리와 볼크먼을 영원히 고통받는 존재로 만들었다.

제자치고는 놀라운 솜씨였다고 레나는 생각했다.

폭발 이후에 두 영혼을 동시에 불러내는 일은 위험할 뿐만 아니라 이루 말할 수 없이 피곤했다. 하지만 레나는 의지와 집중력을 최대한 끌어모아 그 일을 해냈다. 주문을 암송할 때도 호흡을 성공적으로 조절했다.

이제 레나는 연필을 든 채 책갈피를 끼워둔 곳으로 돌아가 예전에 읽다가 그만두었던 부분부터 책을 읽기 시작했다.

보델린의 강령회가 끝난 후, 레나는 보델린과 함께 기나긴 밤을 보냈다. 아침에는 런던 경찰청에 가서 증언까지 해야 했다. 벡 경관은 여자들의 증언을 보증해 주면서 진실하고 정직한 조력자임을 증명해 보였다. 협회 내에 살인자가 두 명이 있었다고 인정하면 협회가 해체될 게 분명한데도 개의치 않았다.

레나는 볼크먼을 죽인 살인자가 여동생이라는 사실을 경찰에 알리기가 쉽지 않았다. 하지만 진실을 찾으려고 했으니 진실을 말해야 했다.

게다가 범행 이유는 범행을 저지른 사람만큼이나 중요했다.

진술을 받는 경찰은 처음에 레나의 말을 믿지 않았다. 하지만 레나가 몰리의 가방 속 내용물을 증거로 제시했다. 몰리의 가방 속에는 몰리와 볼크먼이 살해했던 모든 사람의 이름이 적힌 책자가 있었다. 엘로이즈의 아버지 이름도 그 책자 명단에 있었다. 에비가 밝혀낸 협회의 비밀이 상세하게 담긴 수첩, 몰리가 보델린에게 부치지 않았던 에비의 편지와 위조한 보델린의 답장도 몰리의 가방 안에 있었다.

에비는 영웅이었다고 레나는 경찰에게 말했다. 에비는 자신의 목숨을 걸 정도로 용감했고 헛되이 떠나지 않았다.

에비가 어떻게 죽었는지 밝혀진 이후 레나의 어머니가 시골에서 런던으로 돌아왔다. 레나는 그 소식을 듣고 무척 기뻤다. 특히 아버지에게 잘된 일이었다. 가족들이 회복하기까지는 시간이 필요했지만 매일 조금씩 나아지고 있었다.

경찰은 레나가 제출했던 물건 몇 가지를 돌려주었다. 에비의 수첩과 에비가 보델린에게 썼던 편지였다. 레나는 에비의 물건을 돌려받아서 기뻤다. 그 안에 든 정보도 아주 유용하게 활용할 작정이었다.

잠깐이기는 하지만 보델린이 런던에 돌아왔다는 소식이 빠르게 퍼져나갔다. 협회에서 위협받을 일은 더 이상 없었다. 지금까지 보델린에게 가장 큰 위협은 몰리와 볼크먼이었으니까. 보델린은 기자들과 팬들의 열렬한 환영을 받았다. 현재는 힉웨이 하우스에 머무는 것으로 알려졌다. 그러자 런던 전역에서 강령회를 요청하는 애도자들의 편지가 매일 날아들었다.

하지만 보델린은 그 모든 요청을 들어줄 시간이 없었다. 특별한 두 건의 강령회만 진행했다. 미망인 그레이 부인을 위한 강령회와 보우가 22번지에 사는 멜과 비아를 위한 강령회였다. 매춘업소에서 보델린은 비아에게 아픈 어머니의 약값을 넉넉하게 건네주었다. 비아는 고마운 마음에 눈물을 쏟아냈다.

보델린은 더 이상 어떤 위협도 느끼지 않았지만 나쁜 공기가 맑아지려면 시간이 걸릴 터였다. 게다가 며칠 전에 자신에게 그토록 크나큰 고통을 주었던 곳으로 돌아가고 싶은 마음도 없었다. 보델린은 런던에 머물고 싶어 하지 않았다. 파리가 그녀의 집이었다. 런던 경찰청이 조사에 필요한 정보를 다 모으자 보델린은 파리로 돌아가겠다고 했다.

레나는 망설이지 않았다. 보델린을 따라갈 생각이었다.

무엇보다 영매술을 계속 공부하고 싶었기 때문이었다.

볼크먼의 강령회 이전에 보델린에게 했던 약속도 있었다. 이 모든 일이 다 끝난 후, 우리 사이에 뭐가 더 있을지 탐험해 보고 싶어요. 레나가 보델린에게 했던 말이었다.

"아직 망설이고 있다면 지금이라도 마음을 바꿔." 보델린이 파리로 돌아가는 날 아침에 말했다. 볼크먼의 강령회 이후로 2주가 흘렀다. 두 여자는 기차 역 벤치에 나란히 앉아 있었다. 런던에서 도버(Dover)까지 그들을 데려다줄 기차는 20분 후에 도착할 예정이었다.

"마음을 바꾸지 않을 거예요." 레나가 보델린에게 좀 더 가까이 다가가며 말했다.

"스티븐이 가지 말라고 애원해도?" 보델린이 살짝 윙크했다. 어젯밤 레나가 스티븐에게 파리에 간다는 소식을 전했을 때 보델린도 그 자리에 있었다. 레나가 다음날 파리로 돌아간다고 하자 스티븐의 얼굴에 낙담한 표정이 역력하게 떠올랐다. 레나는 그런 소식을 전하고 싶지 않았다. 그것도 최근에 그 모든 비밀이 만천하에 밝혀졌으니 말이다. 스티븐의 아버지와 쌍둥이 여동생은 익사한 것이 아니라 살해됐고, 스티븐의 어머니는 재혼한 남편 클레랜드가 연루된 복잡한 계획에 놀아났다.

솔직히 스티븐은 런던에 머물고 싶을 만한 제안을 했다. 박물관 지리학 실험실에 결원이 몇 자리 생겼다고 했다. 상사들이 스티븐을 아주 좋게 보고 있어서 스티븐의 추천을 받으면 레나가 한 자리 차지하는 건 일도 아니었다. 그럼 레나는 몇 안 되는 박물관 여직원이 될 수 있었다.

스티븐이 대놓고 말하지는 않았지만 그런 제의를 하는 이유는 분명했다. 스티븐은 레나를 런던에 묶어놓고 싶어 했다. 그래야 레나에게 계속 구애할 수 있으니까. 겉보기에는 간단한 문제였다.

두 사람은 나이도 비슷하고 취미도 비슷했다. 계속 관계를 발전시켜나간다면 서로의 공통점을 더욱 많이 발견할 것이다. 그래서 레나도 한때는 스티븐에게 감정을 느낄 수 있는지 시험해 보려고 했다. 레나가 스티븐의 감정에 보답할 수만 있다면 모든 게 깔끔하게 정리될 텐데.

하지만 이제는 안다. 욕망은 애쓴다고 생기는 게 아니라는 사실을 잘 안다. 욕망은 누군가한테서 억지로 끌어낼 수 있는 게 아니었다. 그와는 정반대로 욕망은 지시와 상관없이 저절로 살아난다. 레나 안의 욕망은 분명 살아났다. 강령회 이후 레나가 보델린과 나누었던 키스가 그 증거였다. 레나는 보델린과 다시 키스하고 싶었다. 한 치도 의심할 여지가 없는 사실이었다. 레나는 보델린과의 키스를 그만두고 싶지 않았다.

지하 저장고 폭발은 그 순간을 찢어놓았다. 하지만 폭발의 화력과 불길의 열기, 파괴는 전부 다 레나의 최근 인생관을 반영해주는 것 같았다. 과학에 대한 예전의 생각은 산산조각나 버렸다. 이제 레나는 눈으로 볼 수 있거나 손으로 만질 수 있는 것만이 진짜라고 믿지 않았다. 신사가 아내를 찾는 런던 사회의 적절한 구애 행동이 자신과는 상관없다는 사실도 깨달았다. 관습 따위야 불타버리라지. 레나는 상관하지 않았다.

보델린과 키스하는 건 어떠냐고? 레나에게 적합한 행동이었다. 한시라도 빨리 기차를 타고 동쪽으로, 파리로 가고 싶은 이유이기도 했다. 레나는 런던을 떠나 보델린의 아파트로 가서 보델린과 오붓한 시간을 즐기고 싶었다. 어쩌면 보델린의 침실에 들어갈지도 모르겠다.

기차 도착 시간이 몇 분 남지 않았을 때 두 여자는 일어서서 짐을 챙겼다. 보델린은 소설책을 가방에 넣었고, 레나는 파리에 가져가려고 들고 온 돌과 호박 표본이 든 작은 상자를 잠갔다. 상자 속에는 레나가 좋아하는 것이 들어 있었다. 강령회 이후에 에비가 남겨준 실체화 증표인 호박석도 그 안에 있었다. 레나는 함유물이 적어서 극히 선명한 호박석에 감탄을 금치 못했다. 호박석은 누가 봐도 명명백백한 것과 눈에 보이지 않는 것이 공존할 수 있다는 사실을 상기시켜주는 또 다른 증거였다. 레나는 손에 든 꿀색 송진 화석을 뒤집을 수 있었다. 하지만 그 돌이 어디에서 나타났는지, 에비가 어떻게 그걸 전해줬는지 설명할 수는 없었다. 에비가 강령회 탁자에서 검은머리 휘파람새 깃털을 어떻게 가져갔는지도 설명할 수 없었다.

그냥 그런 일이 일어났다. 두 가지 물건의 장소가 이곳에서 저곳으로 바뀌었다. 저곳이 어디인지는 몰라도.

레나가 논리적으로 이해할 수 있는 일이 아니었다. 하지만 그래서 뭔가 자유로운 느낌이 들었다. 레나는 이제 고집스럽게 모든 것에 논리를 적용하려고 하지 않겠다고 마음먹었다.

보델린이 거실로 들어와 레나 옆에 앉았다. 보델린도 사과나무를 내다보았다. "곧 꽃이 피겠어." 보델린이 멍하니 턱선을 문지르며 말했다.

레나는 몸을 앞으로 숙여 보델린이 방금 만졌던 곳에 키스했다. 이 친밀한 느낌이 얼마나 달콤한지 모르겠다. 입술에 와 닿는 보델린의 서늘한 피부, 움푹 들어간 빗장뼈에 뿌려진 작은 주근깨가 감미롭게 느껴졌다.

어젯밤 두 사람은 촛불 하나와 와인 한 병을 들고 침대에 올랐다. 하지만 와인 한 모금 마시지 못한 채 새하얀 이불 아래로 함께 기어들어 갔다. 파리로 돌아온 후 밤마다 계속되는 일상이었다. 그런데도 레나는 여전히 매일 밤이 즐거웠다. 보델린과 뒤엉켜 그녀를 맛보고 그녀의 향기를 들이마셨다. 숨을 헉 들이마시며 주도권을 넘겨주는 보델린의 몸짓은…… 중독적이었다.

망설임 없이 서로에게 애정을 표현했다. 친밀한 접촉을 억누르지도 않았고, 모호한 내용의 쪽지를 육각형으로 접어놓지도 않았다.

레나는 공부하고 있던 책을 한쪽으로 밀쳐놓고 폭로 편지 서류철을 꺼냈다. "이거 끝낼 준비 됐어요?"

"때마침 딱 준비됐어. ma chérie."

에비는 폭로 기사 초안을 작성하지 않았다. 적어도 런던에서는 그 흔적을 찾아볼 수 없었다. 하지만 핵심 내용은 그대로 있었다.

에비의 수첩을 가지고 파리로 돌아온 후, 레나는 보델린과 함께 폭로 기사를 작성하기 시작했다. 몇 시간씩 투자해서 온갖 계획을 요약하고 음흉한 책략을 폭로했다. 가능하면 희생자 이름과 협회 회원이나 공모자 이름, 살인과 사기 행각을 저지른 날짜도 밝혔다. 에비의 수첩이나 여자들이 협회에서 직접 겪은 경험에서 얻을 수 있는 정보는 모두 폭로했다. 이 폭로 기사는 경찰에서 곧 발표하겠다고 한 협회의 희생자 정보와 함께 런던 강령술 협회에 종말을 가져다줄 것이다.

이제 폭로 기사는 거의 다 준비되었다. 두 여자는 원본의 글자를 하나하나 필사해서 사본 몇 권을 조심스럽게 만들었다. 내일 〈스탠더드 포스트(The Standard Post)〉에 보내려는 원본 기사에 무슨 문제가 생길지 모르기에 사본을 몇 권 더 만들어두었다.

레나는 폭로 기사를 마지막으로 한번 읽어 보았다. 폭로 기사를 읽는 내내 몇 번 움찔하지 않을 수가 없었다. 레나의 글쓰기 실력은 그다지 좋지 않았다. 단순하게 사실만 나열해서 메마르고 차가운 느낌이 드는 부분이 군데군데 있었다. 필력이 이상적인 수준에 미치지 못하는 부분도 있었다. 하지만 그런 결점에도 단어 하나하나가 모두 진실이라는 사실에 레나는 만족했다. 한때 협회 부회장이었던 몰리가 밝힐 수 있는 것보다 훨씬 명확한 진실이었다.

폭로 기사 맨 아래에는 〈스탠더드 포스트〉 기자들에게 전하는 개인적인 글을 남겼다.

이 폭로 기사는 고인이 된 런던의 에비 레베카 위키스가 제일 먼저 작성했습니다. 이후에 강령술사의 제자인 레나 위키스가 저작권을 얻어 보충 자료를 추가했고, 국제적으로 유명한 파리의 영매 보델린 달레어가 조언을 해주었습니다.

레나 위키스와 보델린 달레어는 다가오는 연구 과정을 마친 후 여행을 떠날 계획입니다. 먼저 런던에서 자신도 모르게 런던 강령술 협회에 사기성 강령회를 의뢰했던 사람들과 여전히 사랑하는 고인과 소통하고 싶어 하는 사람들을 위해 무료로 강령회를 진행할 예정입니다.

이 글에 기록된 세 사람의 도움이 없었다면 런던 강령술 협회의 범법 행위는 아무런 방해도 받지 않은 채 계속되었을 가능성이 큽니다. 얼마나 지속됐을지는 추측할 수밖에 없습니다.

이 폭로 기사는 복사해서 다른 매체에 배포해도 좋다는 허락을 받았습니다. 이 글을 기고한 사람들은 전 세계의 여러 일류 강령술 잡지에 이 글을 올리기 위해 노력할 것입니다.

레나 위키스는 이 폭로 기사의 국제 출판물을 고인이 된 동생 에비에게 바쳤습니다. 에비의 마지막 서신에는 런던 강령술 협회를 무너뜨리겠다는 결심이 드러나 있습니다.

신사들이여, 그대들의 만행은 이제 끝을 맞이했습니다.

고 에비 위키스
레나 위키스
보델린 달레어

작가 노트

빅토리아 시대 후반, 주로 영매를 통해 죽은 자와 소통하는 심령론 운동이 전성기에 이르렀다. 빅토리아 시대 사람들은 초자연과 사후 세계, 혹은 오컬트에 매료되었다. 거실에서 주로 진행되는 강령회는 영매술과 초능력을 보여주는 공연처럼 빈도수가 잦았다.

이 시기에 유명한 영매는 대체로 여자였다. 강령술은 여자가 남자보다 존경받을 수 있는 유일한 분야였다. 여자는 여성성과 수동성, 직관 덕분에 남자보다 훨씬 쉽게 사후 세계에 접근할 수 있다는 믿음 때문이었다. 또한 남자는 자신의 정신을 영혼에게 넘겨줄 가능성이 훨씬 적은 탓도 있었다.

빅토리아 시대는 신중함과 성욕 억제를 극히 중시했다. 특히 여성에게 신중함과 성욕 억제를 더욱 엄격하게 요구했다. 하지만 영매술 행사는 종종 미묘하게 성적이고 외설적인 성향을 드러냈다. 강령회는 여자가 평소에 갖지 못하는 주도권을 휘두를 수 있는 기회였다. 나는 이러한 현상을 연구했고, 그와 동시에 19세기 런던에서 특히 부유한 동네인 웨스트엔드에 신사 전용 클럽이 만연했던 사회 현상도 유심히 살펴보았다. 신사 전용 클럽은 정치와 여행, 문학뿐만 아니라 유령에도 당연히 관심을 가졌다. 내 소설 속의 강령술 협회는 1862년에 런던에 설립된 유령 클럽(The Ghost Club)에 뿌리를 살짝 걸쳐두고 있다. 찰스 디킨스(Charles Dickens)와 아서 코난 도일(Arthur Conan Doyle)도 유령 클럽의 회원이었다. 유령 클럽은 오늘날에도 명맥을 유지하며 유령 출몰 사건과 다른 심령 현상을 조사한다.

빅토리아 시대 '클럽 거리'에서 클럽 회비는 매우 비쌌고, 클럽 규칙은 엄격했다. 영매술 체험 대기자 명단도 무척 길었다. 유명한 클럽에 들어가기 위해 15년에서 20년까지 기다리는 일도 이례적인 게 아니었다. 이런 클럽은 종종 익명성과 신중함을 선호했고, 그런 탓에 회원들 간의 기밀 유지 선서가 흔했다. 여자는 클럽에 가입할 자격이 없었고, 클럽 구내에서도 절대 들어가지 못하는 경우가 많았다.

이 글의 배경이 되는 시기에 웨스트엔드에서 가장 유명한 클럽은 1831년에 설립된 개릭 클럽(Garrick Club)이었고, 여자 회원을 받지 않았다.

이 책에 나오는 강령회 7단계는 강령 주문 및 명령과 함께 전적으로 내가 창작해낸 것이다.

고대의 메톤 주기, 혹은 enneadecaeteris는 실제로 존재한다. 19년마다 정해진 달의 위상이 똑같은 날짜에 나타난다는 이론이다. 이러한 현상은 기원전 432년에 그리스 천문학자가 발견했다. 하지만 나는 메톤 주기를 살짝 고쳐서 사용했다. 만성절 전야에 초승달이 뜨면 다른 날 밤보다 사망자 수가 증가한다는 증거도 없다. 게다가 1872년 가을의 만성절 전야에는 초승달이 뜨지 않았다. 다음 날인 11월 1일에 초승달이 떴다.

존경받는 영매 보멜린 달레어의 실종에 관한

새로운 정보를 원한다면

다음 장을 넘겨보기를 바란다.

B&N 독자 전용 독점 기사가 다음에 나온다.

1872년 4월 1일 월요일

스탠더드 포스트

국제적으로 유명한 영매의 의문스러운 실종

실종

국제적으로 유명한 영매술의 대가 보델린 달레어가 올해 1월 중순에 이유 없이, 한마디 설명도 없이 사라졌다.

보델린 달레어는 명망 높은 강령술사로 풀기 어려운 살인사건을 해결하기 위해 정기적으로 강령회를 진행했다. 이뿐만 아니라 3년마다 영매술에 관심 있는 여성 훈련생을 소규모로 모집해서 가르친다.

보델린의 제자 매닝(Manning)과 오브라이언(O'Byrne)은 1월 15일 월요일에 보델린을 마지막으로 목격했다고 한다. 두 제자는 보델린 달레어의 봄 훈련 프로그램에 등록했고, 일정에 따라 월요일 오전에 수업을 들을 예정이었다. 수업은 핀즈베리(Finsbury)에 있는 달레어의 거주지 1층에서 10시에 시작한다. 보델린은 핀즈베리에서 커다란 아파트를 빌렸다. 보델린의 커다란 아파트에는 제자들이 머물 공간이 넉넉했고, 보델린의 제자들 중에는 런던 출신이 아닌 사람이 많았다.

보델린이 11시 정각에도 도착하지 않자 매닝과 오브라이언은 보델린을 찾으러 나섰다. 보델린은 아파트 안에 없었고, 뒤쪽에 정원에도 없었다. 수색을 포기하려던 찰나, 두 제자는 커다란 여행 가방을 들고 아파트 앞쪽에서 마차에 타는 보델린을 발견했다. 두 사람은 잠깐 봤을 뿐이지만 그녀가 음울한 표정을 짓고 있었다고 주장했다.

여기서 명백하게 떠오르는 의문이 하나 있었다. 보델린 달레어는 어디로 갔을까? 대체 무슨 일이 있어서 8주 봄 훈련 프로그램을 3주차에 그만두고 떠났단 말인가? 보델린은 유명한 사건을 해결하기 위해 불려갔을지도 모른다. 하지만 모두에게 사랑받는 성실한 선생님이 왜 관심을 쏟아야할 학생들에게 미리 통보도 하지 않고 떠났단 말인가?

조사

경찰은 이 사건에 관심을 보이지 않았다. 범죄행위와 관련된 사건이라는 증거가 없었고, 보델린도 최소한 대중에 알려진 바로는 범죄를 저지르지 않았기 때문이었다. 하지만 우리 〈스탠더드 포스트〉는 보델린 실종 사건을 독자적으로 조사해 달라는 수많은 요청을 받았다. 그래서 우리가 직접 나서 이 사건을 조사하기로 했다.

솔직히 쉽지 않은 일이었고, 보델린의 행방을 추적하려는 노력도 모두 헛수고로 돌아갔다.

제일 먼저 으레 그렇게 하듯 보델린의 가족부터 수소문했다. 하지만 파리에 사는 보델린의 부모와 자매에게 연락했다가 거절당했다. 보델린의 어머니는 그 문제나 다른 문제에 관해서 더는 기자들과 이야기를 나누고 싶지 않다고 했다.

다음에는 최근에 보델린에게 강령회를 의뢰했던 사람에게 연락해 보면 좋을 것 같다는 생각이 들었다. 어쩌면 보델린이 강령회에서 대화를 나누다가 앞으로의 여행 계획에 관한 정보를 흘리지 않았을까? 안타깝지만 이 방법도 실망스럽기 그지없었다. 보델린은 의뢰인의 이름을 밝히거나 기록으로 남기지 않았다. 강령회 참석자를 포함해 보델린의 예전 사건에 관한 자세한 정보는 주로 보델린이 아니라 목격자(다른 강령회 참석자)가 제공했다.

보델린의 봄 훈련 프로그램에 등록한 학생들도 아는 게 없었다. 다들 보델린이 강령회에 관한 세부 사항을 기밀로 유지했다고 주장했다.

마지막으로 보델린의 친구와 동료를 찾아갔다. 런던에서 한창 유행하는 영매술과 오컬트 집단에는 보델린의 친구와 동료가 많았다. 하지만 이 시도도 헛수고로 돌아갔다. 우리의 질문에 다들 우려를 표명하고 안타까워했지만 보델린의 행방을 아는 사람은 아무도 없었다. 보델린이 갑자기 떠났다니 무슨 일인지 궁금하고 매우 걱정스럽다고 다들 말했다.

한 신사와의 인터뷰

마지막으로 메이페어(Mayfair)에 거주하는 볼크먼과 그의 아내와 인터뷰를 했다. 이 부부는 보델린의 오랜 친구로 알려져 있다. 볼크먼은 명망 높은 강령회 협회의 회장으로, 과거 몇 년 동안 도시 전역에서 개최된 많은 영매술 토론회에서 보델린을 만났다.

우리 〈스탠더드 포스트〉는 볼크먼이 동료의 실종에 관해서 뭔가 아는 게 있거나 의견을 말해줄 거라고 생각했다. 하지만 그렇지 않다는 사실을 알고 실망을 금치 못했다. 볼크먼은 보델린의 행방을 전혀 모른다고 했다. 그러고는 처리해야 할 협회 행정 문제가 많아서 보델린의 실종 조사를 도와줄 시간이 없다고 친절하게 말했다.

주목할 만한 강령회

조만간 보델린의 행방에 관한 정보를 제보해 달라고 독자 여러분에게 호소하려고 한다. 그 전에 보델린이 진행했던 유명한 강령회 세 개를 짤막하게 요약해서 소개하고자 한다. 이 세 가지 사건이 주목받은 이유는 곧이어 명확하게 밝혀질 것이다.

충격적인 발견

1866년 4월, 보델린 달레어가 런던에 정착하기 위해 파리를 떠나기 직전이었다. 보델린은 튈르리 정원(Tuilleries Garden)에서 경찰을 위해 강령회를 열었다. 튈르리 정원은 파리 1구에 자리 잡고 있었고, 루브르 박물관(Louvre Museum)과 콩코르드 광장(Place de la Concorde) 사이에 있었다.

보델린이 경찰을 돕기로 한 결정 자체가 놀라웠다. 영매는 보통 정부 관리를 도와주지 않기 때문이다. 게다가 보델린은 개인과 가족의 의뢰를 선호한다고 말해두었다. 하지만 이 사건은 예외로 삼았다. 죽은 자의 정체가 국제적인 관심을 끌었기 때문이었다. 희생자는 당시 집권자였던 나폴레옹 3세의 총애하는 정부 실비(Mademoiselle Sylvie)였다. 실비의 시신은 몇 주 전에 관리인이 튈르리 정원에서 발견했다. 나폴레옹 3세가 직접 의뢰한 강령회는 튈르리 정원의 특색인 오랑주리(Orangerie)에서 열렸다. 강령회가 끝날 무렵, 보델린은 실비의 살인자가 전직 대령이자 나폴레옹 3세의 고문이요 친한 친구였던 피에르 부댕(Pierre Baudin)이라고 했다.

강령회에 참석했던 나폴레옹 3세는 처음에 보델린의 결과를 믿지 않으려고 했다. 그러자 보델린은 참석자들을 근처의 부속 건물로 데려가서 몇몇 남자들에게 뒤쪽의 나무 판자를 제거하라고 했다. 바로 그곳, 나무판자 뒤쪽에서 망할 증거가 나왔다. 실비가 좋아하는 핸드백이 나온 것이었다. 핸드백 속에는 피에르 부댕이 수기로 서명한 쪽지가 있었다. 두 사람은 그날 저녁에 밀회를 계획한 모양이었다.

나폴레옹 3세는 실비가 부정을 저지른 유일한 상대가 아닌 것 같았다. 나폴레옹 3세가 그 충격적인 소식에 어떻게 반응했는지 물어봤을 때 한 목격자는 이렇게 말했다. "마음이 심란해 보여서 뭐라고 위로할 길이 없었어요. 그는 즉시 독한 와인 한 병을 달라고 했죠."

소년의 복수

더할 나위 없이 아이러니한 사건이었다. 보델린의 강령회는 더 끔찍한 비극을 낳는 게 아니라 살인사건을 해결하는 게 궁극적인 목적이다. 그런데 1869년 8월에는 비극이 일어났다. 보델린의 강령회 중 한 사람이 사망했다. 이 사건은 전 세계 신문에 보도되었다.

이 강령회는 작은 주택 몇 개와 교회가 있는 런던 북쪽의 작은 마을 리틀 버크햄스테드(Little Berkhamsted)에서 저녁에 열렸다. 강령회에 불러낼 사망자는 윌리엄 켄트(William Kent)라는 여섯 살 남자아이였다. 강령회에는 윌리엄의 부모인 켄트 부부와 이웃에 사는 힐 부인(Mrs. Hill)이 참석했다. 힐 부인은 켄트 가족의 옆집에 살았고, 켄트 가족의 아이들과 아주 친했으며, 그중에서도 윌리엄과 매우 친하게 지냈다.

힐 부인은 보델린이 근처의 모든 영혼을 불러내기 위해 초대 주문을 암송한 후에 이상한 형체가 탁자 위를 떠돌기 시작했다고 말했다. 그 유령의 형체가 윌리엄과 무척 비슷해서 그 정체를 의심하지 않았다고도 했다. 그런데 그 영혼이 윌리엄의 아버지인 켄트 씨에게 다가가기 시작했다. 몇 분 후, 힐 부인은 공포에 질려 숨을 헐떡였다. 어린 윌리엄의 유령이 작은 손을 아버지에게 뻗어 아버지의 입술을 꽉 틀어막았기 때문이었다.

윌리엄의 아버지는 거의 1분 동안 숨을 쉬려고 몸부림치는 것 같았다. 보델린은 갑작스러운 위기를 해결하려고 다급하게 다수의 성화 명령을 암송했다. 하지만 영매의 노력은 헛수고로 돌아갔고, 잠시 후에 윌리엄의 아버지는 바닥에 쓰러져 다시는 눈을 뜨지 못했다. 검시 결과, 사망 원인은 심장 마비였다. 하지만 힐 부인은 기자들에게 더 많은 이야기를 들려주었다.

보델린은 윌리엄의 아버지가 사망했는데도 의뢰인에게 의무를 다하기 위해 강령회를 계속 진행했다. 그러고는 마침내 대단원에 이르러 진실을 밝혀냈다. 소년을 살해한 사람은 다름 아니라 그들 옆의 판석 바닥에 누워 있는 소년의 아버지였다.

윌리엄이 복수를 한 것 같았다.

대화재의 유령

세 번째 사건은 보델린이 런던에 정착한 후에 일어났다. 런던에 정착한 초기에 진행한 사건 중 하나였다. 1866년 9월 2일, 보델린은 런던 중심부의 푸딩가(Pudding Lane) 북쪽 끝에 있는 이층집에서 강령회를 진행했다. 사망한 사람은 열아홉 살의 데이비드 길버트(David Gilbert)였다. 데이비드는 가족이 운영하는 건물 1층의 가게 문 앞에서 시신으로 발견된 지 일주일도 되지 않았다. 데이비드의 부모인 길버트 부부는 아들을 잃고 고통스러워했는데 아들의 때 이른 죽음을 둘러싼 의문이 해소되지 않아 더욱 괴로워했다.

데이비드의 친구들은 강령회가 비교적 수월하게 진행됐어야 했다고 말했다. 하지만 강령회가 시작되자마자 대혼란이 일어났다. 강령회를 진행하는 방의 모퉁이에서 연기가 피어올랐고, 어딘지도 알 수 없는 먼 곳에서 여자의 비명이 들렸으며, 빵 굽는 냄새가 방 안을 가득 채웠다.

보델린은 강령회를 중단할 만한 이유를 발견하지 못해서 계속 강령회를 진행했다. 그 결과, 데이비드를 죽인 살인범이 데이비드에게 상당히 많은 빛을 졌던 채무자라는 사실을 밝혀냈다.

그런데 이 강령회는 강령회가 끝난 이후에 밝혀진 사실 때문에 많은 사람의 관심을 끌었다. 길버트 부부는 보델린에게 작별 인사를 했을 때 보델린이 유달리 높은 기념비 이야기를 꺼냈다고 했다. 이에 길버트 부부는 런던 대화재를 기리는 기념비라고 설명해주었다. 런던 대화재는 1666년 9월에 사흘 동안 런던 전역을 집어삼켰다. 수많은 건물이 무너져 노숙자가 많이 생겼고, 기본적인 필수품도 구하지 못했다. 그때 길버트의 아버지는 놀라운 사실을 깨달았다. 그날은 런던 대화재 200주년이 되는 날이었다.

런던 대화재의 사망자 수는 화재의 맹렬한 기세에 비해서 상당히 적었다고 길버트의 아버지는 보델린에게 설명했다. 하지만 런던 대화재가 시작됐던 토마스 파리너(Thomas Farriner)의 빵 가게에서 일했던 하녀는 사망하고 말았다. 보델린이 그 빵 가게 위치를 물었을 때 길버트의 아버지는 거리를 가리키며 말했다. "저 아래로 몇 집 지나서 푸딩가에 있어요." 보델린은 그제야 그날 밤 강령회에서 왜 그런 일이 일어났는지 알아차리고 고개를 끄덕였다. 비명과 빵 굽는 냄새는 대화재의 유령인 가난한 빵 가게 하녀가 자신의 존재를 알리려는 시도였다.

도움을 요청합니다

우리 〈스탠더드 포스트〉는 독자들이 앞서 소개한 일화를 읽고 나서 영매 보델린이 런던뿐만 아니라 해외에서도 존중받는 중요한 인물이라는 사실을 알아주기를 바란다. 이것이 바로 슬픔과 걱정에 휩싸인 보델린의 제자와 친구들과 더불어 우리가 독자들에게 호소하고자 하는 바이다.

우리는 보델린이 영매로서의 책임을 내려놓고 짧은 집행유예를 즐기기로 했다고 추측할 따름이다. 어쩌면 보델린은 다른 곳에서 정착하기로 마음먹었는지도 모른다. 어느 쪽이 진실이든 간에 보델린이 머지않아 건강하게 잘 있다는 소식을 전해 주기를 간절하게 바란다.

그때까지 보델린의 행방이나 계획에 대해 아는 사람이 있다면 즉시 우리에게 알려 주기 바란다. 우리를 도와주는 분에게 진심 어린 감사를 전하는 바이다.

빅토리아 시대 상복

빅토리아 시대는 미신을 깊이 신봉했다. 집 안에서 누가 죽자마자 장례식이 끝날 때까지 창문을 모두 닫아 놓아야 했다. 거울은 죽은 자의 영혼을 잡아 가두는 물건이라서 검은 천으로 덮어야 했다. 시계는 사망자의 사망 시각에 맞추어 멈춰놓았다. 죽은 자의 사진은 다른 사람들이 사로잡히지 않게 뒤집어 놓았다.

겨울에 장례식은 보통 1주일 내에 끝났다. 여름에는 1주일도 걸리지 않았다. 자세한 장례 상황을 확인하고 나면 가족은 죽은 자의 이름과 나이, 사망 날짜를, 매장지를 넣은 추모 카드를 보내는 게 관습이었다. 방문객이 경의를 표할 수 있게 무덤 식별 번호도 추가했다.

죽은 자의 시신은 매장하기 전까지 지켜본다. 많은 가족이 사랑하는 고인이 죽은 것이 아니라 혼수 상태에 빠져 있을지도 모른다는 생각에 며칠 동안 시신 옆을 지켰다. 이 시기에 꽃은 시신 냄새를 가리기 위해 가져다 놓았고, 관은 종종 시신의 부패를 늦추기 위해서 서늘한 판자 위에 놓았다. 시신은 방부처리를 하지 않았다. 마침내 시신이 집 밖으로 나갈 때는 발부터 먼저 나갔다. 집

안을 돌아보고 또 다른 불운한 사람을 불러내지 않도록 하기 위한 조치였다.

화환이나 검은 나비 넥타이는 문에 걸어서 행인에게 사망자가 있음을 알렸다. 장례 행렬에 익숙한 말은 문간에서 펄럭이는 검은 천을 보면 운전자의 지시가 없어도 알아서 그 집 앞에 멈춰 섰다고 한다.

친척이나 미망인 혹은 홀아비는 일 년 동안 정식 상복을 입었다. 그 이후에는 6개월이나 12개월 동안 '반' 상복을 입었다. 정식 상복을 입은 미망인은 보통 교회에 갈 때를 제외하면 집을 떠나지 않았다. 이 시기에는 검은색 테두리가 처진 문구류와 봉투를 사용하는 게 관례였다.

많은 가족은 약식 상복을 입었다. 몇몇 상점(창고)에서는 양재사와 모자 제작자가 유가족의 상복을 맞추려고 가정을 방문했다

여성의 정식 상복은 검은색 천을 기본으로 사용했고, 종종 주름 장식을 달았다. 검은색 장갑과 베일도 흔히 사용했다. 보석은 최소한으로 착용했고, 종종 흑요석이나 오닉스 대리석 같은 검은 돌을 사용했다. 반 상복은 회색이나 연보라색 천으로 만들었다. 빅토리아 여왕(Queen Victoria)은 남편인 앨버트(Prince Albert) 공이 사망한 후부터 자신이 죽을 때까지 40년 동안 상복을 입었다.

남자 상복으로는 검은색 정장에 장갑, 모자가 기본이었다. 모자 띠의 너비는 고인과의 관계에 따라 달라졌다. 홀아비는 모자띠 너비가 18센티미터 정도인 모자를 썼고, 대가족 구성원은 모자띠 너

비가 5센티미터 정도인 모자를 골랐다.

아이들은 애도 규칙을 따르지 않아도 괜찮았다.

흔히 사후 사진을 촬영했다. 많은 빅토리아 시대 사람에게 사진이라고는 사후 사진밖에 없었다. 사후 사진 촬영 시에는 종종 시신을 금속 받침대나 가족 옆에 세워두곤 했다. 사진사는 때때로 가족의 요구에 따라 고인이 살아 있는 것처럼 사후 사진을 조작했다(사진 속의 고인 눈에 칠을 하기도 했다).

어떤 가족은 사랑하는 사람이 매장된 후에 깨어날까 봐 무덤 안에 밧줄을 넣고 지상에 있는 종과 연결해 두었다. 그러면 죽은 자가 깨어날 경우에 밧줄을 당겨 종을 울려서 도움을 청할 수 있었다.

빅토리아 시대 장례 음식

빅토리아 시대 장례식에서는 보통 와인과 펀치(과일즙에 설탕이나 양주 등을 섞은 음료-역주)를 제공했고, 장례식 참석자에게 답례품을 나눠주었다. 답례품은 왁스 코팅된 종이에 싸고 검정 왁스로 밀봉한 달콤한 비스킷(쿠키)이었다. 왁스 코팅 종이나 비스킷에는 종종 관, 십자가, 하트, 삽, 두개골 같은 이미지가 찍혀 있었다. 비스킷은 숏브레드와 비슷했고, 종종 당밀과 생강으로 만들었다.

빅토리아 시대의 유명한 요리책에 나오는 조리법을 살짝 바꾼 조리법은 아래와 같다.

빅토리아 시대 장례식 비스킷

1862년에 출간된《비처 양의 가정 요리책(Miss Beecher's Domestic Receipt-Book)》3쇄에 나오는 조리법을 살짝 바꾼 조리법

설탕 반 컵

가염 버터 반 컵, 녹인 버터

당밀 1컵

따뜻한 물 1컵

갓 다진 생강 1테이블스푼

밀가루 2와 4분의 1컵

베이킹소다 반 티스푼

커다란 그릇에 설탕과 버터를 넣고 거품기를 이용해 거품이 날 때까지 약 1분간 휘젓는다. 당밀과 물, 생강을 추가해 잘 섞일 때까지 휘젓는다.

다른 그릇에 밀가루와 베이킹소다를 넣고 휘젓는다. 밀가루에 당밀 혼합물을 넣고 거품기를 이용해 잘 섞는다. 찰지게 반죽한다.

반죽을 둘로 나누어 공처럼 뭉친다. 공 모양의 반죽을 여러 번 주물러서 기포를 제거한다. 공 모양 반죽을 20센티미터 정도 길이의 통나무 모양으로 만든다. 각각의 통나무 모양 반죽을 비닐랩으로 단단히 감싼다. 딱딱하게 굳을 때까지 냉장고에 넣어둔다.

오븐을 176도로 예열한다. 양피지를 덧댄 베이킹 시트 두 장을 깐다. 통나무 모양 반죽을 0.6센티미터 정도 길이로 자르고, 베이킹 시트에 2.5센티미터 간격으로 올려놓는다. 통나무 모양 반죽 하나에서 대략 비스킷 25개가 나온다. 원한다면 칼이나 도장으로 비스킷에 그림을 그리거나 찍어 넣는다.

20분 동안 굽는다. 다 굽고 나서 완전히 서늘하게 식힌다(비스킷은 바삭바삭해야 한다). 비스킷 몇 개를 왁스 코팅 종이에 싸고 검은색 왁스 도장으로 밀봉하거나 검은색 끈으로 묶는다.

빅토리아 시대의 따뜻한 펀치

1861년에 출간된《비톤의 가정 관리서(Mrs. Beeton's Book of Household Management)》에서 발췌한 조리법을 살짝 바꾼 조리법

설탕 반컵

레몬 한 개의 즙

끓인 물 0.6리터

럼주 0.3리터

브랜디 0.3리터

육두구 반티스푼

설탕과 레몬즙을 섞는다. 끓인 물을 붓고 잘 젓는다. 럼주와 브랜디, 육두구를 넣는다. 잘 섞어서 따뜻하게 내놓거나 얼음으로 차갑게 식혀서 내놓는다. 네 잔이 나온다.

3층 양초 직접 만들기

집에서 만든 육각형 연애편지 만드는 법과 아래 제조법 사진을 보고 싶다면 www.sarahpenner.com/에서 북클럽을 찾아 들어가 보기 바란다.

재료

양초 심지 1개

유리병 1개(0.2킬로그램 용량)

젓가락이나 꼬치 2개(심지를 고정하는 용도)

고무줄 2개(젓가락을 묶는 용도)

소이 왁스 2와 4분의 1컵

조리용 온도계

향료 3개(에센셜 오일이나 향수)

양초 염색제나 유색 왁스 조각(선택 가능)

이쑤시개

주의: 진짜 '속임수 양초'는 한 가지 색깔이고, 촛불이 탈 때 향

만 달라진다. 속임수를 쓸 계획이 아니라면 자유롭게 각 층마다 다양한 색을 추가한다!

양초 심지를 유리병 중앙에 놓는다. 젓가락이나 꼬치를 양초 심지 양쪽에 놓는다(꼬치는 유리병 상단에 수평으로 놓아야 한다). 고무줄로 꼬치를 묶어 고정한다.

양초 1층 만드는 법: 이중 냄비나 전자레인지를 이용해 소이 왁스 4분의 3을 작은 그릇에 넣고 녹인다. 71도가 될 때까지 녹인다(과열하지 않는다!) 원하는 향료를 다섯 방울에서 열 방울까지 떨어뜨린다. 그러고 나서 설명서대로 원하는 색을 추가한다. 다양한 색을 넣으려면 제일 먼저 어두운 색깔(바닥층이 되는 색깔)부터 넣는다. 이쑤시개로 젓는다. 준비해둔 왁스를 유리병에 조심스럽게 붓는다. 유리병의 3분의 1까지 채운다.

적어도 한 시간 동안 냉장고에 넣어서 완전하게 식힌다. 두 번째 층과 세 번째 층도 똑같은 방식으로 만든다.

다 만든 양초를 하룻밤 동안 딱딱하게 굳힌다. 심지를 다듬는다. 마음껏 즐긴다!

추천 도서

바바라 블랙(Black, Barbara), 2012년, 《그의 방: 빅토리아 시대 클럽거리 문학 및 문화 연구(A Room of His Own: A Literary-Cultural Study of Victorian Clubland)》

앤 브로드(Braude, Ann), 1989년, 《급진적 영혼: 19세기 미국의 심령론과 여성의 권리(Radical Spirits: Spiritualism and Women's Rights in Nineteenth-Century America)》

《캐셀의 가정 안내서(Cassell's Household Guide)》 신판과 개정판 4권, 약 1880년대

아서 코난 도일(Doyle, Arthur Conan), 1926년, 《심령론의 역사(The History of Spiritualism)》 2권

주디스 플랜더스(Flanders, Judith), 2012년, 《빅토리아 시대 도시: 디킨스의 런던 일상생활(The Victorian City: Everyday Life in Dickens' London)》

루스 굿맨(Goodman, Ruth), 2013년, 《빅토리아 시대 사람이 되는 법: 새벽에서 황혼까지 빅토리아 시대 삶 안내서(How to Be a Victorian: A Dawn-to-Dusk Guide to Victorian Life)》

윌리엄 헨리 해리슨(Harrison, William Henry) 편집, 1869-1882년,

〈강령술사(The Spiritualist) 신문. 영국 런던의 앨런(E.W. Allen), http://iapsop.com/archive에서 기록보관소 이용 가능.

알렉스 오웬(Owen, Alex), 1989년, 《어두운 방: 빅토리아 시대 후반부 영국의 여자와 권력, 심령론(The Darkened Room: Women, Power, and Spiritualism in Late Victorian England)》

크리스 우드야드(Woodyard, Chris), 2014년, 《죽은 자에 관한 빅토리아 시대 서적(The Victorian Book of the Dead)》

감사의 말

내가 종종 헤아려 보는 행운의 별 세 개는 한층 더 밝게 빛난다. 스테파니 리버먼(Stefanie Lieberman)과 몰리 스테인블랫(Molly Steinblatt), 아담 호빈스(Adam Hobbins)가 나의 빛나는 별이다.

장크로우 앤 네스빗(Janklow & Nesbit)의 이 팀은 몇 년 동안 내 곁에 서서 솔직하고 친절하게 나의 관심사를 응원해 주었다. 다른 사람이 이 일을 하는 건 상상도 할 수 없다. 영원히 감사하는 마음을 전한다. 이번 작업은 정신이 나갈 것처럼 즐거웠다.

파크 로우(Park Row)의 내 편집자 에리카 이마라니(Erika Imranyi)에게도 감사를 전한다. 이 업계는 매우 위협적이지만 첫날부터 에리카는 따뜻한 격려를 아끼지 않는 조력자가 되어 주었다. 내 손을 잡고 앞으로 이끌어준 에리카에게 감사한다.

이 책을 처음으로 지지해 주고 초반부 브레인 스토밍을 도와준 나탈리 할락(Natalie Hallak)은 나의 영원한 친구로 남을 것이다.

남다른 실력의 홍보팀 에머 플라운더스(Emer Flounders)와 저스틴 샤(Justine Sha), 캐슬린 카터(Kathleen Carter), 히서 코너(Heather Connor)에게도 감사를 전한다. 내가 근무 시간 이후에 (당황해서) 이메일을 자주 보냈는데도 날 좋아해 준 이들이다. 이들의 융통성과 인내심, 세세한 부분도 놓치지 않는 집중력에 감사한다.

내가 만나본 사람 중에 가장 멋진 사람인 랜디 찬(Randy Chan)에게도 감사의 마음을 전한다. 랜디 찬과 계속 함께 일할 수 있어 기쁘다! 아주 중요한 일을 해주는 레이첼 할러(Rachel Haller)와 린지 리더(Lindsey Reeder), 에덴 처치(Eden Church)에게도 감사한다. 사방에서 좋은 책을 찾아내 주는 이들에게 고마움을 전한다. 레카 루빈(Reka Rubin)과 크리스틴 차이(Christine Tsai), 노라 론(Nora Rawn), 에밀리 마틴(Emily Martin), 다프네 포르텔리(Daphne Portelli)는 내 책을 전 세계 독자들의 손에 전달하기 위해 열심히 일했다. 이들에게도 감사하는 마음을 전한다.

캐슬린 오우딧(Kathleen Oudit)과 엘리타 시디로폴루(Elita Sidiropoulou)는 놀라운 책 표지를 창조해냈다. 이들의 재능 덕분에 많은 이들이 내 책 앞에서 발걸음을 멈추었다. 이들과 함께 일해 행운이었다.

내 영국 출판사 레전트 프레스(Legend Press)의 팀에게도 무한한 감사를 전한다. 이들보다 더욱 헌신적인 팀은 없을 것이다. 톰 찰머스(Tom Chalmers), 로렌 파슨스(Lauren Parsons), 캐리 로젠(Cari Rosen), 리자 파더레스(Liza Paderes), 올리비아 레 메스트르(Olivia Le Maistre), 사라 니콜슨(Sarah Nicholson)에게 감사하고, 특히 미국식 영어를 검토해준 로렌에게 크나큰 감사를 전한다.

교열 담당자 바네사 웰스(Vanessa Wells)는 오자와 중복되는 표현을 바로잡아주었을 뿐만 아니라 라틴어와 프랑스어에 관해서도 조언

해주었다. 세세한 것도 놓치지 않는 바네사의 날카로운 눈 덕분에 많은 실수를 면했다. UCLA의 고전 분야 박사 후보자인 패트릭 캘러핸(Patrick Callahan)은 라틴어 번역을 도와주었다. 패트릭 캘러핸을 소개해준 내 고등학교 직원 주디 캘러핸(Judy Callahan)에게도 감사를 전한다. 그 시절의 라틴어 수업이 전혀 헛되지 않았다!

로리 알바네스(Laurie Albanese)와 피오나 데이비스(Fiona Davis)와 줌으로 나누었던 솔직한 대화를 소중하게 여긴다. 앞으로 계속 이야기와 조언, 책 제목에 관한 아이디어뿐만 아니라 가끔은 욕설도 서로 나누기를 바란다. 히서 웹(Heather Webb)은 첫날부터 나의 멘토이자 관심사가 같은 동료가 되어 주었다. 내 친구가 되어 준 히서 웹에게 고마움을 전한다. 낸시 존슨(Nancy Johnson)과 줄리 캐릭 달튼(Julie Carrick-Dalton)의 출판 경력은 나의 경력과 비슷하다. 나에게 아주 중요한 이 두 사람과 서로를 돌봐주며 교류하는 게 즐겁다. 최근에 날 지지해준 두 사람에게 고마움을 전한다. 수전 스토크스 채프먼(Susan Stokes-Chapman)은 나와 마찬가지로 옛 런던을 사랑하는 사람이다. 우리 두 사람이 어떻게 서로를 알게 됐는지 놀라울 따름이다. 나와 우정을 나누어주는 수전에게 감사한다.

창의적인 게시글과 서사적인 사진으로 사랑을 전하는 북스타그래머와 북 블로거, 광팬 독자들에게도 감사하는 마음을 전한다. 우리 작가들은 여러분을 사랑한다. 지금 하는 일을 절대 멈추지 말기를 바란다. 몇몇 이름을 나열하자면 제이미(Jaimie(@booksbrewsandbooze))와 크리스틴(Christine(@theuncorkedlibrarian)), 제레미(Jeremy (@darkthrillsandchills)),

제스(Jess (@just_reading_jess)), 리사(Lisa (@mrs._lauras_lit)), 바비(Barbi (@ dreamsofmanderley)), 아만다(Amanda (@girl_loves_dogs_books_wine))에게 감사한다. 특별 북스타그래머 멜리사 티켈(Melissa Teakell)(나의 사랑하는 시누이가 된 사람)에게는 특별히 감사 인사를 전한다. 멜리사의 IG: @ reading.while.procrastinating를 팔로우해주기를 바란다.

파멜라 클린저 혼(Pamela Klinger-Horn)과 로빈 칼(Robin Kall)은 작가와 독자, 출판사, 인디 책방을 연결해주었다. 이들은 보석과 같은 존재다. 애니사 조이 암스트롱(Annissa Joy Armstrong)은 사방의 모든 작가를 지지해줄 뿐만 아니라 몇 달 동안 애니사의 이름을 잘못 발음한 내 잘못을 지적할 정도로 용감한 사람이다(궁금해하는 분들을 위해 말하자면 아크니사라고 불렀다).

지치지 않고 독자와 책을 연결해주는 전 세계의 사서들과 기록보관소 자료 저자들에게도 감사를 전한다. 당신들은 이루 말할 수 없이 귀중한 존재다.

인디 책방은 우리의 지원군이다. 플로리다 탐파(Tampa, Florida)의 옥스퍼드 익스체인지(Oxford Exchange)에 있는 로라 타일러(Laura Taylor)에게 감사를 전한다. 그밖에 리치필드 북스(Litchfield Books)와 톰볼로 북스(Tombolo Books), 엠주드슨 북스(M.Judson Books), 워터마크 북스앤카페(Watermark Books & Café), 포트키북스(Portkey Books), 북플러스바틀(Book + Bottle), 몽키앤도그 북스(Monkey & Dog Books)에도 고마움을 전한다.

내 주변의 강인한 여인들 에이미(Aimee)와 레이철(Rachel), 메간

(Megan), 로렌(Laurel, Lauren), 록시(Roxy), 말로리(Mallory)에게도 감사한다. 이들 모두의 끝없는 사랑과 지지를 받는 것 같다. 솔직히 말해서 영감을 주는 헌신적인 친구는 내 인생에서 값으로 따질 수 없는 선물이 아닌가 생각한다. 이들 모두에게 감사한다.

숨겨진 여자들에게 감사를 전한다. 이름을 말하지 않아도 본인은 내가 누굴 말하는지 알 것이다. 특히 나의 사랑 테일러 암브로스(Taylor Ambrose)에게 고마움을 전한다.

사랑하는 언니 켈리(Kellie)는 에비와 레나의 다정한 관계를 창조해내는 데 큰 영감을 주었다. 언니는 내게 가장 큰 선물이다. 언니 켈리에게 감사를 전한다.

남편 마르크(Marc)에게도 감사한다. 지금까지 두 권의 책을 냈지만 이 세상에서 가장 소중한 사람인 남편에게 헌사를 바치지 않았다. 하지만 책 헌사는 이상하고도 역설적이다. 남편은 이 점을 잘 이해해 주었다. 그래서 남편을 사랑하지 않을 수 없다.

엄마에게도 감사하는 마음을 전한다. 나는 누군가를 만날 때마다 엄마를 얼마나 소중하게 여기는지 말한다. 엄마와의 친밀한 관계는 내게 무척 값진 것이라 당연하게 여기지 않는다(엄마와 몰래 플로리다 시골의 카사다가(Cassadaga) 강령술사 캠프에 다녀온 여행은 절대 잊을 수 없다. 얼마나 이상한 강령회였는지 모른다).

2015년에 돌아가신 아버지에게도 감사하는 마음을 전한다. 23년 전에 아버지한테서 받았던 일기를 가끔 읽어본다. 그 일기장에서 이렇게 적혀 있다. "사라, 넌 성공할 거야. 이제 글을 쓰기 시작해!" 최근 몇 년 동안 일어난 일들을 아버지가 보실 수 있다면 좋겠다. 어쩌면 보고 계시는지도 모르겠다. 아버지가 베풀어주신 모든 것에 감사한다.

The London
Séance
Society

런던 비밀 강령회

1판 1쇄 인쇄 2024년 8월 15일
1판 1쇄 발행 2024년 8월 31일

지은이 사라 페너
옮긴이 이미정

발행인 황민호
본부장 박정훈
기획편집 신주식 강경양 이예린
마케팅 조안나 이유진 이나경
국제판권 이주은 한진아
제작 최택순 성지원

발행처 대원씨아이(주)
주소 서울특별시 용산구 한강대로15길 9-12
전화 (02)2071-2017
팩스 (02)749-2105
등록 제3-563호
등록일자 1992년 5월 11일

www.dwci.co.kr

ISBN 979-11-7245-749-5 03840

◦ 이 책은 대원씨아이(주)와 저작권자의 계약에 의해 출판된 것이므로 무단 전재 및 유포, 공유, 복제를 금합니다.
◦ 이 책 내용의 전부 또는 일부를 이용하려면 반드시 저작권자와 대원씨아이(주)의 서면 동의를 받아야 합니다.
◦ 잘못 만들어진 책은 판매처에서 교환해드립니다.
◦ 책 가격은 뒤표지에 있습니다.